Pia Christina Prenner
Zimtschneckenjahre

Pia Christina Prenner

Zimtschneckenjahre

Roman

PIPER

Mehr über unsere Autoren und Bücher:
www.piper.de

Wenn Ihnen dieser Roman gefallen hat, schreiben Sie uns
unter Nennung des Titels »Zimtschneckenjahre«
an empfehlungen@piper.de, und wir empfehlen Ihnen
gerne vergleichbare Bücher.

ISBN 978-3-492-50294-8

Redaktion: Martina Schwarz
Covergestaltung: Traumstoff Buchdesign traumstoff.at
Covermotiv: Bilder unter Lizenzierung von Shutterstock.com genutzt
Printed in Germany

Prolog

Seufzend ließ Lea ihren Blick durch das Wohnzimmer schweifen. Vor dem Haus herrschte Aufregung, Koffer wurden in den Mini-Bus gepackt, die Sitzordnung im Auto diskutiert. Kinderlachen, Zwischenrufe der Eltern, die eine oder andere Beschwerde, weil sich jemand ungerecht behandelt fühlte. Der übliche Trubel, der sieben Jahre lang Leas Leben bestimmt hatte. Der heutige Tag war das Ende eines Lebensabschnitts.

Zum letzten Mal setzte sich Lea an Eriks Piano, klappte den Deckel hoch und legte die Hände auf die Tasten. Automatisch spielten ihre Finger ein Lied, eines, das sie seit Jahren begleitete. Wie immer lief in ihrem Kopf der Text mit ab, wie immer hatte sie das Gefühl, die Worte erzählten ihre eigene Geschichte.

Sie brach ab, als ihr Blick auf einen kleinen Gegenstand fiel, der auf dem Klavier stand. Eine Minidrehorgel, die ihr gehörte und die sie beim Packen schon vermisst hatte. Wahrscheinlich hatte eines der Kinder sie hier abgestellt. Sie griff danach und drehte an der kleinen Kurbel. Nur wenige, nicht zusammenhängende Töne erklangen.

»Ich wollte sie reparieren«, sagte plötzlich eine Stimme hinter ihr. Sie wandte sich um und sah den 13-jährigen Erik in der Tür stehen. »Und dann habe ich vergessen, sie dir zurückzugeben«, entschuldigte er sich. »Ist mir gerade erst wieder eingefallen.«

»Hast du herausgefunden, welche Melodie sie spielen sollte?«

Er schüttelte den Kopf. »Ich hatte nicht das richtige Werkzeug, um zur Trommel zu kommen.«

»Schade.«

»Finde ich auch.«

Wie er es in den letzten Jahren so oft getan hatte, setzte er sich zu Lea auf den Klavierhocker. Sie betrachteten gemeinsam die Drehorgel, deren Rätsel sie seit Leas Ankunft beschäftigt hatte. Nie hatte sie genügend Töne von sich gegeben, dass sie die Melodie hätten erkennen können. Das Spielzeug war bereits kaputt gewesen, als Lea es vom Gehsteig vor ihrem damaligen Wohnhaus aufgelesen hatte. Dennoch hatte sie es behalten und all die Jahre wie einen Schatz gehütet.

Lea hatte Erik nie erzählt, dass die Drehorgel sie an ihre große Liebe erinnerte, die sie verloren hatte. Die Minidrehorgel, die meistens auf dem Piano ihres Ex-Freundes gestanden war, hatte *Stairway to Heaven* gespielt. Obwohl der vollständige Text des Liedes eine völlig andere Geschichte erzählte, hatte Lea den Titel immer auf ihre Beziehung zu Ben bezogen. Bis die Stufen plötzlich unter ihr weggebrochen waren und sie tief gefallen war.

Dank Eriks Familie war sie zumindest weich gelandet.

»Jetzt gehst du weg und unser Rätsel ist immer noch nicht gelöst«, stellte Erik fest.

Mit einem tiefen Seufzer legte sie einen Arm um den Teenager. Er ließ es geschehen, obwohl ihm solche Gesten in letzter Zeit zunehmend unangenehm geworden waren. Doch heute herrschte Ausnahmezustand.

»Eines Tages finde ich es heraus und dann bist du der Erste, der es erfährt«, versicherte sie ihm.

»Versprochen?«, fragte er.

»Versprochen.«

Neu anfangen

Lea verfügte über ein großes Organisationstalent und war sich für keine Aufgabe zu schade. In den vergangenen Jahren hatte sie es dank dieser Eigenschaften mühelos geschafft, als Kindermädchen den Alltag der Familie Larsson zu managen. Auch ihr eigenes Kind, das die schwedische Viererbande ergänzte, hatte sie nicht daran gehindert. Ihre Rückkehr in die Heimat hatte sie länger vorbereitet, als die meisten Au-pairs überhaupt bei ihren Gastfamilien blieben. Allerdings war ihre Situation auch sehr speziell.

An erster Stelle stand für Lea immer ihr sechsjähriger Sohn Jan, um ihn drehte sich alles. Für ihn einen Platz in einer guten Schule zu finden, war der erste Schritt gewesen. Sobald sie die Zusage hatte, suchte und fand sie eine kleine Wohnung in unmittelbarer Nähe und kümmerte sich um die Finanzierung. Für den notwendigen Kredit bürgten ihre Eltern. Sie hatte zwar dank ihrer geringen Lebenshaltungskosten in Schweden ein bisschen Geld gespart, das ging jedoch zum Großteil für Möbel drauf. Vom Rest mussten Jan und sie leben, bis das erste Gehalt von ihrem neuen Job auf ihrem Konto eintraf.

Um die Einrichtung der Wohnung kümmerte sie sich von Schweden aus. Ganze Tage verbrachte sie bei *Ikea* und suchte Möbel aus, die ihr Vater dann nach ihren Anweisungen in Wien kaufte, in die Wohnung transportierte und aufbaute. Manchmal hatte sie ein schlechtes Gewissen, weil sie die Arbeit auf ihn abwälzte, doch er versicherte ihr stets, dass er bereit wäre, noch sehr viel mehr für ihre Rückkehr zu tun. Jahrelang schon war es der sehnlichste Wunsch ihrer Eltern, dass sie mit dem einzigen Enkelkind endlich in ihre Nähe zog. Deshalb leisteten sie auch ganze Arbeit und beim Betreten ihrer neuen Wohnung fühlte Lea sich wie in einer dieser Sendungen, in der Experten Häuser umgestalten und am Ende bis ins Detail liebevoll eingerichtete Räume übergeben. Lea war überglücklich. Alles sah genau so aus, wie sie es sich ausgemalt hatte. Nur die Fliesen im Bad waren nach wie vor scheußlich, doch für eine Erneuerung hatte ihr Budget nicht gereicht.

»Im Fernsehen zeigen sie am Ende auch nie alle Zimmer«, kommentierte ihre Schwester den – im Vergleich zum Rest – sehr traurigen Anblick. »Wahrscheinlich schaut es dort in den anderen Räumen auch so aus.«

Als ihre Familie gegangen war, packten Lea und Jan die beiden Koffer aus, mit denen sie aus Stockholm gekommen waren. Ihre übrigen Sachen hatten sie teils schon bei ihren letzten Besuchen mitgebracht, teils in großen Paketen mit der Post geschickt. Ihr Gepäck enthielt daher hauptsächlich Sommerkleidung und Dinge, die einer von ihnen für unentbehrlich hielt.

Zuletzt holte Lea die Minidrehorgel aus ihrem Rucksack und stellte sie auf eine Kommode im Schlafzimmer, gleich neben ein Foto von Erik und seinen Geschwistern Malin, Emil und Lotta.

Jan und Lea blieb eine Woche Zeit, um sich in ihrem neuen Umfeld einzuleben, bevor sie sich dem Alltag stellen mussten. Auch dafür hatten sie einen Plan. Lea hatte einmal gehört, dass Katzen in einem immer größer werdenden Radius um ihren Wohnort liefen, um ihr Revier zu erweitern. Sie wusste nicht, ob das stimmte, aber das Prinzip gefiel ihr. Daher starteten sie mit dem Spielplatz im Innenhof ihrer Wohnanlage, um nach und nach die angrenzende Umgebung zu erforschen.

Während Jan alle Spielgeräte einem ersten Test unterzog, saß Lea auf einer Bank und versicherte ihrem Sohn immer wieder, dass sie ihm bei diesem und jenem Kunststück auch wirklich zusah. Eigentlich beschäftigte sie sich aber hauptsächlich mit dem Smartphone, das ihre Eltern ihr zur Begrüßung geschenkt hatten.

Ihr altes Telefon mit der schwedischen SIM-Karte hätte hier nur unnötige Kosten verursacht, den Vertrag hatte sie mit Ende des letzten Monats gekündigt. Damit sie trotzdem erreichbar war, hatten ihre Eltern vorgesorgt. Dass es gleich ein teures Smartphone sein musste, fand Lea zwar im ersten Moment übertrieben, aber nachdem sie es heute Morgen in Betrieb genommen hatte, hatte sie sich schnell mit dem Gerät angefreundet. Jetzt tippte sie sich durch die vorinstallierten Apps und Einstellungen und machte sich mit den Möglichkeiten vertraut.

»Du schaust gar nicht her!«, hörte sie Jan vom Spielplatz her protestieren. Doch kaum hatte sie schuldbewusst den Kopf gehoben, krachte es neben ihr laut und sie zuckte zusammen. Dem Lärm folgte der Aufschrei eines Kindes und nur Momente später die ebenso mitleidige wie vorwurfsvolle Stimme der Mutter. Lea kannte das von sich selbst nur zu gut, dieses: »Hast du dir wehgetan? Aber wieso schaust du auch zum Spielplatz und nicht auf den Weg?!«

Sie beobachtete die junge Frau, wie sie ihrem Sohn aufhalf, das Rad hinstellte, mit dem er gegen die Bank gekracht war, und zuletzt die Knie des Kindes kontrollierte.

»Nichts passiert«, urteilte sie angesichts der leichten Kratzer. »Fährst du weiter?«

Doch der Bub sah sehnsüchtig zu Jan auf dem Klettergerüst und erwiderte etwas kleinlaut: »Eigentlich würde ich lieber spielen.«

»Dann geh spielen!«, forderte seine Mutter ihn auf.

Kaum war er losgelaufen, ließ sie sich mit einem Seufzer auf die Bank sinken und murmelte: »Hauptsache, du hast mich gerade dein Rad aus dem hintersten Winkel des Radkellers holen lassen.«

In dem Moment wurde ihr anscheinend bewusst, dass Lea neben ihr saß, denn sie richtete sich etwas auf und entschuldigte sich: »Ist da überhaupt frei?«

»Ja, sicher«, antwortete Lea.

»Tut mir leid, aber ich habe heute echt keine Nerven mehr für ihn. Ich wollte nicht, dass er Rad fährt, aber er hatte es sich fest in den Kopf gesetzt. Und jetzt der ganze Aufwand mit dem Ausräumen für zwanzig Meter.«

Lea nickte verständnisvoll. Die Situation hatte sie in den letzten Jahren mit fünf verschiedenen Kindern irgendwann zumindest in einer ähnlichen Form erlebt.

»Ich bin übrigens Lili«, stellte sich die Frau vor. »Wir wohnen in Stiege 2, im 3. Stock.«

»Ich bin Lea und ...«, sie zögerte einen Moment, bevor sie weitersprach, »... anscheinend eure neue Nachbarin.«

»Oh, ihr seid gestern eingezogen! Freut mich sehr.« Sie wirkte ehrlich begeistert. »Endlich ein Kind in Max' Alter und noch dazu ein Bub. Bis jetzt haben wir hier nur ältere und jüngere Mädchen kennengelernt, das findet er nicht so cool.«

»Jan ist bestimmt auch froh darüber, einen Spielgefährten zu haben«, erwiderte Lea.

»Ihr wohnt in der kleinen Wohnung, oder? Bist du Alleinerzieherin?«

»Ja, bin ich«, bestätigte Lea.

»Erst kürzlich getrennt?« Jetzt klang Lili etwas vorsichtiger.

»Nein, schon vor Jans Geburt«, berichtete Lea bereitwillig. »Er kennt seinen Vater gar nicht.«

»Okay, ich will nur in kein Fettnäpfchen treten.« Sie grinste und fügte erklärend hinzu: »Mit zwei Müttern aus dem Block habe ich es mir schon verscherzt, weil sie irgendwie ein Problem mit Frauen haben, die in glücklichen Beziehungen leben.«

»Verstehe«, meinte Lea und stellte gleich klar: »Ich habe das aber nicht.«

»Oh, gut, dann darf Max sich mit deinem Sohn – Jan, oder? – anfreunden«, erwiderte Lili wieder breit grinsend. Und Lea stellte fest, dass sie ihr Gegenüber auf Anhieb mochte.

»Wo habt ihr vorher gewohnt?«, erkundigte sich Lili.

»In Stockholm.«

Lili blieb der Mund offen stehen. »Ich dachte, du sagst, in dem und dem Bezirk oder in einem anderen Bundesland oder so.

Stockholm? Ich liebe Stockholm. Ich liebe Schweden. Sprichst du Schwedisch?«

»Ganz passabel, habe ich mir sagen lassen«, antwortete Lea und schmunzelte über Lilis Enthusiasmus.

»Warst du beruflich dort?«

»Wenn du es ganz genau wissen willst …« Lea entschied spontan, gleich ihre ganze Geschichte für Lili zusammenzufassen. »Als ich herausgefunden habe, dass mein Freund mich betrogen hat, brauchte ich dringend eine Auszeit von ihm, von unserem Leben, von allem. Ich fand eine Stelle als Au-pair in Stockholm, flog zur Probezeit hin und bin geblieben. Weil es mit der Familie so gut geklappt hat und wir uns so gut verstanden, haben sie mich auch behalten, als ich bemerkt habe, dass ich schwanger bin. Und irgendwie ist es dabei geblieben und ich war insgesamt sieben Jahre lang dort.«

Lilis Augen waren bei der Schilderung immer größer geworden. »Du machst keine halben Sachen, oder?«

Lea lachte.

»Ich würde gern Schwedisch lernen, kannst du mir was beibringen?«, wollte Lili wissen.

Lea grinste und antwortete: *»Absolut.«*

Die Begegnung mit ihren neuen Nachbarn war für Lea ein Glücksfall. Dass Jan sofort nach ihrem Umzug einen Freund gefunden hatte, nahm ihr eine große Sorge, denn er war es nicht gewohnt, ein Einzelkind zu sein und nur seine Mutter um sich zu haben. Er war bis jetzt in einer großen Familie aufgewachsen – mit viel Trubel, viel Spielzeug und viel Spaß. Langeweile kannte er praktisch nicht, weil immer jemand da gewesen war, mit dem er spielen konnte. Jetzt, wo es nur noch sie beide und keine anderen Kinder mehr gab, hatte Lea befürchtet, dass sie sich schnell gegenseitig auf die Nerven gehen würden. Aber dank Max erwies sich diese Angst als unbegründet. Er war ebenso glücklich darüber, Jan als neuen Freund gewonnen zu haben, wie umgekehrt. Es stand außer Frage, dass sich die beiden so oft wie möglich sehen wollten. Meistens besuchte Jan Max in dessen Wohnung, da er ungleich mehr Spielzeug besaß.

Natürlich vermisste Jan Stockholm und ihr Leben dort. Vor allem Emil und Lotta fehlten ihm sehr. Videotelefonie konnte das stundenlange gemeinsame Spielen einfach nicht ersetzen. Aber durch Max wurde der Trennungsschmerz erheblich gelindert.

Arbeiten gehen

Eine Woche nach dem Umzug begann Phase zwei des neuen Lebens: Lea trat ihren Job an. Auch den hatte sie von Stockholm aus gefunden. Sie hatte alle Hebel in Bewegung gesetzt und am Ende in ihrem Bekanntenkreis die nahezu perfekte Arbeitsstelle gefunden: Der Schwiegersohn der besten Freunde ihrer Eltern führte eine kleine Buchhandlung in der Nähe von Leas Wohnung und suchte jemanden für die Betreuung seines Onlineshops.

Nach sieben Jahren als Kindermädchen war es eine wahnsinnige Umstellung, wieder den ganzen Tag an einem Computer zu arbeiten. Sie hatte einen solchen Job zwar früher schon einmal gemacht, doch die Zeit in Stockholm war einfach etwas ganz anderes gewesen. Computer hatte sie hauptsächlich zum Surfen im Internet benutzt oder um mit ihrer Familie zu skypen. Die neue Arbeit war daher anstrengender, als sie es erwartet hatte. Nach wenigen Stunden schmerzten ihre Augen und ihr Rücken, und sie sehnte sich zurück nach Schweden, wo sie im vergangenen Jahr um diese Jahreszeit fast jeden Tag mit den Kindern am Wasser verbracht und Krebse gefischt hatte. Trotzdem machte ihr der neue Job Spaß und sie fühlte sich im Team willkommen.

Doch nicht nur die neue Beschäftigung war eine Umstellung, auch die Tatsache, dass sie nun dauernd eine Betreuung für Jan brauchte, um arbeiten gehen zu können. Leas Organisationstalent wurde auf eine harte Probe gestellt. Zwar hatte sie einerseits keine Skrupel, jede angebotene Hilfe anzunehmen, andererseits wollte sie niemanden zur Last fallen. Bereits in der vierten Juliwoche kam sie an einen Punkt, wo es schwierig wurde. Bisher war Jan tagsüber entweder bei den Großeltern, bei Leas Schwester oder ihrer besten Freundin Nina gewesen, doch in dieser Woche konnte keiner von ihnen auf ihn aufpassen, deshalb hatte Lea beschlossen, ihn mit zur Arbeit zu nehmen.

»Aufwachen, Schlafmütze!« Sanft schüttelte Lea ihren Sohn.

»Ich will nicht«, murrte er und rollte sich auf die Seite.

»Komm schon, Schatz! Steh auf! Ich muss arbeiten.«

»Wieso musst du arbeiten?«, beschwerte er sich. »In Schweden hast du doch auch nicht gearbeitet.«

Lea entfuhr ein Lachen.

»Natürlich habe ich in Schweden gearbeitet«, klärte sie ihren Sohn auf. »Nur war es dort mein Job, euch Rasselbande im Zaum zu halten und dafür zu sorgen, dass ihr etwas zu essen und etwas Sauberes zum Anziehen habt, rechtzeitig in Schule, Kindergarten und sonst überall seid, Hausaufgaben macht, Musikinstrumente übt und was weiß ich noch alles. Nils und Jette haben mich dafür bezahlt, dass ich mich um alles kümmere, was sie neben ihrer Arbeit nicht schaffen.«

»Und wieso haben wir hier keine Familie, wo wir das so machen?«, wollte er wissen, während er sich endlich aus seinem Bett erhob.

»Weil es ein einmaliger Glücksfall war, die Larssons zu finden«, erwiderte Lea.

Er verschwand ins Bad, aber als er sich am Frühstückstisch niederließ, setzte er das Gespräch fort: »Ich finde es blöd, dass du jetzt immer ins Büro gehen musst.«

»Wir sollten lieber froh sein, dass ich so schnell einen so guten Job gefunden habe. Du wirst schon sehen, die Buchhandlung ist toll! Du kannst dir vorne Bücher anschauen, während ich hinten im Büro arbeite.«

Die Vorstellung schien Jan zumindest ein wenig zu gefallen.

»Aber warum sind wir überhaupt nach Österreich gekommen?«, maulte er trotzdem weiter. »Bei Nils und Jette war es doch viel besser.«

»Schatz, das weißt du ganz genau, wir haben das doch schon

oft besprochen. Das in Stockholm waren unsere Zimtschneckenjahre, jetzt kommt ein neuer Lebensabschnitt.«

»Und was für einer?«

»Keine Ahnung, das wird sich erst zeigen«, meinte Lea. »Apfelstrudeljahre vielleicht.«

Jan verzog das Gesicht zu einer gequälten Grimasse. »Wäh, ich mag aber keinen Apfelstrudel. Backst du jetzt etwa nie wieder *Kanelbullar*? Nur mehr ekeligen Apfelstrudel?«

Lea musste lachen. Sie wusste ganz genau, dass ihr Sohn diese Vorliebe nicht mit ihr teilte. »Keine Angst, ich werde weiterhin *Kanelbullar* backen«, versicherte sie. »Und für die nächsten Jahre wird uns auch noch ein passender Name einfallen.«

»Hätten wir nicht einfach in Schweden eine andere Familie finden können?«, fragte er dennoch.

Lea seufzte. »Wie gesagt, Nils und Jette waren ein einmaliger Glücksfall.«

Wären die beiden nicht so außergewöhnliche Menschen, wäre Jan bereits in Österreich geboren worden. Denn Lea wäre nichts anderes übrig geblieben, als nach Hause zurückzukehren, nachdem sie von ihrer ungeplanten Schwangerschaft erfahren hatte.

Aus allen Wolken

Den ganzen Heimweg vom Arzt über weinte Lea und zerbrach sich den Kopf darüber, wie sie ihren Arbeitgebern die Neuigkeit beibringen sollte. Umso mehr überraschte es sie, dass Jette am Eingang bereits auf sie wartete und sie anstatt ins Haus in ihre nebenan gelegene Hebammenpraxis führte.
»Hattest du wirklich keine Ahnung?«, fragte Jette, nachdem sie Lea auf einer Couch platziert und ihr ein Glas Wasser hingestellt hatte.
»Nein, du etwa?« Lea fiel zum zweiten Mal innerhalb einer halben Stunde aus allen Wolken.
»Ich bin Hebamme, es ist mein Job, die Zeichen zu erkennen«, erwiderte Jette. »Du hast sie allerdings außergewöhnlich lange ignoriert.«
»Ich habe alles auf meinen Liebeskummer geschoben«, verteidigte sich Lea. »Mir war schlecht ab dem Morgen, an dem ich Ben verlassen habe. Ich dachte, das hängt zusammen. Und auch alles andere … Ich habe einfach geglaubt, mein Körper spielt verrückt, weil auch mein Kopf verrücktspielt und mein Herz und überhaupt alles.«
»Wie weit bist du?«
»15. Woche.«
Sie fing wieder an zu schluchzen. Jette legte ihr beruhigend den Arm um die Schultern und tröstete sie schweigend. Wie ein Häufchen Elend lehnte Lea an ihr und bekam sich kaum mehr in den Griff.
Wenn sie nicht gerade Zeit mit Jettes Kindern verbrachte, fühlte sie sich eigentlich immer mies, nur die drei Rabauken lenkten sie ab

und munterten sie auf. Aber jetzt hatte sie einen neuen Tiefpunkt erreicht. Was sollte nur aus ihr werden?

»Bitte schickt mich nicht weg!«, bat sie schniefend. »Ich kann mich immer noch um eure Kinder kümmern.«

Jette sah sie lange wortlos an und dachte über ihre Bitte nach. »Eigentlich hast du recht«, meinte sie schließlich. »Ich sage den Frauen, die zu mir kommen, immer, dass sie nicht krank sind, sondern nur schwanger. Dein Hirn wird zwar bald nicht mehr ganz so gut funktionieren wie jetzt, aber wahrscheinlich bist du selbst mit ausgeprägter Stilldemenz noch besser organisiert als ich.«

»Das ist auch keine große Kunst«, warf Lea vorsichtig ein.

Ihre Chefin lachte. »Ja, das stimmt. Wir brauchen jemanden wie dich, sonst sind wir verloren. – Aber bist du wirklich sicher, dass du bei uns bleiben willst? Was ist mit Ben? Willst du es ihm nicht sagen? Er ist der Vater, er hat ein Recht darauf, es zu erfahren.«

»Ich kann das nicht«, erwiderte Lea nur.

Sie hatte alle Brücken hinter sich abgebrochen, allen Freunden und Familienmitgliedern das Versprechen abgenommen, ihm ihren Aufenthaltsort nicht zu verraten. Die konsequente Trennung sollte einerseits ihr gebrochenes Herz heilen, ihn andererseits zu einem Liebesbeweis veranlassen, der sie dazu brachte, ihm wieder zu vertrauen. Wenn sie jetzt auf ihn zuging, würde sie nie wissen, ob er es wirklich verdiente, dass sie ihm verzieh.

»Na gut, wie du meinst«, lenkte Jette ein. »Vielleicht änderst du deine Meinung ja noch. Ich werde auf jeden Fall mit Nils sprechen. Du kannst so lange bei uns bleiben, wie es für beide Seiten passt, okay?«

»Danke.«

Lea brachte ein schwaches Lächeln zustande. Sie konnte nicht in Worte fassen, was es ihr bedeutete, von der Neuigkeit wenigstens nicht aus ihren jetzigen Lebensumständen gerissen zu werden.

Eins zu eins

»Hättest du wirklich zu einer anderen Familie ziehen wollen?«, fragte Lea ihren Sohn, als sie Milch in seine Müsli-Schüssel füllte.

Er legte die Stirn in Falten, während er angestrengt nachdachte. Wenn er das tat, ähnelte er seinem Vater noch mehr als sonst.

»Nein«, sagte Jan schließlich. »So wie mit Lotta und Emil und Malin und Erik wäre es sonst nirgends.«

»Na, siehst du! Dann ist es wohl das Beste, dass wir zwei jetzt einfach nur wir zwei sind.«

Ganz so sicher war sie sich da inzwischen allerdings nicht mehr. Denn in den letzten Tagen war die Erkenntnis eingesickert, was es bedeutete, alleine für ein Kind verantwortlich zu sein. In der Theorie und im Vergleich zu ihrer Zeit in Schweden schien es leicht. Dort waren auf fünf Kinder drei Erwachsene gekommen, die Kinder waren also in der Überzahl. Doch anders als jetzt war Lea nie als Einzige für die ganze Meute zuständig gewesen. Am Wochenende hatte sie häufig nicht nur die vier Larssons, sondern auch ihren eigenen Sohn an Nils und Jette abgegeben und somit Zeit für sich gehabt.

Doch nun schien kinderfreie Zeit immer in irgendeiner Form mit Arbeit gefüllt zu sein. Wenn sie nicht ihrem bezahlten Job nachging, war sie mit Kochen, Putzen oder Wäschewaschen beschäftigt, ohne dass ihr das ein Gehalt einbrachte. Und wenn alles erledigt war, war sie meistens so geschlaucht, dass sie kurz nach Jan ins Bett fiel. Obwohl es phasenweise kräftezehrend gewesen war, alle fünf Kinder unter einen Hut zu bringen, hatte sie früher abends noch viel mehr Energie gehabt.

Lea war üblicherweise die Erste im Büro, weil sie die Einzige war, für die die Öffnungszeiten des Geschäfts nicht galten. Der Onlineshop war schließlich rund um die Uhr geöffnet. Sie fing daher so früh wie möglich an, um auch wieder früh nach Hause gehen zu können. Auch an diesem Dienstag war noch niemand da, als Lea zusammen mit Jan durch den Hintereingang die Buchhandlung betrat und ihn zuallererst durch alle Räume führte. Zuletzt zeigte sie ihm ihr Büro, wo sie ihm nun irgendeine Beschäftigung suchen musste, damit sie einigermaßen ungestört arbeiten konnte.

Zahlen konnte Jan bereits lesen, das hatte Malin ihm beigebracht. Solange sie noch alleine waren, ging er Lea daher zur Hand und diktierte ihr die Nummern der Datensätze, die sie ins System eintragen musste. Die Vorgehensweise war nicht besonders effektiv, aber der beste Kompromiss zwischen einem Kind, das sich langweilte, und Arbeit, die sonst liegenblieb.

Um neun öffnete die Buchhandlung und die nächsten beiden Stunden durfte Jan in der Kinderecke des Geschäfts verbringen und sich Bücher anschauen. Leas Kolleginnen, die Buchhändlerinnen Kathrin und Maria, behielten ihn im Auge und lasen ihm zwischendurch vor, wenn sie nichts anderes zu tun hatten. Als ihm das jedoch keinen Spaß mehr machte, hatte Lea ein Problem.

»Können wir noch nicht heimgehen?«, jammerte Jan. »Wir sind schon so lange da.«

»Ich muss mindestens bis zwölf arbeiten, also noch eine ganze Stunde«, erwiderte Lea.

»Und was kann ich inzwischen tun? Ich habe schon alle Bücher angeschaut.«

»Jedes Einzelne?«

»Ja!«, versicherte er. »Kann ich dir wieder helfen?«

»Nein, leider, ich bin fertig mit den Listen.«

Tatsächlich hatte sie in den ersten zehn Minuten, nachdem er hinüber in die Buchhandlung gegangen war, mehr geschafft als in der Stunde mit ihm.

»Wo sind Lena und Andi?«, wollte er wissen. »Wieso müssen die nicht mit Bert in die Arbeit kommen?«

Bert war Leas Chef. Jan hatte seine Kinder während eines Urlaubs bei den Großeltern kennengelernt.

»Zu Hause bei Marie«, antwortete Lea.

»Und wo ist das?«

»Hier, in einer Wohnung ein paar Stockwerke über der Buchhandlung.«

»Warum kann ich nicht zu ihnen?«

Lea sah ihren Sohn einige Sekunden lang an, dann entschied sie: »Du könntest Bert fragen, ob du darfst!«

Wenn Jan sich etwas in den Kopf gesetzt hatte, war er nicht schüchtern, daher stapfte er jetzt zielstrebig ins Nachbarbüro. Gleich darauf kam er zusammen mit Leas Chef zurück.

»Ich habe gar nicht mitbekommen, dass du Jan heute mit dabei hast«, stellte der fest.

»Tut mir leid, mir sind die Babysitter diese Woche ausgegangen«, entschuldigte Lea sich.

»Solange du trotzdem zum Arbeiten kommst, ist das kein Problem. Hast du morgen wieder niemanden für ihn?«

»Nein, diese Woche muss ich irgendwie so zurechtkommen. Nächste Woche ist er mit meinen Eltern auf Urlaub.«

»Ist es okay, wenn ich Marie morgen frage, ob du zu ihnen hinauf kannst?«, wandte Bert sich an Jan. »Heute sind sie nicht zu Hause. Aber du kannst mir noch ein bisschen helfen, damit deine Mama ihre Sachen fertig machen kann.«

Jan nickte begeistert.

»Bert, du bist der Beste«, stellte Lea erleichtert fest.

»Du machst einen tollen Job«, gab er das Kompliment zurück. »Ich bin froh, dass ich dich gefunden habe. Und gute Mitarbeiter muss man auch gut behandeln.«

Dankbar wandte sie sich wieder ihrem Computer zu und arbeitete hoch konzentriert weiter, um seinem Lob auch wirklich gerecht zu werden.

Am Mittwoch kam Jan wieder mit in die Buchhandlung, durfte aber schon um neun zu Berts Familie. Zu Mittag holte Lea ihn ab, um gemeinsam mit ihm zu essen, danach verbrachte er noch den Nachmittag dort.

Am Donnerstag hatte Leas Freundin Nina wieder Zeit für Jan. Als sie früh am Morgen auf dem Weg zu ihr die Wohnung verließen, begegnete ihnen im Stiegenhaus Lilis Mann Tom, der soeben aus dem Nachtdienst nach Hause kam.

»Wo wollt ihr denn um die Zeit schon hin?«, erkundigte er sich.

»Ich muss Jan zu meiner Freundin bringen, bevor ich in die Arbeit fahre. Sie passt heute auf ihn auf«, erklärte Lea.

»Ganz schön umständlich, oder?«

»Ich bin eine Dreiviertelstunde unterwegs. Deshalb müssen wir trotz Ferien so früh aufstehen.«

»Und warum lässt du Jan nicht einfach bei uns?«, schlug er vor. »Max langweilt sich ohnehin den halben Tag.«

»Bietet der Mann an, der sich jetzt schlafen legt und seiner Frau die Kinderbetreuung überlässt«, schmunzelte Lea.

»Na ja, heute seid ihr ja schon auf dem Weg, aber morgen vielleicht?«

Neben Lea begann Jan, der vor zehn Sekunden kaum die Augen offenhalten konnte, vor Begeisterung wie ein Gummiball auf und ab zu hüpfen.

»Ich kläre das besser am Nachmittag noch mit deiner Frau«, entschied Lea. »Wer weiß, was für Pläne sie für morgen hat.«

Zu ihrer großen Erleichterung hatte Lili nichts Bestimmtes vor und fand die Idee ihres Mannes gut, sodass der nächste Morgen wesentlich entspannter verlief. Trotzdem war Lea heilfroh, als sie die Arbeitswoche überstanden hatte. Die Nächste würde leicht werden, sie musste Jan nur am Sonntagabend zu ihren Eltern bringen. Wie sie die restlichen Ferien organisieren sollte, wusste sie allerdings noch nicht. Doch nachdem sich in dieser Woche ihr Netzwerk um zwei potenzielle Kinderbetreuer erweitert hatte, hatte sie nach dem Tief zum Wochenbeginn etwas Zuversicht gewonnen, dass sie ihr Leben auch als richtige Alleinerzieherin in den Griff bekommen würde.

Freundinnen

Nun stand Lea erst einmal der längste Zeitraum bevor, den sie je von Jan getrennt gewesen war. Nachdem sie ihr schlechtes Gewissen überwunden hatte – sie hatte das Gefühl, ihr Kind abgeschoben zu haben –, genoss sie die Woche in vollen Zügen. Sie las zwei Bücher, ging mit ihrer Schwester aus und verbrachte zum ersten Mal seit einer Ewigkeit wieder einige Stunden alleine mit Nina. Die Freundinnen hatten schon lange keine Möglichkeit mehr gehabt, sich ohne eines ihrer insgesamt drei Kinder ungestört zu unterhalten. Dabei war Nina seit sieben Jahren einer der wichtigsten Menschen in Leas Leben.

Wie Lea hatte auch Nina erst kürzlich begonnen, für eine schwedische Familie als Au-pair zu arbeiten. Für beide waren Stockholm und die nordische Lebensweise etwas völlig Neues, ebenso der Alltag in »ihren« Familien. Wie Lea sprach Nina mit den Kindern Englisch und sie besuchte mit ihnen regelmäßig denselben Spielplatz.

*Lea war einerseits zu schüchtern, um Nina anzusprechen, andererseits zu sehr damit beschäftigt, die vierjährige Malin und ihren zwei Jahre älteren Bruder Erik im Auge zu behalten, während sie den einjährigen Emil im Kinderwagen vor- und zurückschob, damit er nicht aufwachte. Daher hatte sie das andere Au-pair-Mädchen bisher nur mit einem freundlichen »Hej!« begrüßt – viel weiter reichten ihre Schwedischkenntnisse ohnehin nicht, obwohl sie jeden Abend Vokabeln lernte. Außerdem war der Bub (*Pojke *– das war in der gestrigen Lektion vorgekommen), um den Nina sich kümmerte, sehr lebhaft und waghalsig, sodass diese sich ebenfalls*

kaum auf etwas anderes konzentrieren konnte als darauf, ihn von Dingen abzuhalten, für die er ihrer Meinung nach noch zu klein war.
An diesem Tag hatte sie aber irgendwann genug davon. Nachdem sie ihm eine Zeit lang auf Englisch nachgerufen hatte, drehte sie sich verärgert um und murmelte auf Deutsch: »Okay, mach weiter! Aber wenn du mit einem Fuß hängen bleibst und kopfüber herunterbaumelst, mache ich zuerst ein Video und stelle es auf YouTube, bevor ich dich da runter hole.«
Zwei Meter entfernt prustete Lea los und erregte damit Ninas Aufmerksamkeit. Ab diesem Moment war Nina aus Leas Leben nicht mehr wegzudenken. Sie war immer da, wenn Lea sie brauchte. Und nur wenige Wochen später hatte sie eine richtig gute Freundin dringend nötig.
Nina begleitete sie durch jedes Auf und Ab der Schwangerschaft, und die waren aufgrund von Leas Situation zahlreich. Ihre Meinung darüber, ob sie ihrem Ex-Freund die Neuigkeit mitteilen sollte oder nicht, änderte sich mit jeder Hormonschwankung. Und jede dieser Änderungen ging mit einem neuen Gefühlschaos einher. Zusammen mit Nina schrieb Lea nach Jans Geburt den Brief, mit dem sie seinen Vater – diesmal wirklich – informieren wollte. Und Nina war es auch, die sie beauftragte, den Brief zu vernichten, damit er nie in Bens Hände gelangte.

In der Woche ohne Jan tankte Lea so viel Kraft und Energie, als wäre sie selber im Urlaub gewesen. Wie sie und Lili an einem männerfreien Abend bei mehreren Gläsern Gin Tonic feststellten, hatte es – bei aller Liebe zu ihren Männern – schon etwas für sich, auch mal alleine zu sein. Es war befreiend, einmal nicht für jeden und alles verantwortlich zu sein, immer mitdenken zu müssen und am Ende schuld zu sein, wenn etwas schiefging. Beide liebten ihre Söhne und Lili ihren Mann, aber im Alltag schaffte es jeder der drei, sie regelmäßig zur Weißglut zu bringen.

Von nun an entwickelte sich Lili mehr und mehr zu Leas neuer Jette. Lea hatte an ihrer Chefin immer besonders geschätzt, dass sie sich an den Wochenenden genauso für Jan verantwortlich fühlte, wie sie es unter der Woche von Lea ihren Kindern gegenüber erwartete. Sie hatten sich kurz vor Jans Geburt verbündet, als Jettes Zukunftspläne gehörig durcheinandergeraten waren.

Lea kam gerade von ihrer morgendlichen Runde nach Hause. Sie hatte Erik in der Schule und Malin im Kindergarten abgeliefert. Emil, der heute schon um fünf Uhr wach gewesen war, war auf dem Rückweg im Kinderwagen eingeschlafen. Dafür war Lea sehr dankbar, denn es bedeutete, dass sie sich eine Weile hinsetzen und verschnaufen konnte. Zwar genoss sie diese Spaziergänge, sie wurden jedoch mit jedem Tag beschwerlicher. Ihr Bauch war kugelrund, bis zum Geburtstermin blieben nur noch wenige Wochen.

Nachdem sie den Kinderwagen so im Eingangsbereich abgestellt hatte, dass sie Emil gleich hören würde, wenn er aufwachte, ging sie in die Küche, um sich etwas zu trinken zu holen. Zu ihrer Überraschung saß dort Jette mit einem Glas voll roter Flüssigkeit in der Hand. Sie sah grauenvoll aus.

»Alles okay?«, erkundigte sich Lea verwundert. Trank ihre Chefin etwa vormittags heimlich Alkohol?

Jette blickte auf und gab einen undefinierbaren Laut von sich. Besorgt wegen dieses sonderbaren Verhaltens griff Lea nach dem Glas, um daran zu riechen. Sie stutzte. Ihre Chefin trank nicht, sie klaute. Das in dem Glas war eindeutig Leas Saft, der bei Schwangeren und stillenden Müttern Eisenmangel vorbeugen sollte. Entschlossen nahm sie ihr gegenüber Platz.

»Was ist los?«, wollte sie wissen.

Anstatt zu antworten, stand Jette auf und holte ein sauberes Glas aus dem Regal.

»Willst du auch eines?«, fragte sie.

Als Lea nickte, nahm sie die Flasche mit dem Saft aus dem Kühlschrank und füllte das Glas zur Hälfte. Sie stellte es auf den großen Holztisch, gab ihm einen Schubs, und es glitt quer über den Tisch genau auf Lea zu. Dann ließ sie sich wieder Lea gegenüber sinken. Beide griffen nach ihrem Getränk, Jette prostete Lea zu und sagte: »Skål!« Sie leerte das Glas in einem Zug und knallte es auf den Tisch. Dabei gab sie wieder diesen seltsamen Laut von sich.

Lea war verunsichert. Sollte sie Nils anrufen? Er hatte Nachtdienst im Krankenhaus und würde erst in ein oder zwei Stunden zu Hause sein. Wollte er am Ende einer langen Schicht darüber informiert werden, dass seine Frau sich ausgesprochen seltsam verhielt? Oder sollte Lea besser dafür sorgen, dass das Schlimmste vorbei war, wenn er müde und erschöpft aus dem Dienst kam? Sie entschied sich für Letzteres. Immerhin war es ihr Job, der Familie das Leben zu erleichtern.

Für Jettes seltsames Verhalten gab es eigentlich nur eine Erklärung – insbesondere, weil sie sich an Leas Saft vergriffen hatte. Daher entschied Lea sich dafür, sie direkt zu fragen: »Bist du schwanger?«

Anstelle einer Antwort legte Jette ihre Stirn auf den Tisch und murmelte etwas vor sich hin, das Lea nicht verstand. Es gelang ihr lediglich, ein paar schwedische Wortfetzen aufzuschnappen. Als würde ihre Chefin sich plötzlich daran erinnern, dass Lea die Sprache noch nicht besonders gut beherrschte, wechselte sie von einem Moment auf den anderen ins Englische und erklärte endlich: »Ich weiß nicht, wie das passieren konnte! Ich nehme die Pille und ich habe sie nie vergessen. Ich wollte doch endlich wieder richtig arbeiten. Meine eigene Praxis aufbauen. Mein eigener Boss sein! Nicht noch so ein kleines Monster bekommen, nach dem ich mein ganzes Leben ausrichten muss. Das war doch nicht der Plan!«

Jette rannen Tränen der Verzweiflung übers Gesicht. Lea hatte Mitleid, erhob sich mühsam und nahm neben ihr Platz. Sie hätte sie gerne umarmt, aber ihr dicker Bauch war im Weg, deshalb beschränkte sie sich darauf, ihr über den Rücken zu streicheln.

»Was glaubst du, wird Nils dazu sagen?«, erkundigte sie sich nach einer Weile vorsichtig. Jette setzte sich aufrecht hin und wischte sich die Tränen weg. »Der wird sich freuen. Wenn es nach ihm ginge, hätten wir eine ganze Fußballmannschaft.«

Darüber war Lea erleichtert. Sie wusste nur zu genau, wie sehr eine ungeplante Schwangerschaft das Leben durcheinanderbringen konnte. Doch Jette hatte wenigstens ihren Mann an ihrer Seite.
Schicken sie mich jetzt fort? Diese Frage schoss Lea plötzlich durch den Kopf. Ihr wurde heiß und kalt, Angst breitete sich aus bis in ihre Fingerspitzen. Wenn Jette nun wieder zu Hause blieb und sich selber um die Kinder kümmerte, dann war sie überflüssig.
Ihre Chefin sah Lea den Schrecken offenbar an und erriet ihre Gedanken. »Du bleibst hier«, bestimmte sie. »Ich schlage mich doch nicht mit vier Kindern alleine herum, wenn Nils nicht da ist.«
Erleichterung vertrieb die Angst aus Leas Gliedern.
»Mit fünf«, entgegnete sie mit einem Lächeln auf den Lippen und deutete dabei auf ihren Bauch.
Jette grinste. »Stimmt, mit fünf. Aber gemeinsam bekommen wir das schon hin.«
Damit war es beschlossene Sache. Nils hatte keine Einwände, er sah ein, dass seine Frau die Unterstützung brauchte. Und so kam im April mit Jan und im September mit Lotta noch ein Schwung Leben ins Haus.

Die aktuelle Situation von Lea und Lili war wesentlich weniger dramatisch. Dennoch waren sie zu der Überzeugung gelangt, dass es von Vorteil wäre, sich zusammenzuschließen. Max und Jan waren gemeinsam äußerst pflegeleicht, sodass sie sich gute Chancen ausrechneten, ihrer beider Leben wesentlich zu erleichtern, wenn gelegentlich nur eine von ihnen für die zwei Rabauken zuständig war. Lili erhoffte sich dadurch hin und wieder etwas Zeit zu zweit mit ihrem Mann und Lea einfach ein bisschen Auszeit, die nicht der Arbeit zum Opfer fiel.

Ihr Pakt erwies sich gleich zu Schulbeginn als sehr hilfreich. Irgendwie hatte Lea es geschafft, auch die letzten vier Ferienwochen immer eine Betreuung für Jan zu finden, doch sie war heilfroh, als der September endlich da war und die Schule anfing. Der Start war zwar auf seine Art nervenaufreibend, weil so viel

Neues zu merken, zu bedenken und zu besorgen war, aber insgesamt brachten sie alles gut über die Bühne. Nicht zuletzt, weil Jan und Max dieselbe Klasse besuchten und Lili und sie sich über alles austauschen konnten. Da beide Kinder richtige Träumer waren, war es praktisch, immer jemanden zu haben, bei dem man zur Sicherheit noch mal nachfragen konnte.

Geister der Vergangenheit

Lea hatte alle Schultermine rot in ihrem Kalender in der Küche eingetragen, damit sie ihr sofort ins Auge sprangen. Selten verging ein Morgen, ohne dass sie kontrollierte, ob an dem Tag etwas Wichtiges anstand. Außer sie verschlief – wie an diesem Mittwoch einige Wochen nach Schulbeginn. Sie und Jan schafften es mit Müh und Not, rechtzeitig das Haus zu verlassen.

Für Jan hatte Lea noch schnell eine Jause zubereitet, um ein Mittagessen für sich selbst einzupacken, hatte die Zeit jedoch nicht mehr gereicht. Deshalb ging sie in der Mittagspause auf einen nahe gelegenen Markt, um sich dort etwas zu besorgen. Doch dabei geriet ihr ohnehin schon untypisch verlaufender Tag erst recht aus den Fugen. Bei einem der Stände bemerkte sie eine Person, deren Anblick sie direkt in die Vergangenheit katapultierte.

Sie stürmte zurück ins Büro und rief Nina an.

»Er ist hier«, war alles, was sie sagte.

Nina verstand sofort, von wem die Rede war. Sie hatten zwar schon lange nicht mehr über Jans Vater gesprochen, doch zu Beginn ihrer Freundschaft war er ein Dauerthema gewesen.

»Was heißt das?«, wollte sie wissen. »Hast du ihn gesehen?«

»Nein, nicht ihn, Martha«, antwortete Lea atemlos.

»Und Martha ist ... die Katze, die ihr damals zusammen hattet?«, riet Nina ins Blaue.

»Nein, seine Mum!«, widersprach Lea energisch, musste aber im Stillen eingestehen, dass sie die Namen von Bens Eltern wahrscheinlich nie erwähnt hatte. Nur den seines Bruders.

»Seine Mum, von der du die ganze Zeit über schon wusstest,

dass sie in dieser Stadt wohnt? Wieso beweist das, dass auch Ben hier ist?«

Lea fasste für Nina knapp zusammen, was sich soeben ereignet hatte: Auf dem Markt war ihr eine Frau aufgefallen, die bei einem Stand Lebensmittel eingekauft hatte. Alles an ihr hatte sie an Bens Mutter erinnert: die schlanke Statur, die kinnlangen, blonden Haare, der Stil ihrer Kleidung – ihr Gesicht hatte sie allerdings nicht gesehen. Obwohl sie sofort in Panik geraten war, hatte ihre Neugierde gesiegt und sie war ihr ein Stück gefolgt. So hatte sie beobachtet, wie die Frau in einer alten Fabrik verschwunden war, die Lea wegen der großen Fenster und der schönen Fassade gleich nach ihrem Umzug aufgefallen war. Weil ein Loft in so einem Gebäude Bens absolute Traumwohnung gewesen wäre, war Lea sofort zu der Überzeugung gelangt, dass er dort wohnen musste.

»Selbst wenn sie es war, kann es immer noch tausend andere Gründe dafür geben, warum sie da hineingegangen ist«, versuchte Nina, sie zu beschwichtigen.

»Nenn mir einen, der Sinn ergibt!«, verlangte Lea.

Nina schwieg eine Weile, bevor sie zugab: »Okay, mir fällt keiner ein. Aber das ist kein Grund, Panik zu bekommen. Du beruhigst dich jetzt erst einmal und dann googelst du seine Band und die Adresse von dem Haus. Finde heraus, ob in der Klatschpresse irgendwas darüber steht, wo er derzeit lebt! Und schau, ob in dem Haus irgendwelche Firmen, Organisationen, Personen – irgendwas – gemeldet sind! Vielleicht gibt es eine ganz simple, logische Erklärung und du kannst dich wieder entspannen.«

»Okay«, stimmte Lea zu, war aber noch nicht ganz überzeugt.

Was Nina anscheinend bemerkte, denn sie fragte: »Lea, was soll denn schon passieren? Wovor hast du Angst?«

Nina kannte bereits viele Varianten von Leas Wiedersehenshorrorvorstellung.

»Das Schlimmste, was passieren kann, ist, dass sich nicht nur der Boden *nicht* unter mir auftut, wenn wir uns gegenüberstehen und er mich nicht erkennt, sondern sich auch kein anderer Fluchtweg bietet, ich der peinlichen Situation hilflos ausgeliefert bin und auf seinen ratlosen Blick hin sagen muss: ›Erinnerst du dich noch? Lea. Du wolltest einmal ein halbes Album über mich veröffentlichen, hast es dann aber eingestampft, nachdem ich dich Hals über Kopf verlassen habe, weil du bei einem Festival irgend so eine Schlampe gevögelt hast.‹ – Oder so ähnlich.«

»Okay, die gute Nachricht: Wenn du ihm das so hinknallst, ist er möglicherweise lange genug verdutzt, dass du abhauen kannst.«

»Ha, ha«, brummte Lea.

»Du steigerst dich da höchstwahrscheinlich nur in etwas hinein«, versicherte Nina ihr. »Also mach bitte, was ich dir gesagt habe! Und ruf mich am Abend an und erzähl mir, was du herausgefunden hast, okay?«

Eine völlig fruchtlose Internetrecherche später gelangte Lea zu der Überzeugung, dass Nina Recht hatte und sie total überreagierte. Sie hatte nichts Aktuelles über Ben gefunden, aber dem letzten Interview zufolge lebte er nach wie vor in England, von wo die Familie seines Vaters stammte. Er war nach ihrer Trennung nach London gezogen und vermutlich derzeit dabei, dort mit seiner Band ein neues Album aufzunehmen. Jedenfalls war in dem Artikel die Rede von einer Verlängerung ihres Plattenvertrags gewesen. Wenn die Jungs dem Arbeitsrhythmus der letzten Jahre folgten, war nun wieder Studiozeit angesagt.

Trotz dieser Erkenntnisse war Lea an dem Abend nicht sie selbst. Sie hätte beinahe vergessen, dass sie um 18 Uhr in der Schule sein musste, wenn Lili nicht bei ihr geläutet hätte, um sie abzuholen. Tom passte auf die Kinder auf, während die Mütter sich in der Schule die Ausführungen der Lehrer über den Ablauf des Schuljahres und die Besonderheiten des Musikschwerpunktes anhörten. Lili war besser vorbereitet als Lea und notierte sich die wichtigen Dinge. Es gelang ihr sogar, während der schnellen Vorstellungsrunde die Namen der Studenten, die ab Oktober die Kinder in den diversen Musikinstrumenten unterrichten würden, mitzuschreiben. Lea rechnete damit, dass sie sich diese Aufzeichnungen im Laufe des Schuljahres des Öfteren würde ausleihen müssen, denn sie konnte sich heute beim besten Willen nicht konzentrieren.

Das war einfach nicht ihr Tag.

Zusammenstöße

Am nächsten Morgen brachte ein Ereignis in der Buchhandlung Lea wieder auf andere Gedanken, denn da stolperte plötzlich ein anderer Mann in ihr Leben.

Sie wurde auf ihn aufmerksam, als vorne im Geschäft ein Höllenlärm ausbrach. Lea stürzte aus ihrem Büro, um nach der Ursache zu sehen, und hatte gleich darauf ein Bild für Götter vor sich: In einem Berg aus Lernhilfen, die er gerade zu Fall gebracht hatte, stand ein junger Mann, dessen Attraktivität auch sein Entsetzen über das, was er angerichtet hatte, nicht schmälern konnte. Lea hatte Marias kunstvoll drapierten Stapel gleich bei dessen Errichtung für einsturzgefährdet erachtet, was ihre Kollegin aber als Unsinn abgetan hatte. Der Vorfall sorgte bei ihr daher für große Genugtuung und sie konnte sich das Lachen kaum verkneifen. Schnell zog sie sich in ihr Büro zurück, um nicht an ihrem unterdrückten Lachanfall zu ersticken.

Eine halbe Stunde später erfuhr sie, dass es sich bei dem Mann nicht um einen gewöhnlichen Kunden handelte, sondern um einen Bewerber für die Stelle, die Bert neu besetzen wollte. Genau genommen war er nicht nur irgendein Bewerber, sondern derjenige, der den Anforderungen ihres Chefs bis jetzt am genauesten entsprach, und der daher im Oktober seine Probezeit absolvieren würde. Wenn Lea nur daran dachte, musste sie grinsen, denn der Moment, wo sich ihre Blicke kurz getroffen hatten, bevor sie prustend das Weite gesucht hatte, hatte einen bleibenden Eindruck bei ihr hinterlassen. Da war für einen Augenblick das Entsetzen aus seinen schönen braunen Augen gewichen und er hatte sie angelächelt.

Für den Nachmittag hatte sich Nina mit ihren Kindern angekündigt, und Lea freute sich schon darauf, ihrer Freundin von dem neuen Kollegen zu erzählen. Allerdings stellte sie nach dem Mittagessen fest, dass sie keine Milch mehr zu Hause hatte, weshalb sie schnell zum Supermarkt lief, während Jan allein in der Wohnung blieb. Er war ohnehin mit seinen Hausaufgaben beschäftigt, die er hoffentlich auch wirklich fertig machen würde, denn vor Vorfreude auf ihre Gäste war er ganz zappelig und unkonzentriert.

Auf dem Rückweg ließ Lea die Begegnung in der Buchhandlung noch einmal Revue passieren. Wieder konnte sie das Grinsen nicht unterdrücken, das sich sofort breitmachte, wenn sie nur an das schiefe Lächeln des Mannes dachte. Sie war so auf die braunen Augen vor ihrem geistigen Auge konzentriert, dass sie nicht auf den Weg achtete und schwungvoll in einen entgegenkommenden Mann krachte. Von dem heftigen Aufprall geriet sie ins Schwanken und hätte um ein Haar das Gleichgewicht verloren, hätte er nicht geistesgegenwärtig nach ihrem Arm gegriffen.

»Tut mir leid, das wollte ich nicht«, entschuldigte sie sich höflich, machte sich dabei aber von ihm los, ohne ihn weiter zu beachten.

Sie hatte sich bereits zum Gehen gewandt, als er fragte: »Lea?«

Erst jetzt hob sie den Kopf und schaute dem Mann ins Gesicht. Er war deutlich größer als sie, seine blonden Haare reichten ihm weit über die Schultern und sahen aus, als könnten sie dringend Pflege gebrauchen. Denselben Eindruck vermittelte der wilde Vollbart, der – wenn überhaupt – in letzter Zeit nur ungleichmäßig gestutzt worden war. Lea mochte Vollbärte, wenn sie ordentlich gepflegt waren, aber auf diesen hier traf das eindeutig nicht zu.

Ihr Blick wanderte weiter zu den blauen Augen und streifte dabei die blasse Haut und die dunklen Augenringe. Erst hier regte sich etwas in ihr, die Farbe der Augen weckte eine vage Erinnerung, obwohl ihr Ausdruck ganz und gar nichts Vertrautes hatte.

Doch dann fiel es ihr wie Schuppen von den Augen. Sie schnappte kurz nach Luft und rief bestürzt seinen Namen. »Ben!«

Das Lächeln, das über seine Lippen huschte, bestätigte ihr, dass sie Recht hatte, doch sie starrte ihn trotzdem weiter ungläubig an.

Wie oft hatte sie sich dieses Wiedersehen ausgemalt? Der Ort war nicht so verkehrt. Irgendwie hatte sie immer damit gerechnet, dass sie sich eines Tages irgendwo auf der Straße über den Weg laufen würden. Aber in ihrer Vorstellung hatte Ben so ausgesehen, wie sie ihn bis vor sieben Jahren gekannt hatte, und nicht wie eine ausgemergelte Karikatur seiner selbst. Was war aus dem unglaublich gut aussehenden Typen geworden, von dem sie damals kaum hatte glauben können, dass er sich in sie verliebt hatte? Sie hatte sich nie als etwas Besonderes gefühlt, bis er in ihr Leben getreten war. Denn er hatte tatsächlich nur Augen für sie gehabt und hatte all die anderen hübschen Mädchen links liegen lassen. Bis auf die eine, die nach drei Jahren das Ende ihrer Beziehung bedeutet hatte. Mit ihr war Leas größte Angst wahr geworden: Ben hatte sich mit einem Fan eingelassen, obwohl er ihr immer versichert hatte, dass er das nie tun würde.

»Wo kommst du auf einmal her?«, fragte sie mehr schockiert als freundlich.

»Aus meiner Wohnung«, erwiderte er und deutete in die Richtung, aus der er gekommen war.

»Das habe ich nicht gemeint.« Sie rang nach Worten und merkte plötzlich, dass sie dabei nicht nur mit ihren Händen, sondern auch mit einem halben Liter Milch hilflos in der Luft herumfuchtelte. Einige Augenblicke lang starrte sie auf die Packung, dann ließ sie beide Hände sinken.

Ben war ihren Bewegungen ebenfalls mit dem Blick gefolgt. Nun richtete er ihn wieder auf Leas Gesicht, und sie zwang sich, ihn zu erwidern. Er war ernst geblieben, obwohl Lea zumindest eine gewisse Belustigung über ihre Einlage mit der Milchpackung erwartet hätte.

Sie atmete tief durch. »Ich meinte«, sagte sie, »wieso du gerade jetzt, hier, heute, aus heiterem Himmel, nach so langer Zeit, einfach so und ohne Vorwarnung um die Ecke kommst?«

»Das gleiche könnte ich dich fragen«, erwiderte er. »Vielleicht noch mit dem kleinen Zusatz, wohin du – verdammt noch mal – vor sieben Jahren so einfach spurlos verschwunden bist?«

Sein Fluch brachte Lea vollends aus dem Konzept. Sie war über die Jahre zu der Überzeugung gelangt, dass er sie längst vergessen haben musste. Er hatte mit seiner Band beachtliche Erfolge gefeiert, die Fans lagen ihm zu Füßen, und Lea war sich sicher, dass er sie angesichts des damit einhergehenden Überangebots an Frauen aus seinem Gedächtnis gestrichen hatte. Und doch hatte er sie im Bruchteil einer Sekunde wiedererkannt, während sie eine halbe Minute dafür gebraucht hatte, die Verbindung zwischen ihrem Gegenüber und den Bildern in ihrem Kopf herzustellen.

Er sah sich aber auch einfach nicht ähnlich.

Lea öffnete den Mund, um ihm eine Antwort zu geben, doch es kam nichts heraus, deshalb schloss sie ihn wieder. Da hörte sie zum zweiten Mal innerhalb weniger Minuten, wie ihr Name gerufen wurde, und drehte sich zu der Stimme um. Es war der Sohn ihrer besten Freundin, der auf sie zu gelaufen kam.

»Lukas!« Sie beugte sich hinunter und drückte ihn kurz an sich.

»Wo ist Jan?«, wollte er wissen.

»Zu Hause – er wartet schon auf euch«, antwortete Lea halb an Lukas, halb an Nina gewandt, die gerade mit dem Kinderwagen bei ihnen angelangt war.

»Geht ihr schon mal voraus!«, bat sie. »Jan hat die Anweisung, keine Fremden in die Wohnung zu lassen. Wenn er nach einem Passwort fragt, es lautet *Kanelbullar.*«

»*Kanelbullar?*«, wiederholte Nina skeptisch.

»Du weißt schon, die Zimtschnecken.«

»Ja, ich weiß.«

Nina warf ihr einen fragenden Blick zu, der vermutlich hieß: »Kommst du klar?«

Lea nickte nur kurz und bedeutete ihr mit einer Handbewegung, dass sie gehen sollte.

»Hast du ein Kind?«, fragte Ben ohne Umschweife, kaum dass die drei außer Hörweite waren.

Sie war so perplex, dass sie seiner Frage auswich. »Wie kommst du darauf?«

»Ein Hund könnte keine Türen öffnen oder nach Passwörtern fragen. Und einem erwachsenen Mann müsstest du nicht die Anweisung geben, dass er keine Fremden hereinlassen soll.«

Dieser Logik konnte Lea nichts entgegenhalten.

»Ja, ich habe ein Kind«, bestätigte sie.

»Jan?«

»Ja.«

»Schöner Name.«

»Danke.«

»Du solltest ihn wahrscheinlich nicht zu lange allein lassen und deine Gäste warten auch«, meinte er dann.

»Ja, du hast Recht, ich muss gehen.« Sie blieb jedoch wie angewurzelt stehen. Ohne dass sie wusste, wie es dazu kam, hörte sie sich auf einmal fragen: »Gehen wir irgendwann mal zusammen einen Kaffee trinken?«

Es kam etwas Leben in ihn, als er antwortete: »Okay, gerne.«

»Halt die bitte kurz!«

Sie drückte ihm die Milchpackung in die Hand, um in ihrer Tasche nach einem Stift zu suchen. Als sie ihn gefunden hatte, griff sie nach Bens freier Hand und schrieb ihm ihre Telefonnummer auf den Unterarm.

Welche Ironie, dachte sie dabei, verscheuchte aber sogleich wieder die Gedanken an den Tag, als sie herausgefunden hatte, dass er sie betrogen hatte. Stattdessen konzentrierte sie sich darauf, die Ziffern leserlich und in der richtigen Reihenfolge zu schreiben, und versuchte, sich nicht davon ablenken zu lassen, wie kalt seine Hand war. Früher war immer sie die mit den eiskalten Händen gewesen und er hatte sie gewärmt. Jetzt war es genau umgekehrt.

»Kannst du das lesen?«, wollte sie wissen.

»Ja. Ich hätte mir die Nummer aber auch einfach ins Handy einspeichern können.«

Bestimmt besaß er, obwohl er eigentlich eine technische Niete war, das neueste und beste Smartphone auf dem Markt. Wie das, das Lea damals auf dem Fußboden ihres Schlafzimmers zerschmettert hatte. Auch diese Erinnerung vertrieb sie schnell.

»Wie auch immer. Ruf mich an, okay? Oder schick mir eine Nachricht!«

Letzteres hatte sie getan, als sie sich kennengelernt hatten. Sie war so nervös gewesen, dass sie es vorgezogen hatte zu tippen, anstatt direkt mit ihm zu sprechen.

Lea schüttelte leicht den Kopf. Der Mann, der vor ihr stand, hatte so überhaupt nichts mit dem von damals gemein.

Warum gab sie ihm überhaupt ihre Telefonnummer?

Ach ja.

Jan.

»Okay, mache ich«, versprach er. »Du musst los! Dein Sohn und deine Gäste warten.«

»Und meine Milch wird sauer«, erwiderte Lea, nahm ihm die Milchpackung aus der Hand und wandte sich zum Gehen. Kaum war sie um die Ecke gebogen, verfiel sie in einen Laufschritt und erreichte nur wenige Sekunden später ihr Wohnhaus.

Und nun brach mit noch stärkerer Wucht als am Vortag ihre Vergangenheit über sie herein.

Es war einmal

Mit 19 Jahren war Lea in ihrer ersten großen Lebenskrise gesteckt. Sie hatte gerade ihren Schulabschluss gemacht und sofort einen Job in der kleinen Informatikfirma gefunden, in der sie schon mehrere Praktika absolviert hatte. Da die Auftragslage derzeit sehr gut war, hatte ihr Chef sie gleich fest angestellt. Sie wusste nicht, wie lange sie den Job wirklich machen wollte, aber immerhin hatte sie einen und würde bei einer zukünftigen Jobsuche mehr vorzuweisen haben, als nur das eine oder andere Semester erfolglosen Studiums. So weit war sie zufrieden.
Doch abseits der Arbeit hatte das Ende der Schulzeit ihr Leben gehörig durcheinandergebracht. Sie wusste, in absehbarer Zeit würden sich ihre Schulfreunde in alle Winde zerstreuen. Sie hatten große Pläne für Studium, Ausbildungen, abenteuerliche Reisen, Traumjobs. Lea fühlte sich ein bisschen wie ein Alien, weil sie mit dem soeben Erreichten und dem, was vor ihr lag, völlig zufrieden war. Sie hatte nicht einmal in Liebesangelegenheiten besondere Ambitionen, nachdem alle vier Beziehungen, die sie während ihrer Schulzeit geführt hatte, damit geendet hatten, dass sie von ihrem Freund betrogen worden war. Auch dadurch war sie auf der Maturareise, die sie alle gemeinsam nach den bestandenen Prüfungen unternommen hatten, die Außenseiterin gewesen – sie hatte keine große Lust verspürt, auf Teufel komm raus mit jedem dahergelaufenen Typen zu flirten. Deshalb hielt sich ihre Wehmut in Grenzen, als sie früher als die anderen abreisen musste, um ihre neue Stelle anzutreten.
Aus Kostengründen hatte sie einen Rückflug gebucht, bei dem sie nicht direkt in Wien landete, weshalb sie im Anschluss daran noch

eine mehrstündige Bahnfahrt vor sich hatte. Erst nach längerer Suche fand sie im voll besetzten Zug eine freie Zweierbank. Erleichtert stellte sie ihren Rucksack auf den Gangplatz und ließ sich auf den Fensterplatz fallen. Vielleicht konnte sie den zweiten Platz ja gegen weitere Fahrgäste verteidigen. Doch die Hoffnung währte nur kurz.

»Es tut mir leid, aber könntest du deinen Rucksack vielleicht irgendwo anders verstauen? Das ist der einzige freie Sitzplatz weit und breit.«

Wenigstens wirkte der junge Mann, der den Sitz neben Lea für sich beanspruchte, sympathisch. Und er besaß Manieren. Er half ihr dabei, ihren Rucksack im Gepäckfach unterzubringen, bevor er sein eigenes Gepäck verstaute und neben ihr Platz nahm.

Lea war normalerweise kein Freund davon, einfach so mit wildfremden Menschen zu plaudern, aber in diesem Fall war sie gar nicht so unglücklich über die Gesprächigkeit ihres Sitznachbarn. Da sie bereits im Urlaub alle Bücher ausgelesen hatte, die sie mitgebracht hatte, wäre die Alternative gewesen, die nächsten Stunden aus dem Fenster zu starren. Doch Axel, ihr Sitznachbar, erwies sich als netter Gesprächspartner.

Er war ein Jahr älter als sie, hatte soeben seinen Zivildienst beendet und war nun nach einem Kurzurlaub, den er sich im Anschluss daran gegönnt hatte, auf der Heimreise nach Wien, wo er im kommenden Semester seine Ausbildung zum Tonmeister beginnen würde. Eigentlich hoffte er auf eine Karriere als Musiker, er spielte Schlagzeug in einer Band. Auf die Auftritte in diesem Sommer freute er sich besonders, weil er wegen des Zivildienstes in den letzten Monaten wenig Zeit für seine Bandkollegen gehabt hatte. Im vergangenen Sommer hatten sie ein erstes Studioalbum aufgenommen, jetzt war ihr erklärtes Ziel, möglichst oft aufzutreten, um es unter die Leute zu bringen. Axel lud Lea zu ihren Konzerten ein und nannte ihr einige Termine in ihrer Nähe. Es waren allesamt keine spektakulären Veranstaltungen, sondern Bezirksfeste oder Sommerpartys. Aber sie notierte sich die, wo es zumindest ein kleines bisschen realistisch war, dass sie hingehen würde.

Obwohl sie befürchtete, damit den Eindruck zu erwecken, als würde sie Axel nachlaufen, besuchte Lea schon das erste Konzert, das auf ihrer Liste stand. Bisher gestaltete sich der Sommer etwas deprimierend, weil sie offenbar die Einzige weit und breit war, die arbeiten musste, während alle anderen das Leben genossen. Außerdem mochte Lea Musik und war neugierig auf Axels Band. Hinzu kam, dass das Fest, auf dem sie spielen würden, insgesamt recht vielversprechend klang, sodass sie fand, ein Besuch könne nicht schaden.

Die Stimmung auf dem Straßenfest war entspannt. Lea machte es nichts aus, allein zwischen den Ständen herumzuschlendern und sich treiben zu lassen. Das gönnte sie sich ohnehin zu selten. Sie hatte ihre Spiegelreflexkamera mitgebracht, hinter der sie sich verstecken konnte, wenn sie sich doch einmal komisch vorkam, weil sie ohne Begleitung unterwegs war. Außerdem gefiel es ihr, das bunte Treiben festzuhalten.

Sie näherte sich der Bühne am Ende der Straße zum ersten Mal etwa eine halbe Stunde, bevor es mit der Musik losging. Es herrschte Hektik, Instrumente wurden aufgebaut, Kabel verlegt, Soundchecks gemacht. Musiker, die anscheinend verschiedenen Bands angehörten, diskutierten heftig, was sie wo aufbauen sollten. Insgesamt machte alles einen sehr chaotischen Eindruck. Während Lea die Szenen auf der Bühne beobachtete und versuchte, irgendwo in dem Chaos Axel zu entdecken, stand er auf einmal neben ihr.

»Ich hätte nicht gedacht, dass du wirklich kommst«, stellte er fest.

Sie machte eine Armbewegung, als wäre sie gerade aus einem Kuchen gehüpft, und grinste: »Überraschung!«

Er überrumpelte sie ein bisschen damit, dass er sie zur Begrüßung auf beide Wangen küsste, doch sie ließ es sich gefallen.

»Bist du allein?«, wollte er wissen.

»Ja, ich wurde kurzfristig versetzt«, log sie, um nicht erbärmlich zu wirken. »Aber da ich neugierig war und nichts anderes vor hatte, bin ich trotzdem gekommen.«

»Freut mich sehr«, erwiderte er. »Ich habe noch ein bisschen Zeit. Willst du was trinken?«

»Musst du nichts mehr aufbauen?«
Er machte eine wegwerfende Handbewegung. »Das sind die Amateure, die nach uns spielen, wir sind längst fertig. Was trinkst du?«
»Bier wäre gut.«
»Das lässt sich machen.«
Er schob sie gleich zum ersten Verkaufsstand, wo er zwei Flaschen Bier bestellte.
»Wie ist dein neuer Job?«, erkundigte er sich, nachdem sie miteinander angestoßen hatten. Erfreut, dass er sich an ihre Unterhaltung erinnerte und Leas Kommen nicht als lästig empfand, erzählte sie ein bisschen von den ersten Arbeitstagen. Er hörte aufmerksam zu, kommentierte das eine oder andere, um dann aber erleichtert festzustellen, dass er seine Ferien in vollen Zügen genoss und Lea ganz und gar nicht um die Arbeit beneidete. Sie tranken Bier und plauderten, bis jemand nach Axel rief.
»Oh, ich muss los«, entschuldigte er sich. »Bis nachher! Du bleibst hoffentlich bis zum Schluss.«
»Hast du Angst, dass euch das Publikum davonlaufen könnte?«, fragte Lea.
»Wir haben eher die undankbare Aufgabe, dass wir es erst anlocken müssen«, bemerkte er mit schiefem Grinsen.
»Die kommen schon«, versicherte sie. Da kündigte jemand über ein Mikrofon den Beginn des Musikprogramms an und tatsächlich bewegten sich die ersten Leute in Richtung Bühne. »Siehst du, wird schon!« Sie wünschte ihm Glück, er stellte seine Bierflasche hin und lief los.
Lea hatte keine großen Erwartungen an den Auftritt gehabt, doch Axels Band überraschte sie. Die Musikrichtung sagte ihr prinzipiell zu, was natürlich trotzdem noch nicht viel hätte heißen müssen. Doch sie merkte schnell, dass hier keine Amateure auf der Bühne standen, jeder beherrschte sein Instrument souverän, sie hatten offensichtlich Spaß bei der Sache und die Songs gingen ins Ohr. Die Stimmung im Publikum war ebenfalls gut, die Leute klatschten mit, wippten im Takt oder sangen sogar die eine oder andere

leicht eingängige Zeile mit. Lea nahm an, dass der Auftritt für so ein Fest ziemlich gut lief.
Sie konzentrierte sich anfangs auf Axel, nach einigen Nummern sah sie sich aber auch die restlichen Bandmitglieder genauer an. Axel hatte ihre Namen im Zug erwähnt, aber ohne die Gesichter dazu hatte sie sie gleich wieder vergessen. Was sie sich gemerkt hatte, war, dass zwei der Bandmitglieder Brüder waren, und es war nicht schwer zu erraten, dass es sich dabei um den Gitarristen und den Pianisten handelte, die abwechselnd als Leadsänger fungierten. Die Ähnlichkeit war so groß, als wären sie Zwillinge. Kurze blonde Haare, blaue Augen, dieselben Gesichtszüge. Lea konnte nicht ausmachen, wer der Ältere von ihnen war.
Etwa bei der Hälfte des Auftritts packte Lea ihre Kamera aus, um die Musiker zu fotografieren. Sie hatte dafür kein geeignetes Objektiv dabei, hoffte aber trotzdem auf die eine oder andere gelungene Aufnahme. Da es noch recht früh am Abend war, reichte zumindest das Licht aus.
Ihr Standort war günstig, um jedes Bandmitglied vor die Linse zu bekommen. Zuletzt war der Pianist an der Reihe. Den hatte sie bis jetzt am wenigsten beachtet, doch als sie ihn durch das Objektiv beobachtete, stellte sie fest, dass er ihr eigentlich am besten gefiel. Obwohl er seinem Bruder so ähnlich sah, hatte er irgendetwas an sich, das bei ihr Bauchkribbeln verursachte.
Sie drückte ein paar Mal ab und ließ die Kamera genau in dem Moment sinken, als er sich ihr zuwandte. Dass er sie so direkt ansah, entlockte Lea ein verlegenes Lächeln. Er lächelte zurück und verspielte sich prompt im nächsten Takt.

Als der Auftritt zu Ende war, stand Lea etwas verloren vor der Bühne. Die nächste Band machte sich bereit und die Leute nutzten die Gelegenheit, um sich Getränke zu holen oder aufs Klo zu gehen. Lea hatte weder ein Bedürfnis nach dem einen noch nach dem anderen und war auch nicht besonders neugierig auf die nächste Band. Sie sah, dass Axel und seine Bandkollegen hektisch ihr Equipment aus dem Weg schafften, und beschloss, ihnen ihre Hilfe

anzubieten. Da es sich nur um ein Straßenfest handelte, gab es keine Sicherheitsvorkehrungen und sie gelangte problemlos zur Rückseite der Bühne, wo Axel gerade sein Schlagzeug zerlegte.
»Kann ich helfen?«, fragte sie ihn.
Er drehte sich erfreut zu ihr um. »Ja, gerne, wenn es dir nichts ausmacht.« Sofort drückte er ihr eine der Drums in die Hand. »Gleich dort ums Eck steht ein alter VW Bus. Kannst du die dorthin bringen? Ben lädt ihn ein.«
»Ben ist der …?«
»Der Pianist.«
»Okay, alles klar. Ich kann auch noch mehr nehmen.«
»So weit bin ich noch nicht. Komm einfach wieder zurück! Danke!«
Sie machte sich auf die Suche nach dem Bus, der gleich als erstes Fahrzeug hinter der nächsten Ecke parkte.
»Ich soll dir das bringen«, sagte sie zu Ben, der geduckt im Bus stand und Sachen in ein Regal lud, das provisorisch auf einer Seite eingebaut worden war.
Überrascht blickte er auf und erwiderte: »Haben wir einen neuen Roadie? Danke.« Er nahm ihr die Trommel aus der Hand und legte sie in eines der Fächer.
»Nur auf Probe«, entgegnete sie.
»Wer hat dich engagiert?«, wollte er wissen.
»Axel.«
»Oh, du bist das Mädel, das er im Zug kennengelernt hat.«
Sie nickte. »Ja. Lea.«
»Ben«, stellte er sich vor. Dabei lächelte er und Leas Knie wurden weich. Bevor sie nachgeben konnten, murmelte sie: »Ich soll noch den Rest holen«, und machte sich schnell aus dem Staub.
Auf dem Rückweg begegnete sie dem Gitarristen. Bis das Schlagzeug im Bus verstaut war, wusste sie, dass er Jonas hieß, und hatte auch dem Bassisten Jakob die Hand geschüttelt. Alle vier waren ausgesprochen nett zu ihr und dankbar für ihre Hilfe.
Als Lea Ben die letzte Schachtel, die sie zum Bus bringen sollte, in die Hand drückte, passierte ihm ein Missgeschick. Die Box entglitt

ihm und der Inhalt fiel – begleitet von seinen Flüchen – heraus auf die Straße. Lea gelang es, mit der rechten Hand ein zusammengewickeltes Kabel zu fangen. Gleichzeitig versuchte sie mit ihrem linken Fuß etwas, das wie ein kleines Mischpult aussah, daran zu hindern, dass es auf den Asphalt krachte. Sie schaffte es zwar, den Fall zu bremsen, doch ausgehend von einer Zehe breitete sich ein stechender Schmerz in ihrem Fuß aus. Sie konnte einen kurzen Aufschrei nicht unterdrücken. Ben war sofort bei ihr.
»Tolle Reflexe«, lobte er.
»Ja, aber leider funktioniert es im richtigen Leben nicht so wie in den Cartoons, wo sie mit jedem freien Körperteil irgendwas sicher fangen können«, beklagte sie sich.
»Was tut weh?«
»Eine Zehe.«
»Setz dich da drüben hin!« Er deutete auf einen Hauseingang mit ein paar Stufen davor. »Ich mache das alleine fertig.«
Lea humpelte zu der Stiege, wo sie ihren linken Schuh auszog, um ihre Zehe zu begutachten. Zum Glück trug sie Sneakers und keine Sandalen.
»Was ist passiert?«, erkundigte sich Axel, der in dem Moment um die Ecke kam.
»Ben hat mich mit Sachen beworfen«, behauptete sie in einem gequälten Tonfall.
»Das war ein Versehen!«, kam es protestierend aus dem Bus. Einen Augenblick später kletterte Ben heraus und erklärte: »Sie hat versucht, eines von Jonas' Delays mit ihrer Zehe aufzufangen, damit es nicht auf die Straße fällt.«
»Sehr löblich«, kommentierte Axel.
»Wie sieht es aus?«, wollte Ben von Lea wissen.
»Wenn der Schmerz erst nachlässt, ist es wahrscheinlich nichts, was sich nicht durch Nagellack überdecken lässt.«
»Darf ich dich als Entschuldigung auf ein Bier einladen?«, fragte er.
»Gerne«, erwiderte sie lächelnd und war froh darüber, dass sie saß, weil sie schon wieder weiche Knie hatte.

Irgendwann mitten in der Nacht begleitete Ben Lea zur U-Bahn. Sie hatten die letzten Stunden zusammen mit den drei anderen in einer gemütlichen Lounge mit Liegestühlen und Sitzsäcken verbracht, sich aber hauptsächlich miteinander unterhalten. Lea war bewusst, dass sie dafür schiefe Blicke geerntet hatten. Insbesondere Jonas schien irritiert davon zu sein, dass sein Bruder mit dem Mädchen flirtete, das Axel zu dem Konzert eingeladen hatte. Der jedoch nahm es gelassen, daher hielt sich Leas schlechtes Gewissen in Grenzen. Auch Ben ließ sich von den skeptischen Blicken seines Bruders nicht beirren und brachte Lea bis zum Bahnsteig, wo er sie um ihre Telefonnummer bat. Dann drückte er ihr zum Abschied einen Kuss auf beide Wangen, und Lea schwebte förmlich mit einem breiten Lächeln durch die geöffneten Zugtüren davon.

Alte Fotos

»Ich kann nicht glauben, dass das wirklich Ben gewesen sein soll!«

Nina hatte vor lauter Überraschung Mühe, so leise zu sprechen, dass die Kinder in Jans Zimmer sie nicht hörten. »Auf den Bildern im Internet sieht er doch ganz anders aus!«

Sie griff zu ihrem Smartphone und tippte seinen Namen in *Google* ein. Gleich darauf hielt sie Lea ein Foto unter die Nase, auf dem er viel mehr dem Ben ähnelte, den sie einmal gekannt hatte.

»Da!«, rief sie aus. »Wo bitte sehen die sich ähnlich?«

Nina übertrieb, Lea fand optisch sehr wohl Gemeinsamkeiten. Auch auf dem Foto hatte Ben ziemlich lange Haare, wenngleich sie hier zu einem lässigen Zopf gestylt waren. Den Vollbart trug er auf dem Bild ebenfalls bereits, er war jedoch deutlich kürzer als heute und sorgfältig gepflegt. Was sie wirklich schockierte, war der Ausdruck in seinen Augen. Auf dem Foto wirkten sie lebhaft, heute dagegen waren sie völlig leer gewesen.

»Vielleicht ist das irgendein künstlerisches Experiment?«, mutmaßte Nina.

»Ich habe keine Ahnung, was mit ihm los ist. Nina, ich habe ihn nicht erkannt! Ich habe mich entschuldigt und wollte weitergehen und da sagt er auf einmal meinen Namen.«

»Dabei hast du immer erwartet, dass er nicht mehr wissen würde, wer du bist, weil du ihm egal geworden bist.«

»Ja, und dass ich ihn sofort erkennen würde, weil ich doch von den Plattencovers und den Fotos im Internet ungefähr weiß, wie er inzwischen aussieht. Aber nichts von dem, was *Google* ausspuckt, hat mich auf diesen Anblick vorbereitet.«

Nach einer kurzen Pause entfuhr es ihr: »Er sieht aus wie ein Säufer!«

»Ist er dir auch so vorgekommen?«, fragte Nina.

»Nein, das nicht«, meinte Lea kopfschüttelnd. »Er hat ganz normal geredet und auch nicht nach Alkohol gerochen oder so.«

»Vielleicht doch ein künstlerisches Experiment?«

»Ich habe keine Ahnung. Aber selbst wenn es so etwas ist, geht es zu weit. Es war ja nicht nur das Offensichtliche. Seine Augen waren so anders, irgendwie leer, tot.«

»Hast du noch alte Fotos?«, erkundigte Nina sich.

Lea nickte langsam. Dann stand sie auf und holte aus einer Schublade ihres Schreibtisches eine längliche Box, die mit einem kleinen Nummernschloss gesichert war. Sie wollte nicht, dass Jan die Bilder irgendwann zufällig fand, daher hatte sie die Erinnerungen weggesperrt. Doch jetzt trug sie die Box zum Couchtisch und öffnete das Schloss. Nina setzte ihre Tochter Sara auf den Boden und nahm neben Lea Platz. Neugierig schnappte sie sich das oberste Bild.

»Meine Güte, wie sehr kann man sich verändern?«, fragte sie angesichts des vor Lebenslust strahlenden Abbilds des acht Jahre jüngeren Ben. Damals hatte er angefangen, sich die Haare wachsen zu lassen, und sie reichten ihm knapp über die Ohren. Er war auch auf dem Foto nicht rasiert, aber anstelle des wilden Vollbarts von heute bedeckte ein sexy Dreitagebart seine Wangen. Die blauen Augen leuchteten und er lächelte breit. Lea erinnerte sich, dass das Foto bei der Geburtstagsfeier seines Bruders aufgenommen worden war.

»Huch, und das erst!«, stellte Nina schmutzig grinsend fest. »Dass du ihn da heiß gefunden hast, verstehe ich voll und ganz.«

Sie hielt Lea ein Foto von ihrem letzten Sommerurlaub mit Ben hin, auf dem er braun gebrannt und durchtrainiert in Badehose an einem Strand in Italien zu sehen war.

»Ich hatte ganz vergessen, dass du kurze Haare hattest, als wir uns kennengelernt haben«, bemerkte ihre Freundin jetzt und deutete auf das nächste Foto. Es zeigte Ben und Lea gemeinsam. Seine Haare reichten bis zum Kinn, ihre dagegen waren kurz und strubbelig gestylt. »Schaut süß aus, aber eigentlich gefällst du mir mit den langen besser.«

»Ja, ich mir auch«, stimmte Lea ihr zu.

Die kurzen Haare passten nicht mehr zu ihrem heutigen Ich, obwohl sie die Frisur an ihrem sieben Jahre jüngeren Abbild toll fand. Ben standen die kinnlangen Haare fantastisch. Seine aktuelle Frisur – falls man das überhaupt so nennen konnte – traf Leas Geschmack dagegen gar nicht. Insgesamt hatte sein Äußeres einfach nur ungepflegt gewirkt. Die Jeans mit den vielen Löchern konnte ja noch als modisch durchgehen. Das Shirt aber war eine ganz andere Sache. Es war weniger das Aussehen, das sie daran gestört hatte, als vielmehr die Tatsache, dass es zwei Nummern zu groß schien. Der Ben auf den Fotos war schlank, aber muskulös. Der heute auf der Straße dagegen war mager gewesen.

»Ich kann mir das gar nicht anschauen«, murmelte Lea, packte die Fotos zurück in die Box und verstaute sie wieder in ihrem Schreibtisch.

»Oje, Lukas hat ja vorhin ausgeplaudert, dass es Jan gibt, oder?«, erinnerte Nina sich auf einmal. »Habt ihr über ihn geredet?«

»Oberflächlich. Er hat aus der Frage nach Jan die richtigen Schlüsse gezogen. Aber wir sind nicht näher darauf eingegangen. Ich habe ihm meine Telefonnummer gegeben und ihn gebeten, sich zu melden, damit wir uns treffen und reden können.«

»Also wirst du ihm alles erzählen?«

»Wenn meine Theorie stimmt, wohnt er in der Nähe. Ich muss es ihm sagen, bevor ich ihm das nächste Mal zusammen mit Jan über den Weg laufe.«

»Du meinst also, er wohnt wirklich in der ehemaligen Fabrik? Wo du die Frau beobachtet hast, die wie seine Mutter aussah?«

»Inzwischen bin ich mir sicher, dass sie es war. Und auch, dass er dort wohnt. Er hat in die Richtung gedeutet. Und was sollte Martha da sonst tun?«

»Wahrscheinlich hast du Recht. Und wahrscheinlich ist es auch das Richtige, gleich reinen Tisch zu machen. Alles andere würde nur zu unnötig unangenehmen Situationen führen.«

»Nicht, dass dieses Treffen mit ihm angenehm werden wird.«

Guter Anfang

Das erste richtige Treffen mit dem neuen Kollegen zählte dagegen zu den angenehmen Ereignissen. Da Michael – so hieß der Neue – derzeit arbeitslos war, hatte Bert ihn gebeten, gleich am nächsten Tag wiederzukommen und einen Probetag zu absolvieren. Im Zuge dessen sollte Lea ihm den Onlineshop erklären, damit er sie in Zukunft dabei unterstützen konnte, die technische Ungeschicklichkeit der beiden älteren Mitarbeiterinnen zu kompensieren. Maria und Kathrin schafften es zwar, das Kassensystem fehlerfrei zu bedienen, aber alles, was darüber hinaus ging, war für sie ein rotes Tuch. Als Lea bei ihrer ersten Teambesprechung im Juli das Thema E-Books angesprochen hatte, hatte Maria die Hände über dem Kopf zusammengeschlagen und ausgerufen: »Um Gottes willen, wo sollen wir die denn noch hinstellen?«

Lea und Michael verstanden sich auf Anhieb, obwohl er offenbar am liebsten im Erdboden versunken wäre, als sie den Vorfall mit dem eingestürzten Lernhilfen-Turm erwähnte. Aber er merkte bald, dass sie in erster Linie ihrer Kollegin gegenüber schadenfroh war, und entspannte sich. Er lernte schnell und hatte dadurch gleich einen Stein bei ihr im Brett.

Außerdem fand sie ihn wirklich süß. Seine Augen hatten einen warmen Braunton. Die kurzen, braunen Haare stylte er entweder nicht speziell oder absichtlich im *Out-of-Bed-Look*. Zusammen mit den unrasierten Wangen wirkte er einfach sexy. Sie schätzte ihn zwar nicht als extrem sportlich ein, aber er war schlank und recht groß. Jedenfalls so groß, dass sie sich auf die Zehen stellen müsste, um ihn zu küssen – ein Gedanke, den sie schnell wieder vertrieb. Sie waren schließlich zum Arbeiten hier.

Vorne im Geschäft hatte Michael wegen des Unfalls keinen leichten Start. Die beiden Damen verübelten es ihm nicht nur, dass er ihr Kunstwerk zerstört hatte. Er hatte es noch dazu gewagt, gleich bei seinem ersten Rundgang durch die Buchhandlung Möglichkeiten für eine bessere Präsentation der Lernhilfen vorzuschlagen. Als Lea kurz nach zwölf die Küche betrat, um sich etwas zu trinken zu holen, bekam sie mit, wie sich die zwei fürchterlich über Michael und seine »innovativen« Vorschläge beschwerten. Er schien im Laufe des Vormittags in jedes einzelne Fettnäpfchen getreten zu sein, das da draußen herumstand.

Kurz nach seiner Mittagspause stürzte er aufgeregt in Leas Büro.

»Oh, Gott sei Dank, du bist noch da!«

»Womit habe ich diese Freude bei meinem Anblick verdient?«, erkundigte sie sich grinsend.

»Maria wollte mir gerade zeigen, wie man Pakete einpackt und verschickt«, erklärte er händeringend. »Aber beim Ausdrucken der Rechnung hat sie es irgendwie geschafft, die Bestellung zu löschen. Ich kann sie nicht wiederherstellen.«

Lea seufzte und wandte sich ihrem Bildschirm zu.

»So ziemlich das Erste, was ich hier gemacht habe, war, das System so einzurichten, dass ich von jeder Bestellung eine Sicherungskopie bekomme«, berichtete sie gelassen. »Das mit dem Löschen kommt mindestens einmal in der Woche vor. Maria und Kathrin werden das in diesem Leben leider nicht mehr lernen.«

»Seit wann arbeitest du hier?«, wollte Michael wissen, während sie auf ihrem Computer herum klickte.

»Seit drei Monaten.«

»Und ich dachte, du wärst seit einer Ewigkeit hier. So, wie die beiden da draußen von dir reden, klingt es, als wärst du eine Institution. Wenn es um irgendwas Technisches geht, heißt es nur Lea hier, Lea da, das kann nur Lea, frag Lea, Lea wird das schon richten.«

Sie musste lachen. »Ja, ich fürchte, sie haben sich sehr schnell daran gewöhnt, dass jemand ihre Fehler ausbügelt. Hier!« Sie reichte ihm einen Ausdruck. »Du musst die Bestellung händisch noch einmal eingeben. Wenn das System eine Bestätigung verschicken will, klick bitte auf ›Nein‹, das sorgt sonst nur für Verwirrung beim Kunden. Erst wenn du die Bestellung als ›versendet‹ markierst, soll wieder ein E-Mail rausgehen. Alles klar?«

»Ja, danke!«, sagte er und lächelte sie erleichtert an.

»Kein Problem.« Sie erwiderte sein Lächeln. »Jederzeit wieder. Aber sag das den beiden da draußen nicht, sonst löschen sie ab sofort noch mehr Bestellungen!«

»Ich glaube, ich werde die Technik einfach an mich reißen.«

»Gute Idee!«

Michael winkte kurz zum Abschied, dann verließ er das Büro und schloss die Tür hinter sich. Lea wandte sich wieder ihrer Arbeit zu, konnte aber eine ganze Zeit lang nicht zu lächeln aufhören.

Doch ihre Stimmung verschlechterte sich rapide, als sie aus der Tür der Buchhandlung trat.

Mieser Start

Eigentlich genoss Lea ihre Freitagnachmittage, denn sie arbeitete an diesem Tag nur bis halb zwei und hatte danach kinderfrei. Ihre Eltern holten Jan mittags direkt von der Schule ab und er blieb über Nacht bei ihnen. Die Freitage waren also ihre Chance auf eine Auszeit vom Alltag. Allerdings war es auch die beste Zeit, um Dinge zu erledigen, die ihr Sohn nicht mitbekommen sollte – wie zum Beispiel nach über sieben Jahren seinen Vater zu treffen. Ben hatte ihr noch am Vorabend eine Nachricht geschickt und da Lea das Gespräch so schnell wie möglich hinter sich bringen wollte, hatte sie sich gleich für heute mit ihm verabredet.

Sie erreichte das kleine Café zuerst und wählte einen Tisch für zwei in einer ruhigen Ecke. Nervös studierte sie die Getränkekarte, warf aber alle paar Sekunden einen Blick Richtung Eingangstür. Nach fünf Minuten war es endlich so weit. Ben entdeckte sie sofort, kam auf sie zu und nahm ihr gegenüber Platz.

Wie am Vortag war Lea von seinem Anblick richtiggehend schockiert. Er trug die langen Haare zu einem lässigen Zopf gebunden, was cooler aussah als gestern, aber das war die einzige Verbesserung. Der Bart war immer noch zu lang und zu struppig, die Wangen wirkten eingefallen und die dunklen Augenringe vervollständigten den Eindruck eines Junkies. Am allerschlimmsten quälte sie jedoch, dass auch heute der lebhafte Ausdruck in seinen blauen Augen fehlte. Sie hatte Mühe in einem freundlichen Ton zu sagen: »Danke, dass du gekommen bist.«

»Kein Problem«, erwiderte er. »Ich freue mich, dich zu sehen. Hast du schon bestellt?«

Genau diese offensichtliche Freude ließ Lea in die Defensive gehen. Alles in ihr sträubte sich dagegen, bei Ben den Anschein zu erwecken, als hätte sie noch Interesse an ihm. Im Moment wusste sie nicht, was sie je an ihm gefunden hatte, und sie haderte mit ihrem Plan, ihm von seinem Sohn zu erzählen. Wenn er es erst wusste, war ein weiterer Kontakt wahrscheinlich unvermeidlich. Aber wollte sie wirklich, dass Jan diesen Typen als seinen Vater kennenlernte? Was würde er von ihm denken? Und von ihr?

Die Kellnerin trat an ihren Tisch und verschaffte Lea damit einige Minuten Zeit, um sich zu fangen. Sie war ihr dankbar für das Timing, mit dem sie eine peinliche Stille verhinderte.

»Kommst du öfter hierher?«, erkundigte Ben sich, nachdem sie ihre Bestellungen aufgegeben hatten.

»Manchmal, aber so oft habe ich nicht die Gelegenheit dazu«, erwiderte Lea zurückhaltend.

Was, wenn Ben von jetzt an auch hierher kam? Musste sie dann ihr Lieblingscafé meiden?

»Ich kenne noch gar keine Lokale in der Umgebung«, bemühte er sich, die Unterhaltung am Laufen zu halten. »Ich wohne aber auch erst seit ungefähr drei Monaten hier.«

Damit weckte er Leas Interesse nun doch.

»Wirklich?«, erwiderte sie. »Ich auch noch nicht länger.«

»Du hast gestern meine Frage nicht beantwortet, wohin du verschwunden bist«, stellte er fest.

»Nach Stockholm.«

»Stockholm?« Er sah überrascht aus. »Was hat dich dorthin verschlagen?«

»Ein Inserat im Internet, dass eine Familie in Stockholm ein Au-pair sucht.«

Jetzt wurde sein Blick ungläubig. »Au-pair? Ist das nicht eher das Spezialgebiet deiner Schwester?«

Leas Schwester arbeitete als Kindergärtnerin.

»Schon, aber es hat sich herausgestellt, dass ich auch ganz gut mit Kindern umgehen kann. Die schwedische Familie ist toll, ich habe mich bei ihnen von Anfang an wie zu Hause gefühlt. Und ich liebe Stockholm und Schweden generell. Dort zu leben war eine wunderschöne Erfahrung, meine Zimtschneckenjahre. Allzu viel Freizeit hatte ich zwar nicht, aber man kann auch mit Kindern einiges in der Stadt erleben.«

»Ist das nicht ein ziemlich heftiger Sprung vom Programmieren zur Kinderbetreuung?«, fragte er.

»Es war auch ziemlich heftig herauszufinden, dass mein Freund mich betrogen hat«, warf sie ihm gereizt hin. Zum Glück brachte die Kellnerin in diesem Moment ihre Bestellung, sodass Lea Gelegenheit hatte, ein paar Mal tief durchzuatmen. Bens englische Höflichkeit verhinderte, dass er in Anwesenheit einer fremden Person irgendetwas zurück blaffte. Er überging ihren Vorwurf und erkundigte sich stattdessen: »Wie lange warst du Kindermädchen?«

»Die ganze Zeit über. Bis heuer im Juni. Jetzt sind die Kinder so groß, dass sie ohne zusätzliche Hilfe auskommen.«

»Wie viele Kinder?«

»Am Anfang drei, dann vier. Beziehungsweise fünf, mit meinem.«

»Du warst bei einer anderen Familie Kindermädchen, obwohl du selber eines hast?«

Er sah sie skeptisch an.

»Ja, wir haben bei ihnen gewohnt. Ich hatte ein Zimmer für Jan und mich und sonst waren wir einfach Teil der Familie«, berichtete sie. »Ursprünglich war nicht geplant, dass ich so lange bleibe, aber es hat für Jette, Nils und mich und natürlich auch für die Kinder perfekt gepasst.«

»Nils?«

»Der Vater. Jettes Mann.«

»Der Vater der Kinder, die du betreut hast?«

Lea wusste genau, dass Ben mit diesen Fragen eigentlich darauf abzielte zu erfahren, wer Jans Vater war, doch sie ließ ihn zappeln.

»Ja«, antwortete sie nur.

»Von allen?«

»Das musst du Jette fragen.«

»Von Jan auch?«, wurde er nun direkt.

Langsam schüttelte sie den Kopf. Er war nicht der Erste, der diese Frage stellte. Nils hatte sie sich öfter gefallen lassen müssen. Manche Leute hatten geglaubt, er würde mit seiner Frau und seiner Geliebten unter einem Dach wohnen. Darüber hatten er, Jette und auch Lea immer herzlich gelacht.

»Nein, von ihm nicht«, sagte sie jetzt.

»Wann wurde Jan geboren?«

»Im April nachdem ich gegangen bin.«

Lea hätte es ihm leichter machen können, doch sie ließ ihn rechnen. Der Satz »Du bist sein Vater« wollte ihr nicht über die Lippen kommen. Aber immerhin schaffte sie es zu nicken, als er sie direkt fragte: »Also bin ich der Vater?«

Eine Zeit lang herrschte Stille, dann warf er ihr vor: »Und das hast du mir sieben Jahre lang vorenthalten!«

»Ich hätte es dir noch länger vorenthalten, wenn du nicht gestern plötzlich vor mir gestanden wärst«, erwiderte Lea düster. Sie war ganz und gar nicht glücklich über die Entwicklung der Dinge. Was sollte sie tun, wenn Ben jetzt sagte, dass er Jan treffen wollte? Wie sollte sie ihrem Sohn erklären, dass sein Vater einfach nicht so aussah, wie man sich seinen Papa ausmalte? Einen Rockstar zum Dad zu haben, war vielleicht eine beeindruckende Vorstellung für ein Kind. Aber die Realität war eindeutig nicht so glamourös, wie man annehmen würde.

»Und warum hast du mich dann überhaupt hierher gebeten?«, entgegnete Ben.

Lea blieb ihm die Antwort so lange schuldig, bis er die Geduld verlor.

»*I got the message*«, murmelte er, stand auf und verließ das Lokal.

Lea blickte ihm nach, machte aber keine Anstalten, ihn aufzuhalten oder zurückzuholen. Stattdessen griff sie zu ihrem Handy und rief Nina an.

Zweiter Anlauf

»Wie ist es gelaufen?«, fragte Nina ohne Begrüßung.

Lea antwortete ebenso ohne Umschweife: »Er hat mir vorgehalten, dass ich es ihm verschwiegen habe, ist aufgestanden und gegangen.«

»Oh, das war keine der Reaktionen, mit denen wir gerechnet hatten«, stellte Nina fest.

»Ganz genau«, stimmte Lea ihr zu.

»Und was jetzt?«

»Ich habe keine Ahnung.«

»Hast du ihm gesagt, dass du es ihm eigentlich schreiben wolltest?«

»Nein. Aus irgendeinem Grund wollte ich, dass er sich unerwünscht fühlt.«

»Aber auch wenn er sich verändert hat, ist er immer noch Jans Vater.«

»Ich weiß«, seufzte Lea. »Was soll ich jetzt tun?«

»Du hast zwei Möglichkeiten. Abwarten, ob er sich noch einmal meldet – was er vermutlich nicht tun wird, weil du ihn vor den Kopf gestoßen hast. Oder die weiße Fahne schwenken und ihm eine Chance geben. Oder wenigstens klarstellen, dass du ihn nicht von Anfang an aus der Sache heraushalten wolltest.«

Nina hatte Recht, das wusste Lea. Aber sie war sich nicht sicher, wofür sie sich entscheiden sollte.

Die erste Variante wäre die einfachere Lösung, denn auch Lea war der Meinung, dass Ben sich nicht mehr bei ihr melden würde. Damit hätte sich die Verbindung zwischen ihnen wohl erledigt, doch es würde möglicherweise zu peinlichen Situationen kommen, falls sie sich wieder auf der Straße begegneten.

Was für ein Zufall, dass sie beide zur selben Zeit in dieselbe Gegend gezogen waren!

Welch unglückliche Fügung …

Mit der zweiten Möglichkeit würden sich unangenehme Begegnungen vielleicht dauerhaft vermeiden lassen. Also nicht die Begegnungen selbst, nur das Unangenehme daran. Aber sie erforderte, dass Lea über ihren Schatten sprang und entgegen ihrem Bauchgefühl noch einmal den Kontakt zu Ben suchte. Den Mut dafür musste sie erst zusammensammeln.

Nach einer unruhigen Nacht brauchte Lea eine lange heiße Dusche, um sich wieder einigermaßen als Mensch zu fühlen. Anstatt zu schlafen, hatte sie die meiste Zeit damit verbracht, Nachrichten an Ben zu formulieren, von denen sie keine einzige abgeschickt hatte.

Jetzt betrachtete sie ihre Augenringe im Spiegel und wünschte sich nichts mehr, als wieder ins Bett gehen und sich ausschlafen zu können. Doch obwohl ihr noch mindestens drei Stunden blieben, bevor ihre Eltern Jan nach Hause brachten, wusste sie genau, dass sie keine Ruhe finden würde. Sie musste etwas unternehmen.

Nachdem sie sich angezogen hatte, setzte sie sich mit ihrem Handy an den Esstisch – mit dem festen Vorsatz, Ben anzurufen oder ihm endlich eine Nachricht zu schicken. Doch sie starrte nur minutenlang auf das Display. Vielleicht gelang es ihr, ihm telepathisch mitzuteilen, dass er sie anrufen sollte?

Irgendwann gab sie sich einen Ruck, sprang auf und lief hinaus in die Garderobe. Schnell schlüpfte sie in Sneakers und Lederjacke und verließ die Wohnung. Einerseits brauchte sie frische Luft, andererseits war sie der Meinung, dass zumindest eine kleine Chance bestand, Ben zufällig in der Nähe seiner Wohnung anzutreffen. Wo die lag, glaubte sie ja zu wissen. Doch als sie vor der Fabrik stand, kam ihr die Erkenntnis, dass sie es bisher noch nie geschafft hatte, Zufälle herbeizuführen. Sie musste die Sache wohl doch selbst in die Hand nehmen.

Sie schob das Tor auf, durch das sie Martha verschwinden gesehen hatte, und fand sich im Durchgang zu einem Innenhof wieder, von dem aus man in verschiedene Bereiche der ehemaligen Fabrik gelangte. Eigentlich sah nur der linke Trakt bewohnbar aus, also versuchte sie dort ihr Glück. Sie betrat ein Treppenhaus und auch das erschien ihr nicht so falsch, daher fing sie an, die Stiegen hinaufzusteigen. Bei der ersten Tür deutete nichts darauf hin, dass hier jemand wohnte. Im nächsten Stock lehnten neben einer grauen Metalltür zusammengefaltete Umzugskartons. Lea suchte nach einem Hinweis, dass sie Ben gehörten, und fand ihn auf einem der Kartons, auf dem in seiner Handschrift das Wort »Klassik« stand. Sie mutmaßte, dass darin Klaviernoten transportiert worden waren. Auf einem zweiten entdeckte sie die Buchstaben »FfG« – die Anfangsbuchstaben des Bandnamens. Das war bestimmt kein Zufall.

Einmal, zweimal, dreimal atmete sie tief durch, dann klopfte sie an die Tür, weil sie nichts fand, das wie eine Klingel aussah. Das Klopfen schien gar nicht in die Wohnung hineinzudringen, und sie wollte gerade anfangen, fester gegen die Tür zu hämmern, als sie mit einem Ruck aufgerissen wurde. Erschrocken machte Lea einen Satz nach hinten, stellte aber gleich darauf erleichtert fest, dass es tatsächlich Ben war, der im Türrahmen stand.

Allerdings sah er nicht gerade erfreut über ihr Auftauchen aus. Trotzdem trat er einen Schritt zur Seite, um sie herein zu lassen. Lea fühlte sich klein wie eine Maus und verfluchte ihre ach so tolle Idee, hierher zu kommen. Doch sie erlaubte es sich nicht, einen Rückzieher zu machen. Kaum war die Tür hinter ihr ins Schloss gefallen, fragte Ben mit deutlich hörbarem Ärger in der Stimme: »Was willst du hier?«

»Oh, ich war gerade in der Gegend und dachte mir, ich komme mal vorbei und schaue mir deine Wohnung an – entschuldige, dein Loft«, meinte sie sarkastisch und ließ ihren Blick durch den riesigen Raum schweifen.

Wozu brauchte ein einzelner Mensch nur so viel Platz? Wollte er hier Konzerte geben?

Bevor sie sich mit ihrer Neugier selbst vom Grund ihres Besuchs ablenken konnte, fuhr sie herum, funkelte Ben böse an und sagte: »Ich will mit dir reden, du Idiot!«

»Ach, auf einmal willst du reden«, ätzte er. »Aber über sieben Jahre lang hattest du mir nichts Wichtiges zu sagen.«

»Als ob es dich interessiert hätte!«, warf Lea ihm vor.

»Woher willst du wissen, wofür ich mich interessiert habe, nachdem du abgehauen bist? Du hast sehr sorgfältig alle Brücken hinter dir abgerissen, damit ich nur ja keine Chance hatte, jemals wieder irgendetwas gut zu machen. Du warst es, die kein Interesse mehr an einem Leben hatte, in dem ich noch eine Rolle spiele!«

»Ja, klar, und du hast die letzten sieben Jahre unablässig nach mir gesucht«, warf Lea spöttisch ein. »Das hast du ja auch in tausend Liedern auf den vergangenen drei Alben festgehalten.«

»Du glaubst doch nicht wirklich, dass es mir Spaß gemacht hätte, öffentlich zu leiden und dauernd von meiner verlorenen Liebe zu singen?«

Die Frage, ob es ihm Spaß gemacht hätte oder nicht, hatte sich für Lea nie gestellt. Aber sie hatte gehofft, über die Musik eine Botschaft von ihm zu erhalten, die ihr bewies, dass sie ihm immer noch etwas bedeutete. Auf dieses Zeichen hatte sie Monate, wenn nicht Jahre gewartet.

»Du hast ein halbes Album wieder eingestampft, um jeden Hinweis auf mich zu vernichten!«

»Oh ja, das habe ich.« Bens Augen leuchteten wütend. »Was hast du denn erwartet? Dass ich dir den Rest meines Lebens hinterher schmachte? Entschuldige, dass ich irgendwann auf die Stimmen der Vernunft um mich herum gehört habe, die mir geraten haben, nach vorne zu schauen und weiterzuleben.«

»Das waren bestimmt drei harte Tage bis zu dieser Erkenntnis«, meinte Lea giftig.

»Pah, du hast echt keine Ahnung, was du mir angetan hast, oder?«, warf er ihr vor.

Leas Stimme überschlug sich. »Was ICH DIR angetan habe? Wann? Als ich deinem One-Night-Stand nachspioniert habe, weil ich wissen wollte, wie diese verfluchte Telefonnummer auf deine Brust gekommen ist?«

»Ich hatte niemals auch nur den Hauch einer Chance, mich zu entschuldigen! Du hast einfach alles hingeschmissen!«

»Nein, DU hast unsere Beziehung hingeschmissen, hast sie einfach weggeworfen!«, rief Lea aufgebracht.

»Es soll vorkommen, dass man Sachen wieder aus dem Müll herausholt, die man weggeschmissen hat. Das geht nur leider nicht, wenn die Müllabfuhr sofort parat steht und alles ins Nirwana einer riesigen Müllhalde befördert!«

»Das wäre doch ein netter Liedtext gewesen«, stellte Lea bissig fest. »Dann hätte ich immerhin erfahren, dass du mir die Schuld für das Ende unserer Beziehung in die Schuhe schiebst!«

»Ich schiebe dir überhaupt nichts in die Schuhe! Ich sage nur, dass ich nie eine Chance hatte, meinen Fehler auszubügeln!«

»O doch, die hattest du! Wenn dir wirklich etwas daran gelegen wäre, mich zu finden, dann hättest du es über die Musik versucht! Dann wärst du über deinen Schatten gesprungen, selbst wenn es bedeutet hätte, dass du Millionen Mal in Interviews die Frage beantworten musst, worum es in dem Lied geht!«

»Und dann wärst du zu mir zurückgekommen? Du hast mich eiskalt verlassen, obwohl du schwanger von mir warst, und behauptest, ein einziges Lied hätte dich zurückgebracht?«

Eine Mischung aus Wut und Unglaube stand in Bens Augen. Doch jetzt wurde Lea kleinlaut.

»Ich wusste es nicht«, gestand sie leise. »Ich wusste es noch eine ganze Weile nicht.«

Bens Stimme klang einen Hauch ruhiger, als er fragte: »Ich habe ja keine Ahnung von Schwangerschaften, aber wie lange kann es bitte dauern, bis man merkt, dass man schwanger ist?«

»Ziemlich lange, wenn man alle Symptome auf seinen Liebeskummer schiebt.«

»Wie lange?«

»Wieso ist das wichtig?«, fuhr Lea ihn an. »Willst du herausfinden, wer von uns beiden länger gebraucht hat, um wieder nach vorne zu schauen?«

»Oh, DU willst das bestimmt!«, gab er verärgert zurück. »Tut mir leid, dass ich nur schlappe drei Monate bieten kann, in denen ich deine halbe Familie gequält habe, weil mir keiner sagen wollte, wo du steckst! Eines muss man euch lassen, Loyalität wird bei euch wirklich groß geschrieben. Obwohl ich bei deiner Mutter ja den Eindruck hatte, dass sie auf meiner Seite ist, als ich alle paar Tage vor ihrer Tür gestanden bin. Und vielleicht hätte ich sie auch noch weichgeklopft, nur haben mir die Jungs dann den Kopf gewaschen, dass wir den Plattenvertrag verlieren, wenn ich mich nicht endlich zusammenreiße. Verzeih, dass ich daraufhin nicht den Nerv hatte, auch nur ein einziges der Lieder, die ich für dich geschrieben hatte, einzuspielen!«

»Du hast meine Mutter bestimmt keine drei Monate lang dauernd besucht.«

»O doch, das habe ich. Frag sie doch!«

»Das werde ich, glaub mir, das werde ich«, versicherte Lea, die plötzlich gegen einen leichten Schwindel ankämpfen musste.

»Also, wann hast du gemerkt, dass du schwanger bist?«, wiederholte Ben seine Frage.

»Erst im vierten Monat«, antwortete Lea nun, obwohl sie Mühe mit dem Sprechen hatte. Trotzdem gelang es ihr, noch hinzuzufügen: »Ich bin wohl so ziemlich beim letzten Mal, als wir miteinander geschlafen haben, schwanger geworden.«

Bens Reaktion traf sie wie ein Schlag. »Das heißt, ich kann dir jetzt glauben oder nicht, dass ich der Vater bin – und nicht irgendein Typ, mit dem du gleich, nachdem du mich verlassen hast, ins Bett gegangen bist«, sagte er mit einem eiskalten Ton in der Stimme. »Vielleicht war ja das der Grund, warum du mir das Kind so lange verschwiegen hast.«

Lea schnappte nach Luft. Sie wollte auf Ben losgehen für diese Gemeinheit, auf ihn einschlagen und ihm ein Foto von Jan vors Gesicht halten. Niemand, der Jan kannte und wusste, wie Ben aussah, hatte je bezweifelt, dass er sein Vater war. Nina hatte nur einmal scherzhaft angemerkt, dass Jan auch von Jonas sein könnte, weil sich die Brüder so ähnlich sahen.

»Wenn du es genau wissen willst, ich hatte vor, es dir gleich nach Jans Geburt zu sagen«, begann sie, als sie sich wieder einigermaßen gefasst hatte. »Aber dann kam das Album heraus und da war nichts, gar nichts, nicht das kleinste Anzeichen, dass du mich vermisst. Und da, erst da, habe ich entschieden, Jan alleine großzuziehen!« Sie atmete einmal tief durch. »Wenn du es noch genauer wissen willst, das letzte Mal, dass ich Sex hatte, war mit dir!«

Eine von den beiden Offenbarungen brachte Ben zum Einlenken.

»Es tut mir leid«, entschuldigte er sich betreten.

Lea funkelte ihn immer noch wütend an, wurde aber plötzlich vom Klingeln ihres Handys abgelenkt. Da es ihr gerade gut passte, Ben stehen lassen zu können, nahm sie den Anruf an.

Es war Nina.

Empfänger verzogen

»Hey, Süße, wo steckst du?«, wollte Nina wissen. »Ich stehe vor deinem Haus, aber niemand macht auf.«

»Warum stehst du vor meinem Haus?«, fragte Lea irritiert.

»Weil ich mit dir reden wollte. Persönlich.«

»Was ist los?«

Sie hatten doch erst gestern telefoniert. Was war auf einmal so wichtig, dass Nina es unbedingt von Angesicht zu Angesicht besprechen musste?

»Wenn du etwas loswerden willst, sag es jetzt!«, forderte sie ihre Freundin ein wenig genervt auf.

»Es geht um Ben«, erklärte Nina.

War ihr der ultimative Ratschlag eingefallen?

»Genau genommen geht es um den Brief, den du nach Jans Geburt an ihn geschrieben hast.«

»Wie bitte?«

Lea fühlte sich völlig überfordert und sah sich nach etwas um, wo sie sich hinsetzen konnte. Aber sie kam nicht einmal einen Schritt weit, als Nina schon loslegte: »Der Brief, den du ihm geschrieben hast. Du warst so furchtbar enttäuscht und traurig, nachdem du das Album gehört hattest. Und du hast mir den Brief und die Fotos gegeben und mich gebeten, alles zu vernichten, weil er niemals von Jan erfahren sollte. Ich habe das Kuvert mitgenommen. Aber ich habe es nicht vernichtet. Ich habe es abgeschickt.«

Jetzt musste Lea sich wirklich setzen. Sie war auf ihrer Suche nach einer Sitzgelegenheit noch nicht viel weiter als bis zur Garderobe gekommen, aber zum Glück stand da eine Bank, auf die sie sich nun kraftlos sinken ließ.

»Willst du behaupten, er wusste es die ganze Zeit?«, fragte sie ihre Freundin entsetzt.

»Nein!«, sagte Nina schnell. »Nein, er wusste es nicht. Der Brief hat ihn nie erreicht. Er kam zurück mit dem Vermerk ›Empfänger verzogen‹. Ich habe dir das nie erzählt, weil ich mir dachte, dass es dann wohl Schicksal ist und deine Entscheidung richtig war. Aber nach unserem Telefonat gestern hatte ich den Eindruck, es könnte nicht schaden, wenn du davon weißt, damit du ihm sagen kannst, dass du ja versucht hast, ihn zu verständigen.«

Vor ein paar Minuten hätte ihr diese Information wahrscheinlich noch genützt.

»Danke, Nina«, sagte Lea nur und legte wieder auf.

Ben sah sie prüfend an.

»Alles okay?«, erkundigte er sich und wirkte dabei ehrlich besorgt.

»Wann bist du aus unserer gemeinsamen Wohnung ausgezogen?«, fragte Lea ihn.

Er runzelte verwundert die Stirn, antwortete aber ohne zu zögern: »Praktisch gleich, als ich mich entschlossen hatte, mich auf die Arbeit am Album zu konzentrieren. Ich habe es sogar geschafft, dass der Vermieter auf die Kündigungsfrist verzichtet.«

Lea nickte, brachte aber kein Wort mehr heraus. Ben wollte noch zweimal wissen, ob sie in Ordnung sei, aber sie beachtete ihn nicht. Als sie das Gefühl hatte, dass ihre Beine sie wieder tragen konnten, stand sie wortlos auf und verließ die Wohnung.

Sie ging nicht auf direktem Weg nach Hause, sondern lief ziellos durch die Straßen, um den Kopf freizubekommen. Plötzlich fiel ihr Jan ein und sie griff hastig zu ihrem Telefon, um ihre Eltern anzurufen und sie zu bitten, ihn auch für den Rest des Wochenendes zu behalten. Zu ihrer großen Erleichterung sagte ihre Mutter sofort zu, ohne nach einem genauen Grund zu fragen.

Doch Lea wollte noch etwas anderes mit ihr besprechen. Sie musste wissen, ob es stimmte, dass Ben monatelang zu ihr gekommen war, um sie nach Leas Verbleib auszufragen. Ihre Mutter bestätigte nicht nur das, sondern fügte auch hinzu, dass sie kurz nach Bens letztem Besuch erfahren hatte, dass Lea schwanger war. Und dass sie fest entschlossen gewesen war, ihm davon zu erzählen, wenn er das nächste Mal vor ihrer Tür stand. Doch dann war er nie wieder aufgetaucht.

Das Geständnis ihrer eigenen Mutter, dass sie praktisch die ganze Zeit nicht auf ihrer, sondern auf Bens Seite gestanden war, trug nicht unbedingt zu einer Besserung von Leas Gemütszustand bei. Sie setzte sich auf eine Bank – in einem Park, von dem sie nicht genau wusste, wo er eigentlich lag. Es schien ihr, als hätte sie in ihrem Leben gerade auf allen Ebenen die Orientierung verloren.

Wie immer, wenn sie nicht mehr weiter wusste, wählte sie Ninas Nummer. Diesmal wollte sie aber nicht nur einen Rat, sondern vor allem auch erfahren, wie es gekommen war, dass Nina damals ihre Anweisung ignoriert hatte.

Mit dem Kuvert in der Hand verließ Nina Leas Zimmer. In der Küche traf sie auf Jette, die gerade dabei war, Kaffee zu kochen.
»Schreibt sie ihm endlich?«, fragte Jette und deutete dabei auf den Brief.
Doch Nina schüttelte den Kopf. »Ich soll das vernichten. Heute ist das neue Album erschienen und seit sie es gehört hat, weint sie ununterbrochen. Es ist kein einziges Lied drauf, das er für sie geschrieben hat.«
»Oh, nein …« Enttäuscht ließ Jette die Schultern sinken. »Ich hatte so für sie gehofft, dass ihr Plan aufgeht und alles wieder in Ordnung kommt.«
»Ich auch«, pflichtete Nina ihr bei. »Ich hatte wirklich erwartet, dass sie Recht hat und dass er über die Musik versuchen würde, sie zurückzugewinnen. Jetzt frage ich mich aber, ob ihr die Beziehung nicht doch sehr viel wichtiger war als ihm.«
»Das werden wir nie erfahren«, seufzte Jette. »Es sei denn, …«
»Was?«
»Es sei denn, du bringst den Brief doch zur Post. Wen habt ihr jetzt als Absender angegeben?«

»Ihren Namen, aber meine Adresse.«

»Also wenn er reagiert, kommt seine Antwort zu dir. Wir müssen es riskieren. Schick den Brief ab! Wenn er sich meldet, gibst du mir sofort Bescheid, okay?«

Nina war einverstanden und brachte den Brief auf dem Heimweg zur Post. Doch anstelle einer Antwort holte sie zwei Wochen später dasselbe Kuvert aus ihrem Briefkasten. Es trug den Vermerk »Empfänger verzogen«. Enttäuscht erzählte sie Jette davon, und die beiden deuteten das als Zeichen, dass das Universum Leas Entscheidung für richtig hielt.

Sechseinhalb Jahre später steckte Nina das Kuvert, das sie die ganze Zeit über sorgfältig aufbewahrt hatte, in den Postkasten ihrer Freundin und wünschte ihr von Herzen, dass sich für sie doch noch alles zum Besten wenden würde.

Mithilfe ihres Smartphones gelang es Lea nach dem Telefonat recht schnell, ihren Standort zu ermitteln. Sie war nicht weit entfernt von zu Hause, nur in einer Richtung, die sie und Jan bis jetzt nicht erkundet hatten. Innerhalb weniger Minuten erreichte sie ihre Haustür und sperrte den Briefkasten auf.

Das braune Kuvert war unversehrt, sah aber nicht mehr ganz neu aus. Kein Wunder, es hatte die Strecke Stockholm–Wien ja schon mehrmals zurückgelegt. Lea betrachtete es von allen Seiten und überlegte, ob sie es öffnen sollte.

Nicht hier auf der Straße, entschied sie und wandte sich zur Eingangstür um. Doch als sie kurz aufblickte, bemerkte sie, dass Ben auf der anderen Straßenseite stand und sie beobachtete.

Eine Zeit lang sahen sie sich über die vorbeifahrenden Autos hinweg an. Dann fasste sie sich ein Herz und überquerte die Straße, um mit ihm zu reden.

Erste Fotos

»Bist du unter die Stalker gegangen?«, fragte Lea.

»Sieht so aus«, antwortete Ben.

»Was machst du hier?«

»Ich wollte wissen, wo ihr wohnt.«

»Du hättest mich auch nach meiner Adresse fragen können.«

»Hättest du sie mir verraten?« Er sah sie zweifelnd an.

Darauf gab Lea ihm keine Antwort.

»Komm mit hinauf!«, bat sie stattdessen. »Ich will dir etwas zeigen.«

»Was?«

»Komm einfach!«

Gehorsam folgte er ihr über die Straße, ins Haus, die Stiegen hinauf. Vor der Wohnungstür zögerte er kurz, ehe er eintrat. Lea wies ihm den Weg ins Wohnzimmer, bot ihm auch etwas zu trinken an, aber er lehnte ab. Er setzte sich auf die Couch und Lea nahm neben ihm Platz. Sie hatte das Kuvert immer noch in der Hand. Jetzt legte sie es auf den Couchtisch und schob es hinüber zu Ben, damit er die Aufschrift lesen konnte: seinen Namen, ihre gemeinsame Adresse und den Vermerk »Empfänger verzogen«.

»Ich dachte, du hättest nie versucht, mich zu kontaktieren«, bemerkte er stirnrunzelnd.

»Habe ich auch nicht.«

»Das ist deine Handschrift.«

»Ich habe das geschrieben, aber ich habe es nie abgeschickt.«

»Wie kommt dann der Postvermerk da drauf?«

»Das war Nina. Sie war auch Au-pair in Stockholm. Eigentlich hatte sie den Auftrag, den Brief zu vernichten, weil ich so enttäuscht war, als ich euer neues Album gehört hatte. Stattdessen hat sie ihn abgeschickt. Bis vor einer Stunde wusste ich auch nichts davon. Sie hat vorhin angerufen, um ihr Gewissen zu erleichtern. Und sie hat ihn mir als Beweis in den Briefkasten gesteckt.«

Ben nickte und nahm das Kuvert in die Hand, um sich die Rückseite anzusehen. »War das deine Adresse in Stockholm?«

Lea beugte sich hinüber und las die Anschrift. »Nein, das war die von Nina.«

»Aber wieder deine Handschrift.«

»Ja. Das war mein Puffer, falls du auf einmal vor der Tür stehen solltest. Damit sie mich vorwarnen konnte, dass du in der Stadt bist.«

»Verstehe.« Lea war sich nicht sicher, ob er das wirklich tat. »Was erwartet mich da drinnen?«, wollte er wissen.

Ihre Stirn legte sich in Falten, als sie versuchte, sich zu erinnern. »Ein Brief. Ein paar Fotos von Jan gleich nach der Geburt. Das ist alles. Außer Nina hat etwas hinzugefügt, aber davon hat sie nichts erwähnt.«

Umständlich drehte Ben den Umschlag ein paar Mal herum und atmete tief durch. Dann schob er seinen Zeigefinger unter die zugeklebte Lasche und riss sie auf. Nach einem kurzen Zögern leerte er den Inhalt auf den Tisch. Die Fotos landeten teilweise mit der Vorder-, teilweise mit der Rückseite nach oben, dazwischen lag ein gefaltetes Stück Papier. Lea nahm eines der Bilder, das einen nur wenige Tage alten Jan zeigte. Sofort wurde ihr warm ums Herz bei der Erinnerung, wie winzig klein ihr Großer einmal gewesen war. Er war noch immer kein Riese, in der Klasse war er einer der Kleinsten. Aber seit er in die Schule ging, kam er ihr trotzdem so groß vor.

Ben dagegen griff nach dem Blatt Papier. Als er den Zettel sinken ließ, beugte sie sich hinüber und las die Zeilen, die sie vor so langer Zeit an ihn geschrieben hatte.

»Ben … Seine Augen sind wie deine. Trotz der Erinnerungen, die sie wecken, gehört ihm jetzt mein ganzes Herz. Lea«

Darunter hatte sie Namen, Geburtsdatum, Größe und Gewicht notiert. Jan war wirklich ein Winzling gewesen.

Inzwischen hatte Ben eines der Fotos in die Hand genommen und betrachtete es schweigend. Lea erinnerte sich nicht genau, war sich aber ziemlich sicher, dass er das erste Foto von Jan erwischt hatte. Seine Haut war rot und faltig und er war in ein Handtuch eingewickelt.

»Das hast du gut gemacht«, sagte Jette zu ihr, nachdem sie Lea ihren neugeborenen Sohn in den Arm gelegt hatte. Er war so blau gewesen, dass sie ihn sofort zur Untersuchung ins Nebenzimmer hatte bringen müssen. Die Hektik hatte Lea verunsichert, doch wenig später hatte der Arzt Entwarnung gegeben, alle Werte hatten sich normalisiert.

Inzwischen herrschte im Kreißsaal wieder Ruhe und Ordnung und Jette konnte Lea das in ein rotes Handtuch gewickelte Baby überreichen.

»Ich bin stolz auf dich«, fügte sie hinzu und strich Lea dabei die verschwitzten Haare aus dem Gesicht.

»Danke«, war alles, was sie erwidern konnte. Dieses »Danke« stand für so vieles, das sie niemals in Worte hätte fassen können. Aber sie sah in Jettes Blick, dass sie es auch so verstand.

»Ich lasse euch alleine und erledige nebenan den Papierkram. Wenn du etwas brauchst, ruf mich! Aber am besten kuschelt ihr jetzt erst mal miteinander und beschnuppert euch!«

Damit trat sie durch die Schiebetür, die den Kreißsaal mit dem Untersuchungszimmer verband, und nahm am Schreibtisch Platz. Lea blickte ihr kurz nach, doch dann richtete sie ihre Aufmerksamkeit auf das kleine Wesen, das sich an sie schmiegte. Sie war müde, erschöpft und völlig überwältigt von der Tatsache, dass in ihren Armen ein richtiger kleiner Mensch lag. Vorsichtig streichelte sie über den blonden Flaum auf seinem Kopf, roch den süßen Duft, den das Fruchtwasser hinterlassen hatte, und küsste zärtlich die faltige Stirn. Sie konnte das Wunder kaum fassen. Wenn Ben nur hier wäre …

Mit einem Mal überkam sie eine große Sehnsucht. Sie wusste, das hier war zu groß, um es ihm vorzuenthalten. Sie musste ihm erzählen, dass er Vater eines wunderbaren kleinen Sohnes geworden war.
Im Moment war sie mit ihren Kräften am Ende und wollte nur noch schlafen. Doch morgen, wenn Nina sie besuchen kam, würde sie mit ihr zusammen Pläne schmieden, wie sie mit Ben Kontakt aufnehmen und ihn an dem Wunder teilhaben lassen konnte.

Nach und nach nahm Ben alle sieben Fotos zur Hand, betrachtete sie eine Weile und legte sie vor sich auf den Tisch. Jetzt fiel es Lea wieder ein: Jedes Foto stammte von einem anderen Tag von Jans erster Lebenswoche. Sie versuchte, sie zeitlich zu ordnen, aber es gelang ihr nicht. Lediglich die beiden, auf denen auch sie abgebildet war, konnte sie datieren. Eines, weil es im Geburtshaus aufgenommen worden war, das zweite, weil Nina es extra für den Brief an Ben fotografiert hatte.

Ben hatte so lange kein Wort gesagt, dass Lea sich ein bisschen Sorgen um ihn machte. Sie legte vorsichtig ihre Hand auf seine und fragte: »Alles okay?«

Er wirkte kurz, als hätte sie ihn aus einer Trance gerissen.

»Ja, alles klar«, behauptete er.

»Sicher?«

»Ja. Das muss sich nur erst setzen. Darf ich das alles behalten?«

»Ja, es war ja für dich bestimmt.« Sie lächelte schief. Ganz sicher war sie sich nicht, ob sie das Richtige tat. Nun, da Ben erste Fotos von seinem Sohn hatte, näherten sie sich wohl unweigerlich dem Punkt, an dem er ihn kennenlernen wollte. Aber wenn Lea ihn so ansah, sträubte sich etwas in ihr dagegen. Sie hatte auch ein ungutes Gefühl dabei, dass er hier auf ihrer Couch saß, in ihrem Zuhause, das sie mit ihrem Sohn teilte. Denn nach wie vor suchte sie vergeblich nach Ähnlichkeiten mit dem Mann, den sie so sehr geliebt hatte.

Warum war er ihr nur so fremd? Und warum tat sie auf einmal etwas, das ihrem Bauchgefühl völlig widersprach?

»Warte einen Moment, ich habe noch etwas für dich,« sagte sie und stand auf, um aus einem Regal zwei Bücher zu holen.

Sie hatte von Jans Geburt an Tagebuch geführt, einerseits für sich selbst, andererseits um ihre Familie auf dem Laufenden zu halten. Fortschritte, Erlebnisse, Krankheiten und alles, was in einem Babyleben noch so passierte, hatte sie zusammengefasst, mit Bildern versehen, ausgedruckt und unter dem Titel »Jan 0–3« als Buch binden lassen. Von seiner Kindergartenzeit gab es etwas Ähnliches, nur enthielt es schon mehr Dinge, die Jan selbst angefertigt hatte, und nicht so viel Text. Diese beiden Bücher legte sie vor Ben auf den Tisch.

»Nimm die auch mit!«, forderte sie ihn auf.

Bens Antwort kam sehr zögerlich. »Okay, danke.«

Umso mehr überraschte es Lea, dass er sich gleich darauf erhob und verkündete: »Ich gehe jetzt besser.«

Doch sie hinderte ihn nicht daran. Als die Tür hinter ihm ins Schloss gefallen war, bereute sie es bereits, ihm die Tagebücher überlassen zu haben.

Verewigt

Lea verbrachte den restlichen Tag in einer düsteren Stimmung. Sie war heilfroh, dass Jan übers ganze Wochenende bei ihren Eltern war – sonst hätte er es bestimmt ausbaden müssen und sie hätte nicht einmal gewusst, wie sie ihm ihre Laune erklären sollte. Eine innere Unruhe scheuchte sie von jeder Tätigkeit nach kürzester Zeit wieder auf. Auf nichts konnte sie sich lange konzentrieren, nicht einmal Fernsehen half. Mittagessen kochte sie sich keines, dafür aß sie den ganzen Tag über allen möglichen Blödsinn, den sie im Kühlschrank und im Vorratskasten fand. Die Stunden zogen sich dahin wie Kaugummi und Lea war erleichtert, als die Uhr endlich eine Zeit anzeigte, zu der sie guten Gewissens ins Bett gehen konnte. Sie wusste nicht einmal, worauf sie eigentlich wartete, aber wahrscheinlich war es irgendeine Nachricht von Ben. Vielleicht sogar die gefürchtete Frage, wann er Jan kennenlernen durfte.

Würde sie den Mut aufbringen, es ihm zu verweigern? Oder es an Bedingungen zu knüpfen? Erst wenn du nicht mehr wie ein Junkie aussiehst. Wäre das fair?

Sie erwachte früh und hatte noch immer keine Antworten auf ihre Fragen gefunden. Inzwischen hatte sie jedoch das Gefühl, dass ihr die Zeit davonlief, was sie in leichte Panik versetzte. Jan würde am Abend nach Hause kommen. Was sollte sie ihm dann sagen? Ihr blieben nur wenige Stunden, um mit Ben das Notwendigste zu klären. Sie musste etwas unternehmen.

Kurzentschlossen machte Lea sich fertig, um das Haus zu verlassen, und marschierte los in Richtung einer Bäckerei, bei der sie ein Plakat mit Sonntagsöffnungszeiten gesehen hatte. Sie war die erste Kundin an diesem Morgen und kaufte genug Gebäck für ein Frühstück für zwei. Wenig später stand sie mit klopfendem Herzen vor Bens Wohnungstür. Sie atmete tief durch, bevor sie anfing, fest gegen die Tür zu hämmern, damit er sie auch wirklich hörte. Immerhin war es gerade erst kurz nach sieben und er schlief möglicherweise noch. Es dauerte aber nur etwa eine halbe Minute, bis der Schlüssel im Schloss gedreht wurde und sich die Tür einen Spalt weit öffnete.

Mit den Worten: »Komm rein, du Verrückte!«, stieß Ben die Tür ganz auf und trat einen Schritt zur Seite. Er hatte sich nicht die Mühe gemacht, das Licht einzuschalten. Einzig im hinteren Teil der Wohnung, wo sein Arbeitsbereich lag, brannte eine Lampe. Anscheinend war er nur rasch in seine Jeans geschlüpft, bevor er die Tür geöffnet hatte. In der Hand hielt er ein T-Shirt, aber zum Anziehen hatte die Zeit wohl nicht mehr gereicht. Im schwachen Schein der Beleuchtung aus dem Stiegenhaus konnte Lea erkennen, dass er wirklich sehr viel dünner war, als sie ihn in Erinnerung hatte. Er sah fast schon ungesund aus. Ihre Musterung war ihm offenbar unangenehm, denn er schloss schnell die Tür hinter ihr und machte sich daran, sich sein T-Shirt überzuziehen. Doch bevor er das tun konnte, entfuhr Lea ein schockierter Laut.

Was um alles in der Welt war das auf seiner Brust? Dort, wo damals mit schwarzem Edding die Telefonnummer notiert gewesen war, die ihn verraten hatte, prangte auch jetzt ein schwarzer Balken.

Mit zitternden Fingern tippte Lea die Telefonnummer, die da in großen schwarzen Ziffern quer auf Bens nackter Brust stand, in sein Handy ein. Sie sagte sich zwar, dass das ein besonders aufdringlicher Fan gewesen sein musste, den er bestimmt abgewimmelt hatte, wollte aber Gewissheit haben. Dass er beim nach Hause kommen zu betrunken gewesen war, um sich ganz auszuziehen, hatte sicher den Grund, dass er mit seiner Band die Nacht durchgefeiert hatte, und nicht den, dass er sie mit einer anderen Frau verbracht hatte. Aber Lea wurde dieses ungute

Gefühl nicht los, deshalb nahm sie es in Kauf, sich gleich fürchterlich zu blamieren.
Am anderen Ende der Leitung meldete sich eine verschlafene Frauenstimme. Dabei war es schon später Vormittag.
»Entschuldigen Sie, wenn ich Sie geweckt habe«, sagte Lea automatisch. Ihr Mund schien die Verbindung zu ihrem Gehirn verloren zu haben, als sie weitersprach: »Ich bin die Assistentin von Ben Talbot. Er hat mich beauftragt, Sie anzurufen.«
»Hat er etwas vergessen?«, erkundigte sich die Frau. »Er hatte doch alles an, als er gegangen ist. Oder ist ihm etwas aus der Hose gefallen? Soll ich unter dem Bett nachsehen? Einen Augenblick, das mache ich gleich. Ich muss mir nur schnell etwas überziehen. … Nein, da ist nichts. Aber Moment, er hat die Hose ja schon bei der Couch ausgezogen. Ich schaue dort nach. Was vermisst er eigentlich? Da ist was. Ach so, nein, nur die Verpackung vom Gummi.«
Sie redete in einem Schwall. Lea kam weder zu Wort, noch konnte sie einen klaren Gedanken fassen. Benommen legte sie auf und ließ das Telefon einfach fallen. Das Display von Bens nagelneuem Smartphone zersplitterte beim Aufprall auf dem Boden. Einen kurzen Augenblick lang empfand Lea Schadenfreude, bevor die Wucht ihrer Entdeckung wie eine Lawine über sie hereinbrach.
Ben hatte sie betrogen.

Lea schossen Tränen in die Augen und ein Schwall an Gefühlen überwältigte sie. Wut und Unglaube und Verzweiflung, die gleiche Mischung wie damals, als er betrunken und im Tiefschlaf im Bett gelegen war und sie die Telefonnummer entdeckt hatte. Wie von Sinnen schlug sie auf Ben ein und schrie ihn an. Er wehrte ihre Schläge ab, versuchte, ihre Hände zu fassen, und redete gleichzeitig beruhigend auf sie ein. Aber es dauerte eine Weile, bis seine Worte zu ihr durchdrangen: »*Honey*, bitte lies!«

Er ließ eines ihrer Handgelenke los, um auf den nächstbesten Lichtschalter zu drücken. Der gehörte zu einer Lampe über der Couch, die hier bei der Eingangstür gerade genug Licht spendete, dass Lea durch den Tränenschleier erkennen konnte, was wirklich auf Bens Brust stand. Der schwarze Balken war keine Telefonnummer, er bestand aus vielen einzelnen Wörtern. Aber sie musste erst die Tränen wegwischen und Ben sich mehr ins Licht drehen, bevor es ihr gelang, die Worte zu entziffern.

Sie brauchte nur einen halben Satz, um den Text wiederzuerkennen. Es war ein Lied, das Ben für sie geschrieben, dann aber vom Album genommen hatte. Was er da auf seiner Brust trug, war eine Liebeserklärung an sie, tätowiert über die Stelle, an der sich sein Seitensprung damals verewigt hatte. Mittendurch klaffte ein Kratzer, den Lea ihm gerade zugefügt hatte. Er war so tief, dass sogar Blut heraustropfte, doch Ben schien das gar nicht bemerkt zu haben, denn er machte nicht den Eindruck, als sei ihm schlecht oder schwindelig. Früher hatte ihn die Clique immer damit aufgezogen, dass er absolut kein Blut sehen konnte. Besonders als er das erste Mal davon gesprochen hatte, sich tätowieren zu lassen.

Lea wusste nicht, was sie zu diesem Tattoo sagen sollte, und während sie noch nach Worten suchte, verließ eine Bemerkung ihren Mund, die ihr selber dämlich vorkam: »Hast du erwartet, mit dem hier auf der Brust jemals wieder eine Frau zu finden?«

Offensichtlich erleichtert darüber, dass sie sich beruhigt hatte, ließ Ben ihr zweites Handgelenk los und erwiderte: »Wenn ich es ihr richtig verkauft hätte.«

»Seit wann hast du das?«

»Schon lange«, antwortete er vage.

»Warum?« Lea schaffte es endlich, den Blick von der Tätowierung loszureißen, und schaute ihm stattdessen ins Gesicht.

»Damit es mich immer daran erinnert, wie schnell man etwas Geliebtes verliert, wenn man nicht gut genug darauf aufpasst.« Und nach einer kurzen Pause fügte er noch hinzu: »Damit ich das nie wieder einem geliebten Menschen antue.«

Lea musste sich wegdrehen, sie konnte Ben nicht länger ansehen. Sie überlegte, ob sie einfach wieder davonrennen sollte, entschied dann aber, dass sie das nicht weiterbringen würde. Anstatt die Wohnung zu verlassen, ging sie nur hinüber zu einem der großen Fenster und blickte hinaus auf die Straße. Während sie die Morgenstimmung dort draußen in sich aufnahm, sortierte sie ihr Gedankenchaos. Obwohl er nie versucht hatte, sie zurückzugewinnen, trug der Mann, der einmal ihre große Liebe gewesen war, einen Schriftzug auf seiner Brust, der bewies, dass er ebenso für sie empfunden hatte.

Nach dem Sommer hatte Lea das Gefühl, sich schon völlig von ihren Schulfreunden entfremdet zu haben. In den drei Monaten war so viel passiert, Ben hatte ihr Leben richtiggehend auf den Kopf gestellt. Sie fühlte sich in seiner Clique derart wohl, dass sie ihre alten Freunde gar nicht vermisste. Einige davon sahen das offenbar anders und veranstalteten Ende September ein großes Treffen in ihrem Stammlokal. Lea hatte eigentlich keine Lust darauf, doch weil Ben neugierig auf ihre Freunde war, gingen sie gemeinsam hin. Anfangs empfand Lea den Abend als sehr nett.
Wie auch sonst immer nach den Sommerferien berichteten alle von ihren Erlebnissen. Einige hatten Fotos von der Maturareise mitgebracht und sie schwelgten gemeinsam in Erinnerungen an die Zeit in Spanien und die vorangegangenen fünf Jahre.
Ben beteiligte sich nicht viel am Gespräch, doch er hörte interessiert zu und machte zumindest nicht den Eindruck, als würde er sich total langweilen.
Der Abend kippte, als Lea irgendwann zur Toilette musste. Während sie in der Kabine saß, hörte sie im Waschraum die Stimmen zweier Mitschülerinnen und fiel aus allen Wolken.
»Wo hat Lea bitte diesen unglaublichen Typen aufgetrieben?«, wollte die Erste wissen.
»Frage ich mich auch«, erwiderte die Zweite. »Diese blauen Augen! Glaubst du, er trägt Kontaktlinsen?«
»Nein, die sind bestimmt echt. Genau wie der Body.«
»Der ist so heiß! Wenn ich nicht fest vergeben wäre, würde ich den nicht von der Bettkante stoßen. Obwohl … was heißt schon fest vergeben? Was er nicht weiß …«

»Bis er wieder zu haben ist, dauert es bestimmt nicht lange. Lea ist ja noch jeden Typen in Windeseile losgeworden.«
Beide lachten gehässig.
»Ja, ich weiß echt nicht, wie sie das anstellt, dass ihr alle davonrennen. Wahrscheinlich lässt sie sie nicht ran.«
Wieder folgte zweistimmiges Kichern. Nachdem sie gegenseitig ihr Make-up kontrolliert hatten, verließen sie den Waschraum mit dem Vorsatz, den neuen Lippenstift gleich einmal an Ben zu testen.
Lea war indes den Tränen nahe. Sie wartete noch kurz, bevor sie endlich die Kabinentür aufschloss und sich die Hände wusch. Ihr Spiegelbild sah grauenvoll aus, erste Tränen verwischten ihre Wimperntusche.
Gedemütigt machte sie sich auf den Weg zurück zu ihrem Tisch, fasste aber unterwegs den Entschluss, sich das nicht bieten zu lassen. Sie würde ihren Freund bestimmt nicht diesen zwei Schlampen überlassen.
Ben saß am Rand der Bank – und wurde tatsächlich gerade von den beiden Mitschülerinnen belagert. Doch als er Lea erblickte, stand er sofort auf, um sie vorbei zu lassen. Sie machte jedoch keine Anstalten, sich wieder auf ihren Platz zu setzen. Stattdessen küsste sie ihn vor ihrer ganzen Klasse, um klarzustellen, dass es ihr an Leidenschaft nicht mangelte.
»Bitte zahl!«, flüsterte sie ihm zu. »Ich warte draußen.«
Sie verließ das Lokal, ohne sich von irgendwem zu verabschieden.
»Was bitte war das?«, erkundigte Ben sich, als er wenige Minuten später aus dem Pub trat. Lea saß auf dem Fensterbrett des Nachbargeschäfts und fühlte sich elend. Er reichte ihr die Hand, zog sie hoch und direkt in seine Arme. »Nicht dass ich was dagegen hätte, öffentlich von dir geküsst zu werden, aber der Auftritt war seltsam«, fuhr er fort. »War irgendwas auf dem Klo?«
Lea nickte und gleichzeitig stiegen ihr wieder Tränen in die Augen.
»Sie sind der Meinung, dass ich so einen Wahnsinnstypen wie dich nicht halten kann, weil ich total frigide bin.«
»Und solchen Blödsinn lässt du an dich heran?«, erwiderte er.

»Bis jetzt sind alle meine Ex-Freunde mit anderen Mädchen abgehauen«, erklärte Lea.
»Verstehe«, meinte er »Aber was hat das mit mir zu tun?«
»Noch ein oder zwei Monate und dann machst du es genauso. Glauben die.«
»But why should I? I'm happily in love and I definitely don't believe you're frigid.«
Er küsste sie, doch Lea war so verunsichert, dass sie sich völlig versteifte. Ben löste die Umarmung, griff stattdessen nach ihrer Hand und zog sie die Straße hinunter.
»Hey, was wird das?«, protestierte Lea, die hinter ihm her stolperte.
»Ich kann nicht zulassen, dass du dich da hineinsteigerst. Du kommst jetzt mit zu mir und dann sorge ich dafür, dass du diesen Mist wieder vergisst! Und wenn es das ganze Wochenende dauert.«
Die Aussicht auf eine stürmische Liebesnacht zauberte ein Lächeln in Leas Gesicht und sie folgte ihm bereitwillig. Am nächsten Morgen verschwendete sie keinen Gedanken mehr an die Kommentare ihrer Mitschülerinnen. Als sie in seinen Armen aufwachte, war sie sich so sicher wie noch nie, dass er der eine war, der für immer bleiben würde.
Diese Gewissheit sollte fast drei Jahre andauern.

Frühstücken

Ein Rascheln ließ Lea aufschrecken. Sie drehte sich um und sah, wie Ben, der sich inzwischen sein T-Shirt übergezogen hatte, die Papiertasche mit dem Logo der Bäckerei aufhob, die während Leas Wutanfall auf dem Boden gelandet war.

»Hast du Frühstück mitgebracht?«, erkundigte er sich nach einem Blick hinein. Sie nickte stumm.

»Ich glaube, das wäre jetzt eine gute Idee. Beim Essen redet es sich vielleicht leichter. Willst du Kaffee?«

Wieder nickte sie nur, folgte ihm aber zur Küche, die durch eine Bar vom Wohnbereich getrennt war. Kraftlos sank sie auf einen der Barhocker, stützte ihre Ellbogen auf und legte den Kopf in die Hände. Ben machte sich unbeirrt in der Küche zu schaffen und legte neben dem Gebäck, das Lea mitgebracht hatte, noch verschiedene andere Dinge aus seinem Kühlschrank auf den Tisch, bevor er eine Tasse Kaffee vor sie stellte.

Nein, es war nicht einfach nur eine Tasse Kaffee, sondern ein perfekter *Cappuccino*. Keiner aus einer Kapsel-Maschine, die auf Knopfdruck den angeblich besten Kaffee erzeugte. Was Kaffee betraf, war Ben ein Nerd. Daher stand in seiner Küche eine italienische Siebträgermaschine, von der Lea sich sicher war, dass sie außer ihm niemand anfassen durfte, damit nur ja nichts verstellt wurde. Bei Kaffee kannte Ben keine Kompromisse.

Sie griff nach der Tasse und atmete tief den Duft des Kaffees ein. Zum ersten Mal, seit sie in Ben hineingelaufen war, machten sich vertraute Gefühle in ihr breit. Er und seine für einen halben Briten völlig untypische Liebe zu Kaffee, das war nicht nur etwas, woran sie sich erinnerte, sie hatte es auch immer sehr geschätzt.

Mit geschlossenen Augen trank sie einen Schluck, bevor sie die Tasse seufzend wieder abstellte. Ben beobachtete sie dabei und schien den Moment für geeignet zu halten, um etwas Wichtiges zu sagen. Er atmete tief durch und begann: »Ich schulde dir noch eine Entschuldigung.«

Leas ganzer Körper spannte sich an. Damit hatte sie in den letzten Tagen komischerweise gar nicht mehr gerechnet, obwohl sie sich jahrelang gefragt hatte, was er wohl sagen würde.

»Es tut mir leid, was ich getan habe. Ich habe alles zerstört, was wir hatten. Und das nur, weil ich einen miesen Tag hatte. Das ist eine beschissene Entschuldigung. Nein, eigentlich ist es gar keine. Es ist höchstens eine Erklärung. Ich hatte einen miesen Tag bei dem Festival. Die anderen drei waren in Feierlaune, bereit, die ganze Welt zu erobern. Sie waren frei und ungebunden und konnten alles tun, was sie wollten. An dem Tag habe ich unsere Beziehung als Klotz am Bein empfunden und mich nach ihrer Freiheit und ihren Möglichkeiten gesehnt.«

»Die hast du dann ja auch bekommen«, stellte Lea fest.

»Aber ich musste einen verdammt hohen Preis dafür zahlen.«

»Für ein bisschen Sex.«

»Mittelmäßigen noch dazu.«

Lea wusste keine Antwort mehr, deshalb wechselte sie einfach das Thema. »Lass uns frühstücken!«

Sie schwiegen eine Weile, bis Ben fragte: »Sonst willst du gar nichts dazu sagen?«

Seufzend stellte Lea ihre Kaffeetasse ab.

Ja, vermutlich gehörte es sich, dass man irgendwie reagierte, wenn sich jemand bei einem entschuldigte. Sie wusste nur nicht wie. Daher war sie froh, als Ben hinzufügte: »Kannst du das irgendwie nachvollziehen?«

Lea kaute einige Sekunden auf ihrer Lippe herum, bevor sie ihm eine Antwort gab. »Ja, das kann ich«, sagte sie. »Heute kann ich das. Damals hätte ich dich nicht verstanden, weil es mir in Bezug auf unsere Beziehung nie so ergangen ist. Ich war verliebt in dich, ich war glücklich, mit dir zusammen zu sein, ich wollte, dass das nie zu Ende geht. Schon klar, dass man manchmal ein bisschen Abstand braucht, aber ein Klotz am Bein warst du für mich nie.«

Sie machte eine Pause, in der sie ihren Teller, das Glas Orangensaft und ihre Kaffeetasse neu arrangierte.

Dann sprach sie weiter. »Ich kenne das allerdings von Jan. Er ist mein Ein und Alles, aber es gibt Tage, da will ich keine Mama sein. Da würde ich alles dafür geben, nur für mich verantwortlich zu sein und keine Rücksicht auf ihn und seine Bedürfnisse nehmen zu müssen.«

»Aber du setzt ihn an solchen Tagen nicht einfach am Straßenrand aus, so wie ich das quasi getan habe«, stellte Ben fest.

Lea lachte bitter auf. »Glaub bloß nicht, dass mir solche Gedanken noch nicht gekommen wären! In Stockholm war zum Glück Jette da, die ihn dann genommen und mich weggeschickt hat, damit ich Zeit für mich hatte. Einmal hat sie mich zu drei Tagen Zwangsurlaub verdonnert – damit ich Jan wieder vermisse.«

»So hattest du aber immer vorgesorgt, dass es Jan gut geht, während du dich von dem Klotz befreit hast. Und du bist jedes Mal wieder zurückgekommen.«

»Du bist auch zurückgekommen, nur wollte ich nicht mehr bleiben«, gab Lea zu bedenken.

»Weil es mich nicht gekümmert hat, was mit dir ist, während ich mir das Recht herausgenommen habe, meine Freiheit zu leben.«

Er hatte den letzten Satz sehr leise gesagt und nun saßen sie wieder da und schwiegen sich an.

Lea horchte in sich hinein, wie sie sich fühlte. Sie empfand eine seltsame Ruhe, die sie in Bezug auf das Thema nicht kannte. Selbst nach Jahren hatte sie der Gedanke an Bens Seitensprung noch immer aufgewühlt.

»Lass uns die Sache abhaken«, schlug sie deshalb vor. »Niemand hat etwas davon, wenn wir uns mit Dingen beschäftigen, die lange vorbei sind.«

Sie sagte das einerseits, weil sie wirklich so empfand, andererseits aber auch, weil sie andere Themen für wichtiger hielt. Bis heute Abend wollte sie wissen, wo sie beide nun standen. Ein langer Streit über das Ende ihrer Beziehung würde sie nur aufhalten.

»Okay, wenn du das so siehst«, erwiderte Ben und schien sich zu entspannen. »Können wir dann darüber reden, wie es weitergehen soll?«

Obwohl Lea große Angst vor dem Gespräch hatte, war sie erleichtert, dass Ben ohne Umschweife zum Punkt kam. Er brauchte nur ein kurzes Nicken als Aufforderung, um weiterzusprechen.

»Ich schulde dir wahrscheinlich eine Menge Geld. Nachdem deine Wohnung winzig ist und die Einrichtung aus *Billy*, *Lack* und *Klippan* besteht, nehme ich mal an, dass du derzeit finanziell keine großen Sprünge machst.«

Seine Analyse traf Lea zwar hart, trotzdem stimmte sie ihm zu. Es fehlte ihr und Jan an nichts, aber sie musste jeden Euro zweimal umdrehen. In Stockholm war es leichter gewesen. Jan hatte praktisch seine ganze Garderobe von Emil geerbt. Wenn er doch einmal etwas zusätzlich gebraucht hatte, hatte es genügt, es in einem Telefonat mit Leas Familie zu erwähnen. Üblicherweise war ihre Mutter dann sofort einkaufen gegangen und wenige Tage später hatte Lea ein Paket erhalten. Alles andere war im Haushalt von Nils und Jette vorhanden gewesen und durfte mitbenutzt werden. Jan war nie aufgefallen, dass ihm die meisten »seiner« Spielsachen gar nicht gehörten. Sehr wohl war ihm aber das Fehlen vieler Dinge bewusst geworden, als sie in die neue Wohnung eingezogen waren. Kein Wunder, dass er meistens zum Spielen zu Max ging.

»Ich will nur, dass du weißt, dass ich die Alimente nachzahlen werde«, fuhr Ben fort. »Laut Internet muss ich zuerst die Vaterschaft anerkennen. Dazu brauche ich Jans Geburtsurkunde.«

Es überraschte Lea, wie konkret er offensichtlich schon über alles nachgedacht hatte, doch sie nickte wieder.

»Die Berechnungen dauern dann sicher eine Weile. Wenn du in der Zwischenzeit Geld brauchst, frag mich bitte einfach danach!«

Sie wusste, er meinte es gut, daher sagte sie: »Okay«, nahm sich aber gleichzeitig vor, auf dieses Angebot niemals zurückzukommen. Um ihn um Hilfe zu bitten, war sie zu stolz. Schon als sie noch ein Paar gewesen waren, hatte es für sie an Selbstaufgabe gegrenzt, sich finanziell von ihm abhängig zu machen.

Grübelnd saß Lea an Bens Küchentisch. Ein schneller Blick auf die Uhr verriet ihr, dass er jetzt jeden Moment vor der Tür stehen musste. Endlich, denn sie brauchte ihn dringend zum Reden. Ihr Kopf konnte das Problem nicht alleine lösen, und in solchen Fällen half es häufig, es mit anderen zu diskutieren.
»Was machst du denn schon hier?« Ben drückte ihr zur Begrüßung einen schnellen Kuss auf die Lippen. »Und warum sitzt du hier und bläst Trübsal?«
Sie versuchte, ihren Mund zu einem Lächeln zu verziehen, aber es blieb auf halbem Weg stecken.
»Was ist los?«, fragte er deshalb und setzte sich zu ihr. »Was ist passiert?«
»Ich habe heute meine Kündigung bekommen«, antwortete Lea.
»Verstehe«, erwiderte er ruhig. »Wieso jetzt doch?«
Das Thema war schon länger im Raum gestanden, weil die Auftragslage der Firma sich in letzter Zeit verschlechtert hatte. Da speziell für Lea aber immer noch genug zu tun war, war es bisher nicht so weit gekommen.
»Weil mein Chef die tolle Idee hatte, dass ich mich selbstständig machen könnte, sodass wir weiter zusammenarbeiten können, er mir aber kein monatliches Gehalt mehr zahlen muss«, erklärte sie.
»Das heißt, du bist zwar deine Festanstellung los, nicht aber deinen Job«, folgerte er.
»Ja, das schon. Ich weiß nur nicht, ob die Selbstständigkeit etwas für mich ist.«
»Was spricht dagegen?«, wollte Ben wissen.
»Die zusätzliche Arbeit. Ich habe keine Ahnung von dem ganzen wirtschaftlichen Zeug, den Steuererklärungen und diesen Dingen. Und ich will das nicht lernen müssen. Aber wenn ich mir einen Steuerberater dafür nehme, kostet der Geld – das ich erst einmal verdienen muss.«

»Du könntest Jonas fragen, ob er dir dabei hilft«, schlug er vor. Sein Bruder studierte Wirtschaft.
»Wieso sollte er das tun?«
»Weil er ein netter Kerl ist. Er macht das bestimmt, wenn du ihn darum bittest.«
Irgendwie passte es Lea nicht, dass er die erste Hürde einfach so aus dem Weg geräumt hatte.
»Und wovon soll ich meine Miete bezahlen, wenn mein Konto gerade leer ist, weil ich noch mitten in den ersten Projekten stecke und keine Rechnungen stellen kann?«
»Zahl einfach keine mehr!«
»Ha, ha«, machte Lea. »Tolle Idee. Findet mein Vermieter sicher auch.«
»Ich habe gemeint, du sollst dein Zimmer kündigen«, stellte Ben richtig.
»Und unter einer Brücke schlafen?«
»Nein, zu mir ziehen!«
Sie seufzte. »Hatten wir das Thema nicht schon abgehakt?«
»Ja, aber damals kannten wir uns erst seit zwei Monaten und ich konnte die Ansicht deiner Eltern, dass das vielleicht ein bisschen zu früh ist, nachvollziehen. Aber ich sehe nicht ein, wieso du für ein WG-Zimmer Miete zahlen sollst, wenn du am Ende doch die meiste Zeit bei mir bist – wo du völlig kostenlos wohnen könntest. Und das Argument, dass die WG näher an deiner Arbeit liegt, ist ja jetzt wohl auch hinfällig.«
»Ich brauche einen Platz, wo ich in Ruhe arbeiten kann«, warf sie ein.
»Dann richte dir in Jonas' Zimmer ein Büro ein!«
Der Raum, der diese Bezeichnung trug, war mehr eine größere Abstellkammer als ein echtes Zimmer. Jonas schlief dort, wenn er spät in der Nacht nicht mehr nach Hause fahren wollte, auf einer grindigen alten Ausziehcouch. Mehr passte in den Raum auch nicht hinein.
»Und Jonas?«, fragte Lea.
»Der kann im Wohnzimmer auf der Couch schlafen. Oder auf dem

Fußboden. Völlig egal. Wenn er nicht mehr heimfährt, ist er meistens so betrunken, dass er ohnehin nicht merkt, wo er liegt.«
»Wenn ich mich selbstständig mache, brauche ich einen neuen Laptop. Meiner ist zu langsam, mit dem werde ich auf Dauer verrückt. Und einen Drucker und Bürozeug. Wovon bezahle ich das alles?«
»Einen vernünftigen Drucker könnte ich auch brauchen, den steuere ich bei.«
In dieser Art ging es weiter und Ben räumte Leas Bedenken Schritt für Schritt aus dem Weg.
Für sie war diese Herangehensweise völlig neu, sie löste ihre Probleme üblicherweise alleine. Oder sie entschied sich gegen eine Option, wenn sie ihrer Meinung nach mit zu vielen unüberwindbaren Hindernissen verstellt war. Sie hatte es noch nicht oft erlebt, dass jemand sie – so wie Ben gerade – an die Wand argumentierte. Er war ihr gedanklich immer einen Schritt voraus, sodass sie schon mutmaßte, er könne ihren Chef überhaupt erst auf die Idee mit der Selbstständigkeit gebracht haben, damit er endlich Argumente dafür hatte, warum Lea bei ihm einziehen sollte.
Dennoch dauerte es noch einen ganzen Monat, bis sie angesichts ihres Kontostandes vollständig kapitulierte. Sie hatte sich zwar mit ihrem Chef auf eine einvernehmliche Auflösung des Arbeitsverhältnisses geeinigt und sofort ihre eigene Firma gegründet, hatte aber ihr WG-Zimmer behalten. Doch als klar wurde, dass die Abbuchung der Miete ihren Kontostand ins Minus treiben würde, kündigte sie ihren Mietvertrag.
Ben freute sich wie ein Schneekönig, aber Lea hatte ein mulmiges Gefühl dabei, sich so stark von ihm abhängig zu machen. Nicht auf eigenen Beinen stehen zu können, war eine neue Erfahrung für sie. Seit sie alt genug war, um arbeiten zu gehen, hatte sie sich neben der Schule immer etwas dazu verdient, um finanziell nicht auf ihre Eltern angewiesen zu sein. Jetzt lag sie ihrem Freund auf der Tasche, wohnte in seiner Wohnung und aß Essen aus seinem Kühlschrank. Und das nicht einfach so, sondern weil sie keine andere Wahl hatte. Leas Ego litt gewaltig unter dieser Situation.

Lea und ein Klavier

»Bitte sag es mir, wenn du sonst irgendetwas brauchst!«, forderte Ben sie auf. Sofort sträubte sich alles in Lea dagegen, in irgendeiner Form auf ihn angewiesen zu sein. Vor allem, weil sie ihn heute nicht mehr als denselben Menschen ansah, mit dem sie einst ihr Leben geteilt hatte. Schon damals hatte seine Großzügigkeit sie trotz aller Dankbarkeit, die sie dafür empfunden hatte, häufig verlegen gemacht.

Dennoch verließ plötzlich ein Satz ihren Mund, von dem sie nicht wusste, woher er eigentlich kam: »Ein Klavier wäre toll.«

»Bitte?« Ben schaute sie entgeistert an. »Wofür brauchst du ein Klavier? Will Jan Klavier spielen lernen?«

Sie schüttelte den Kopf. »Ich würde gerne wieder Klavier spielen.«

»Du – gerne – wieder – Klavier – spielen«, wiederholte er und betonte dabei jedes einzelne Wort. Er sagte nichts weiter, aber sein Blick sprach Bände. Lea und ein Klavier, das war eine Verbindung, die sein Hirn bis jetzt eindeutig nicht abgespeichert hatte.

Aus gutem Grund. Das Klavier war immer sein Hoheitsgebiet gewesen. Wenn er in der Nähe war, hatte Lea es nicht gewagt, auch nur ein bisschen darauf zu klimpern.

Lea vermisste Ben. Die Band war seit drei Wochen durchgehend auf Tour, das war die längste Zeit, die sie je von ihm getrennt gewesen war. Die täglichen Telefonate hatten bisweilen genau den gegenteiligen Effekt, denn danach war ihre Sehnsucht nach ihm nur noch größer. Die Wohnung war so leer ohne ihn. Obwohl Lea schon ein Jahr hier wohnte, fühlten sich die Räume in den letzten

Wochen seltsam fremd an. Insbesondere das Piano stand einsam an der Wand.
Seufzend setzte sie sich auf den Klavierhocker und malte sich aus, wie Ben das machte. Er hatte eine ganz eigene, fast feierliche Art, die Abdeckung zu öffnen und seine Hände auf die Tasten zu legen. Eine zärtliche Annäherung an eine Geliebte, zuerst ein vorsichtiges Necken, ein sanftes Streicheln, bevor es überging in ein Liebesspiel, das gefühlvoll oder stürmisch sein konnte, ernst oder verspielt, das jedoch immer einen Höhepunkt erreichte.
Behutsam klappte Lea die Abdeckung hoch und berührte sacht die Tasten. Zuerst strich sie über die weißen, dann über die schwarzen, ohne es zu wagen, eine zu drücken. Das einzige Stück, das sie auf dem Klavier beherrschte, war der »Flohwalzer« und der erschien ihr für dieses Instrument völlig unpassend. Sie träumte davon, dem Piano eine schöne Melodie zu entlocken – was ihr natürlich nie so perfekt gelingen würde wie Ben, aber vielleicht eine kleine, sanfte …
Doch als sie versuchte, ein paar Töne zu spielen, verflog der Zauber augenblicklich, denn es klang total schräg.

»Ich habe es in Stockholm gelernt«, erklärte sie jetzt. »Ich musste die Kinder immer in die Musikschule bringen und Erik wollte anfangs nie alleine üben. Nach einem Jahr habe ich dann selber Stunden genommen.«

In Bens Blick lag blanker Unglaube, als er erwiderte: »Du hast nie auch nur mit einem Wort erwähnt, dass du Klavier spielen lernen willst.«

»Ich weiß«, gab Lea kleinlaut zurück.

»Warum?«

»Weil … ich weiß auch nicht, ich, also …«, stotterte sie herum.

»Ich kann mich nicht einmal daran erinnern, dass du je in die Nähe des Klaviers gegangen wärst, wenn du nicht gerade irgendwas mit mir besprechen wolltest, während ich gespielt habe«, bemerkte er.

»Nicht, wenn du zu Hause warst«, widersprach Lea vorsichtig.

»Und wenn ich nicht da war, hast du dich heimlich hin geschlichen und davon geträumt, darauf zu spielen?« Ben klang immer noch, als würde er seinen Ohren nicht trauen.

»Ja, so ungefähr.«

Da er nicht aufhörte, sie ungläubig anzustarren, versuchte sie, sich zu rechtfertigen. »Das Klavier war immer dein Heiligtum.«

»War es und ist es bis heute«, bestätigte er. »Aber das erklärt nicht, warum du nie erwähnt hast, dass du gerne darauf spielen würdest.«

»Damals konnte ich es ja noch nicht.«

»Ich hätte es dir beibringen können.«

»Ich war mir nicht sicher, ob ich … du …« Wieder verkam ihre Erklärung zu einem Stottern.

»Ich was? Hältst du mich für einen schlechten Lehrer?«

»Nein!«, unterbrach Lea ihn sofort. »Nicht für einen schlechten Lehrer. Ich wusste einfach nicht, ob du … ob du das wirklich machen würdest …«

»Was? Dich unterrichten? Du klingst, als hätte ich mich ständig in meiner eigenen Genialität gesuhlt und mich nie dazu herabgelassen, irgendetwas an andere weiterzugeben. Dass ich als Klavierlehrer meinen Lebensunterhalt verdient habe, hast du aber schon mitbekommen, oder?«

»Ja, natürlich. Das war es nicht. Nicht der Grund.« Wieder brach sie ab, bevor sie sich sammelte und endlich einen vollständigen Satz herausbrachte. »Das mit der Genialität war das Problem. Ich war immer so gefesselt, wenn du gespielt hast, so fasziniert. Ich konnte mir tatsächlich nicht vorstellen, dass du dich mit deiner im Vergleich völlig talentfreien Freundin abmühst.«

Falls das überhaupt möglich war, wurde Bens Blick noch ungläubiger.

»Sag, hast du mir jemals vertraut?«, fragte er mit einem Ernst in der Stimme, der Lea erschaudern ließ.

»Das hat doch nichts mit Vertrauen zu tun«, wich sie aus.

»Das hat es sehr wohl«, widersprach er.

Sie brauchte einige Sekunden, um ihre Gedanken und Gefühle so zu ordnen, dass sie eine richtige Erklärung zustande brachte.

»Ben, du und dein Klavier, das war für mich immer etwas Besonderes. Wenn du gespielt hast, hat sich das für mich magisch angefühlt. Dir zuzuhören, das war wie ein Einblick in eine Beziehung mit einer Geliebten, die mir aber nichts anhaben konnte. Eine Dreiecksbeziehung ohne Komplikationen … solange ich meine Finger davon gelassen habe. Verstehst du das? Irgendwie?«

Endlich verschwand der verständnislose Ausdruck aus Bens Gesicht. Dass er mit der Musik eine Liebesbeziehung führte, die schon in seiner Kindheit begonnen hatte, wusste er selbst am allerbesten.

Er nickte langsam. »Ja, aus diesem Blickwinkel verstehe ich es. Einigermaßen.«

»Es hat nichts damit zu tun, dass ich dir nicht vertraut hätte«, betonte Lea trotzdem. »Mir war nur immer klar, dass die größte Liebe deines Lebens die Musik ist und dass ich diesen Teil von dir besser zuhörend genieße, als mich in irgendeiner Form einzumischen oder zu versuchen, mit ihr zu konkurrieren.«

»Komisch, ich habe die Musik nie in Konkurrenz zu einer Frau in meinem Leben gesehen«, stellte Ben fest. »Als eine große Liebe, ohne die ich mir nicht vorstellen kann zu existieren, das ja. Aber nicht als etwas, das ich in eine Rangordnung mit Menschen setzen würde. Die größte Liebe meines Lebens, die Person, das warst immer du.«

Unangenehm berührt starrte Lea auf ihren Frühstücksteller. Die Diskussion über ihre gemeinsame Vergangenheit hatte etwas vom alten Ben aufblitzen lassen. Aber dass sie seine große Liebe gewesen sein sollte, wollte sie gerade nicht hören. Er hatte sich so sehr verändert, er war einfach nicht mehr der Mensch, den sie angesehen hatte und dem sie innerhalb von drei Sekunden restlos verfallen war. Sie konnte in ihrem Gegenüber nicht finden, was sie damals so sehr geliebt hatte. Er wirkte wie eine leblose Hülle, entsprach so gar nicht dem Bild in ihrer Erinnerung. Zwar bemühte er sich offensichtlich um eine Wiederannäherung, aber in Lea sperrte sich alles dagegen.

Sie war mehr als erleichtert, als Ben die Stille mit einer Frage unterbrach, die ihm wahrscheinlich schon länger auf der Zunge brannte: »Wie gut spielst du?«

»Für *Colours of the Rain* reicht es«, nannte sie ihm den einen Song aus dem dritten Album seiner Band, der über die Jahre zu ihrem ständigen Begleiter geworden war.

»Spiel mal!«, forderte er sie mit einem Nicken in Richtung seines Flügels auf.

»Auf gar keinen Fall!«, antwortete sie mit Bestimmtheit.

Er hatte unrecht gehabt mit der Behauptung, sie hätte ihm nie vertraut. Aber jetzt vertraute sie ihm definitiv nicht mehr genug, um ihm etwas vorzuspielen. Lea hatte Klavierspielen nur für sich erlernt, Zuhörer lenkten sie immer ab.

»Warum nicht?«

»Hast du mir nicht zugehört? Das wäre Blasphemie.«

Ben lachte auf. »Blasphemie? Ernsthaft? Komm schon, ich bin doch nur neugierig. Und dem Klavier tut es nicht weh, wenn du einen falschen Ton erwischst.«

»Deinem absoluten Gehör aber.«

»Das hört dauernd schiefe Töne und hält das aus«, versicherte er.

»Nein, ich fasse das heilige Klavier nicht an«, beharrte Lea und steckte sich demonstrativ den letzten Bissen ihres Frühstücks in den Mund. Ben war nicht bereit aufzugeben. Er beugte sich ein Stück nach vorne.

»Nur einmal!«, lockte er. »Dafür borge ich dir das Stage-Piano. Für Aufnahmen habe ich derzeit ohnehin keinen Nerv.«

Doch Lea ließ sich nicht erweichen.

»Lass gut sein. Da frage ich lieber in Jans Schule, ob ich dort üben darf.«

Das war nur so dahingesagt, sie wollte endlich das Thema wechseln. Doch mit dem Satz öffnete sie unabsichtlich die Büchse der Pandora.

»In welche Schule geht Jan?«

»In die gleich am Ende unserer Straße.«

»Und dort gibt es Klavierunterricht?«

»Ja, die Schule hat einen Musikschwerpunkt, eine Kooperation mit dem Konservatorium. In jeder Schulstufe gibt es ein musikalisches Jahresprojekt. In der ersten Klasse haben die Kinder ab Oktober, wenn sie richtig im Schulalltag angekommen sind, zusätzlich zum regulären Unterricht Musik-Schnupperstunden mit allen möglichen Instrumenten.«

»Eine Kooperation mit dem Konservatorium?«, wiederholte er und erst jetzt ging Lea auf, was sie da gesagt hatte.

Schlimmer noch, ihr wurde plötzlich bewusst, warum ihr der Name des Projektkoordinators auf dem Informationsschreiben so bekannt vorgekommen war. Es war der Professor, bei dem Ben Klavier studiert hatte.

»Äh, ja«, bestätigte sie unsicher.

Wie kam sie aus der Nummer nur so schnell wie möglich wieder heraus?

»Macht das immer noch Professor Berger?«

»Kann sein ...«

Zum Glück hakte Ben nicht weiter nach, sondern fragte stattdessen: »Geht Jan wegen der Musik in diese Schule? Oder nur, weil sie ums Eck ist?«

»Ich habe zuerst die Schule ausgesucht, dann die Wohnung. Und ja, die Musik war ein Grund. Immerhin besteht bei seinen Genen eine gewisse Chance, dass er musikalisches Talent besitzt. In dieser Schule muss ich mich nicht extra um Musikunterricht kümmern. Also weder um einen Lehrer noch um die Finanzierung. Und sie haben eben auch Leihinstrumente oder bieten den Kindern die Möglichkeit, direkt in der Schule zu üben.«

»Das ist aber nicht dasselbe wie sich jederzeit hinsetzen und spielen zu können.«

»Ich weiß. Trotzdem ist es besser als nichts.«

»Du hast aber vorhin den Kopf geschüttelt, als ich wissen wollte, ob er Klavier spielen möchte.«

»Ich habe ihn nie danach gefragt«, gab Lea zu. »In Stockholm hat er gerne auf Eriks Piano geklimpert. Er hat aber nie gesagt, dass er es richtig lernen möchte.«

»Verstehe«, erwiderte Ben. »Aber andererseits hast du auch nie erwähnt, dass du es lernen möchtest. Und du warst drei Jahre lang mit einem Klavierlehrer zusammen.«

»Bitte lassen wir das einfach, okay?«, bat Lea genervt. Sie wollte nicht mehr darüber reden und schon gar nicht noch einmal zum Spielen aufgefordert werden.

Zwischenzeit

»Verstehe ich das richtig, dass du wegen der Schule nach Österreich zurückgekommen bist?«, wollte Ben nach einer Weile wissen.

»Ja, ich wollte, dass Jan hier eingeschult wird. In den letzten Jahren wurde immer mehr klar, dass unsere Zeit in Stockholm ein Ablaufdatum hat, wenn ich keinen anderen Job finde. Und ich konnte mich nicht motivieren, einen zu suchen. Ich konnte mir Stockholm ohne unsere Familie nie so richtig vorstellen. Deshalb war die Einschulung ein geeigneter Zeitpunkt für einen Neubeginn. Warum bist du aus England zurückgekommen?«

»Woher weißt du, dass ich zwischenzeitlich in England gelebt habe?«

»Internet. Nachdem ihr in den letzten Jahren ja recht erfolgreich wart, war dort immer wieder etwas über dich zu finden.«

»Wir waren sogar ziemlich erfolgreich«, erwiderte er. »Erfolgreich genug, um fast dauernd auf Tour zu sein, wenn wir nicht gerade im Studio waren. Aber unser neuer Plattenvertrag ist geplatzt, weil Jonas nicht unterschrieben hat.«

»Wieso nicht?«

»Seine Worte waren ungefähr: ›Ich muss ein Haus renovieren, ich habe keine Zeit für diesen Scheiß‹, dann ist er gegangen und seither haben wir uns nicht mehr gesehen.«

»Wie bitte?« Lea starrte Ben ungläubig an. Er und sein Bruder waren immer die besten Freunde gewesen. Sie konnte sich nichts vorstellen, was es geschafft hätte, sie auseinanderzubringen.

Oder doch? Was auch immer bewirkt hatte, dass Ben ihr so fremd war, hatte ihn vielleicht auch von seinem Bruder entfremdet.

»Wir haben uns schon länger nicht mehr besonders gut verstanden«, berichtete er. »Spätestens, seit er mit Luisa zusammen gekommen ist.«

Das brachte Lea vollends aus dem Konzept. Luisa war Bens und Jonas' ehemalige Nachbarin und die Beziehung zwischen ihr und Jonas war schon immer sehr kompliziert gewesen.

»Die beiden sind zusammen? Was ist in sie gefahren? Also in Lou? Was ist aus Ich-verstehe-nicht-was-alle-an-dem-Mistkerl-finden geworden? Aus allem, was er ihr angetan hat? Vergeben und vergessen?«

Die Liste von Jonas' Streichen, unter denen Luisa praktisch ihr ganzes Leben lang gelitten hatte, war tatsächlich ziemlich lang. Bens Familie hatte in England gelebt, bis er schulpflichtig geworden war. Dann waren sie nach Wien in das Elternhaus ihrer Mutter gezogen und hatten Luisa und ihre ältere Schwester Rebekka kennengelernt. Als Kind hatte Jonas keinen Streich auf Luisas Kosten ausgelassen, im Teenageralter war es nicht viel besser geworden. Die Palette seiner Untaten war vielfältig. Sie reichte vom harmlosen Auflauern auf dem Schulweg mit einer ganzen Fuhre Schneebälle bis hin zur heimlichen Zugabe einer großen Menge Alkohol zur eigentlich alkoholfreien Bowle. Damit hatte er Luisa an ihrem 15. Geburtstag richtig in Schwierigkeiten gebracht – nicht nur mit ihren eigenen Eltern, sondern auch mit denen sämtlicher zur Feier eingeladener Freundinnen.

Lea kannte die Geschichte nur aus Erzählungen. Demnach hatten sich alle sechs Mädchen bei der Übernachtungsparty übergeben. Im ersten Moment hatte man eine Lebensmittelvergiftung vermutet und dem selbst gemachten Sushi die Schuld daran gegeben. Im Krankenhaus hatte sich dann aber herausgestellt, dass sie schlicht völlig betrunken waren. Jonas hatte die Schuld am Ende auf sich genommen. Allerdings erst, nachdem Luisa ihren zweiwöchigen Hausarrest abgesessen hatte.

»Die Distanz hat sie das meiste davon wohl vergessen lassen«, vermutete Ben. »Nachdem Jonas damals bei ihrer Abschiedsparty durch den Hinterausgang getürmt ist, um ihrer Wut zu entgehen – du erinnerst dich vielleicht noch –, hatten sie jahrelang keinen

Kontakt mehr. Also Jonas hat sich schon ab und zu bei mir nach ihr erkundigt und sie hat dasselbe wohl auch bei Rebekka getan, aber soweit ich weiß, haben sie weder miteinander telefoniert, noch einander geschrieben oder sich getroffen. Bis Lou nach Jahren durch Zufall zu einem unserer Konzerte kam. In Kopenhagen, wo sie gerade auf Urlaub war. Erst ab dem Zeitpunkt standen sie wieder in Kontakt. Über die Jahre hat sich ihre Abneigung gegen ihn anscheinend gelegt und ein paar Monate später hat er uns eröffnet, dass sie zusammen sind.«

»Wie lang ist das her?«

»Drei Jahre etwa. Das war gegen Ende der Tour zum dritten Album. Wir haben direkt danach begonnen, am vierten zu arbeiten. Er war in der Zeit allerdings sehr seltsam drauf und hat mir die Hauptarbeit überlassen. Im Nachhinein war dann klar, dass sich während der Zeit die Sache zwischen ihm und Lou angebahnt hat.«

»Ich dachte immer, du hättest beim dritten Album die Hauptarbeit gemacht«, stellte Lea fest. »Also zumindest musikalisch. Da liegt die Betonung bei den Arrangements so stark auf dem Klavier.«

»Es war genau umgekehrt«, klärte Ben sie auf und seine Stimmung verdüsterte sich deutlich. »Jonas hat das so hingedreht, damit ich mich nicht ausgeschlossen fühle. In Wirklichkeit hat er beim dritten Album die Arbeit total an sich gerissen.«

»Und wieso hast du das zugelassen, wenn es dich so wurmt?«

Er schwieg eine Weile, bevor er sich zu einer Erklärung durchrang. »Ich konnte nichts dagegen tun, weil ich zu dem Zeitpunkt wegen Magersucht in Therapie war.«

Lea zuckte erschrocken zusammen.

»Bitte?« Sie musste sich verhört haben.

Ben fiel es offensichtlich schwer, darüber zu reden, aber er fuhr trotzdem fort: »Ich habe nach unserer Trennung eine Essstörung entwickelt. Solange wir auf Tour waren, wo unser Umfeld darauf geachtet hat, dass wir regelmäßig etwas zu essen bekommen, ging es noch einigermaßen. Ich habe zwar stark abgenommen, aber das haben alle auf den Stress geschoben und sich nicht weiter Gedanken darüber gemacht. Nach der Tour habe ich mich eine Zeit lang zurückgezogen, um mich von dem ganzen Rummel zu erholen. Da wurde es dann richtig schlimm. Zu meinem Glück hat Granny es rechtzeitig bemerkt, bevor ich mich zu Tode hungern konnte. Ab da war ich in Therapie und stand unter ständiger Beobachtung durch Granny, Pieter und Jonas.«

Obwohl Lea die Geschichte schockierte, musste sie eine ganz andere Zwischenfrage stellen. »Leben Granny und Pieter noch?«

»Ja. Pieter hat sich zu Jahresbeginn endgültig aus dem Business zurückgezogen. Die beiden haben sich an der holländischen Küste ein kleines Haus gekauft, wo sie jetzt ihren Lebensabend verbringen.«

Lea war von Bens Großmutter und ihrem zweiten Ehemann, einem holländischen Musikproduzenten, immer sehr angetan gewesen und gönnte ihnen das von Herzen. Pieter hatte sein Leben lang hart gearbeitet – unter anderem auch, um die Karriere der beiden Lieblingsenkel seiner Frau voranzutreiben. Für Granny, die ihren ersten Mann viel zu früh verloren hatte, war die Familie stets an erster Stelle gestanden, und dafür hatte sie auf vieles verzichtet.

»Ist das Haus in London jetzt unbewohnt?«, erkundigte Lea sich.

»Weitgehend. Granny sagt, solange sie lebt, steht das Haus jederzeit jedem Familienmitglied offen und keiner darf alleinigen Anspruch darauf erheben. Sie hat einen Verwalter eingestellt – Matt – und der ist eigentlich der Einzige, der immer weiß, wann wer im Haus ist.«

»Hast du dort gewohnt?«

»Ja. Als das mit der Magersucht herauskam, hat Granny mich gezwungen, meine Wohnung aufzugeben und in mein altes Zimmer zu ziehen, um mich unter Kontrolle zu haben.«

»Und du hast das wieder in den Griff bekommen?«

Lea war skeptisch, weil ihr Ben so viel magerer vorkam als vor sieben Jahren, aber er versicherte ihr: »Ja, ich habe das im Griff. Außerdem kontrolliert mich jetzt meine Mum und bringt mir etwas vorbei, wenn sie meint, dass ich zu wenig esse.«

Das erklärte, warum sie Martha mit dem Korb voller Lebensmittel auf dem Markt gesehen hatte. Es bedeutete aber auch, dass seine Mutter gerade den Eindruck hatte, dass er ihre Hilfe brauchte. Leas Skepsis wurde daher nicht kleiner. Gleichzeitig verstand sie aber ein bisschen besser, warum Ben ihr heute so fremd vorkam. Mit solchen Problemen hatte der Ben von vor sieben Jahren nicht zu kämpfen gehabt.

»Ihr habt trotz deiner Krankheit mit der Band weitergemacht?«, fragte sie.

»Jonas hat mit Jakob und Axel weitergemacht«, antwortete Ben. »Er wollte um jeden Preis den Plattenvertrag einhalten. Also hat er alles an sich gerissen und mich nur zwischendurch dazu geholt. Ab dem Zeitpunkt war es nicht mehr unsere Band, sondern seine. Und dementsprechend ist dann auch die folgende Tour gelaufen: Jonas im Rampenlicht, der Rest in die zweite Reihe verbannt.«

»Und das hat euch nicht gefallen?«

»Axel und Jakob war es ziemlich egal. Aber du weißt ja, eine Hierarchie hat es bei uns immer schon gegeben. Die beiden hatten nie ein Problem mit der zweiten Reihe.«

»Du aber schon.«

»Ja«, gab er zu, »ein massives Problem.«

»Hast du nie mit Jonas darüber gesprochen?«

»Nein, nicht wirklich. Ich habe meinen Ärger in Alkohol ertränkt und bei der nächsten Gelegenheit das Ruder wieder übernommen. Und dann eben dem vierten Album meinen Stempel aufgedrückt, was mir eine gewisse Genugtuung verschafft hat, weil es ein noch größerer Erfolg wurde als seines.«

»Moment!«, unterbrach Lea ihn. »Was ist aus dem Vorsatz geworden, nie in die offensichtlichen Fallen im Leben eines Rockmusikers zu tappen?«

Er hatte das mit dem Alkohol so dahin gesagt, aber Lea war sich sicher, dass mehr dahinter steckte.

»Neujahrsvorsätze halten auch nur eine Woche«, versuchte er, sich herauszureden, aber sie ließ nicht locker.

»Sagst du mir gerade wirklich, dass du unsere Beziehung weggeworfen hast, weil du frei und ungebunden sein wolltest, und alles, was du mit deiner Freiheit angefangen hast, war mehr oder weniger absichtlich krank zu werden und mit dem Saufen zu beginnen?«

»Niemand bekommt absichtlich Magersucht, glaub mir das«, stellte er klar.

»Ja, okay, mag sein«, lenkte sie ein. Sie wusste darüber zu wenig und wollte nicht vorschnell urteilen. »Aber Frust in Alkohol zu ertränken, das tun die meisten absichtlich. Zumindest am Anfang. Bis es dann außer Kontrolle gerät.«

Dazu schwieg Ben. Das brachte Lea erst recht in Fahrt.

»Du hast also tatsächlich unser gemeinsames Leben an die Wand gefahren, nur um daraufhin auch dein eigenes zu zerstören? Dafür wolltest du frei sein? Ich war ein Klotz am Bein, der dich davon abgehalten hat, zum Alkoholiker zu werden? Besser konntest du deine Zeit nicht investieren? Du hast meinetwegen mit dem Fechten aufgehört, hättest du nicht wieder damit anfangen können? Oder nebenbei ein Soloalbum aufnehmen, während dein Bruder sich in dem Ruhm sonnt, den du ihm nicht vergönnst? Irgendetwas Positives wenigstens?«

Sie konnte das alles nicht fassen. Nun wusste sie zwar, warum Ben sich in seinem gegenwärtigen Zustand befand, aber die Erklärung bewirkte nicht, dass sie sich ihm näher fühlte. Im Gegenteil, sie hatte gerade den Respekt vor ihm verloren.

Bisher war sie immer der Meinung gewesen, er hätte ihre Beziehung geopfert, um frei für eine Karriere als Musiker zu sein. Wie oft hatte sie sich vorgestellt, wie schön es wäre, diesen oder jenen Moment mit ihrem Sohn auch mit dessen Vater zu teilen, nur um dann festzustellen, dass der gerade irgendwo auf der Welt unterwegs war und selbst dann nicht bei ihnen gewesen wäre, wenn sie noch zusammengehört hätten. Sie hatte sich mit dem Gedanken getröstet, dass ihre Trennung vielleicht das Beste für alle Beteiligten war, denn Jan und ihr ging es ja gut und Ben ebenso – hatte sie gedacht. Nicht umsonst hatte sie diesem Zeitraum den Namen Zimtschneckenjahre verpasst. Sie hatte ihn trotz mancher Schwierigkeiten als locker und fluffig empfunden. Doch den Irrglauben, dass es Ben ebenso ergangen war, hatte er ihr nun genommen.

Er sagte noch immer kein Wort. Lea aber war so wütend, dass sie zum nächsten Schlag ausholte: »In ein paar Stunden kommt Jan nach Hause. Was erzähle ich ihm? ›Hey, willst du deinen Vater kennenlernen? Er wohnt ganz in der Nähe. Aber erschrick nicht, er sieht nicht nur aus wie ein Säufer, er ist auch einer!‹«

»Ich habe das im Griff«, behauptete Ben. »Aber du erzählst Jan am besten überhaupt nichts von mir.«

Lea hatte Mühe, ihre Erleichterung zu verbergen. Wenn Ben von sich aus auf ein Treffen mit Jan verzichtete, löste sich ihre größte Sorge in Luft auf.

»Und wenn er fragt, was ich das ganze Wochenende gemacht habe?«, erwiderte sie, um den Schein zu wahren.

»Dir fällt schon irgendeine Ausrede ein, mit der sich ein Sechsjähriger zufrieden gibt. So schwer kann das nicht sein.«

»Das weißt du aus deiner langjährigen Erfahrung mit Sechsjährigen«, ätzte sie.

»Das weiß ich aus meiner einjährigen Erfahrung *als* Sechsjähriger«, entgegnete er.

Trotz ihres Spotts musste sie ihm widerwillig zustimmen. Jan war tatsächlich meist mit viel einfacheren Erklärungen zufrieden, als sie erwartet hätte.

»Ich verlasse jetzt also deine Wohnung, lasse dir noch irgendwie Jans Dokumente zukommen, damit du den Papierkram erledigen kannst, und dann verschwinden wir wieder aus deinem Leben und warten nur darauf, dass irgendwann ein größerer Geldbetrag auf meinem Konto eingeht?«, fragte sie provokant.

»Ich habe nicht gesagt, dass ich Jan niemals kennenlernen will«, widersprach er sofort vehement. »Ich habe nur gesagt, dass du ihm heute besser nichts von mir erzählst. Die Dokumente bring mir bitte! Aber alles andere würde ich gerne langsam angehen. Du kannst nicht erwarten, dass ich in drei Tagen vom völlig Ahnungslosen zum Super-Dad mutiere.«

Obwohl Lea ihm insgeheim recht geben musste, war ihr Tonfall ungnädig, als sie sagte: »Ja, okay.«

»Du hattest auch neun Monate Zeit, um dich an den Gedanken zu gewöhnen«, gab er zu bedenken.

»Nur fünf, weil ich es so spät gemerkt habe«, verbesserte sie ihn.

»Das ist immer noch weit mehr als drei Tage. Und ein Neugeborenes stellt keine Fragen oder verlangt nach Erklärungen.«

»Ist schon gut, ich habe verstanden.«

Sie wusste selber nicht, warum sie so reagierte, wo seine Zurückhaltung doch ganz in ihrem Sinne war. Nach einem kurzen Blick auf die Uhr stand sie auf.

»Ich gehe jetzt besser«, verkündete sie. »Die Unterlagen bringe ich dir in den nächsten Tagen vorbei. Wenn du sonst etwas von mir brauchst, gib mir Bescheid! Meine Telefonnummer hast du ja.«

»Ist gut«, sagte er nur, stand aber entgegen seiner sonst so höflichen Art nicht auf, um sie zur Tür zu begleiten. Lea verließ seine Wohnung, ohne sich von ihm zu verabschieden.

Als sie ihre Wohnungstür aufschloss, hatte sie das Gefühl, gleichzeitig in ihrem Inneren eine Schleuse zu öffnen. Kraftlos sank sie auf die Couch und fing an zu weinen. Erst jetzt, wo sie allein war, konzentrierte sie sich nicht mehr auf ihren Ärger, sondern ließ die Angst und die Sorge um ihn zu. Den Gedanken, dass sie ihn durch ihr Verschwinden in eine so schreckliche Krankheit wie Magersucht getrieben hatte, ertrug sie kaum. Er hatte es nicht direkt gesagt, aber es hatte doch durchgeklungen, dass er sich in einem sehr gefährlichen Stadium befunden hatte. Ihre eigenen Probleme, mit denen sie seit ihrer Trennung zu kämpfen gehabt hatte, erschienen ihr im Vergleich dazu klein und unwichtig.

Lea wusste nicht, was sie getan hätte, wenn sie eines Tages aus den Medien erfahren hätte, dass er sich ihretwegen zu Tode gehungert hatte. Sie fragte sich, ob sie mit diesem Wissen einfach so hätte weiterleben können. Was hätte sie Jan erzählt, wenn er sie eines Tages nach seinem Vater gefragt hätte?

Es ist nicht so weit gekommen, erinnerte sie sich selber. Er hat überlebt. Sein Zustand ist nicht der beste und er hat nach der Krankheit fragwürdige Entscheidungen getroffen, aber er lebt.

Um sich zu beruhigen, suchte sie Jans Geburtsurkunde heraus und steckte sie ein Kuvert. Das wollte sie Ben am nächsten Morgen auf dem Weg zur Arbeit unter der Tür durchschieben. Anklopfen würde sie nicht, denn im Moment verspürte sie keinerlei Bedürfnis, ihn so bald wiederzusehen. Sie musste erst verarbeiten, was an diesem Wochenende passiert war und was sie erfahren hatte.

Nachwehen

»Und wie macht er sich?«

Lea zuckte zusammen und hob den Kopf. Im Türrahmen lehnte ihr Chef.

»Ich wollte dich nicht erschrecken«, entschuldigte er sich, bevor er wegen ihres fragenden Gesichtsausdrucks wiederholte: »Der Neue, wie macht er sich mit dem Onlineshop?«

»Oh, bestens«, versicherte Lea. »Ich denke, du kannst ihm getrost die Verantwortung für die Bestellungen überlassen. Er hat das System sehr viel besser im Griff als die beiden Liebhaberinnen des analogen Buches da draußen.«

»Sehr gut«, freute Bert sich. »Ich habe gehofft, dass du das sagst. An den Tagen, an denen Maria und Kathrin gemeinsam Dienst haben, habe ich immer Angst, sie machen irgendwas kaputt, wenn du nicht mehr da bist.«

»Wird er dann hauptsächlich zu den Zeiten arbeiten, zu denen ich nicht da bin?«

»Ja. Auf jeden Fall Dienstag, Donnerstag und Freitag jeweils am Nachmittag und am Samstag. Der Rest ist noch nicht fix.«

»Alles klar.«

Für Lea war das Gespräch an dieser Stelle beendet, doch Bert machte keine Anstalten, ihr Büro zu verlassen. »Alles in Ordnung bei dir? Du wirkst heute ein bisschen deprimiert.«

»Das Wochenende war mehr anstrengend als erholsam«, erwiderte Lea.

»Hast du mit Jan die Partyszene unsicher gemacht?«

Sie stieg darauf ein. »Ja, ich bin der Ansicht, jetzt, wo er seit fast einem Monat in die Schule geht, sollte er endlich lernen, wie man eine richtig gute Party bis in die Morgenstunden feiert.«

»Genau, so gehört sich das«, behauptete er zuerst, hakte dann aber nach: »Was ist wirklich?«

Seufzend drehte Lea sich mit ihrem Bürostuhl vom Computer weg und wandte sich ihrem Chef zu. »Stell dir vor, du triffst eine Person aus deiner Vergangenheit, von der du immer gedacht hast, dass du sie irgendwann wiedersehen würdest. Und dann erzählt dir diese Person Dinge aus ihrem Leben, die dir klarmachen, dass die Wahrscheinlichkeit, eines Tages ihre Todesanzeige zu lesen, sehr viel höher war als die für eine zufällige Begegnung auf der Straße.«

»Und so ein Treffen hattest du am Wochenende?«

Sie nickte.

»Verstehe. Kein Wunder, dass dir das zusetzt. Kommst du zurecht?«

»Ja, der Schock muss sich nur erst setzen. Es war ein bisschen viel auf einmal.«

»Wenn du irgendetwas brauchst, wenn du reden willst oder von meiner sehr viel längeren Lebenserfahrung profitieren, du weißt ja, wo mein Büro ist«, bot er an.

Lea musste lachen. Bert war gar nicht so alt, wie er tat, redete aber immer scherzhaft, als wäre er mindestens 20 Jahre älter und weiser.

»Danke«, sagte sie. »Ich muss jetzt weiterarbeiten, sonst bekomme ich Ärger mit meinem Chef.«

»Oh, ja, der sollte uns besser nicht dabei erwischen, wie wir uns hier während der Arbeitszeit über private Dinge unterhalten«, erwiderte er todernst und verließ das Büro.

Leas Gedanken kreisten in der nächsten Zeit immer wieder um Ben. Sie hatte ihm – wie geplant – das Kuvert mit Jans Dokumenten unter der Tür durchgeschoben, ohne sich bemerkbar zu machen. Er hatte sich mit keinem Wort, weder mündlich noch schriftlich, dazu geäußert.

Eine Woche später deponierte er ebenso stillschweigend eine Tasche mit den Unterlagen und den beiden Tagebüchern, die sie ihm geliehen hatte, vor ihrer Wohnungstür. Daneben in einer Nische lehnte jedoch noch eine Überraschung. Ein großes, langes Paket, das man für eine Postsendung hätte halten können, wäre darauf ein Empfänger vermerkt gewesen.

»Hast du etwas bestellt?«, wollte Jan wissen, den sie soeben vom Tagesheim abgeholt hatte.

»Nein, eigentlich nicht«, erwiderte Lea.

Sie verriet ihm nicht, dass sie nach einem Blick in die Tasche einen Verdacht hegte, von wem das Paket stammen und was sich darin befinden könnte. Zuerst sperrte sie die Tür auf, wies Jan an, sich auszuziehen und seine Schulsachen ordentlich hinzustellen. Währenddessen verstaute sie schnell seine Fotobücher in dem Regal, wo sie immer standen, damit er sie nicht bemerkte und dazu Fragen stellte. Dann trugen sie gemeinsam das Paket ins Wohnzimmer und packten es aus. Wie vermutet enthielt es ein Stage-Piano.

Jan hatte anscheinend schon wieder vergessen, dass seine Mutter behauptet hatte, sie hätte nichts bestellt.

»Hast du ein Klavier gekauft?«, staunte er.

Obwohl sie seinen Ärger fürchtete, weil sie ihm dauernd sagte, dass sie sich dieses und jenes, was er gerne haben wollte, nicht leisten konnten, nickte sie. Ihn zu frustrieren war ihr lieber, als ihm die Wahrheit zu sagen.

Sehr zu ihrer Überraschung freute er sich. »Jetzt kannst du endlich wieder Klavier spielen! Und wenn ich in der Schule dann Klavier habe, kann ich auch zu Hause üben!«

»Ja, genau«, bestätigte Lea und war wieder einmal dankbar dafür, dass Jan noch über eine große Portion kindlicher Naivität verfügte. Da sie Bens Qualitätsansprüche an seine Klaviere kannte, vermutete sie nämlich, dass das Stage-Piano in etwa so viel gekostet hatte wie ihre gesamte Einrichtung.

Kollegen

Wenn es nach Lea gegangen wäre, hätten sich ihre Arbeitszeiten mit denen von Michael ruhig öfter überschneiden können. Doch er fing dienstags, donnerstags und freitags immer erst nach der Mittagspause an, was bedeutete, dass sie sich an diesen Tagen meistens nur an der Tür begegneten. Am Mittwoch hatte Michael frei, am Samstag Lea, somit waren nur am Montagnachmittag beide im Haus.

An seinem zweiten Montag stand er plötzlich in ihrem Büro.

»Kann ich mich bei dir verstecken?«, bettelte er. »Maria hat gerade gemerkt, dass Julie und ich am Samstag die Kinderbücher umgestellt haben.«

Julie war eine Studentin, die freitags und samstags in der Buchhandlung arbeitete. Maria und Kathrin betrachteten sie nur als Aushilfe und nahmen sie deshalb nicht für voll. Das hatte für Julie den Vorteil, dass sie ihr – im Gegensatz zu Michael – nicht lange böse waren, wenn sie Veränderungen vorschlug.

Ohne ihre Antwort abzuwarten, schloss er die Tür hinter sich und sah sich suchend nach einem Versteck um. Er hatte sich noch für keines entschieden, als es klopfte. In seiner Panik machte er einen Satz in Richtung Wand und wurde gleich darauf von der geöffneten Tür verdeckt.

»Ist Michael bei dir?«, fragte Maria grußlos.

»Nein, wieso sollte er hier sein?«, tat Lea unschuldig.

»Weil er nicht mehr vorne ist, wo er eigentlich die Kinderbücher wieder so sortieren soll, wie sie gehören!«

»Vielleicht wäre ein bisschen Abwechslung in der Kinderabteilung gar nicht schlecht«, warf Lea ein. »Die zwei haben das am Samstag doch ganz hübsch dekoriert.«

»Du hast ja keine Ahnung von dem Geschäft da draußen«, schnaubte Maria verächtlich und machte auf dem Absatz kehrt.

Kaum war die Tür hinter ihr ins Schloss gefallen, stieß Michael einen erleichterten Seufzer aus. »Danke, danke, danke!«, sagte er. »Ich schulde dir etwas.«

»Tust du nicht«, widersprach Lea und griff zum Telefon. Sie wählte die Handynummer ihres Chefs, der heute nicht in der Buchhandlung war.

»Wo brennt der Hut?«, meldete er sich sofort.

»Kannst du bitte Maria zurückpfeifen, bevor sie deinen äußerst fähigen und für diesen Job wirklich geeigneten neuen Mitarbeiter hinausekelt?«, fragte sie ohne Umschweife.

»Was hat sie gemacht?«

»Sie macht ihm die Hölle heiß, weil er und Julie es gewagt haben, die heilige Ordnung bei den Kinderbüchern zu verändern.«

Bert seufzte tief. »Alles klar, ich rede mit ihr. Kannst du inzwischen dafür sorgen, dass noch alle leben, bis ich da bin?«

»Mache ich«, versprach Lea und legte auf.

Michael sah sie mit großen Augen an. »*Jetzt* schulde ich dir etwas.«

»Tust du nicht«, wiederholte Lea.

»Du bist erst seit drei Monaten hier und traust dich so mit dem Chef zu reden?«, fragte er bewundernd.

»Bert ist erst seit drei Monaten mein Chef, aber wir kannten uns schon vorher«, verriet Lea. »Ich war mit seiner Frau in der Schule und deren Eltern sind sehr gut mit meinen befreundet. Also ich habe diesen Job über Beziehungen bekommen. Aber bitte erzähl das nicht weiter! Das wissen die anderen nicht.«

»Ich werde mich hüten, auch noch deinen Ärger auf mich zu ziehen«, versicherte er, bevor er mit einem Blick, den Lea nicht deuten konnte, feststellte: »Hier liegt also das wahre Zentrum der Macht in diesem Geschäft.« Plötzlich wirkte er, als wäre er mit seinen Gedanken sehr weit weg.

Lea wunderte sich darüber und überlegte, ob sie ihn in der Ferne belassen und weiterarbeiten oder ihn zurückholen und sich mit ihm unterhalten sollte, bis Bert die Sache mit Maria geklärt hatte. Sie entschied sich für die zweite Variante.

»Hey, du wirst dich von den beiden doch nicht unterkriegen lassen, oder?«, fragte sie. »Die anderen Kollegen hier sind doch nett.«

Einen Moment lang schien er irritiert über ihre Frage und zuckte leicht mit dem Kopf, ehe Lea den Eindruck hatte, dass er sich wieder im Hier und Jetzt befand.

»Du zumindest«, grinste er. »Und vielleicht kann ich den Chef davon überzeugen, dass er mich öfter zusammen mit Julie einteilt.«

»Zu blöd, dass die – im Gegensatz zu den alten Damen – keinen Babysitter braucht, der sicherstellt, dass sie im Onlineshop nichts kaputtmacht.«

»O ja, hübsch und belesen und kann auch noch einen Computer bedienen«, schwärmte er.

»Und vergeben«, entgegnete Lea in einem Anflug von Eifersucht.

»Ich weiß«, antwortete er schulterzuckend. »Wie ist das bei dir?«

»Ich kann einen Computer bedienen.«

»Ich meinte, ob du vergeben bist.«

Sie schüttelte den Kopf und überlegte, ob sie Jan erwähnen sollte. Aber eigentlich wollte sie nicht, dass Michael wie alle anderen Männer in den letzten sechs Jahren sofort wieder das Interesse verlor, deshalb schwieg sie.

Er zählte an seinen Fingern ab: »Single, kann einen Computer bedienen, hübsch – belesen auch?«

»Leider nein, dafür fehlt mir die Zeit.«

Er machte eine wegwerfende Handbewegung. »Na ja, niemand ist perfekt. Und das mit dem Lesen lässt sich leichter ändern als Julies Beziehungsstatus.«

»Ich glaube nicht, dass du es schaffst, dass mein Tag 27 Stunden hat.«

In dem Moment klopfte es an der Tür.

»Versteckst du hier Flüchtige?«, hörten sie gleich darauf Berts Stimme.

»Ich habe ihn in Schutzhaft genommen«, behauptete Lea.

»Dann entlass ihn jetzt bitte! Einer muss im Geschäft die Stellung halten, während ich mit Maria ein Mitarbeitergespräch führe.«

Damit war er auch schon wieder weg. Lea nickte Michael auffordernd zu. Der schenkte ihr ein unsicheres Lächeln und verließ ihr Büro.

Ab diesem Zwischenfall verbrachten sie mehr Zeit miteinander. Da Lea Maria und Kathrin, mit denen sie meistens gleichzeitig Dienst hatte, auch privat sehr mühsam fand, hatte sie es schon vorher genossen, zur Abwechslung mal mit Bert oder Julie einen Kaffee zu trinken. Nun war montags Michael da und auf ihn freute sie sich noch viel mehr.

Nach einer sehr netten gemeinsamen Kaffeepause an einem Montagnachmittag kam er in der folgenden Woche extra früher, um Lea in ihrer Mittagspause Gesellschaft zu leisten. Ihre Kolleginnen gingen meistens essen, aber da Lea sich das auf Dauer nicht leisten konnte, brachte sie sich immer etwas von zu Hause mit und aß in der Kaffeeküche. Michael hatte in der Woche davor bemerkt, dass sie dort ganz alleine saß, und war deshalb heute pünktlich zu ihrer Mittagspause in der Arbeit aufgetaucht.

Es hätte ihr nichts ausgemacht, alleine zu essen, aber sie genoss die Gesellschaft. Obwohl er manchmal etwas abwesend wirkte, war er lustig und charmant und seine Versuche, mit ihr zu flirten, schmeichelten ihr. Sie hatte schon lange keinen netten Mann mehr kennengelernt, der sich auch für sie interessierte. Das wollte sie noch eine Weile auskosten, bevor sie ihm von Jan erzählte und er vermutlich schlagartig das Interesse an ihr verlieren würde.

Von ihrem Lachen angelockt, stand Bert auf einmal in der Tür.

»Machst du Überstunden?«, fragte er Michael überrascht. »Für Unterhaltungsprogramme bezahle ich dich aber nicht.«

»Ich habe mich noch nicht eingeloggt«, versicherte Michi schnell. »Das zählt nicht zur Arbeitszeit.«

»Na, dann ist ja gut. Lea, wenn er dich irgendwie belästigt, ich bin gleich nebenan und eile dir zur Hilfe, wenn du mich rufst.« Er zwinkerte ihr zu und wandte sich wieder zum Gehen.

»Und was ist, wenn sie mich belästigt?«, rief Michael ihm hinterher.

Ihr Chef hielt inne. »Selbstverständlich gilt dieser Service für jeden meiner Angestellten.«

»Danke, jetzt fühle ich mich gleich viel sicherer am Arbeitsplatz«, meinte Michael.

Aber während er aus ihrem Blickfeld verschwand, schränkte Bert ein: »Allerdings nur innerhalb der Dienstzeiten.«

»Mist«, fluchte Michael grinsend.

»Dann nimm dich besser in Acht«, riet Lea verführerisch zwinkernd. Doch er stand auf und sah auf die Uhr. »12:45 Uhr«, murmelte er, ehe er so laut, dass Bert ihn nebenan hören konnte, fragte: »Chef, darf ich mich schon anmelden, wenn ich inzwischen die Geschichtsbücher abstaube?«

»Okay, aber bring bloß nicht die Reihenfolge durcheinander, sonst brauche ich ein Kriseninterventionsteam, sobald Maria zurückkommt!«

Jetzt konnte Lea sich nicht mehr halten. Sie prustete los und spuckte dabei ihren Smoothie über den Tisch.

Michael betrachtete kurz die Sauerei, dann verkündete er schnell: »Ich gehe abstauben«, und verließ schnurstracks die Küche.

Immer noch kichernd säuberte Lea den Tisch und räumte das benutzte Geschirr in den Geschirrspüler. In bester Stimmung ging sie danach zurück an ihre Arbeit. An solche Mittagspausen könnte sie sich gewöhnen.

Auch am nächsten Tag kam Michi früher zur Arbeit. Er hatte offensichtlich etwas auf dem Herzen, als er Leas Büro betrat.

»Was gibt es?«, erkundigte sie sich, während sie auf ihrem Desktop die benutzten Programme schloss.

»Ich wollte dich fragen, ob du Lust hast, nach der Arbeit mit mir etwas trinken zu gehen«, sagte er schüchtern.

»Heute? Ich gehe in fünf Minuten, ist das nicht ein bisschen zu früh für Alkohol? Und Bert wird nicht unbedingt begeistert sein, wenn du deinen Dienst mit einer Fahne antrittst.«

»Nicht heute. Am Montag zum Beispiel.«

»Prinzipiell gerne«, antwortete Lea und entschied, dass es Zeit für die ganze Wahrheit war. »Aber montags nach der Arbeit wartet mein Sohn auf mich.«

»Du hast einen Sohn?« Er klang überrascht, aber zumindest nicht total abweisend.

Sie nickte zur Bestätigung.

»Wie alt ist er?«

»Sechs. Sechseinhalb. Halb sieben, wie er zu sagen pflegt.«

Jetzt nickte Michael, erwiderte aber nichts. Seufzend schaltete Lea den Computer aus und packte ihre Tasche. Es sah so aus, als wäre das Thema damit schon wieder erledigt. Doch zu ihrer positiven Überraschung hakte Michael nach: »Hast du vielleicht einmal einen Babysitter für ihn?«

Er war tatsächlich in sechs Jahren der erste Mann, den die Information, dass sie einen Sohn hatte, nicht in die Flucht schlug.

»Ja, das lässt sich möglicherweise einrichten«, meinte sie. »Ich geb dir Bescheid, okay? Jetzt muss ich ihn von der Schule abholen.«

»Okay, mach das!«, sagte er.

Sie wusste zwar nicht, ob er damit das Bescheidgeben oder das Abholen meinte, doch er klang jedenfalls nicht, als würde er sich von Jans Existenz davon abhalten lassen, weiter mit Lea zu flirten.

»Bis Donnerstag oder so«, verabschiedete sie sich, dann war sie auch schon zur Tür hinaus. Sie wollte vermeiden, dass er ihr Grinsen sah, das sich nicht unterdrücken ließ.

Erstes Date

Zum Glück gab es Jette II alias Lili. Sie bot sofort an, dass Jan bei Max übernachten konnte, sodass einer Verabredung mit Michael nichts im Wege stand. Lea musste Jan nach der Arbeit nur vom Tagesheim abholen und in die Nachbarwohnung bringen, dann konnte sie sich für ihr Date fertigmachen. Ihr Sohn war von dieser Lösung begeistert und schmiedete schon Pläne für weitere Übernachtungsbesuche, bevor der erste überhaupt stattgefunden hatte. Erleichtert schob Lea ihr schlechtes Gewissen, weil sie Jan alleine ließ, beiseite.

Michael war noch damit beschäftigt, die Kassa zu machen, als sie kam, aber es dauerte nur ein paar Minuten, bis sie zusperren konnten.

»Zwei Straßen weiter ist ein Pub«, schlug er vor. »Die haben auch gutes Essen. Gehen wir dorthin?«

»Wohin auch immer, ich folge dir unauffällig«, erwiderte Lea.

Da sie kaum Lokale in der Gegend kannte, hätte sie auch keinen Gegenvorschlag machen können, wenn ihr seine Idee nicht gefallen hätte.

Im Pub war an diesem Montagabend wenig los. Sie fanden einen Tisch, der beiden zusagte, und bestellten sogleich Getränke bei einem hünenhaften Kellner, der auf Lea irgendwie fehl am Platz wirkte. Michael blickte ihm versonnen nach und schien sich wieder einmal in seinen Gedanken zu verlieren.

Sie beobachtete ihn und fragte sich, was da wohl immer in seinem Kopf vor sich ging, wenn sich dieser abwesende Blick auf seinem Gesicht ausbreitete. Die Rückkehr des Kellners ließ ihn aufschrecken.

»Wisst ihr schon, was ihr essen wollt?«

Lea bejahte und bestellte ein Clubsandwich, Michael zeigte schnell auf einen der Burger auf der Karte.

»Bist du sicher?«, hakte der Kellner nach. »Der ist wirklich extrem scharf.«

Jetzt erst schien Michael wieder ganz in der Realität angekommen zu sein. »Wie bitte?«, fragte er und las nach, worauf sein Finger zeigte.

»Oh, ich meinte den darüber«, korrigierte er sich schnell.

»Alles klar«, sagte der Kellner, nahm die Speisekarten entgegen und ließ sie alleine.

»Du musst denken, dass ich völlig durchgeknallt bin«, bemerkte Michael, als er außer Hörweite war.

»Das nicht, aber manchmal frage ich mich schon, wo du gerade mit deinen Gedanken bist«, gab Lea zu.

»Wenn ich es dir erzähle, versprichst du, nicht zu lachen?«

Sie versicherte ihm, dass sie ihn bestimmt nicht auslachen würde.

»Ich schreibe«, verriet er leise. »Und manchmal sehe oder höre ich Dinge, die mich auf neue Ideen bringen. Dann wandert mein Hirn automatisch zu der Geschichte, an der ich gerade arbeite.«

Lea reagierte im ersten Moment gar nicht, was er völlig falsch interpretierte.

»Jetzt findest du mich sicher erbärmlich. Erfolgloser Schriftsteller und so.«

»Nein«, widersprach sie ihm schnell. »Ich musste an etwas ganz anderes denken.«

»An was?«

Sie war peinlich berührt, sprach aber tapfer weiter: »Ich habe mich nur gefragt, warum die Männer, die mir gefallen, immer Künstler sind. Jans Vater ist Musiker.«

Michael grinste. »Oh, das heißt, ich gefalle dir?«

»Wäre ich sonst hier?«

»Vielleicht wolltest du nur höflich sein?«

»Extra einen Babysitter zu besorgen, ist ein ziemlicher Aufwand, um nur höflich zu sein. Was schreibst du?«

»Derzeit einen historischen Roman. Spielt hier in Wien. In der Zeit der ersten Türkenbelagerung.«

»Wie weit bist du?«

»Mittendrin. Ich habe mir vorgenommen, bis zu meinem dreißigsten Geburtstag im nächsten Jahr fertig zu sein. Deshalb wollte ich vorläufig nur einen Teilzeitjob. Wenn ich das nicht schaffe, lasse ich die Schriftstellerei bleiben.«

»Hast du Talent?«, fragte sie.

»Schwer zu sagen. Wenn ich die Kapitel, die ich schon geschrieben habe, lese, denke ich mir, dass ich das auch gut finden würde, wenn es von jemand anderem wäre.«

»Als Schriftsteller hat man es wahrscheinlich schwerer damit, sein eigenes Potenzial einzuschätzen«, vermutete Lea. »Jans Vater ist ein fantastischer Pianist und er weiß das auch. Aber wenn du mit vier Jahren anfängst, ein Instrument zu spielen, und jeder, der dich hört, begeistert ist, dann bekommst du ein anderes Bewusstsein für dein Talent.«

»Ja, das stimmt. Ich schreibe schon seit der Volksschule, aber kaum etwas davon hat je jemand gelesen. Daher der Vorsatz mit dem Geburtstag. Wenn ich es nicht auf die Reihe bekomme, bis dahin etwas zu produzieren, das ich mich an einen Verlag zu schicken traue, dann lasse ich es für immer bleiben und gehe wieder Vollzeit arbeiten.«

»Wäre aber auch irgendwie schade. Das Schreiben ist ja offenbar ein Teil von dir.«

»Ja, aber es ist auch ein sehr zeitaufwendiges Hobby. Und mein Tag hat genau wie deiner auch keine 27 Stunden.«

»Darf ich einmal etwas von dir lesen?«, bat Lea. »Ich sage es nur gleich, die Türkenkriege sind nicht so mein Thema.«

»Vielleicht gebe ich dir dann lieber ein paar Kurzgeschichten«, überlegte er.

»Wirklich?«

Er setzte einen nachdenklichen Blick auf. »Vielleicht. Ich muss dich erst besser kennenlernen.«

Das taten sie dann auch in den nächsten Stunden, sie redeten über Gott und die Welt und kamen sich immer näher. Lea war von Michael mehr und mehr angetan, insbesondere, wenn er vom Schreiben erzählte. Dann blitzte eine ungeahnte Leidenschaft in ihm auf, und er gab so viel mehr von sich preis, als sie hinter dem etwas tollpatschigen Kollegen aus der Buchhandlung vermutet hätte.

Sie unterhielten sich so angeregt, dass Lea die Zeit komplett vergaß, bis sie nach elf auf ihre Uhr sah. »Was, so spät schon?«

»Wird der Babysitter jetzt zu teuer?«, erkundigte er sich.

»Nein, der arbeitet zum Glück gratis. Aber ich sollte trotzdem gehen. Im Gegensatz zu dir muss ich morgen schon um halb acht wieder in der Arbeit sein.«

Er war einverstanden, denn er schrieb gerne nachts und hatte offenbar irgendwo in ihrem Gespräch einen inspirierenden Gedanken gefunden. Obwohl er anbot, Lea nach Hause zu begleiten, zog sie es vor, alleine zu gehen.

»Ich will dich nicht vom Schreiben abhalten«, meinte sie zum Abschied, stellte sich auf die Zehenspitzen, um ihn schnell auf beide Wangen zu küssen, und machte sich auf den Weg. Die ganze Strecke über lag ein zufriedenes Lächeln auf ihrem Gesicht und sie hatte es immer noch auf den Lippen, als sie einschlief.

Lea im Wunderland

Leas Telefon läutete, als sie schon auf halbem Weg zum Kino war. Sie wollte ihren kinderfreien Freitagabend mit Nina verbringen, gemeinsam mit ihr einen Film ansehen und danach etwas trinken gehen und tratschen. Sie brannte darauf, ihrer Freundin alles über ihre Verabredung mit Michael zu erzählen. Doch daraus wurde nichts.

»Ich kann nicht kommen«, jammerte Nina ins Telefon. »Ich war schon fix und fertig und wollte gerade gehen, da kotzt mir Lukas beim Verabschieden meinen neuen Pullover voll.«

»Ach, du Arme«, bedauerte Lea ihre Freundin, schickte aber gleichzeitig ein Stoßgebet gen Himmel, dass dieser Virus an ihnen vorübergehen würde. Nicht nur, dass sie für ihren Geschmack schon genug erbrechende Kinder gepflegt hatte, sie neigte dazu, sich gleich anzustecken.

»Ich versetze dich wirklich nicht gern, aber ich kann meinen Mann jetzt nicht mit den Kindern allein lassen.«

»Schon okay, ich will mit euren Viren ohnehin nicht in Berührung kommen«, versicherte Lea. »Pfleg deinen Sohn, bleib gesund und wir holen unser Date nächste Woche nach! Gerne auch an einem anderen Wochentag – jetzt, wo ich so tolle Babysitter habe und flexibler bin. Gute Besserung an Lukas!«

»Danke! Und mach was Schönes aus dem Abend!«

Aber was denn nur?

Lea hatte keine Lust darauf, alleine auszugehen. So dringend wollte sie den Kinofilm gar nicht sehen, es war ihr mehr um den Abend mit Nina gegangen und darum, die Neuigkeit loszuwerden, dass es erstmals in ihrem Leben einen Mann gab, den die

Existenz ihres Sohnes nicht dazu gebracht hatte, das Weite zu suchen.

Der Gedanke an Michael brachte Lea auf eine Idee, was sie mit dem Abend anfangen könnte – mal wieder ganz in Ruhe ein gutes Buch zu lesen, war eine Aussicht, die ihr plötzlich sehr verlockend erschien. Sie wusste nur nicht welches Buch. Aber wenn sie sich beeilte, schaffte sie es noch in die Buchhandlung, bevor sie schloss, und konnte ihre Kollegen um eine Empfehlung bitten.

Fünf vor sechs betrat sie das Geschäft.

»Es tut uns leid, wir schließen schon«, sagte Michael, bevor er vom Geldzählen aufblickte. »Oh, du bist es«, bemerkte er lächelnd. »Was führt dich zu so später Stunde hierher?«

»Macht ihr schon die Kassa?«, erkundigte Lea sich anstelle einer Antwort.

»Ja, es war nichts mehr los«, erklärte Julie.

»Bekomme ich trotzdem noch ein Buch? Von mir aus komme ich auch morgen vorbei und zahle es. Oder ich lasse das Geld da und ihr bucht es nachträglich ein.«

»Brauchst du so dringend Lesestoff?«, fragte Michael.

»Ich wurde versetzt und habe jetzt unerwarteterweise einen ganzen Abend nur für mich und ein gutes Buch.«

Wäre Julie nicht daneben gestanden, hätte sie angedeutet, dass sie damit Michaels Vorstellung von seiner Traumfrau näher kommen wollte. Doch sie entnahm seinem Schmunzeln, dass er sie ohnehin verstanden hatte.

»Oder hat einer von euch spontan Lust auf einen Kinoabend?«, ergänzte sie.

»Ich bin mit meinem Freund verabredet«, entschuldigte sich Julie. »Deshalb sperren wir schon zu. Ich muss mich beeilen, damit ich nicht zu spät komme.«

»Und Bert merkt das nicht?«

»Er hat heute die Kinder.«

Lea grinste wissend. Die einzige Zeit, wo man absolut sicher sein konnte, dass Bert nicht überraschend in der Buchhandlung stand, war, wenn er alleine für seine Kinder zuständig war. Die beiden forderten ihn so sehr, dass er keine Gelegenheit hatte, an die Arbeit zu denken.

»Weißt du was, Julie, geh einfach!«, schlug Lea vor. »Ich helfe Michael beim Zusperren.«

»Wirklich? Oh, du bist die Beste!« Begeistert kam Julie hinter der Kassa hervor, drückte Lea im Vorbeigehen einen Kuss auf die Wange und entschwand nach hinten in die Personalräume, um ihre Sachen zu holen. Nur Sekunden später schwebte sie förmlich aus dem Geschäft. Michael und Lea blickten ihr belustigt nach.

»Ach, junge Liebe«, seufzte er. »Und was wird jetzt aus deinem Abend?«

»Wie gesagt, der Plan war ein gutes Buch.«

»Willst du mit zu mir kommen? Wir könnten zusammen essen. Aber ich warne dich, ich koche nicht, ich lasse liefern. Und vielleicht darfst du dann etwas von meinen Sachen lesen.«

»Das klingt noch viel besser als mein Plan.«

Auf dem Weg zu Michaels Wohnung holten sie Pizza. Er hatte nicht gelogen, was das Kochen anging, denn er hätte die Pizza fast kalt gegessen, wenn Lea nicht sein Backrohr angeworfen hätte, um sie aufzuwärmen. Sie hatte nicht den Eindruck, dass er wusste, wie man seine Küchengeräte bediente. Die waren nämlich so sauber, dass sie fast unbenutzt aussahen.

Michael bewohnte eine kleine Dachwohnung, die im Wesentlichen aus einem großen Raum bestand. Die Küche war nur optisch vom Rest der Wohnung abgetrennt, lediglich zum Bad gab es eine Tür. Sämtliche Wände waren bis unter die Decke mit Bücherregalen verkleidet und unterhalb der Dachschräge befand sich ein Arbeitsplatz mit Laptop. Ein kleiner Esstisch, eine Couch, ein Fernseher und ein Bett hinter einem Raumteiler vervollständigten die Einrichtung.

Es wunderte Lea ein wenig, wie ordentlich seine Wohnung war. Bei jemandem, der nur von geliefertem Essen lebte, hätte sie erwartet, dass noch leere Lieferbehälter herumstanden oder der

Müll überquoll. Doch nicht nur die Küche war absolut sauber, auch der angrenzende Wohnbereich war penibel aufgeräumt.

»Ich kann nicht arbeiten, wenn um mich herum Unordnung herrscht«, erklärte er ihr. »Das lenkt mich zu sehr ab.«

Lea ertappte sich dabei, wie sie Michael mit Ben verglich, der selbst umgeben vom größten Chaos völlig in seiner Musik versinken konnte. Doch sie verscheuchte das Bild schnell wieder, sie wollte jetzt nicht an ihren Ex denken. Er beherrschte ihre Gedanken in den letzten Wochen sowieso viel mehr, als ihr lieb war, weil sie immer wieder von der Angst gepackt wurde, er könne sich plötzlich melden und ihr mitteilen, dass er jetzt bereit sei, seinen Sohn kennenzulernen.

»Macht es dir etwas aus, wenn ich schreibe, während du liest?«, erkundigte Michael sich, nachdem sie gegessen hatten. Lea war so gespannt auf seine Geschichten, dass ihr egal war, was er in der Zwischenzeit tat. Er holte einen beschrifteten Zeitschriftensammler aus einem Bücherregal und suchte darin nach einem Manuskript.

»Ich glaube, die wirst du mögen.« Michael drückte ihr die zusammengehefteten Seiten in die Hand. »Kurzgeschichten«, fügte er hinzu. Lea nahm sie wortlos entgegen, machte es sich auf der Couch bequem und tauchte ab in eine andere Welt.

Nach der dritten Geschichte war sie so aufgewühlt, dass sie nicht mehr weiterlesen konnte. Michaels Art zu schreiben hätte ihr auch gefallen, wenn sie ihn nicht gekannt hätte. Weil sie ihn aber kannte, hatten seine Erzählungen noch einen ganz anderen Effekt auf sie: Sie war mehr und mehr fasziniert, was alles in diesem kreativen Kopf vor sich ging, und fühlte sich mit jedem Satz stärker zu ihm hingezogen. Leise trat sie hinter ihn und legte ihm die Hände auf die Schultern. Er hatte sie in der letzten Stunde anscheinend völlig vergessen, streichelte nun aber über ihren Handrücken.

»Einen Moment noch«, bat er und tippte schnell den Absatz zu Ende.

Lea ignorierte den Bildschirm, obwohl sie durchaus neugierig auf seinen Roman war. Doch sie wollte ihn lieber erst lesen, wenn er es ihr erlaubte. Endlich klappte er den Laptop zu und drehte sich zu ihr um.

»Wie hat es dir gefallen?«, wollte er wissen.

»Ich weiß gar nicht, was ich sagen soll«, antwortete Lea.

»So schlecht also?«

»So gut!«, widersprach sie energisch. »Das ist echt unglaublich, wie die Geschichten einen in ihren Bann ziehen. Wie liebevoll du die Charaktere beschreibst, sodass man unbedingt mit ihnen mitgehen und ihre Geschichte erleben will. Das ist umwerfend!«

»Wow, mit solcher Euphorie hatte ich ehrlich nicht gerechnet«, gab er zu.

»Bitte schreib dieses Buch zu Ende! Du findest einen Verlag, da bin ich mir sicher!«

Lea sah ihm in die Augen. Ihre Aufregung wandelte sich langsam aber sicher in Erregung. Sie fühlte sich ihm so nahe, sie wollte ihn einfach nur küssen. Da er nichts dergleichen unternahm, fasste sie sich ein Herz und beugte sich nach vorn, bis ihre Lippen nur noch wenige Zentimeter voneinander entfernt waren.

»Ich wusste nicht, dass meine Geschichten dabei helfen können, Mädchen aufzureißen«, bemerkte er, bevor sich ihre Lippen trafen.

»Das können sie«, versicherte Lea, als sie sich von ihm löste.

»Dann sollte ich dich schleunigst heimschicken und dieses Buch fertig schreiben«, überlegte er laut.

»Wag es ja nicht!«

»Weil das sonst berufliche Konsequenzen für mich haben wird?«

Seine belustigten Bemerkungen standen in krassem Gegensatz zu Leas Erregung und brachten sie innerlich noch mehr zum Brodeln.

»Du gehst das völlig falsch an, wenn du aus deinem Talent auch bei Mädchen Kapital schlagen willst!«

»Na gut, dann probiere ich es anders«, lenkte er ein und drängte Lea in Richtung Couch. Doch als sie ihre Hände unter sein T-Shirt schob, konnte er es nicht lassen und murmelte: »Fällt das jetzt nicht unter sexuelle Belästigung?«

Lea sah ihn vorwurfsvoll an. »Das ist deine Couch. Da gehst du nicht als Opfer durch.«

»Du bist also das Opfer meines genialen Talents?«

»Absolut«, versicherte sie. »Und jetzt hör bitte auf zu reden, okay?«

Er hatte endlich Erbarmen mit ihr, küsste und streichelte sie. Lea ließ ihre Hände neugierig über seine nackte Haut gleiten. Es war eine Ewigkeit her, seit sie zuletzt einem Mann so nahe gekommen war.

Als Michaels Hand zwischen ihre Schenkel glitt, stand sie bereits in Flammen. Selbst durch den Stoff ihrer Jeans hindurch gelang es ihm mühelos, sie mit gezielten Bewegungen seiner Finger zum Höhepunkt zu bringen. Nur Minuten später sank sie schwer atmend mit dem Kopf gegen seine Brust. Wohlige Schauer durchzuckten ihren Körper, während Michael sie in den Armen hielt und abwartete, bis sie zu zittern aufhörte. Während Leas Herzschlag sich langsam beruhigte, kam sie sich vor wie ein Teenager. Die Situation erinnerte sie nicht nur an ihre ersten sexuellen Erfahrungen, sie fühlte sich auch weit entfernt vom normalen Alltag ihres 29-jährigen Ich.

»Was tut man nicht alles für ein gutes Betriebsklima?«, neckte Michael sie.

»Soll ich es vielleicht das nächste Mal Bert gegenüber lobend erwähnen?«, konterte sie.

»Bloß nicht, wer weiß, was er von solchen Vergnügungen zwischen seinen Untergebenen hält.«

»Stimmt, das weiß ich auch nicht.«

Dann überraschte Michael sie, indem er sagte: »Du gehst jetzt besser!«

»Du wirfst mich raus? Einfach so?«

Er küsste sie schnell, um sie zu versöhnen. »Diesmal bin ich derjenige, der morgen arbeiten muss«, rechtfertigte er sich. »Und nachdem du mich so inspirierst, will ich noch ein paar Stunden schreiben, bevor ich schlafen gehe.«

Dem konnte sie nichts entgegensetzen, doch sie machte auch keine Anstalten aufzustehen.

»Nicht böse sein«, bat er und küsste sie noch einmal. »Aber du hast meinen Abend schon genug durcheinandergebracht.«

Das stimmte, er hatte seine eigenen Pläne gehabt, bevor sie im Geschäft aufgetaucht war. Seufzend gab sie nach und erhob sich von der Couch.

»Darf ich wiederkommen?«, fragte sie, als sie sich an der Tür verabschiedeten.

»Ja, du darfst wieder herkommen und dann auch wieder kommen«, antwortete er grinsend, doch dann fügte er hinzu: »Oder vielleicht gebe ich dir das nächste Mal besser keine Liebesgeschichten mehr zu lesen.«

Sie setzte absichtlich einen beleidigten Blick auf, war ihm aber nicht böse. Nach einem letzten Kuss machte sie sich auf den Heimweg.

Michaels Wohnung wurde für sie ab sofort zu einem magischen Ort. Wenn er die Tür öffnete, tat sich vor Lea ihr persönliches Wunderland auf. Jan, der Alltag, die Arbeit, Geldsorgen, alles blieb draußen und konnte nicht in diese vier Wände eindringen. Hier gab es nur sie beide. Lea machte sich keine Gedanken darüber, ob das gelieferte Essen einer ausgewogenen Ernährung entsprach, ob Jan zu einer vernünftigen Zeit im Bett war oder ob er am nächsten Tag etwas Sauberes anzuziehen hatte. Für ein paar Stunden ließ sie Unbeschwertheit und Leichtigkeit, bisweilen sogar Verantwortungslosigkeit in ihrem Leben zu. Und sie genoss es, sich wieder wie in der Zeit vor der Schwangerschaft zu fühlen, als sie überzeugt gewesen war, dass ihr alle Möglichkeiten offenstanden, dass sie alles erreichen konnte, was sie sich wünschte.

Lea war von Natur aus ein bisschen zu geerdet, zu pflichtbewusst, zu realistisch. Erst mit Ben an ihrer Seite hatte sie gelernt loszulassen, nicht alles immer vollkommen ernst zu nehmen und das Leben manchmal einfach zu genießen. Die vergangenen Jahre waren dagegen wieder von ihrem ausgeprägten Realitätssinn bestimmt gewesen.

Doch jetzt brachte Michael die Lockerheit zurück. Es musste nicht immer alles perfekt sein, sie musste nicht rund um die Uhr eine Supermama sein, sie durfte manchmal auch sich selbst in den Mittelpunkt stellen.

Sie sprachen oft stundenlang nicht miteinander, während jeder von ihnen auf seine Art in eine von Michaels Geschichten versunken war. Bei ihrem zweiten Besuch war es wieder Lea, die irgendwann von Sehnsucht überwältigt wurde und seine Nähe suchte. Das nächste Mal ergriff Michael die Initiative. Lea war noch völlig in das Manuskript vertieft, als er plötzlich seinen Laptop zuklappte und sich hinter sie auf die Couch legte. Er ließ sie weiterlesen, doch auf der schmalen Liegefläche war so wenig Platz, dass er sie eng an sich ziehen musste. Nach einer Weile gelang es Lea nicht mehr, seine Erregung zu ignorieren, und sie ließ die Blätter sinken.

»Was hast du denn da gerade geschrieben, das dich so scharf macht?«, neckte sie.

»Willst du es lesen?«, bot er an. »Oder soll ich es dir lieber zeigen?«

»Also wenn du so fragst …« Sie drehte sich um, vergrub ihre Hände in seinen Haaren und küsste ihn.

»Ich hatte gehofft, dass du dich für diese Variante entscheiden würdest«, raunte er ihr ins Ohr und schob seine Hände unter ihren Pullover. »Aber die Szene ist ein bisschen grob. Ich glaube, wir beide gehen es doch lieber vorsichtiger an. Und gerne auch gemütlicher, in meinem Bett ist mehr Platz.«

Michael nutzte den Ortswechsel, um sich sein T-Shirt über den Kopf zu ziehen. Bevor sie auf sein Bett sank, hob Lea die Arme und forderte ihn auf, ihr aus dem Pullover zu helfen. Doch dann drosselten sie das Tempo, nahmen sich Zeit, den Körper des anderen zu erforschen und zu verwöhnen, bis sie gemeinsam den Höhepunkt erreichten. Lea fühlte sich in Michaels Armen rundum glücklich.

Einen Fehler hatte Leas Wunderland: Die Zeit dort verging immer zu schnell. Unter der Woche fuhr sie früh am Morgen nach Hause, weil sie Jan zum Frühstück wieder zu sich holen wollte, am Wochenende konnten sie nicht einfach im Bett bleiben, weil Michael arbeiten musste. Dieser Makel sorgte jedoch dafür, dass Lea das alles umso mehr genoss. Wäre es ganz perfekt gewesen, hätte sie sich dauernd gefragt, wo der Haken an der Sache war.

Mädelsabend

Nach zehn Tagen Quarantäne, während der sich reihum alle Familienmitglieder bei Lukas angesteckt hatten, stand Nina am Montagnachmittag überraschend in Leas Büro. Solche Besuche kamen gelegentlich vor, doch dass sie ganz ohne Kinder unterwegs war, war ungewöhnlich.

»Wo hast du die Meute gelassen?«, erkundigte sich Lea, nachdem sie ihre Freundin überschwänglich begrüßt hatte.

»Ich finde, ich habe mir eine Auszeit verdient. Deshalb habe ich meine Schwiegermutter eingespannt. Eigentlich wollte ich mit dir Mittagessen gehen, aber so flexibel ist sie leider doch nicht.« Sie verzog gequält das Gesicht. »Kannst du jetzt Pause machen oder ist es ungünstig?«

»Bert ist nicht da, also komme ich wahrscheinlich damit durch. Soll ich uns Kaffee holen?«

»Nein danke«, lehnte Nina ab. »Ich kann ohnehin nicht lange bleiben.«

Sie machte es sich auf einem Bürosessel bequem und stellte fest: »Dein neuer Kollege da draußen ist süß.«

»Ich weiß.«

Lea bemühte sich vergeblich um einen neutralen Gesichtsausdruck. Nina durchschaute sie sofort.

»Das wolltest du mir also erzählen!«, rief sie aus. »Wirklich toll, da gibt es einmal spektakuläre Neuigkeiten zu besprechen und dann machen mir die Kinder einen Strich durch die Rechnung.«

»Wenn Lukas nicht krank geworden wäre, hätten sich die Neuigkeiten aber wahrscheinlich beschränkt auf: Ich war mit dem süßen neuen Kollegen auf ein Bier aus.«

Ninas Augen wurden groß. »Oh, und weil ich dich versetzt habe, läuft jetzt was zwischen euch?«

Lea nickte grinsend.

»Und habt ihr schon …?« Ihre Freundin sah sie vielsagend an.

Wieder nickte Lea und wurde ein bisschen rot, als sie an den vergangenen Freitagabend dachte.

»War es gut?«, fragte Nina weiter.

Auch diesmal war Leas Antwort ein Nicken, begleitet von einem breiten Grinsen.

»Nicht dass du aus den letzten Jahren allzu viele Vergleichswerte hättest«, neckte Nina, was ihr einen Klaps aufs Knie einbrachte – die einzige Körperstelle, die Lea erreichte, weil ihre Freundin rechtzeitig mit dem Sessel nach hinten gerollt war.

Doch sofort kam sie wieder näher, umarmte Lea und sagte: »Ich freue mich so für dich! Endlich einmal ein Mann, der nicht gleich das Weite sucht, nur weil du ein Kind hast. Er weiß doch von Jan, oder?«

»Ja, er weiß von ihm. Und er hat sich nicht abschrecken lassen. Das rechne ich ihm sehr hoch an.«

»Hast du die zwei schon miteinander bekannt gemacht?«, wollte Nina wissen.

»Um Himmels willen, nein! Im Moment beschränke ich mich darauf, mein Kind einmal wöchentlich zu den Nachbarn abzuschieben, damit ich mehr als nur den Freitagabend mit Michi verbringen kann.«

»Michi heißt er?«, fragte sie weiter. »Und wie ist er so? Also außer im Bett?«

»Wie du schon festgestellt hast, er ist süß«, antwortete Lea. »Ein bisschen tollpatschig und manchmal wirkt er zerstreut. Aber das kommt daher, dass er gedanklich zu seinem Buch abdriftet, wenn ihm irgendwo eine Inspiration unterkommt.«

»Er schreibt ein Buch?«

»Ja, derzeit einen historischen Roman, aber er hat mir inzwischen auch schon ein paar andere Dinge zu lesen gegeben. Bisher fand ich alles wirklich gut, er hat allerdings noch nie etwas veröffentlicht.«

»Kann es sein, dass du einen Hang zu Künstlern hast?«

»Sieht ganz so aus.«

»Was ist mit dem anderen?«

»Von dem habe ich nichts mehr gehört, seit ich ihm geschrieben habe: ›Danke für das Piano‹, und er geantwortet hat: ›*My pleasure – have fun!*‹ Seither totale Funkstille.«

»Es ist schon einen Monat her, seit er das Paket vor deiner Tür abgestellt hat, oder?«

»Ja. Ich bin allerdings nicht böse deshalb. Ich fürchte mich nur davor, dass er plötzlich ohne Vorwarnung vor der Tür stehen könnte und Jan kennenlernen will. Dass uns das noch bevorsteht, bereitet mir ganz schöne Bauchschmerzen.«

»Und weiß der Neue vom Alten?«, erkundigte Nina sich.

»Er weiß, dass es zu Jan einen Vater gibt, der Musiker ist, zu dem ich derzeit aber keinen Kontakt habe. Viel mehr haben wir nicht über ihn gesprochen. Will ich auch gar nicht. Im Idealfall hält Ben sich aus meinem Leben heraus und verbessert höchstens unsere finanzielle Situation.«

»Glaubst du, er zahlt Alimente, wenn du ihn absichtlich von Jan fernhältst?«

»Derzeit halte ich ihn fern, weil Ben das so wollte«, erinnerte Lea sie. »Ich hätte sie einander vorgestellt. Zwar mit einem gewaltigen Widerwillen angesichts dessen, was aus Ben geworden ist, aber ich hätte es gemacht. Und dass er die Alimente nachzahlt, habe ich auch nicht von ihm verlangt, das hat er selbst angeboten.«

»Dann drücke ich dir die Daumen, dass sich alles zum Besten wendet. Auch wenn das heißt, dass ich auf mein erhofftes Date mit dir an diesem Freitag wahrscheinlich verzichten muss, weil du deine kinderfreie Zeit lieber mit Michi verbringst.«

»Wir haben noch nichts ausgemacht. Falls er keine Zeit hat, melde ich mich, okay? Dann machen wir einen Mädelsabend.«

»Okay, mach das!« Mit Schwung erhob sich Nina aus ihrem Sessel. »Ich gehe jetzt besser, bevor dein Chef auftaucht.«

Sie umarmten sich zum Abschied und Lea begleitete Nina bis zu der Verbindungstür zum Geschäft, durch die sie sich nach hinten geschlichen hatte.

In dieser Woche wurde nichts aus dem Mädelsabend. Aber da Lea mehr und mehr das Gefühl hatte, sie würde platzen, wenn sie nicht bald Gelegenheit bekam, jemandem ausführlich von Michi zu erzählen, hielt sie den darauffolgenden Freitag für ihre Freundinnen frei.

Nina und Lili kannten sich bisher nur flüchtig, doch auch sie verstanden sich auf Anhieb. Sie verbrachten den Abend in einer Cocktailbar und hatten genug Gesprächsstoff, um bis tief in die Nacht durchzureden. Lea genoss es besonders, dass sie endlich wieder etwas zum Thema »Männer« beitragen konnte, ohne dass Nina sie aufzog, weil ihre letzten diesbezüglichen Erfahrungen erfolglose Dates waren, die allesamt mehrere Jahre zurücklagen.

Ziemlich betrunken und in bester Stimmung wankten die drei zu später Stunde aus der Bar. Am liebsten hätte Lea Michi angerufen und gefragt, ob er noch wach war, doch da Lili denselben Heimweg wie sie hatte, ließ sie es schweren Herzens bleiben.

Am nächsten Morgen erwachte sie mit einem ordentlichen Kater und war trotz aller Sehnsucht nach Michi froh, in ihrem eigenen Bett zu liegen.

Der Nachmittag mit Jan war mühsam, doch irgendwann hatte Tom Erbarmen mit den beiden Frauen und führte die Kinder ins Kino aus, sodass Lili und Lea Schlaf nachholen konnten.

Ungeachtet ihres Zustandes schrieb sie am Abend in den Gruppenchat: »Mädels, das sollten wir öfters machen.«

Uncool

»Hallo Mama! Ich bin da! Was gibt es zu essen? Ich verhungere!«

Lea trat ins Vorzimmer und sah gerade noch, wie Jan seine Schultasche in die hinterste Ecke der Garderobe schleuderte. Seit vergangener Woche legten er und Max den Schulweg ohne Begleitung eines Erwachsenen zurück, was ihnen sichtlich Spaß machte. Lea atmete jedoch jedes Mal erleichtert auf, wenn er heil daheim angekommen war. Sie traute den Autofahrern nicht, obwohl an der Kreuzung direkt neben der Schule ein Schülerlotse im Einsatz war, um die Kinder sicher über die Straße zu geleiten. Doch die Erleichterung, dass Jan es auch heute unversehrt nach Hause geschafft hatte, war nicht so groß wie der Ärger darüber, dass er seine Sachen durch die Gegend warf.

»Junger Mann, so geht man nicht mit seiner Schultasche um!«, rügte sie ihn deshalb anstelle einer Begrüßung. Erst nachdem er die Tasche ordentlich hingestellt hatte, drückte sie ihn kurz an sich und küsste ihn auf die Haare.

»Hallo, mein Schatz! Wie war es in der Schule?«

»Gut.« Die übliche Antwort.

»Was habt ihr gelernt?«

»Silben, die aus den Buchstaben bestehen, die wir letzte Woche gelernt haben. Das ist babyleicht«, behauptete er.

Offenbar hatte er keine Lust, über die Schule zu reden, denn während er sich an den Esstisch setzte, wechselte er das Thema. »Mama, Frederik bekommt zu Weihnachten einen *Lego*-Roboter. Kann ich mir den auch wünschen?«

»Wünschen kannst du dir alles«, erwiderte Lea und stellte das Essen auf den Tisch.

»Das sagst du immer!«, beschwerte er sich.

Sie setzte sich ebenfalls und belud ihre Teller. »Stimmt ja auch.«

»Aber es heißt nicht, dass ich es bekomme!«

»Nein, das heißt es nicht.«

»Das ist so unfair!«

»Jan, ich weiß nicht einmal, wovon genau du redest. Aber Roboter klingt prinzipiell ziemlich teuer. Wie wird der gesteuert?«

»Mit einem Tablet.«

»Mit einem Tablet? Also wünschst du dir ein Tablet auch noch dazu?« Das wurde ja immer besser. »Wie stellst du dir das vor?«

»Das ist so unfair«, wiederholte er. »Frederik hat ein Tablet. Und Max kann das von Tom benutzen. Nur ich habe keines. In Schweden hatte ich wenigstens eines mit den anderen zusammen.«

Lea seufzte. In den vergangenen Wochen war das ein Dauerthema zwischen ihnen gewesen. Seit die Kinder in der Schule verglichen, was für Spielsachen sie hatten, war Jan bewusst geworden, dass er vieles nicht mehr zur Verfügung hatte. Sätze, die mit »In Schweden hatte ich …« anfingen, konnten bei den Mitschülern keinen Eindruck schinden.

»Wir werden sehen, okay?«, sagte sie deshalb versöhnlich.

Irgendwie würde sie es schon schaffen, ein richtig cooles Weihnachtsgeschenk für ihn zu besorgen. Ben hatte sich nicht mehr wegen der Alimente gemeldet, daher hatte sie keine Ahnung, ob sie von ihm in naher Zukunft Geld erwarten konnte. Sie hätte einen Vorschuss verlangen können, aber dazu hätte sie ihn anrufen oder ihm schreiben müssen. Außerdem war, ihn um Geld zu bitten, so ziemlich das Letzte, was sie tun wollte. Schlimmer wäre es nur gewesen, ihre Eltern danach fragen zu müssen. Trotzdem nahm sie sich vor, eine Lösung zu finden, damit Jan nicht dauernd das Gefühl hatte, so viel uncooler zu sein als seine Mitschüler.

Ihre Antwort genügte ihm aber offenbar nicht, denn er schmollte das restliche Mittagessen über und brauchte danach mehrere Aufforderungen, bevor er endlich anfing, seine Hausaufgaben zu machen. Währenddessen recherchierte Lea, was der Roboter und ein geeignetes Tablet kosteten. Das hob ihre Stimmung nicht gerade. Vielleicht sollte sie ihre Stundenzahl in der Buchhandlung aufstocken oder sich einen zweiten Job suchen. In der Vorweihnachtszeit war möglicherweise der eine oder andere Zusatzjob zu finden. Frustriert suchte sie im Internet nach Anzeigen, bis Jan aus seinem Zimmer kam.

»Kann ich zu Max?«, fragte er ohne Umschweife.

»Zuerst zeig die Hausaufgaben her!«, verlangte Lea.

Brummelnd packte er die Hefte noch einmal aus und hielt sie ihr hin. Er hatte recht ordentlich gearbeitet, deshalb erlaubte sie ihm, bei den Nachbarn zu klingeln.

Berg. Oder auch Tal.

Wenige Minuten, nachdem Jan die Wohnung verlassen hatte, läutete Lili an der Tür. »Willst du auch rüber kommen? Tom und ich testen gerade Rezepte für das Adventfest der Siedlung nächstes Wochenende. Wenn wir den Glühwein alleine trinken, haben wir gleich einen Rausch.«

Lea sah auf die Uhr. »Ihr kocht um halb drei am Nachmittag Glühwein?«

»Ja, ich weiß, so weit ist es schon mit uns gekommen«, kicherte Lili. »Also, hast du etwas Wichtiges zu tun oder kommst du? Du kannst auch zuerst einen Kaffee haben. Und wir haben gerade *Kanelbullar* im Rohr, zu denen hätten wir gerne das fachmännische Urteil der alten Schweden.«

Da konnte Lea nicht Nein sagen. Sie würde ihre Geldsorgen heute ohnehin nicht lösen, daher schaltete sie den Computer aus und folgte Lili. Die Kinder spielten schon im Kinderzimmer, Tom stand in der Küche und kontrollierte die Bräunung der Zimtschnecken im Ofen.

»Ah, du kannst gleich nachschauen, ob die schon passen!«, forderte er Lea auf.

»Lass sie noch zwei Minuten«, riet sie ihm und nahm auf der Wohnzimmerseite des Küchenblocks auf einem Barhocker Platz.

»Glühwein oder Kaffee?«, bot er an.

»Erst einmal Kaffee. Mit dem Glühwein warte ich noch bis nach drei.«

»Okay.« Er fing an, an der Kaffeemaschine herumzuhantieren. Zwei Minuten später holte er das Blech mit den duftenden *Kanel-*

bullar aus dem Ofen. Lea bekam sofort Sehnsucht nach Schweden.

»Sie riechen zumindest schon einmal sehr gut«, stellte sie fest.

»Wie schauen sie aus?«, wollte Tom wissen.

»Auch gut. Ein bisschen ungleichmäßig.«

Sie fachsimpelten eine Weile darüber, welche Möglichkeiten es gab, Zimtschnecken zu formen, und wie die verschiedenen Varianten hießen, bis sie der Ansicht waren, dass sie nun genug ausgekühlt waren, um sie zu kosten.

»Ich habe Heimweh«, bemerkte Lea, nachdem sie von ihrer abgebissen hatte.

»Weil sie so gut oder so schlecht schmecken?«, fragte Lili.

»Sie sind gut«, versicherte Lea.

»Also können wir sie für das Fest backen?«

»Ja, auf jeden Fall. Alle sollen etwas mitbringen, oder?«

Da Lea im letzten Jahr noch nicht hier gewohnt hatte, kannte sie sich mit den Gepflogenheiten nicht aus.

»Genau. Für den Glühwein haben wir uns extra gemeldet. Aber zu essen sollte jeder irgendwas Salziges oder Süßes mitbringen. Muss nichts Großartiges sein.«

»Und was mache ich, jetzt da ihr mir die *Kanelbullar* weggeschnappt habt?«, fragte Lea.

»Du könntest auch welche backen und wir lassen die ganze Siedlung abstimmen, welche besser sind«, schlug Tom vor.

»Da hast du dann nur leider keine Chance«, grinste Lea. »Denn meine sind die allerbesten und schönsten.«

»Stimmt, da kann ich wahrscheinlich nur verlieren«, gab er zu. »Ich hole mal die anderen Testesser«, sagte er dann und rief nach Max und Jan.

Während die beiden Zimtschnecken futterten, erkundigte Lili sich bei ihnen nach ihrer ersten Klavierstunde. »Wie ist der neue Lehrer?«

»Voll cool«, antwortete Max mit vollem Mund, bevor die zwei durcheinanderredeten.

»Der ist urnett.«

»Wir lernen gleich ein Lied und müssen nicht so blöd herumprobieren wie bei Klarinette.«

»Er kann megagut Klavier spielen.«

»Ja, er hat uns was vorgespielt. Der kann das so schnell!«

Die beiden überschlugen sich förmlich.

»Und ganz viele verschiedene Sachen kann er. Er hat gesagt, wir sollen ihm irgendwelche Lieder sagen, und er spielt sie.«

»Die meisten konnte er wirklich. Nur eines nicht, aber das hat Freddy ausgesucht, das habe ich auch nicht gekannt.«

»Er hat auch eine Band.«

Hier mischte sich Tom, der ein großer Musikliebhaber war, ein: »Wie heißt die Band?«

»Hat er nicht gesagt«, antwortete Max. »Nur, dass er eine hat und dass sie auch CDs aufgenommen haben. Er hat gesagt, das nächste Mal bringt er uns eine mit und spielt uns was vor.«

Während Max redete, merkte Lea, dass Jan unruhig hin und her rutschte.

»Was ist mit dir?«, wollte sie wissen.

»Ich muss aufs Klo«, erwiderte er.

»Warum gehst du dann nicht einfach?«

»Ja, okay«, murmelte er und kletterte von seinem Barhocker.

Lea schüttelte den Kopf. »Manchmal wundere ich mich über ihn.«

Aber Lili lachte. »Ich bin so froh, dass Jan auch so ein Träumer ist. Früher dachte ich immer, wir hätten bei Max irgendwas falsch gemacht. Vielleicht einmal zu heiß gebadet oder so.«

»Mama, du bist gemein!«, beschwerte sich Max, ließ sich aber gleich darauf wieder von Tom ablenken, der sich erkundigte: »Wie heißt der neue Klavierlehrer?«

Max überlegte kurz, sagte dann aber nur: »Äh, hab ich vergessen.«

Lili und Lea mussten lachen. Max und Jan hatten sich wirklich gesucht und gefunden.

»Irgendwas mit Berg«, behauptete Max jetzt.

»Berger«, schlug Lea vor.

Konnte es sein, dass sie von Bens Professor unterrichtet wurden? Der spielte tatsächlich so gut Klavier, wie sie es beschrieben hatten, nur als cool hätte sie ihn nicht bezeichnet.

»Nein, Berger heißt doch der Koordinator«, widersprach Lili nach einem Blick auf den Infozettel, der mit einem Magnet an der Dunstabzugshaube befestigt war. »Das ist der, der nicht zum Elternabend kommen konnte, weil er krank war. Beim Klavierlehrer habe ich mir Manuel irgendwas aufgeschrieben. Aber nach Berg schaut das nicht aus. Bist du dir da wirklich sicher, Max?«

In dem Moment kam Jan vom Klo zurück.

»Nicht Berg, du Dummi!«, sagte er zu seinem Freund. »Tal!«

Die Erwachsenen lachten alle auf.

»Ist ja fast dasselbe«, meinte Tom.

»Manuel Tal?«, fragte Lili skeptisch und versuchte, das mit ihren Notizen abzugleichen.

»Doch nicht Manuel!«, rief Jan. »Kannst du dir gar keine Namen merken? Er heißt Ben. Und irgendwas mit Tal.«

»Na ja, Ben ist ja fast wie Berg«, bemerkte Lili kopfschüttelnd.

»Aber nicht Ben Talbot, oder?«, fragte Tom stirnrunzelnd.

Lea war schon heiß und kalt geworden, als Jan den Vornamen genannt hatte. Bei Toms Frage setzte in ihrem rechten Ohr ein Pfeifton ein, der so laut war, dass er die weitere Unterhaltung fast übertönte. Trotzdem konnte sie genau hören, wie die beiden Buben ausriefen: »Ja, so heißt er.«

»Echt?«, hakte Tom nach. »Wie schaut er aus?«

Wieder redeten die zwei durcheinander.

»So blonde Haare.«

»Einen Bart.«

»Vollbart.«

»Eine Brille.«

»Ziemlich groß, größer als du, Papa.«

»Und jünger als du.«

Lea war irritiert. Als sie Ben zuletzt gesehen hatte, hatte er weder eine Brille getragen, noch hätte sie ihn jünger als Tom eingeschätzt, auch wenn er es tatsächlich war.

Tom ging hinüber ins Wohnzimmer zu seiner Stereoanlage und kam kurz darauf mit einer CD zurück. Der Ton in Leas Ohr wurde noch lauter.

»So?«, fragte er.

»Ja, das ist er!«, bestätigte Max begeistert, fügte aber gleich verunsichert hinzu: »Oder der da.«

»Ich glaube der«, mischte Jan sich ein und zeigte auf den richtigen der beiden Brüder.

»Bist du sicher?«, entgegnete sein Freund.

»Hm, lasst mich mal nachschauen«, meinte Tom. Er blätterte kurz im Booklet, dann bestätigte er: »Jan hat recht, der ist es.«

»Dürfen wir die CD anhören?«, wollte Max wissen. »Dann können wir ihm nächstes Mal sagen, dass wir sie schon kennen.«

»Ja, aber in deinem Zimmer! Und passt auf die CD auf!«

Die beiden versprachen es und verschwanden im Kinderzimmer. Wenig später erklangen durch die geschlossene Tür die ersten wohlbekannten Takte. Lea war gespannt, wie lange es dauern würde, bis Jan merkte, dass er das Album schon einmal gehört hatte.

Sie selber konnte die Musik gerade gar nicht ertragen. In ihr brodelte und kochte es. Wut und Ärger darüber, dass Ben ihr verschwiegen hatte, dass er in Jans Schule unterrichtete, stiegen in ihr auf, bis sie drohte, auf der Stelle zu explodieren.

»Kann ich Jan kurz bei euch lassen?«, fragte sie.

»Äh, ja, sicher«, erwiderte Lili verdutzt. »Aber wo willst du so plötzlich hin? Du hast nicht einmal deinen Kaffee ausgetrunken.«

»Ich muss etwas erledigen.«

»Was?«

»Den Klavierlehrer umbringen.«

Mordlust

Als Lea die alte Fabrik erreichte, fühlte sie sich wie ein Vulkan kurz vor dem Ausbruch. Innerhalb kürzester Zeit stand sie vor Bens Wohnung und dann ließ sie ihre Wut endlich heraus, indem sie wie wild gegen die Tür trommelte. Der letzte Schlag traf ihn beinahe auf die Brust, aber er wich gerade noch rechtzeitig aus. Ohne auf eine Einladung zu warten, stürmte Lea in die Wohnung. Dass ihre Schuhe dabei nasse Spuren auf dem Boden hinterließen, kümmerte sie nicht. Mitten im Wohnbereich blieb sie stehen und fuhr herum. Sie wollte Ben anschreien, ihn beschimpfen, doch sie stutzte. Etwas stimmte nicht an dem Bild, das sich ihr bot.

Ben hatte die Wohnungstür geschlossen und lehnte nun mit dem Rücken daran. Er sah nachdenklich aus, doch das war es nicht, was Lea irritierte. Wie er überhaupt aussah, das verwirrte sie. Sie erkannte ihn kaum wieder.

Oder nein, vielmehr erkannte sie ihn jetzt wieder.

Vor zwei Monaten war ein Fremder vor ihr gestanden, das eingefallene Gesicht, die ungepflegten langen Haare und der wilde Bart, die leeren Augen. Er trug keine Brille, wie die Kinder behauptet hatten, aber abgesehen davon stimmte ihre Beschreibung. Er hatte etwas zugenommen, sodass er jetzt viel gesünder wirkte. Die Schatten unter seinen Augen waren verschwunden, was ihn zusammen mit den nur mehr kinnlangen Haaren und dem gepflegten Bart um Jahre jünger aussehen ließ.

Lea war so erstaunt über seinen Anblick, dass sie kein Wort herausbrachte.

»Falls du eine Mordwaffe suchst: Küche, Messerblock ganz hinten im Eck!« Offenbar sah Ben ihr ihre Wut trotzdem an. »Aber ich würde gerne etwas sagen, bevor du mich umbringst.«

Da es Lea ohnehin die Sprache verschlagen hatte, nickte sie ihm nur auffordernd zu.

»I know I should have told you.« Anscheinend bewegte ihn das, was er loswerden wollte, denn er merkte gar nicht, dass er Englisch sprach. *»Today – when I was waiting for the boys – I was more scared than I've ever been before in my life. When they knocked on the door I was close to jumping out of the window just to stop that fear. But then suddenly everything was easy. I fell in love the second Jan smiled at me for the first time. … I know it was wrong to do it my way without telling you. But I just couldn't stand the thought of an awkward I-am-your-father-meeting. I wanted him to meet me without any prejudice, without those last seven years between us.«*

Nach einer kurzen Pause fügte er vorsichtig hinzu: »Verstehst du das?«

Lea nickte in Zeitlupe, sagte aber noch immer kein Wort. Sie konnte seine Angst vor der ersten Begegnung nachvollziehen und auch die Idee, Jan in völlig unverkrampfter Umgebung als sein neuer Klavierlehrer zum ersten Mal zu treffen, ergab für sie Sinn. Vor der Das-ist-dein-Dad-Begegnung hatte sie sich seit Jahren gefürchtet – noch viel mehr, seit sie in Ben hineingelaufen war. Einzig sein Wunsch, Jan erst zu einem späteren Zeitpunkt kennenzulernen, hatte in den letzten Wochen verhindert, dass sie vor Angst verrückt geworden war. Sie hatte sich immer gesagt, dass ja noch Zeit blieb, solange Ben sich nicht bei ihr meldete und verkündete, dass er jetzt bereit sei.

Nun war das erste Aufeinandertreffen der beiden ganz ohne schlaflose Nächte im Vorfeld über die Bühne gegangen. Ben hatte sich auf den ersten Blick in Jans Lächeln verliebt und Jan war hin und weg von seinem neuen Lehrer. Besser hätte es wahrscheinlich gar nicht laufen können.

Vor lauter Erleichterung stiegen Lea Tränen in die Augen.

Ja, sie war immer der Ansicht gewesen, sie müsste als Vermittlerin zwischen den beiden bei ihrem ersten Zusammentreffen dabei sein. Aber jetzt gerade war sie einfach nur froh, dass ihr diese Bürde erspart geblieben war. Wäre der erste Kontakt nicht so glatt verlaufen, hätte es zweifellos anders ausgesehen. Doch nun erlaubte Lea es sich, erleichtert zu sein und die belastenden Gedanken, die sie über Jahre gequält hatten, loszulassen. Sie strömten zusammen mit den Tränen, die in kleinen Bächen über ihre Wangen liefen, davon.

Gleichzeitig fing sie jedoch an, sich verloren zu fühlen. Warum war sie eigentlich hier? Wieso war sie vor fünf Minuten wutentbrannt in Bens Loft gestürmt? Sie sah sich suchend um, als würde irgendwo ein Hinweis herumliegen.

Das Einzige, was da herumlag, waren drei lange Reihen von A4-Blättern auf dem Fußboden. Ihr Blick blieb so lange daran hängen, dass Ben sich bemüßigt fühlte zu erklären: »Ich stelle Mappen mit Noten und ein bisschen Musiktheorie für meine Schüler zusammen.«

Wieder nickte Lea nur. Ben kam auf sie zu, blieb aber eine Armlänge entfernt vor ihr stehen.

»Geht es dir gut?«, fragte er.

Diesmal schüttelte sie leicht den Kopf, obwohl sie gar nicht wusste, ob das die richtige Antwort war. Sie fühlte sich nicht schlecht, sie war nur völlig überfordert mit der Situation und der Leere in ihrem Gehirn.

Wortlos streckte er seine Hand aus und wischte ihr die Tränen von den Wangen. Die Berührung irritierte sie, weil es das Erste war, was sie an ihm wirklich wiedererkannte, was nahtlos an ihre positiven Erinnerungen an ihn anschloss.

Wochenlang war ihr der neue Ben durch den Kopf gespukt. Dieser Fremde, der nichts an sich hatte, was ihr vertraut war. Sein Anblick hatte sich in ihre Netzhaut eingebrannt und sie bis in ihre Träume verfolgt. Am meisten hatte sie die Frage gequält, wie sie ihrem Sohn vermitteln sollte, dass sein Vater nicht immer so gewesen war. Dass er damals, als sie zusammengelebt hatten, über spitzbübischen Charme verfügt hatte und ein Lächeln, das seine Augen zum Leuchten brachte. Lea hatte panische Angst davor gehabt, die beiden miteinander bekannt zu machen, weil sie Jan diese düstere Gestalt nicht zumuten wollte. Zu groß war ihre Sorge gewesen, sein Bild könne auch ihn in seinen Träumen heimsuchen.

Doch jetzt sah sie Ben zum ersten Mal wieder mit anderen Augen. Nicht nur sein Aussehen hatte alles Abschreckende verloren, auch in seinem Blick konnte sie den Menschen erahnen, der ihr einmal alles bedeutet hatte.

»Tut mir leid«, murmelte sie und wischte sich mit dem Handrücken übers Gesicht.

»Du musst dich doch nicht für deine Tränen entschuldigen«, erwiderte er sanft. Da sie nicht reagierte, fragte er: »Willst du etwas trinken? Kaffee?«

Sie schüttelte den Kopf. »Hab ich gerade getrunken.«

»Wasser? Komm mit!«

Er wartete keine Antwort ab, sondern schob sie in Richtung Küche und beförderte sie auf einen der Barhocker, bevor er ein Glas Wasser einschenkte und vor sie stellte. Dann nahm er ihr gegenüber Platz und sah sie besorgt an.

»Es tut mir leid, ich hatte nicht damit gerechnet, dass dich das so mitnimmt. Dass du hereinstürmst und mich umbringen willst, damit schon. Aber nicht damit, dass du gar nichts sagst.«

»Vor zehn Minuten hätte ich auch noch gewettet, dass du mit einem Küchenmesser im Rücken auf dem Boden liegst, bevor du auch nur ›Muh‹ sagen kannst«, gab Lea zu.

Er grinste. »Im Rücken? Wie feig.«

Der schelmische Glanz in seinen Augen brachte Lea wieder zum Weinen. »Wer bist du und was hast du mit dem Typen gemacht, der vor zwei Monaten behauptet hat, Ben zu sein?«, fragte sie und meinte es ernster als es klang.

»Der Typ hat aufgrund der Nachricht, dass er ein Kind hat, endlich kapiert, dass er mit seinem Leben wieder etwas Vernünftiges anfangen muss. Damit der Sohn, wenn sie sich irgendwann kennenlernen, zu ihm aufschauen kann und sich nicht denkt, dass es gut war, dass seine Mutter diesen Loser damals sitzengelassen hat.«

»Das war alles?«

»Außerdem konnte ich es nicht ertragen, wie du mich angesehen hast, als ich dir erzählt habe, wie ich mich in den letzten Jahren aufgeführt habe.«

Lea wusste nicht, was sie antworten sollte, und kaute stattdessen auf ihrer Unterlippe herum. Es war ihr unangenehm, dass man ihr die Verachtung für das, was aus Ben geworden war, so deutlich angemerkt hatte.

»Das muss dir nicht peinlich sein«, versicherte Ben. »Im Gegenteil. Du hast nur dasselbe gemacht wie immer, du warst ehrlich zu mir. Alle anderen hatten Mitleid und dachten, sie tun mir damit etwas Gutes. Dabei habe ich in Wirklichkeit einen Tritt in den Hintern gebraucht, damit ich den Tatsachen ins Auge blicke. Und einsehe, dass ich der Einzige bin, der etwas an der Situation ändern kann. Das hätte Jonas mir schon vor Jahren ins Gesicht sagen müssen, dann wäre einiges anders gekommen.«

»Wieso gerade er?«, fragte Lea vorsichtig. Wie Ben über seinen Bruder sprach, verunsicherte sie. Er hatte bisher noch kein gutes Wort über ihn verloren.

»Weil er die beste Gelegenheit dazu hatte.«

»Und zwar?«

»Er hätte nicht zulassen dürfen, dass ich *Colours of the Rain* unter seinem Namen veröffentliche.«

Lea fiel aus allen Wolken. »Das ist von dir?«

»Ja«, gab er kleinlaut zu.

»Und wieso hast du es dann Jonas untergeschoben?«

Er atmete tief durch, bevor er mit der ganzen Wahrheit herausrückte. »Ich weiß, ich habe das bestritten, aber im Grunde war mir immer klar, dass ich dich über die Musik überall auf der Welt erreichen kann«, gestand er. »Der Punkt war nur, ich hatte einerseits das Bedürfnis, das Lied mit aufs Album zu nehmen. Ich wollte es wirklich, wirklich gerne live spielen und oft spielen, weil es mir so gutgetan hat, es zu schreiben. Aber ich hatte andererseits Schiss davor, was passieren würde, wenn du erfährst, wie es um meine Gefühle steht. Da alle anderen Nummern auf dem Album

Jonas getextet hat, wäre es für dich völlig offensichtlich gewesen, dass es von dir handelt. Daher habe ich Jonas gebeten, seinen Namen darunterzusetzen. Und er hat es gemacht, anstatt mir zu sagen, dass ich nicht so ein Weichei sein und einfach dazu stehen soll – was auch immer danach passiert oder nicht passiert.«

Lea starrte ihn voller Unglauben an. Sie war die ganze Zeit über richtig gelegen mit ihrer Überzeugung, dass Ben die Musik hätte nutzen können, um ein Zeichen zu setzen, das sie verstanden hätte. Das war keine fixe Idee von ihr gewesen.

»Ich fand es übrigens höchst erstaunlich, dass du ausgerechnet den Song am Klavier gelernt hast, den ich über dich geschrieben habe«, fügte er noch hinzu.

»Ich habe das Lied so oft gespielt …« Sie brach mitten im Satz ab, weil sie nicht ganz sicher war, was sie eigentlich sagen wollte.

»Spiel es jetzt!«, forderte er sie auf.

Automatisch schüttelte sie den Kopf.

»Bitte!«

»Nein, vergiss es! Jetzt erst recht nicht.«

»Warum?«

»Du hast gerade meine Beziehung zu dem Lied zerstört«, behauptete sie. In Wahrheit war durch sein Bekenntnis alles an den richtigen Platz gerückt worden. Der Text hatte sie immer angesprochen, als beschreibe er ihr eigenes Leben – was er ja auch tatsächlich tat, nur aus Bens Perspektive.

Eigentlich hätte Lea sich jetzt wirklich gerne an den Flügel gesetzt. Sie warf sogar einen kurzen, sehnsüchtigen Blick hinüber.

»Trau dich!«, sagte Ben.

»Ich kann nicht. Das geht nicht. Es wird furchtbar klingen im Vergleich dazu, wie du es spielst. Und du bist zwar zu nett, um mir danach zu sagen, dass es schlecht war, aber dein Blick wird dich verraten und dann werde ich mich nie wieder trauen, ein Klavier anzufassen.«

»Ich könnte alle Lichter ausschalten, damit du meine Reaktion nicht siehst«, schlug er vor. »Es wird ohnehin schon finster.«

»Im Gegensatz zu Ihnen, *Maestro*, kann ich im Dunkeln aber

erst recht nicht spielen. Ich weiß nicht einmal, ob ich es auswendig kann.«

Das war gelogen. *Colours of the Rain* war das einzige Stück, das sie komplett auswendig beherrschte.

»Also die Noten finden sich sicher irgendwo da.« Er deutete auf die Regale an der Wand hinter dem Flügel. »Zur Not könnte ich sie ausdrucken.«

Lea beugte sich ein Stück nach vorn und sah Ben direkt in die Augen. »Finde dich damit ab, dass du mich niemals, niemals spielen hören wirst«, sagte sie bestimmt.

Er lehnte sich ebenfalls nach vorn, sodass sein Gesicht ganz nah vor ihrem war. »Finde *du* dich damit ab, dass ich keine Ruhe geben werde, solange ich dich nicht spielen gehört habe.«

Sie sahen sich ohne zu blinzeln in die Augen.

Ben gewann.

Lea lehnte sich zurück, griff nach ihrem Glas und trank frustriert einen großen Schluck. Dann knallte sie es mit etwas mehr Wucht als beabsichtigt auf die Bar und verkündete: »Ich gehe jetzt wieder.«

»Von mir aus könntest du ruhig noch bleiben.«

»Dann wird sich mein Nachbar, der Polizist, aber langsam fragen, ob ich tatsächlich gerade dabei bin, die Leiche des Klavierlehrers verschwinden zu lassen.«

»Du hast einem Polizisten angekündigt, dass du mich umbringen willst, bevor du hergekommen bist?«, fragte er skeptisch.

»Ich habe es mehr vor mich hin gemurmelt, als ich aus seiner Küche gestürmt bin. Er ist der Vater von Max.«

»Max ist euer Nachbar?«

»Ja, er wohnt genau gegenüber. Er ist Jans bester Freund und ohne ihn wüsste ich noch gar nicht, dass du jetzt ihr Klavierlehrer bist, denn Jan hat von sich aus nichts erzählt. Er war sauer, weil ich ihm gesagt habe, dass seine Weihnachtswünsche übertrieben sind. Aber das ist eine andere Geschichte. Ich gehe jetzt.«

Ben hielt sie nicht länger davon ab, sondern begleitete sie zur Tür.

»Ruf mich an, falls du beweisen musst, dass ich lebe, okay?«, bat er. »Und gerne auch sonst, wenn du Lust hast, mit mir zu reden.«

Bis zum heutigen Tag hatte Lea dazu noch kein Bedürfnis verspürt, aber als sie Ben ansah, wie er lächelnd im Türrahmen lehnte, konnte sie sich gut vorstellen, dass sie von jetzt an doch mit ihm in Kontakt bleiben wollte.

»Okay«, versprach sie deshalb. »Tut mir leid, dass ich dich so überfallen habe.«

»Immerhin hast du mich ja am Leben gelassen«, erwiderte er. »*See you soon!*«

»Bis bald«, verabschiedete auch sie sich und wandte sich zum Gehen. Doch nach zwei Schritten drehte sie sich noch einmal um.

»Wie kommt es, dass Max und Jan dich mit Brille beschrieben haben?«, wollte sie wissen.

Ben verdrehte die Augen, verschwand in der Wohnung und kam kurz darauf mit einer schwarz-blauen Brille in der Hand zurück.

»An die habe ich mich noch nicht gewöhnt«, rechtfertigte er sich. »Ich habe sie erst seit einer Woche. Teil meines Ich-achte-ab-jetzt-mehr-auf-mich-Programms.«

Mit einem schiefen Grinsen setzte er die Brille auf. Lea entlockte der Anblick ein Lächeln.

»*Nice*«, bemerkte sie.

»Findest du?«

Sie nickte. »Ja, steht dir ausgezeichnet.«

»Na, dann setze ich sie in Zukunft vielleicht doch konsequenter auf«, meinte er zwinkernd.

»Tu das!«, sagte sie und machte sich endlich auf den Weg.

Tom öffnete Lea die Tür und musterte sie von oben bis unten.

»Keine Blutspuren«, stellte er fest.

»Keine Angst, er lebt noch«, versicherte Lea. »Bekomme ich jetzt einen Glühwein?«

»Nur, wenn du das erklärst.«

»Mache ich«, versprach sie und setzte sich wieder an die Bar, wo noch immer ihre halb volle Kaffeetasse stand.

»Kalter Kaffee gefällig?«, erkundigte Lili sich, die dabei war, die Küche sauber zu machen.

»Muss nicht sein.«

Lili leerte die Tasse aus und stellte sie in den Geschirrspüler, bevor sie sich neben Lea setzte.

»Also, was war das?«, wollte sie dann wissen.

Lea atmete tief durch. Sie wusste, sie schuldete den beiden eine Erklärung für diesen Abgang, aber leicht fiel es ihr nicht. Mit einem Blick über die Schulter versicherte sie sich, dass die Tür zum Kinderzimmer geschlossen war.

»Ben ist Jans Vater«, sagte sie ohne Umschweife. »Und ich hatte keine Ahnung, dass er ihn in Klavier unterrichten würde.« Die beiden sahen sie an, als hätten sie sich so etwas in der Art schon gedacht.

»Ben wusste aber, dass er seinen Sohn in einer der Gruppen haben würde?«, hakte Lili nach.

»Ja, er weiß seit zwei Monaten von ihm. Und auch, wo er in die Schule geht. Aber wenn ich es mir recht überlege, habe ich ihn jetzt gar nicht gefragt, wie es gekommen ist, dass er dort unterrichtet, und ob er zu dem Zeitpunkt, als sich das entschieden hat, schon von Jan wusste.«

»Aber er lebt und du kannst ihn noch danach fragen?«, stellte Tom sicher.

»Ja, er lebt. Bekomme ich endlich einen Glühwein?«

»Oh, ja, klar.« Das hatte er vor lauter Neugierde auf Leas Erklärung offenbar ganz vergessen. Nun griff er nach einer sauberen Tasse und füllte mit einem Schöpflöffel Glühwein ein.

»Jan weiß von nichts?«, fragte er, als er die Tasse vor Lea stellte.

»Er weiß von nichts und das soll vorläufig auch so bleiben«, erwiderte sie.

Die beiden versprachen, dass sie es für sich behalten würden.

Jan und Lea blieben noch zu einem spontanen Abendessen bei ihren Nachbarn. Als sie danach wieder ihre eigene Wohnung betraten, fiel Jans Blick auf das Klavier und er fragte: »Soll ich dir vorspielen, was ich heute gelernt habe?«

Eigentlich wollte Lea Jan ins Bad schicken, aber ihre Neugier, ob er etwas von der Musikstunde erzählen würde, war größer.

»Ja, spiel!«, forderte sie ihn auf und schaltete das Piano ein, während er das Notenblatt aus seiner Schultasche holte.

Wenn du wüsstest, wem dieses Klavier gehört, dachte sie bei sich, als Jan sich auf den Hocker setzte.

»Ben hat gesagt, wenn wir fleißig üben, können wir beim Vorspielen das ganze Stück spielen. Nicht wie die Mädchen aus der anderen Gruppe, die haben nur so Babysachen gespielt.«

Sie betrachtete das Notenblatt und erkannte schnell Bens Intention dahinter. Die Melodie bestand aus wenigen Tönen, die bei jeder Wiederholung in einer anderen Lage gespielt wurden, sodass das Ganze in den Ohren der Kinder recht spektakulär klang, obwohl der Schwierigkeitsgrad überschaubar war. Sie mussten es nur schaffen, sich in vier Wochen eine kurze Reihenfolge von Tasten und Lagen zu merken. Das war vermutlich selbst für die weniger an Klavier interessierten Kinder machbar.

»Wo muss ich anfangen?«, fragte Jan.

Lea zeigte ihm den ersten Ton. Er spielte die Melodie unsicher, aber richtig – und ohne dabei auf das Notenblatt zu achten.

Lea beobachtete ihren Sohn beim Spielen. Sie musste ihm nur jeweils den nächsten Anfangston zeigen, und die Melodie klang bei jeder Wiederholung ein kleines bisschen sicherer.

»Ben kann das megaschnell«, berichtete Jan nach einer Weile. »Und weißt du, was er noch kann? Das, was du am Anfang auch immer spielst, das ganze Klavier rauf und runter.«

Sie wusste, wovon er sprach, die Übung zum Einspielen hatte sie von Ben übernommen.

»Das kann er hundert Mal schneller als du«, behauptete ihr Sohn.

Das war zwar ziemlich übertrieben, aber Lea bezweifelte nicht, dass Ben es sehr viel schneller beherrschte als sie.

»Er hat uns auch noch was vorgespielt, ein ganz schweres Stück. Das war voll cool. Aber dafür muss man ganz lange üben, hat er gesagt.«

Die Begeisterung in Jans Stimme war Balsam für Leas Seele. Ben hatte das Richtige getan, das neutrale Aufeinandertreffen war für alle das Beste gewesen.

»Für jedes Instrument muss man ganz viel üben, damit man es richtig gut kann«, sagte sie jetzt.

»Weiß ich«, erwiderte er. »Aber Klavier macht auf jeden Fall mehr Spaß als Klarinette.«

Sein Vater würde sich freuen, das zu hören.

Entglitten

Seit einem Monat traf Lea sich nun schon mit Michael. Vor ihren Arbeitskollegen hielten sie ihr Verhältnis geheim, Lea hatte nur ihre Freundinnen eingeweiht. Auf Lili war sie angewiesen, um Michi öfter als nur freitagabends treffen zu können. Die Tage variierten, aber einmal zwischen Montag und Mittwoch ging es sich immer aus, dass Jan bei Max übernachten konnte. Allerdings war seine anfängliche Euphorie deswegen inzwischen einer gewissen Routine gewichen.

Eigentlich hatte Lea den Eindruck, dass Michi mit seinem Buch gut vorankam – wenn sie ihn nicht gerade vom Schreiben abhielt. Mittlerweile hatte er ihr erlaubt, einige Kapitel zu lesen. Obwohl sie die historische Komponente des Romans nicht unbedingt interessierte, las Lea die Geschichte mit Begeisterung und freute sich über jedes Stück, das dazu kam.

Mit großer Vorfreude öffnete sie auch diesmal die Tür zu seiner Wohnung. Michael hatte ihr einen Schlüssel gegeben, damit sie kommen und gehen konnte, wie es ihr passte. So musste er das Schreiben nicht unterbrechen, um ihr die Tür zu öffnen, und sie konnte samstags auch mal in seinem Bett ausschlafen, wenn er schon zur Arbeit musste. Sie erwartete, drinnen das vertraute Tippgeräusch zu hören, doch es herrschte Stille. Der Grund dafür war, dass Michi an seinem Schreibtisch saß und konzentriert sein Manuskript durchlas. Lea zuckte zusammen, als er dabei laut fluchte.

»Hallo!«, sagte sie vorsichtig, um ihn auf sich aufmerksam zu machen. Er fuhr herum. In seinen Augen lag etwas Dunkles, Verärgertes, aber es schwand ein wenig, als er sie erblickte.

»Hey, du bist schon da. Was ist das? Hast du nicht gesagt, du bringst Essen mit?«

Er deutete auf die Einkaufstasche in ihrer Hand.

»Das, mein Lieber, sind verschiedene Lebensmittel, aus denen sich Speisen zubereiten lassen«, erklärte sie geduldig.

Er sah sie entgeistert an. »Wie? Du willst kochen?«

»Ja, will ich«, erwiderte sie lachend. »Stell dir nur vor, dafür haben Menschen üblicherweise Küchen.«

»Ich weiß nicht einmal, ob in meiner die Geräte funktionieren«, gestand er. »Außer die Kaffeemaschine, die geht sicher. Aber die wird dir nichts nutzen.«

»Zumindest dein Backrohr läuft, das habe ich schon einmal ausprobiert. Also im schlimmsten Fall gibt es etwas aus dem Ofen. Töpfe hast du ja hoffentlich, oder?« Erst jetzt fiel ihr auf, dass sie das im Vorfeld hätte überprüfen sollen.

»Äh, ja, da unten irgendwo.« Er deutete vage auf die Unterschränke.

Lea stellte die Einkäufe auf dem Esstisch ab und begab sich auf die Suche. Gleich hinter der ersten Tür fand sie alles, was sie brauchte. Sie hatte ohnehin kein kompliziertes Menü geplant, sondern lediglich die Zutaten für Spaghetti Bolognese eingekauft.

»Lass dich nicht von der Arbeit abhalten«, sagte sie zu Michi. »Ich komme zurecht. Wenn das Essen fertig ist, hole ich dich.«

Skeptisch trottete er zu seinem Schreibtisch zurück. Obwohl Lea mit dem Kochen beschäftigt war, entging ihr nicht, dass er offensichtlich mit seiner Geschichte unzufrieden war. Immer wieder hörte sie ihn Dinge murmeln wie: »So funktioniert das nicht«, oder: »Das passt doch gar nicht zusammen«.

Als das Essen fertig war, hatte sie fast Skrupel ihn anzusprechen, weil seine Laune sich minütlich verschlechtert zu haben schien. Trotzdem trat sie hinter ihn und fragte vorsichtig: »Was ist mit dir?«

Er fuhr herum und hatte wieder diesen düsteren Ausdruck im Gesicht.

»Das ist alles Mist!«, rief er aus. »Ich werde das nie zu Ende schreiben, weil die Geschichte gar nicht funktioniert! Die Erzählstränge passen nicht zusammen. Der Plan kann nicht aufgehen, weil sich der Protagonist zu der entscheidenden Stelle beamen müsste. Die Wege sind zu weit, das Timing passt nicht, es ist einfach alles falsch!«

»Wie wäre es, wenn wir essen und du mir dabei genau erzählst, wo die Probleme liegen?«, schlug Lea vor, um zu verhindern, dass er sich weiter hineinsteigerte. Er sah sie zuerst einige Sekunden ausdruckslos an, bevor er nickte.

Was er während des Essens schilderte, erschien Lea keineswegs aussichtslos. Es rechtfertigte schon gar nicht seine Überlegung, das ganze Buchprojekt an den Nagel zu hängen. Ja, ihm waren ein paar Figuren und Handlungsstränge entglitten und nun ließ sich das Ganze nicht mehr zusammenfügen. Sie war trotzdem der Meinung, dass er höchstens die letzten Kapitel überarbeiten oder vielleicht auch komplett neu schreiben musste. Wichtiger erschien ihr jedoch, dass er etwas Abstand zu seiner Arbeit gewann. So sehr, wie er sich in den letzten Wochen auf Details des Buches konzentriert hatte, überraschte es sie nicht, dass er dabei das große Ganze aus den Augen verloren hatte.

»Was hältst du davon, wenn du das Buch heute einmal Buch sein lässt?«, schlug sie deshalb vor. »Denk eine Zeit lang nicht darüber nach! Vielleicht findest du mit ein bisschen Abstand wieder besser hinein. Und wir machen uns einen schönen Abend.«

»Das wird die Probleme aber nicht lösen«, brummte er.

»Mag sein. Aber so, wie du drauf bist, löst du sie heute ohnehin nicht. Und alles wegzuwerfen ist keine Option, hast du verstanden?«

»Ich entscheide, ob ich das Buch wegwerfe«, stellte er klar.

»Ich werde nicht zulassen, dass du das tust«, entgegnete sie.

»Und wie willst du mich daran hindern?«

»Indem ich dich auf andere Gedanken bringe.«

Das war allerdings nur Plan B. Plan A war, sich mitten in der Nacht an Michis Laptop zu schleichen. Da sie sein Passwort kannte, hatte sie kein Problem, zu der immer noch geöffneten

Datei zu gelangen. Sie fertigte eine Kopie davon an und legte sie an einer willkürlich gewählten Stelle ab. Zur Sicherheit benannte sie das Duplikat um, damit Michi es nicht über die Suchfunktion finden und löschen konnte.

Als sie das erledigt hatte, sorgte sie dafür, dass die Oberfläche wieder genau so aussah, wie Michael sie zurückgelassen hatte. Dann klappte sie den Laptop zu, kroch zurück ins Bett und schmiegte sich unter der Decke an ihn.

Schritt eins ihres Planes hatte sie erfolgreich erledigt. Schritt zwei war, dafür zu sorgen, dass Michi Abstand zu dem Buch gewann. Dazu sollte er wieder mehr Zeit im Wien des Jahres 2017 verbringen und weniger in dem von vor fast 500 Jahren.

Unter Leuten

»Hilfst du mir bitte schnell?«, rief Lea von der Küche aus nach Jan. Sie hatte soeben ein Blech *Kanelbullar* aus dem Ofen geholt, das sie in einen vorbereiteten Korb leeren wollte. Doch sie brauchte eine dritte Hand, damit nicht die Hälfte davon auf dem Boden landete.

»Halt bitte den Henkel fest!«, bat sie, als ihr Sohn in der Tür auftauchte.

»Ich dachte, Tom macht *Kanelbullar*«, bemerkte er und griff danach.

»Ja, wollte er, aber ich habe ihn überredet, stattdessen Salzstangerl zu backen, weil er die so gut kann«, erklärte sie, während sie die Zimtschnecken vom Blech gleiten ließ. »Außerdem ist mir nichts anderes eingefallen, was ich machen könnte. Außer *Lussekatter*, aber die mag nicht jeder.« Lea war back- und kochtechnisch eindeutig noch in Schweden verhaftet.

»Aber zu *Lucia* machst du sie doch, oder?«, hakte Jan nach.

»Ja«, versicherte sie. »Aber nur für uns, nicht für das ganze Haus.«

»Hauptsache, es gibt welche. Wann fängt das Adventfest eigentlich an?«

Lea warf einen Blick auf die Uhr. »In einer halben Stunde ungefähr. Wir gehen hinunter, wenn Michi da ist.«

»Wieso kommt dein Kollege heute?«

»Weil ich ihn eingeladen habe. Es geht ihm gerade nicht so gut, deshalb wollte ich ihn auf andere Gedanken bringen. Du wirst ihn gar nicht bemerken.«

»Also muss ich nicht mit ihm reden?«

»Du musst ihn begrüßen«, verlangte Lea. »Aber wenn wir unten sind, kannst du mit den anderen Kindern herumrennen.«

»Okay«, sagte Jan dazu nur. Er half ihr dabei, auch das zweite Blech *Kanelbullar* sicher in den Korb zu leeren, dann zog er sich wieder in sein Zimmer zurück.

Die Gegensprechanlage läutete kurz vor vier. Da Jan in seinem Zimmer geblieben war, küsste Lea Michi an der Tür schnell zur Begrüßung.

»Ich habe deinem Sohn eine Kleinigkeit mitgebracht.« Er hielt ein rotes Nikolosackerl hoch.

»Ich hole ihn.« Lea klopfte an den Türrahmen des Kinderzimmers. »Kommst du bitte? Michael ist da, wir können gleich hinunter gehen.«

Ein bisschen widerwillig stellte Jan das *Lego*-Modell, mit dem er gespielt hatte, zur Seite und folgte ihr hinaus. Wie versprochen sagte er Hallo und reichte Michi die Hand, sein Blick war dabei jedoch auf den Boden gerichtet. Das Mitbringsel entlockte ihm aber immerhin ein Lächeln und ein freundliches Danke.

»Darf ich es gleich aufmachen?«, fragte er seine Mutter.

»Ja, aber mach schnell!«, erwiderte sie.

»Er mag hoffentlich Schokolade«, flüsterte Michi ihr zu, als Jan an der Schnur anzog. Sie nickte leicht und zeigte mit dem Daumen nach oben.

»Mmm, meine Lieblingsschoko«, freute er sich. »Und eine *Ninjago*-Minifigur. Cool.«

Neben ihr atmete Michi erleichtert auf.

Das Fest fand im Gemeinschaftsraum und dem daran anschließenden Garten statt. Lea genoss das Zusammensein mit ihren Nachbarn. Jeder hatte eine Kleinigkeit zu essen mitgebracht, und das Buffet war mit den unterschiedlichsten Köstlichkeiten gefüllt. Toms Glühwein schmeckte hervorragend und für die Kinder gab es Punsch, den die Familie aus der Wohnung über der von Tom und Lili beigesteuert hatte.

Obwohl Lea schon fast ein halbes Jahr in dem Haus wohnte,

hatte sie bisher nur wenige Leute näher kennengelernt. Wie sie nun erfuhr, würde sie bei den oberen Nachbarn auch keine Gelegenheit mehr dazu haben. Sie hatten ein Haus außerhalb von Wien gekauft und waren schon dabei auszuziehen. Ihre Wohnung stand ab sofort zum Verkauf.

»Das wäre etwas«, überlegte Tom laut. »Dann könnten wir nach oben durchbrechen, hätten doppelt so viel Platz und niemand müsste sein Extrazimmer räumen.«

»Würdet ihr mir dann das Zimmer abtreten, das direkt an meine Wohnung grenzt?«, fantasierte Lea mit. »Dann wäre es bei uns auch nicht mehr so eng.«

»Was willst du mit zwei Badezimmern?«, entgegnete er.

Daran hatte sie nicht gedacht, die Wohnungen stießen tatsächlich mit den Badezimmern aneinander.

»Dann das Bad und ein Arbeitszimmer. Dahinter mauern wir den Gang zu und ihr benutzt den Eingang der oberen Wohnung.«

»Oder du kaufst die obere und überlässt uns dafür deine. Das würde auch gehen.«

»Mal abgesehen davon, dass ich mir das nicht leisten kann, wofür braucht ihr den zusätzlichen Platz? Irgendwelche Neuigkeiten, die ihr mit uns teilen wollt?«

Beide schüttelten den Kopf.

»Noch nicht«, antwortete Lili. »Aber wir denken über Familienzuwachs nach.«

Lea nahm die Nachricht mit gewissem Neid auf. Nicht weil sie sich dringend ein Kind wünschte, sondern weil ihr in diesem Moment mehr denn je bewusst war, dass Lili und Tom eben zu zweit waren und sie alleine. Wenn sie irgendwann noch einmal schwanger wurde, gab es hoffentlich einen Vater dazu, mit dem sie die Verantwortung teilen konnte.

Verstohlen musterte sie Michi von der Seite. Ob er sich vorstellen konnte, mit ihr Kinder zu haben?

Wahrscheinlich war es zu früh für solche Fragen. Oder sie passten überhaupt nicht zu der Art von Beziehung, die sie führten. Sie schliefen seit Wochen miteinander, aber heute traten sie zum ersten Mal als Paar in der Öffentlichkeit auf. Bisher hatte Michi keinerlei Interesse an Leas Leben abseits der Arbeit gezeigt, er fragte auch nie nach Jan. Dass er zu der heutigen Feier mitgekommen war, lag nur an einem sehr langen Vortrag, den Lea ihm am Vorabend gehalten hatte. Sie hatte ihm erklärt, dass er sich zu sehr in sein Buch hineinsteigerte und dringend wieder unter Leute kommen musste, um Abstand zu gewinnen und vielleicht die entscheidende Inspiration zu finden.

Doch jetzt war Lea sich nicht sicher, ob es eine gute Idee gewesen war. Sie selber hatte Spaß und genoss es, Michi dabei zu haben, sich an ihn schmiegen zu können, ihre Hand auf seine Oberschenkel zu legen, ihm nahe zu sein. Und auch er wich ihr kaum von der Seite und suchte ihre Nähe. Ansonsten schien er sich aber nicht sonderlich zu amüsieren. Zu Leas Nachbarn war er freundlich und höflich, mit Jan sprach er jedoch den ganzen Abend kein Wort und auch allen anderen gegenüber gab er sich eher verschlossen. Dafür schmeckte ihm Toms Glühwein und Lea hatte ein schlechtes Gewissen, als sie sich um zehn von ihm verabschiedete. Sie hätte sich besser gefühlt, wenn er bei ihnen übernachtet hätte, doch sie wusste, dass Jan von dieser Idee alles andere als begeistert gewesen wäre.

Sicherheitshalber legte sie ihr Handy auf ihr Nachtkästchen, als sie sich in ihr Bett kuschelte. Sie wollte erreichbar sein, falls sich herausstellte, dass er zu betrunken war und in irgendeiner Form ihre Hilfe brauchte.

Vollzeitjob

Weit nach Mitternacht riss Lea der Klingelton, der das Eintreffen einer Nachricht auf ihrem Handy ankündigte, aus dem Schlaf.

»Der Mist ist weg«, stand auf dem Display.

Statt zu antworten, seufzte sie nur tief und gratulierte sich selber dazu, dass sie von Michis Buch eine geheime Kopie angelegt hatte. Sie war sich nicht sicher, ob er mit »Mist« nur die letzten Kapitel oder das ganze Manuskript meinte, aber weil sie wusste, dass er es nicht endgültig gelöscht haben konnte, drehte sie sich um und schlief weiter.

Am Sonntag wartete sie lange auf ein Lebenszeichen von Michael. Da es bis zum Nachmittag nicht kam, schrieb sie als Antwort auf seine nächtliche Nachricht: »Hast du die Lösung gefunden?«

Es dauerte nur wenige Minuten, bis zurückkam: »Die Lösung ist ein Vollzeitjob.«

»Du bist so ein Idiot«, murmelte Lea vor sich hin, verkniff es sich aber, ihm das zu schreiben.

Sie hatte sich bereits einen vagen Plan zurechtgelegt, was sie tun würde, wenn sich herausstellen sollte, dass Michael das gesamte Buch gelöscht hatte.

»Hoffentlich bei uns in der Buchhandlung«, tippte sie scheinheilig.

»Du kannst ja beim Chef ein gutes Wort für mich einlegen«, antwortete er.

Lea schickte ihm ein *Thumbs-up*, hatte aber vor, genau das Gegenteil zu tun, falls Michi nicht von alleine verstand, dass seine wahre Berufung nicht das Verkaufen, sondern das Schreiben von Büchern war.

»Was ist hier los? Habt ihr euch gestritten?«

Bert hatte Leas Büro grußlos und ohne anzuklopfen betreten. Sie fuhr zusammen und musste dreimal tief durchatmen, um sich von dem Schock zu erholen.

»Kannst du dir das bitte wieder abgewöhnen?«, beschwerte sie sich. »Ich arbeite hier wirklich, du musst mich nicht durch überraschende Arbeitskontrollen erschrecken.«

»Das ist keine Arbeitskontrolle, sondern eine Beziehungskontrolle«, entgegnete er.

»Wie meinst du das? Beziehungskontrolle?«

»Komm schon, ich bin weder blind noch taub. Ich weiß, dass zwischen dir und Michael etwas läuft. Aber heute geht ihr euch aus dem Weg. Also, was ist los?«

Lea brauchte einige Sekunden, um die Information zu verarbeiten, dass ihr Chef über das Verhältnis zwischen ihr und ihrem Kollegen Bescheid wusste.

»Nein, wir haben nicht gestritten«, versicherte sie dann schnell. »Michi hat nur gerade eine persönliche Krise.«

»Welcher Art?«

»Mach bitte die Tür zu!«, forderte Lea ihn auf.

Er folgte der Anweisung und setzte sich auf den zweiten Bürostuhl.

»Weißt du, dass Michi an einem Buch schreibt?«, erkundigte sie sich.

»Nein, ist mir neu. Taugt es was?«

»Ich glaube schon. Ich habe nur Teile gelesen und manches davon hat er wieder verworfen, aber er schreibt fantastisch. Nur sind ihm in letzter Zeit die Handlungsstränge etwas entglitten und jetzt hat er beschlossen, alles hinzuschmeißen, weil er nicht weiß, wie er sie wieder zusammenbringen soll.«

»Was ist das für ein Buch?«

»Ein historischer Roman. Also birgt schon das Thema an sich

die Gefahr, dass die Geschichte zerläuft. Aber meiner Meinung nach würde er das locker wieder in den Griff bekommen. Nur will er nicht. Gestern hat er gemeint, er überlegt, doch wieder 40 Stunden zu arbeiten. Wenn er dich danach fragt, geh bitte ja nicht darauf ein!«

»Ich hätte aber gar nichts dagegen, wenn er jetzt vor Weihnachten aufstocken würde«, erwiderte Bert. »Während des Weihnachtsgeschäfts käme mir die zusätzliche Hilfe gerade recht.«

»Okay, aber nur bis Weihnachten. Bis dahin fängt er sich hoffentlich wieder.«

»Soll ich es ihm anbieten oder warten, bis er fragt?«

»Na, du bist der Chef. Das musst du wissen. Aber wie auch immer – bitte erwähne nicht, dass ich mit dir über das Buch gesprochen habe!«

»Mache ich nicht«, versprach Bert und erhob sich.

Mit den Worten: »Alles klar, weitermachen!«, verließ er ihr Büro.

Michi verhielt sich wirklich ungewöhnlich. In ihrer gemeinsamen Kaffeepause verlor er kein Wort über das Buch. Lea bemerkte nicht ein einziges Mal, dass er in Gedanken versunken war oder abwesend wirkte. Zu allem Überfluss machte er den Vorschlag, am Mittwoch zur Abwechslung einmal auszugehen, anstatt den Abend in seiner Wohnung zu verbringen. Es gehörte zu Leas Taktik, auf alles einzugehen, was er vorschlug, aber es irritierte sie trotzdem, wie verändert er plötzlich war.

Am Dienstag überschnitten sich ihre Arbeitszeiten nur kurz. Sie verpackten gemeinsam Bestellungen aus dem Onlineshop, die Lea auf ihrem Heimweg beim Versandpartner abliefern sollte. Michi plauderte währenddessen ungezwungen, machte Pläne für den Mittwochabend und wirkte nicht im Geringsten, als würde es ihn belasten, dass er sein Buchprojekt aufgegeben hatte.

Lea hatte noch nicht herausgefunden, wie er es genau beseitigt hatte. Er äußerte sich nicht dazu, ob er wirklich alles gelöscht hatte, und sie traute sich nicht, ihn danach zu fragen. Obwohl sie seiner Veränderung skeptisch gegenüberstand, spielte sie mit und machte Vorschläge für ihr morgiges Date.

Als sie nach der Arbeit zu Hause in ihrer Küche stand und das Essen umrührte, ließ sie die Unterhaltung mit ihm Revue passieren. Sie war hin- und hergerissen. Einerseits genoss sie den neuen Aspekt ihrer Beziehung und freute sich, dass Michi mit ihr etwas unternehmen wollte, wie es andere Paare in der Vorweihnachtszeit taten. Andererseits hatte sie sich in den zerstreuten, aber enthusiastischen Autor verliebt, der plötzlich wie ausgelöscht schien.

Sie fragte sich gerade, ob sie die neue Version von Michi genauso attraktiv fand, als ihr Telefon läutete und »Ben« auf dem Display zu lesen war.

Wie der Vater

Eigentlich sollte Ben derzeit Jan, Max und Freddy unterrichten, daher überraschte sie der Anruf.

»Ist irgendwas passiert?«, fragte sie grußlos in ihr Telefon.

»Was?«, antwortete er. »Nein!«

»Unterrichtest du nicht mehr?«

»Die drei sind gerade zur Tür hinaus.«

»Ach so.« Erst jetzt erinnerte sie sich an ihre guten Manieren und fügte hinzu: »Hallo!«

»Hey! Ich störe dich wahrscheinlich beim Kochen, aber können wir kurz reden?«

»Ja, sicher.«

Sie klemmte sich das Telefon zwischen Wange und Schulter, damit sie weiter umrühren konnte, ohne dass der Topf vom Herd rutschte.

»Hat Jan irgendwas angestellt?«

Ben lachte. »Außer dass er heute an meiner Stelle die Stunde halten wollte, eigentlich nichts.«

»Was hat er gemacht?«

»Er hat mit Freddy und Max die Geduld verloren, weil sie nicht die richtigen Lagen gefunden haben, und hat ihnen erklärt, wie es richtig geht«, berichtete er.

»Ah ja. Und das wolltest du mir erzählen?«

»Nein, ich wollte dir ein paar Fragen stellen.«

»Dann frag!«

»Wie oft übt Jan? Und macht er es freiwillig oder weil du es ihm sagst?«

»Frage eins: oft. Fast täglich, würde ich sagen. Frage zwei:

freiwillig und alleine, immer mit Kopfhörern. Aber er holt mich manchmal dazu und lässt sich Sachen von mir zeigen. Wieso willst du das wissen?«

»Hast du dir das Stück angeschaut, das sie für die Präsentation üben?«

Sie bejahte.

»Die Melodie ist ganz einfach, das schaffen alle Kinder in vier Wochen. Für die Präsentation bekommt jeder zwei Lagen zugeteilt und sie spielen abwechselnd. Sie müssen sich merken, wann sie mit ihrer Lage dran sind und wann sie wohin weiterrücken müssen. Einer wandert von ganz oben nach ganz unten, das finden sie besonders lustig, weil er um alle herum laufen muss. Und es soll ja in erster Linie Spaß machen und sie nicht überfordern. Jan hat mir allerdings in der dritten Stunde – also nach einer Woche – das ganze Stück durchgehend fehlerfrei in allen Lagen vorgespielt. Und da hatten wir zwar die Melodie schon geübt, das Stück im Ganzen aber noch nicht. Deshalb die Frage, ob er es selber lernen wollte oder ob du ihn dazu gedrängt hast.«

»Ich habe ihm am Anfang die richtigen Lagen gezeigt, aber er hat dann selber herumprobiert. Irgendwann wollte er, dass ich ihm das ganze Stück vorspiele. Da hatte ich den Eindruck, er kontrolliert sich. Ich glaube, er spielt rein nach Gehör.«

»Ja, das ist mir auch schon aufgefallen.«

»Also bist du der Ansicht, dass er das eine oder andere musikalische Gen mitbekommen hat?«, folgerte Lea.

»Er erinnert mich stark an mich selber. Ich war nur noch jünger und Notenlesen ist mir am Anfang sehr schwergefallen, deshalb habe ich alles nach Gehör gespielt. Und das versucht er anscheinend auch.«

»Auf was willst du hinaus? Er wird gleich kommen und dann würde ich lieber nicht mehr mit dir telefonieren.«

»Ich will darauf hinaus, dass ich der Ansicht bin, dass er in diesem Schnupperkurs völlig unterfordert ist. Er sollte Einzelunterricht bekommen. Deshalb würde ich mit deiner Zustimmung gerne mit der Direktorin und Alexander über Jan reden.«

»Wenn du glaubst, dass er so talentiert ist.«

»Du bist die Erziehungsberechtigte, du musst zustimmen!«

»Du bist das musikalische Genie, du musst das entscheiden!«

»Ich würde dich nicht fragen, wenn ich nicht der Meinung wäre, dass er gefördert werden sollte.«

»Dann mach es einfach!«, sagte sie etwas forscher als beabsichtigt.

»Danke, dann rede ich mit ihnen«, antwortete er trotz ihres Tonfalls freundlich.

Es läutete an der Gegensprechanlage.

»Er hat geklingelt, ich muss auflegen. Mach's gut!«

Ohne seine Antwort abzuwarten, beendete sie das Telefonat.

Na toll, als hätte sie nicht schon genug um die Ohren, musste sie sich nun auch noch mit der Frage auseinandersetzen, ob ihr Sohn schon jetzt ein Musikinstrument erlernen sollte, anstatt damit bis zur zweiten Klasse zu warten. Wenigstens hatten sie bereits ein Klavier zur Verfügung, sodass zumindest keine unerwarteten Ausgaben auf sie zukamen. Falls sie die Stunden bezahlen musste, würde sie diese Kosten ohne schlechtes Gewissen auf Ben abwälzen.

Vorweihnachtliche Romantik

Jan brachte am Mittwoch die Neuigkeit mit nach Hause, dass er gleich am nächsten Tag eine Stunde länger in der Schule bleiben sollte, damit Professor Berger und die Direktorin sich ein Bild von seinem Talent machen konnten. Die Euphorie darüber hielt so lange an, bis ihm bewusst wurde, dass er heute bei Max schlafen würde.

»Schon wieder schiebst du mich ab«, warf er seiner Mutter trotzig vor, bevor er grußlos in Richtung Nachbarwohnung davon stapfte.

Lea war den Tränen nahe, als sie das Haus verließ, um Michi von der Buchhandlung abzuholen. Das alles strapazierte ihre Nerven gerade sehr. Sie überlegte den ganzen Weg über, ob sie die Verabredung besser absagen und Jan wieder nach Hause holen sollte. Doch sie sorgte sich, wie Michi reagieren würde, wenn sie ihn so kurzfristig versetzte. Ihrer Einschätzung nach war sein derzeitiges Verhalten nur eine Fassade, die jeden Moment einstürzen konnte, wenn die Erkenntnis durchsickerte, wie viel Arbeit er weggeworfen hatte. Da sie für einen solchen Zusammenbruch nicht der Grund sein wollte, hielt sie an ihrem Plan fest.

Michael wartete vor dem Geschäft und er sah sehr entspannt aus.

»Wie war der zusätzliche Arbeitstag?«, erkundigte Lea sich zur Begrüßung.

»Gut«, sagte er nur und küsste sie.

Es schneite ein wenig und Lea konnte nicht umhin zu bemerken, dass dieser Kuss im Schein der Straßenlaterne so ziemlich das Romantischste war, was sie bisher mit ihm erlebt hatte. Doch das war erst der Anfang.

Sie besuchten einen Christkindlmarkt in einem Park in der Nähe. Lea brauchte einige Zeit, um zu bemerken, dass es derselbe Park war, in den sie sich im Herbst verlaufen hatte. Mit den kleinen Verkaufshütten, der weihnachtlichen Beleuchtung und den vielen Besuchern war die Anlage kaum wiederzuerkennen. Hand in Hand schlenderten sie von einem Stand zum nächsten, tranken Punsch und hörten einem Chor zu, der auf einem Platz in der Mitte Weihnachtslieder sang. Die Schneeflocken verliehen alldem ein besonderes Flair, obwohl sie schmolzen, sobald sie den Boden berührten. Tief seufzend schmiegte Lea sich an Michi. Das Ganze war fast zu schön, um wahr zu sein.

Und es war noch nicht alles.

Michael hatte bei einem kleinen Asiaten einen Tisch bestellt. Chinesisch hatten sie in den letzten Wochen einige Male gegessen, doch dieses Lokal war anders. Es herrschte Wohnzimmeratmosphäre und die Speisen waren eine originelle Mischung aus verschiedenen asiatischen Ländern, serviert in kleinen Häppchen. Das Essen schrie praktisch danach, dass man es miteinander teilte, es war perfekt für ein romantisches Date.

Zum ersten Mal, seit sie ein Paar waren, war Michaels Schreibarbeit kein Thema ihrer Unterhaltung. Lea fragte ihn nach vielen anderen Aspekten seines Lebens aus, denn bisher wusste sie wenig über seine Vergangenheit und seine Familie. Er berichtete bereitwillig von seinen Eltern, die schon früh die Liebe zu Büchern in ihm geweckt hatten und es daher begrüßten, dass aus ihm etwas so Bodenständiges wie ein Buchhändler geworden war. Seine drei Geschwister waren allesamt auf Karriere und Geldverdienen aus, doch ihm genügte es, über die Runden zu kommen, ein bisschen zur Seite legen zu können und dafür etwas zu tun, das ihn erfüllte.

Dass er Bücher zu schreiben noch mehr liebte, als Bücher zu verkaufen oder zu lesen, erwähnte er allerdings mit keinem Wort. Diesen Teil blendete er konsequent den ganzen Abend über aus. Dafür erkundigte er sich eingehend nach Leas Leben. Sie beantwortete die meisten seiner Fragen ausführlich, nur als sie sich dem Thema näherten, wie aus ihr eine alleinerziehende Mutter geworden war, blockte sie ab. Sie hatte keine Lust mit ihrem aktuellen Freund über ihren Ex zu reden.

Später in seiner Wohnung bemerkte Lea mit Entsetzen, dass der Laptop nirgends zu sehen war. Hatte er etwa das ganze Gerät entsorgt, damit er auf keinen Fall mehr weiterschreiben konnte?

Sie kam nicht dazu, sich darüber Gedanken zu machen, denn Michi hatte ganz andere Pläne mit ihr. Ohne große Umschweife zog er sie in sein Bett und hielt sie vom Nachdenken ab.

Vorspielen

In der Früh schreckte Lea plötzlich hoch. Ein kurzer Blick auf den Radiowecker verriet ihr, dass sie verschlafen hatte. Schnell kletterte sie aus Michis Bett und suchte im Dunkeln ihre Sachen zusammen.

»Was tust du da?«, fragte Michael und schaltete das Licht ein.

»Mich schleunigst aus dem Staub machen. Jan steht in 20 Minuten vor der Wohnungstür. Wenn ich renne, schaffe ich es, vor ihm da zu sein. Hast du meinen BH gesehen?«

»Gesehen nicht«, erwiderte er, zog ihn aber gleich darauf unter der Decke hervor. Hektisch zog Lea sich an und überlegte währenddessen, welcher der schnellste Weg zu ihr nach Hause war.

»Hast du wenigstens noch Zeit für einen Abschiedskuss?«, fragte Michi.

Fertig angezogen setzte Lea sich an die Bettkante.

»War schön mit dir«, sagte sie und küsste ihn. Doch als er versuchte, sie in seine Arme zu ziehen, machte sie sich los und protestierte: »Ich muss zu Jan!«

Gleich darauf stürmte sie aus der Wohnung und die Stiegen hinunter. Sie hatte Glück und erwischte eine Straßenbahn. Während der Fahrt schrieb sie Lili eine Nachricht und bat sie, ihr fünf Minuten mehr Zeit zu geben, damit sie schnell duschen konnte, bevor Jan vor der Tür stand. Trotzdem klingelte er schon ungeduldig, als sie aus der Dusche stieg. Aber immerhin hatte sie es vor ihm in die Wohnung geschafft.

»Tut mir leid, mein Schatz, ich habe verschlafen«, entschuldigte sie sich.

»Wie kannst du nur ausgerechnet heute verschlafen?«, warf er ihr vor.

»Wieso? Was ist heute?«

»Na, mein Vorspielen!«

»Aber das ist doch erst in der sechsten Stunde.«

»Ja, aber ich will doch noch üben!«

Er war zu aufgebracht, um zu frühstücken, und setzte sich stattdessen ans Klavier. Lea ließ ihn zuerst gewähren, zwang ihn dann aber doch, seinen Kakao auszutrinken und wenigstens ein halbes Brot zu essen. Obwohl er sich ausnahmsweise mit dem Waschen und Anziehen beeilte, verließen sie die Wohnung später als gewöhnlich. Im Stiegenhaus saß Max und wartete auf sie.

Lea hätte es heute bereitwillig in Kauf genommen, eine halbe Stunde Arbeitszeit zu verlieren, um Jan zur Schule zu begleiten, doch er wollte das gar nicht. Immer noch verärgert brummte er vor dem Haus nur ein kurzes Tschüss, und rannte mit seinem Freund davon.

Sie nahm sich vor, ihre Vergehen zu Mittag wieder gutzumachen, indem sie ihn von der Schule abholte.

»Wie war es?«, erkundigte Lea sich, als Jan völlig euphorisch aus dem Schulgebäude kam.

»Voll gut«, erhielt sie als Antwort, was für sich genommen schon mehr war, als sie normalerweise aus ihrem Sohn herausbrachte. »Sie sagen, ich darf mit Ben extra Klavier üben. Kann ich jetzt jeden Donnerstag eine Stunde länger bleiben? Da hat er Zeit.«

Sie war zwar erleichtert, dass ihr Sohn nicht mehr böse auf sie war, musste seine Begeisterung jedoch bremsen.

»Hey, langsam!«, unterbrach sie ihn. »Darf ich da auch noch mitreden?«

»Ben hat gesagt, du hast es erlaubt.«

»Ich habe erlaubt, dass er mit der Direktorin und Professor Berger über dich spricht. Und ich war einverstanden, dass du heute eine Stunde länger bleibst, damit sie sich anhören können, ob du

Talent hast. Aber du warst gerade einmal drei Wochen in einem Schnupperkurs und jetzt beschließt du einfach, dass du Klavier lernen möchtest?«

»Nächstes Jahr muss ich doch sowieso ein Instrument lernen«, argumentierte er. »Und ich spiele dann sicher nicht Klarinette.«

»Aber du hast noch Schlagzeug und Querflöte und Saxofon und ein paar andere Instrumente vor dir«, gab Lea zu bedenken.

Doch Jan hatte seinen Entschluss bereits gefasst. Wütend stampfte er mit einem Fuß auf und verkündete: »Ich lerne Klavier oder gar nichts!«

Lea seufzte. »Und unbedingt hier an der Schule mit Ben?«

Es war eine Sache, dass er seit drei Wochen zusammen mit seinen beiden besten Freunden Unterricht bei Ben hatte. Doch Einzelunterricht war etwas ganz anderes. Sie war sich nicht sicher, was sie davon hielt, dass Jan auf einmal Zeit alleine mit seinem Vater verbringen sollte.

»Wieso sollte ich es wo anders lernen?«, fragte Jan irritiert.

Ja, das war eine berechtigte Frage. Natürlich war es das Vernünftigste, die Klavierstunden direkt an der Schule zu nehmen, die er sowieso besuchte, bei dem Lehrer, der dort unterrichtete. Aber mit diesem Gedanken musste sie sich erst anfreunden.

»Weißt du was, gehen wir erst mal nach Hause und essen wir etwas«, schlug Lea vor. »Ich habe Hunger.«

»Und du bist grummelig, wenn du hungrig bist«, erwiderte ihr Sohn grinsend.

Gemeinsam entscheiden

Erst zu Hause bemerkte Lea, dass Ben ihr eine Nachricht geschrieben hatte mit der Bitte, ihn anzurufen. Sie wartete, bis Jan am Abend im Bett war, bevor sie zum Telefon griff. Erstens wollte sie nicht, dass er das Gespräch mit anhörte, und zweitens blieben ihr so ein paar Stunden Zeit, um sich Gedanken über die Situation zu machen.

»Was hältst du von der ganzen Sache?«, war Bens erste Frage und sie war positiv überrascht, dass zumindest er es nicht für ausgemacht hielt.

»Ich bin mir nicht sicher«, antwortete sie ehrlich. »Aber ich bin schon mal froh, dass ich danach gefragt werde. Bei Jan klang es, als wäre bereits alles beschlossen.«

»Anscheinend lässt er sich von Dingen, die er sich einmal in den Kopf gesetzt hat, nicht mehr so leicht abbringen«, lachte Ben. »Von wem er das nur hat?«

»Ich weiß gar nicht, was du meinst«, schmunzelte Lea.

Die Frage, wer von ihnen beiden der größere Sturkopf war, hatten sie nie endgültig geklärt.

»Lea, beschlossen ist gar nichts«, erklärte er. »Es ist ein Angebot. Sowohl Alex als auch die Direktorin teilen meine Meinung, dass man so eine Begeisterung und Begabung nicht jeden Tag sieht, und halten es für sinnvoll, da gleich anzusetzen und nicht noch ein Jahr zu warten. Aber die Entscheidung liegt bei dir.«

»Einmal abgesehen davon, dass ich mir nicht sicher bin, was ich vom Lehrer halten soll …«

»Ich weiß, dass das ein Faktor ist«, unterbrach Ben sie. »Aber du solltest das getrennt voneinander betrachten. Es ist eine Frage, ob Jan überhaupt jetzt schon Klavier lernen sollte, und eine andere, ob es eine gute Idee ist, wenn ich ihm weiter Unterricht gebe.«

Lea war fast ein wenig irritiert davon, wie sachlich Ben an das Ganze heranging. Er klang so erwachsen. Verantwortungsbewusst.

»Okay, also was den Klavierunterricht betrifft: Ich mache mir Sorgen, dass es ihn überfordert, er gleich wieder den Spaß daran verliert und wir nächstes Jahr mit einem Kind dastehen, das sich weigert, überhaupt irgendein Instrument zu spielen.«

Erst als sie den Satz ausgesprochen hatte, merkte sie, dass sie ihn in der Wir-Form formuliert hatte.

»Niemand hat vor, ihn irgendeinem Druck auszusetzen«, versicherte Ben. »Das Wichtigste ist, dass er Spaß daran hat. Und falls du mit mir als Lehrer einverstanden bist: Ich bin ganz gut darin abzuschätzen, wie viel ich den Kindern zumuten kann.«

»Du hast fast acht Jahre lang nicht mehr unterrichtet.«

»Aber erstens tue ich es inzwischen schon seit ein paar Monaten wieder und zweitens gibt es Dinge, die man nicht verlernt. Zum Beispiel das Gespür dafür, wie sehr man die Kinder fordern kann. Das hat man oder man hat es nicht.«

»Ben, bitte sei ehrlich! Willst du das nur aus musikalischen Gründen machen oder um Zeit mit ihm zu verbringen?«

»Beides«, gab er zu. »Er hat wirklich Talent und ich erkenne in ihm nicht nur optisch mich in seinem Alter. Es wäre schade, wenn er nichts daraus machen würde – vor allem, weil er richtig Spaß daran hat und es selber lernen will. Wenn er jetzt nicht die Möglichkeit dazu bekommt, verliert er vielleicht das Interesse oder weigert sich später aus Trotz und entscheidet sich doch noch für Klarinette.«

»Schlagzeug, um mich extra zu quälen, aber Klarinette nie im Leben.«

»Da hat er irgendwie ein Trauma davongetragen, oder?«

»Ja, die Klarinette steht derzeit für alles Böse«, bestätigte Lea.

»Und das Klavier?«

Sie seufzte. »Das genaue Gegenteil. Ben, ich weiß, dass er es lernen will. Er blüht total auf, selbst wenn er nur Tonleitern rauf und runter spielt. Und wahrscheinlich hast du recht mit deinen Argumenten. Vor allem damit, dass es in Trotz umschlagen könnte, wenn ich es ihm jetzt nicht erlaube. Aber was die Frage des Lehrers betrifft: Ihr kennt euch erst seit zwei Wochen. Wer weiß, was wird, wenn Jan erst erfährt, wer du wirklich bist? Oder was, wenn Jan merkt, dass ihm Klavier doch nicht so gut gefällt? Wenn es in Stress umschlägt und die Klarinette als das Ultraböse ablöst? Wenn er dir dann die Schuld dafür gibt, dass er überhaupt erst damit angefangen hat? Dann könnte der Plan voll nach hinten losgehen.«

»Lea, ich habe über das alles lange nachgedacht und mir ist bewusst, dass es in einem Desaster enden könnte. Aber ich sehe es trotzdem als die beste Chance, eine unverkrampfte Beziehung zu meinem Sohn aufzubauen, ohne dass dauernd über allem der Vorwurf schwebt, dass ich die ersten sechseinhalb Jahre seines Lebens nicht für ihn da war – und den Vorwurf müsste nicht nur ich mir gefallen lassen. Irgendwann wird er anfangen, nach den Hintergründen zu fragen, und dann fällt es auf dich zurück.«

»Ich weiß«, sagte Lea nur.

»Lass es uns versuchen«, bat Ben. »Von mir aus nur auf Probe. Wir sagen Jan, dass er vorläufig bis zu den Semesterferien mit mir spielen kann und wir danach erst sehen müssen, wie es sich mit den Stundenplänen ausgeht. Ich denke, das versteht er. Falls wir bis dahin zu der Erkenntnis kommen, dass es eine blöde Idee war, haben wir eine Sollbruchstelle.«

»Also gut«, lenkte Lea ein. »Aber wenn ich den Eindruck gewinne, dass ihn der zusätzliche Klavierunterricht stresst, ihm keinen Spaß macht oder sonst irgendwelche negativen Auswirkungen hat, beenden wir das Experiment sofort.«

»Es ist aber normal, dass die Kinder hin und wieder Durchhänger haben«, gab er zu bedenken.

»Ich werde nicht gleich überreagieren, wenn er mal eine Woche lang keine Lust zu üben hat«, versprach sie.

»Okay.«

Es trat eine kurze Stille ein.

»Da ist noch etwas, worüber ich mit dir reden wollte«, begann Ben dann.

»Was denn?«

»Du hast letztens angedeutet, dass Jans Weihnachtswünsche übertrieben sind.«

»Ja.«

»Ging es dabei um einen Roboter?«

»Woher weißt du das?«, wunderte sie sich.

»Ich wurde heute am Ende der Klavierstunde Zeuge eines Streits zwischen Freddy und Jan, bei dem Freddy ihn ausgelacht hat, weil er den Roboter bestimmt nicht bekommt, Jan aber behauptet hat, er bekommt ihn sicher. Kaum war Freddy weg, hat Jan Max das Versprechen abgenommen, ihm auf keinen Fall zu verraten, dass du Nein gesagt hast. Das scheint eine große Sache bei ihnen zu sein.«

»Ja, das fürchte ich auch«, seufzte Lea. »Jan wird leider von ein paar Kindern gehänselt, weil er nicht so viele Spielsachen hat wie sie. Keine Konsole, keinen *Nintendo*, nicht einmal ein Tablet. Und weit nicht die Mengen an *Lego*, die andere haben. Er beklagt sich deshalb schon seit zwei Monaten bei mir.«

»Darf ich etwas dazu beitragen, dass er sich nicht als Außenseiter fühlt und mitreden kann?«

»Du darfst ihm definitiv keine Spielkonsole oder irgend so ein Zeug kaufen«, stellte sie klar.

»Und den Roboter zu Weihnachten?«

»Das Problem ist nicht der Roboter, sondern dass man ein Tablet dazu braucht«, erklärte Lea. »Ich will nicht irgendeines, aber das eine, das ich selber gerne hätte, kann ich mir echt nicht leisten.«

»Und wenn ich stattdessen dir ein Tablet schenke?«

Prinzipiell fand sie seinen Vorschlag genial.

»Dann würde ich meine Autorität als Mama nicht verlieren, hätte die Oberhoheit über die Technik, könnte ihn aber gleichzeitig total großzügig das Tablet mitbenutzen lassen, während er in der Schule behaupten könnte, er hätte eines bekommen. Das wäre *die* Lösung des Problems – wenn ich keine Skrupel hätte, von dir ein Geschenk anzunehmen.«

»Und wieso hast du die?«, fragte er hörbar genervt.

»Ich mag dich erst seit zwei Wochen wieder ein bisschen.«

»Ein bisschen? Na ja, immerhin ein Anfang und vermutlich eine deutliche Verbesserung zu vor zweieinhalb Monaten.«

»Tut mir leid, dass ich da nicht bereit war, dir eine Chance zu geben«, entschuldigte Lea sich. »Ich war von deinem Aussehen so schockiert, dass sich alles in mir dagegen gesträubt hat, dich nur irgendwie an mich heranzulassen.«

»Ist schon okay. Ich mochte mich vor zweieinhalb Monaten auch nicht besonders.«

»Ich finde es trotzdem ziemlich beschissen von mir, dass ich dich wegen Äußerlichkeiten so abgelehnt habe.«

»Lea, bitte, lassen wir das! Einigen wir uns darauf, dass du immer schon direkt in mich hinein gesehen hast. Als wir uns über den Weg gelaufen sind, war da nur sehr viel negative Energie und Selbstzerstörung. Ich habe dich angelogen, als ich behauptet habe, ich hätte mit dem Alkohol und dem Essen alles im Griff. Aber am meisten habe ich mich selber angelogen. Du hast mich mit einem Tritt aus dem Nebel befördert und erst dann konnte ich wieder klar sehen und mich selber am Riemen reißen. Danke für die Rettung! Und jetzt belassen wir es dabei.«

Lea wusste nicht, wie sie auf diese Rede reagieren sollte, deshalb sagte sie nur leise: »Okay.«

»Akzeptierst du bitte, dass ein Tablet ein angemessenes Dankeschön dafür ist?«, bat er.

»Wenn du darauf bestehst.«

»Tue ich.«

»Dann okay.«

»Gut, dann diktier mir bitte deine Wünsche an *Father Christmas!*«, forderte er sie auf.

»An *Father Christmas?* Zu uns kommt das Christkind.«

»Da, wo ich herkomme, bringt *Father Christmas* die Geschenke.«

Sie hatte vergessen, dass er ursprünglich in England sozialisiert worden war und Weihnachten meistens mit seiner Familie in London feierte.

»Dann frage ich mich aber, wie der zu uns kommen soll. Wir haben nicht einmal einen Kamin.«

»Das lass nur seine Sorge sein.«

Alte Bekannte

Angesichts dessen, dass Lea alles so geregelt hatte, wie ihr Sohn es sich wünschte, hatte sie nicht mit dem Schwall an schlechter Laune gerechnet, der ihr am nächsten Morgen entgegen schwappte. Sie musste sich erst ins Bewusstsein rufen, dass er ja noch gar nicht wusste, was sie mit Ben vereinbart hatte. Doch mit der Nachricht, dass sie ihm die zusätzlichen Klavierstunden erlaubte, munterte sie ihn auf, und er verließ die Wohnung an diesem Morgen in weitaus besserer Stimmung als am Vortag. Da Lea ihn erst am nächsten Tag zu Mittag wiedersehen würde, weil er ja freitags immer von ihren Eltern abgeholt wurde, war sie erleichtert darüber, dass sie sich wieder vertrugen.

An diesem Abend stand die Firmenweihnachtsfeier auf dem Programm, die Bert aus Rücksicht auf Lea extra auf einen Freitag gelegt hatte. Treffpunkt war um sechs auf dem Christkindlmarkt im Park. Von dort aus wollten sie gemeinsam in das Lokal gehen, wo das Essen stattfand.

Da Julie und Michi Dienst hatten, trafen außer Lea nur Maria und Kathrin pünktlich ein. Sogleich bot Lea ihren Kolleginnen an, sie auf eine Runde Punsch einzuladen. Auf dem Weg zur Hütte las sie Michis Nachricht: »Bin am Weg«, und orderte daher vier Getränke.

»Du hast aber viel vor«, hörte sie jemanden sagen und hob den Kopf. Neben ihr stand Ben – so fest gegen die Kälte vermummt, dass sie ihn im Vorbeigehen kaum erkannt hätte. Außerdem trug er die Brille, was nicht zu dem Bild passte, das sie von ihm in ihrem Kopf abgespeichert hatte.

»Was machst du denn hier?«, fragte sie überrascht.

»Axel und seine Freundin sind in der Stadt und haben mich überredet herzukommen. Er möchte sie davon überzeugen, dass Wien ein besserer Ort zum Leben ist als London. Deshalb zeigt er ihr die Vorzüge.«

»Und zu denen gehörst du?«

»Anscheinend. Ich bin mir nur nicht sicher, ob er Jonas auch herbestellt hat, deshalb bleibe ich vorerst in Deckung.«

»Redet ihr immer noch nicht miteinander?«

Er schüttelte nur leicht den Kopf, doch sein Gesichtsausdruck machte klar, dass er nicht darüber reden wollte.

»Mit wem bist du hier?«, erkundigte er sich stattdessen.

»Mit meinen Arbeitskollegen. Wir haben Weihnachtsfeier.«

»Ich weiß gar nicht, wo du arbeitest«, stellte er fest.

»Ich betreue den Onlineshop einer kleinen Buchhandlung hier in der Gegend.«

»Selbstständigkeit ist kein Thema mehr?«

Sie verneinte. »Zu großes Risiko für eine Alleinerzieherin.«

»Ich habe dir schon mehrmals gesagt, du sollst dich melden, wenn du Geld brauchst«, erinnerte er sie, doch sie winkte ab.

»Es geht sich schon alles aus.«

Wie zum Beweis nahm sie ihre Brieftasche zur Hand und bezahlte die vier Tassen Punsch, die inzwischen vor ihr standen.

»Brauchst du Hilfe beim Tragen?«

»Nein, das schaffe ich schon«, lehnte sie ab und griff mit jeder Hand nach zwei Henkeln. Ben blieb nur, ihr noch viel Vergnügen bei der Weihnachtsfeier zu wünschen.

Zu ihrer Überraschung waren inzwischen nicht nur Michi, sondern auch Julie und Bert aufgetaucht. Ihr Freund empfing sie mit den Worten: »Mit wem hast du dich da unterhalten?«

»Mit Jans Klavierlehrer«, antwortete sie ausweichend und wechselte schnell das Thema. »Hättest du nicht schreiben können, dass ihr alle am Weg seid? Jetzt habe ich zu wenig Punsch besorgt. Da, nimm!« Sie reichte Michi eine Tasse, doch er lehnte ab.

»*Ladys first*«, erwiderte er mit einer galanten Handbewegung in Richtung Julie. »Ich hole etwas für uns Männer.«

Damit steuerte er direkt auf die Hütte zu, bei der Ben immer noch stand. Lea blickte ihm mit etwas Bauchweh nach. Das Gefühl verstärkte sich, als sie merkte, dass Michael Ben anredete. Was hatte ihr Freund bloß mit ihrem Ex zu besprechen?

Seit Bert ihnen am Montag eröffnet hatte, dass er längst von ihrer Beziehung wusste, versteckten Lea und Michi sich nicht mehr vor ihren Kollegen. Normalerweise hätte es sie deshalb nicht irritiert, dass er nach seiner Rückkehr besitzergreifend den Arm um sie legte und sie an sich zog. Doch ihr war bewusst, dass Ben sie beobachtete. Daher wurde sie das Gefühl nicht los, dass die Geste weniger mit der Sehnsucht nach ihrer Nähe zu tun hatte, als vielmehr damit, sein Revier abzustecken.

Beim Eintreffen im Lokal bemerkte sie, dass Ben ihr inzwischen eine Nachricht mit dem knappen Inhalt: »Kollege?«, geschrieben hatte. Ehe sie darauf antworten konnte, traf ein Foto ein mit der Bildunterschrift: »*Axel says hi!*«

Sie war überrascht, dass Ben seinem Bandkollegen von ihr erzählt hatte, freute sich aber wahnsinnig über den Gruß. Auf dem Foto war wegen der Schals und Mützen nicht viel von Axel und seiner Freundin zu erkennen, aber sie sahen glücklich miteinander aus. Sehnsucht nach den alten Zeiten mit Bens Clique, in der sie sich immer so wohl gefühlt hatte, erfasste Lea.

»*Give him a hug!*«, schrieb sie zusammen mit einem Kuss-Emoji zurück.

Zwischen Hauptgang und Nachspeise ließ sie sich wieder durch das Handy von der Unterhaltung mit ihren Kollegen ablenken.

»*Axel wants your number in case Flora makes him sleep on the floor tonight.*«

»*Tell him to stop drinking and find him some place to sleep at yours!*«, tippte sie als Antwort, obwohl ein Teil von ihr Ben gerne erlaubt hätte, Axel ihre Nummer zu geben. Neben Ben war er ihr erklärter Liebling in der Band gewesen, sie hatten immer einen Draht zueinander gehabt.

»*Now he is heartbroken but his girlfriend kind of likes you.*«

»Hör auf zu schreiben, bin mit Feiern beschäftigt!«, schrieb sie diesmal, um nicht weiter von ihrer Vergangenheit abgelenkt zu werden. Sie hängte ein Selfie an, das Julie soeben von sich und Lea gemacht hatte und auf dem sie sich ausnahmsweise gut gefiel. Von da an piepste ihr Handy nicht mehr und Michi hörte auf, sie dauernd skeptisch zu beäugen.

Bestes Weihnachten aller Zeiten

Da Jans erste richtige Klavierstunde ihn in eine wahre Hochstimmung versetzte, wagte Lea am 23. Dezember ein Experiment. Ihr Sohn wurde am letzten Schultag vor den Weihnachtsferien ausnahmsweise nicht von ihren Eltern abgeholt, daher musste sie in dieser Woche auf ihren zweiten gemeinsamen Abend mit Michi verzichten. Da sie ihm aber sein Weihnachtsgeschenk nicht in der Arbeit geben wollte, beschloss sie, ihn zusammen mit Jan zu treffen.

Jans gute Stimmung bewirkte, dass er nicht motzte, als sie ihm den Vorschlag machte, sie könnten am Samstag mit Michael den Christkindlmarkt besuchen. Michi wiederum befand sich immer noch in der Nie-mehr-schreiben-Phase und zog es vor, Lea außerhalb seiner Wohnung zu treffen.

Ganz so gut wie erhofft klappte es anfangs nicht. Michael kam bereits zum Mittagessen und da trotzte Jan erst einmal gewaltig. Er weigerte sich, beim Tischdecken zu helfen, und behauptete, dass ihm das Essen nicht schmeckte, obwohl Lea sein Lieblingsgericht gekocht hatte. Während sie die Küche aufräumte, konnte Michi mit seinem überragenden Fachwissen über *Ninjago* Pluspunkte bei Jan sammeln. Lea verfolgte die Unterhaltung und staunte. Sie selber hatte längst den Überblick verloren, wer welcher Ninja war und was er konnte.

»Woher weißt du das alles?«, erkundigte sie sich auf dem Weg zum Christkindlmarkt bei Michael.

»Ich habe extra ein Seminar besucht«, behauptete er. »Der Titel lautete: ›Wie beeindrucke ich den Sohn meiner Freundin?‹.«

»Aha, und wer bietet das an?«

Er lachte. »Meine beiden Neffen. Ich glaube, der Originaltitel war: ›*Ninjago* für Dummies‹. Zumindest haben sie mich anfangs für einen hoffnungslosen Fall gehalten.«

»Wenn er sich nur alles so leicht merken könnte wie solche Nebensächlichkeiten«, seufzte Lea.

»Wie macht er sich in der Schule?«, wollte Michi jetzt wissen und sie wunderte sich über die Frage, weil es die erste war, die er je so direkt über Jan gestellt hatte.

»Ganz gut eigentlich. Deutsch klappt besser als befürchtet. Mathematik schafft er halbwegs locker. Sachunterricht hängt ein bisschen vom Thema ab. Alles Musische liebt er.«

»Da schlagen die Gene durch?«

»Ja, total. Zumindest kann es nicht an meiner Erziehung liegen. Ich beherrsche zwar mehrere Musikinstrumente, aber ich übe nur, wenn kein Kind in der Nähe ist. Also keine Vorbildfunktion.«

»Weiß er, dass sein Vater Musiker ist?«, fragte er leise, damit Jan, der ein paar Meter vor ihnen lief, ihn nicht hörte.

Lea war froh, dass Michi die Frage so formuliert hatte, denn darauf konnte sie ehrlich antworten: »Nein, das weiß er nicht.«

»Also ist es ausgeschlossen, dass er ihm nacheifern will?«

Darauf gab sie ihm keine richtige Antwort.

Denn, ja, Jan eiferte seinem Vater massiv nach, nur wusste er nicht, dass er es tat. Er hatte sich sogar geweigert, vor Weihnachten zum Friseur zu gehen, weil er sich die Haare wachsen lassen wollte. Lea war sich noch nicht sicher, was sie von dieser Entwicklung halten sollte.

Sie erreichten den Christkindlmarkt und mussten ihre Unterhaltung beenden. Da hier ein ordentlicher Trubel herrschte, bestand Lea darauf, dass Jan nahe bei ihnen blieb. Das war für ihn gar nicht so leicht, er wäre lieber von Stand zu Stand gerannt. Sie konnten sich nicht einmal etwas zu trinken kaufen, weil seine Geduld dafür nicht reichte. Erst als sie am Kinderbereich mit dem Streichelzoo ankamen, blieben sie länger auf einem Fleck und Michi nutzte die Gelegenheit, um für alle drei Punsch zu holen. Für Jan selbstverständlich alkoholfrei.

Nach den Tieren bestand Jan darauf, GoKart zu fahren und ein Ringelspiel auszuprobieren, bei dem man auf lauter verschiedenen alten Gegenständen saß. Lea hätte ihm normalerweise nicht alles erlaubt, aber Michi zückte bei jedem Wunsch sofort seine Brieftasche. Sie ließ ihn gewähren. Erstens kam Jan ohnehin nur selten in den Genuss solcher Dinge und zweitens schadete es nicht, wenn er Michi mit positiven Erlebnissen in Verbindung brachte.

Sie blieben fast den ganzen Nachmittag auf dem Markt. Wie meistens wurde es auch in diesem Jahr zum Heiligen Abend hin etwas wärmer, sodass die Temperaturen heute erträglich waren und ein heißes Getränk zwischendurch zum Aufwärmen genügte. Lea kaufte ein paar Last-Minute-Geschenke für ihre Familie und war am Ende rundum zufrieden mit dem Verlauf des Ausflugs.

Hätten sie sich gleich beim Markt von Michi verabschiedet, wäre ihr der Nachmittag in ausschließlich positiver Erinnerung geblieben. Doch weil sie sein Geschenk nicht die ganze Zeit mit sich hatte herumtragen wollen, bat sie ihn noch einmal zu ihnen nach Hause. Das passte Jan leider gar nicht und er hörte erst auf zu schmollen, als seine Mutter ihm versicherte, dass sie Michael nur schnell etwas geben wollte und er gleich wieder gehen würde. Lea blieb nichts anderes übrig, als ihrem Freund zwischen Tür und Angel frohe Weihnachten zu wünschen. Da Jan sich sofort in sein Zimmer verzogen hatte, konnte sie Michi wenigstens in Ruhe küssen.

»Das ist für dich!« Sie reichte ihm einen grünen Karton, um den sie eine Schleife gebunden hatte.

»Darf ich es gleich aufmachen?«

»Erst morgen«, bestimmte sie, bedauerte aber ein bisschen, dass sie dann nicht sehen würde, wie ihm der Inhalt gefiel. Die Box enthielt zehn Kuverts mit der Aufschrift *»Open when …«* und jeweils einem Zusatz. Eines davon machte sie ein bisschen nervös, denn der Satz lautete: *»Open when you want to continue writing«*. Darin befand sich ein Zettel mit der Pfadangabe zu der Kopie von seinem Buch. Doch da Michi bisher keinerlei Anzeichen von Reue zeigte, wusste sie nicht, wie er das aufnehmen würde.

Die anderen Kuverts sollte er öffnen, wenn Weihnachten war, wenn er Lea vermisste und Ähnliches. Alle enthielten kleine Geschenke, die zu der Aufschrift passten.

»Darf ich nicht einmal einen kurzen Blick hineinwerfen?«, fragte er.

»Na gut«, gab sie nach. »Aber wirklich nur kurz!«

Die eigentlichen Geschenke waren ohnehin extra verpackt und das besagte Kuvert lag ganz unten in der Schachtel.

Michi löste die Schleife und hob den Deckel an.

»Das ist gemein«, stellte er fest, nachdem er die Aufschrift des Weihnachtskuverts gelesen hatte. »Das darf ich ja erst recht nicht heute aufmachen.«

»Genau«, grinste Lea und gab ihm einen Kuss.

»Jetzt ich«, sagte er dann und holte ein Päckchen aus der Innentasche seiner Jacke. Es fühlte sich an wie ein Buch, was nicht verwunderlich war, da es ja von ihm kam.

»Auch erst morgen öffnen, wenn ich heute nicht darf!«, verlangte er.

»Okay, so lange halte ich das schon aus. Danke!«

Mit dem Päckchen in der Hand schlang sie ihre Arme um ihn und küsste ihn wieder.

»Wie lange sehen wir uns jetzt nicht?«, fragte sie seufzend.

»Ich bin nur über die Feiertage weg.«

»Wir zwar auch, aber ich weiß nicht, wie es danach mit Jan ist.«

»Ruf mich an, okay?«

»Mache ich«, versprach sie und ließ ihn schweren Herzens los.

Sie blickte ihm nach, bis er im unteren Stockwerk verschwunden war. Als sie sich umdrehte, um zurück in die Wohnung zu gehen, bemerkte sie, dass in der Ecke neben ihrer Tür zwei Päckchen standen. Beide waren weihnachtlich eingepackt und an einer roten Schleife baumelte jeweils ein Geschenkanhänger. Auf einem stand ihr Name, auf dem anderen der ihres Sohnes und beide waren unterschrieben mit »*Father Christmas*«.

Schnell machte sie ein Foto von den Päckchen und schickte es an Ben mit dem Titel: »*Father Christmas* hat sich in der Anzahl vertan.«

»*Sorry, he couldn't resist*«, schrieb Ben zurück. »Ist aber kein Roboter. Und keine Konsole. Und auch sonst nichts, was du ausdrücklich verboten hast.«

Lea hob das Paket hoch und schloss erleichtert aus Geräusch und Gewicht, dass es sich dabei vermutlich um ein nicht allzu großes *Lego*-Set handelte. Damit konnte sie leben.

»*Lego* ist okay«, teilte sie ihm mit.

»Glück gehabt. Ich hoffe, er mag es. Muss mein Handy jetzt gleich ausschalten.« Nach dem Satz folgte ein Flugzeug-Icon.

»Bestimmt. Feierst du in London?«

»Nein, heuer ausnahmsweise in Holland.«

»Gute Reise! Und frohe Weihnachten!«

»*Merry Christmas!*«

Endlich betrat Lea ihre Wohnung und schmuggelte die beiden Pakete an Jan vorbei in ihr Schlafzimmer. Sie hatten selber nur einen kleinen Baum aufgestellt, weil die eigentliche Weihnachtsfeier bei ihren Eltern stattfand. Als sie am 24. die Wohnung verließen, behauptete sie, ihr Handy vergessen zu haben, und kehrte noch einmal um, um die Päckchen unter den Baum zu legen, damit Jan sie bei ihrer Rückkehr fand.

Am 26. kamen sie am späten Nachmittag heim – völlig überfressen von den Festessen, die ihre Mutter für die Feiertage zubereitet hatte. Jan war recht zufrieden mit seinen Geschenken, obwohl ihm der Roboter nur teilweise Freude bereitete. Lea hatte zum Glück im Vorfeld recherchiert und vorsorglich Bauanleitungen aus dem Internet ausgedruckt. So hatte Jan den Roboter wenigstens zusammenbauen können.

Was das Steuern des Roboters betraf, hatte sie ihn auf nach Weihnachten vertröstet. Sie hatte ihm versprochen, ein Tablet zu kaufen, wenn sie genügend Geld dafür beisammen hatte. Das würde zwar eine harte Geduldsprobe für ihn werden, hatte ihn aber immerhin versöhnt.

Es dauerte eine ganze Stunde, bis Jan die beiden Pakete unter ihrem Christbaum bemerkte und skeptisch beäugte.

»Auf dem einen steht mein Name«, stellte er überrascht fest.

»Dann mach es doch auf!«, forderte Lea ihn auf.

Er riss das Papier auf, doch sie bemerkte, dass er den Geschenkanhänger sorgfältig zur Seite legte und später mit in sein Zimmer nahm.

Ben hatte entweder einen guten Riecher gehabt oder die Kinder hatten in der Klavierstunde auch darüber gesprochen, welche *Ninjago*-Sets sie am coolsten fanden. Jedenfalls hatte er eines von Jans Wunschliste erwischt. Jan freute sich so darüber, dass er sich zuerst gar nicht für das zweite Paket interessierte. Erst als er schon mitten im Bauen war, erkundigte er sich: »Warum machst du deines nicht auf?«

Lea hatte nur auf seine Aufforderung gewartet und zelebrierte nun das Auspacken, während er vor Neugier fast platzte. Geschenke auszupacken, versetzte ihn immer in Aufregung, egal ob er selber beschenkt wurde oder jemand anderes. Beim Anblick des Tablets traute er seinen Augen kaum.

»Meines«, sagte Lea schnell. »Aber du darfst es ausborgen.«

»Können wir die App für den Roboter installieren?«, fragte er.

»Ich richte es zuerst ein und dann machen wir das, okay? Bau inzwischen dein Set fertig!«

»Das ist das beste Weihnachten aller Zeiten«, meinte er ehrfürchtig und konzentrierte sich wieder auf sein *Lego*.

Öffnen, wenn …

Weihnachten hätte in diesem Jahr perfekt sein können. Doch etwas trübte Leas Stimmung: Michi hatte auf keine ihrer Nachrichten reagiert und keinen Anruf angenommen. Er hatte nicht einmal eine kurze SMS geschickt, dass er sich später melden würde, weil er zu beschäftigt war oder so. Lea hatte das ungute Gefühl, dass ihr Geschenk ein Flop gewesen war oder zumindest der Teil mit dem Schreiben nicht den erwünschten Effekt gehabt hatte.

Als Jan im Bett war, hielt sie es nicht mehr aus.

»Warum meldest du dich nicht?«, schrieb sie, nachdem Michi schon wieder einen Anruf ignoriert hatte. Er reagierte nicht.

Lea fing an, sich ernsthafte Sorgen um ihn zu machen, und überlegte, bei ihm vorbeizuschauen. Ihre einzige Chance, die Wohnung heute noch verlassen zu können, waren ihre Nachbarn. Sie hatten geplant, in den Skiurlaub zu fahren, Lea wusste aber nicht genau, wann sie aufbrechen würden. Weil ihre Unruhe immer größer wurde, versuchte sie ihr Glück. Sie war ausgesprochen erleichtert, als Tom die Tür öffnete.

»Oh, gut, ihr seid noch da«, stellte sie fest, doch er widersprach.

»Nein, nicht *wir*, nur ich. Lili und Max sind schon gestern losgefahren, ich hatte heute noch Dienst.«

»Würde es dir was ausmachen, deinen Abend in meinem Wohnzimmer zu verbringen? Ich mache mir Sorgen um Michi und würde gern nach ihm sehen. Aber ich kann Jan nicht alleine lassen. Er schläft schon.«

Tom hatte kein Problem damit, er holte nur schnell sein Handy und machte es sich vor Leas Fernseher gemütlich. Lea verließ sofort das Haus und stand bald darauf mit pochendem Herzen vor Michis Tür.

Da er auf ihr Klopfen nicht reagierte, ließ sie sich einfach selbst hinein. Noch nie war sie beim Betreten seiner Wohnung so nervös gewesen. Drinnen war es finster, daher schaltete sie zuallererst im Eingangsbereich das Licht ein. Bei dem Anblick, der sich ihr bot, traf sie fast der Schlag.

Wohnzimmer und Küche waren ein fürchterliches Chaos. Auf dem Esstisch standen leere Behälter von Take-away-Essen herum und es stank nach einem Gemisch aus Speisen und Alkohol. Michael selber lag auf der Couch, eine Hand an einer halb vollen Whiskyflasche, und schlief. Auf dem Boden neben ihm lag sein Laptop.

Lea hob den Computer auf und trug ihn zum Schreibtisch. Ihr Plan war total nach hinten losgegangen. Anstatt zu schreiben, hatte Michi zu trinken angefangen.

Seufzend räumte sie um ihn herum auf. Er bekam von alledem nichts mit, gab höchstens einmal ein Schnarchen von sich.

Was war das nur mit Lea und den Männern, die sich ins Koma soffen? Wenigstens deutete nichts darauf hin, dass Michi sie betrogen hatte.

Auf einem kleinen Tisch neben der Couch fand sie ihr Weihnachtsgeschenk. Sie hob den Deckel an, um nachzusehen, was er schon alles geöffnet hatte. Zu ihrer großen Überraschung lag das Kuvert mit der Aufschrift »*Open when you want to continue writing*« ungeöffnet am Boden des Kartons. Das machte sie stutzig.

Sie klappte den Laptop auf und tippte das Passwort ein. Sofort wurde ein Textdokument angezeigt. Nachdem sie kurz hinein gelesen hatte, verstand sie, was hier los war: Michi hatte versucht, sein Buch ein zweites Mal von vorne zu beginnen, war aber anscheinend daran gescheitert, die Geschichte auf die gleiche Art zu erzählen.

Erleichtert seufzte Lea auf. Sie kontrollierte schnell, ob die von ihr erstellte Kopie noch da war, und stieß einen weiteren Seufzer aus. Alles gut.

Während Michi schlief, sammelte sie um ihn herum den restlichen Müll ein, lüftete die Wohnung und machte die Küche sauber. Zuletzt löste sie seine Hand von der Whiskyflasche, stellte sie in die Mitte des Couchtisches und lehnte das Kuvert mit der Anweisung, wie er sein Buch zurückbekommen konnte, an die Flasche.

Bevor sie wieder nach Hause fuhr, traf sie eine weitere Sicherheitsvorkehrung. Sie steckte einen USB-Stick, den sie auf dem Schreibtisch fand, in den Laptop und kopierte die Datei dorthin. Sie konnte ja nicht wissen, auf was für blöde Ideen Michi noch kommen würde. Nach einer Stunde schloss sie die Tür hinter sich und machte sich auf den Heimweg.

Stimmungsschwankungen

»Du bist meine Göttin, mein Engel, meine Retterin! Was täte ich nur ohne dich?«

Endlich hatte Michi Lea zurückgerufen und er überschlug sich förmlich vor Dankbarkeit. »Ich war völlig am Ende! Weihnachten mit meiner Familie war grauenvoll. Meine Geschwister haben die ganze Zeit versucht, sich mit Schilderungen ihrer tollen Leistungen gegenseitig zu überbieten. Ich bin danebengesessen und dachte mir, das Einzige, was ich jemals beinahe geschafft hätte, womit ich vielleicht hätte angeben können, war dieses Buch. Am liebsten hätte ich mich samt Laptop aus dem Fenster gestürzt. Vor allem, als mir bewusst geworden ist, wie weit ich schon war und wie viel Arbeit ich gelöscht habe. Auch wenn die letzten Kapitel Mist waren, mit den 300 Seiten davor war ich ja zufrieden. Du hast mir das Leben gerettet! Und das Buch. Und meinen Müll hast du auch runtergetragen.«

Lea lachte auf. »Ich bin wirklich froh, dass du wieder zur Vernunft gekommen bist«, sagte sie. »Die letzten Wochen mit dir waren zwar sehr schön, aber vielleicht finden wir in Zukunft ja einen Kompromiss.«

»Ich denke, das lässt sich machen«, erwiderte er. »Ich schreibe an den Abenden, an denen ich alleine bin, damit du nicht immer nur danebensitzen musst.«

»Ich muss doch nicht nur danebensitzen. Gib mir ein Manuskript, dann bin ich beschäftigt! Und ich brauche ohnehin Zeit zum Lesen, damit ich deine Traumfrau bleibe.«

»Das bist du sowieso«, behauptete er.

»Ich glaube, die Wiederauffindung deines Buches ist dir irgendwie zu Kopf gestiegen«, kicherte Lea.

»Ein bisschen höchstens. Wann sehe ich dich wieder, Frau meiner Träume?«

»Nicht so bald, fürchte ich. Die nächsten Tage sind für Jan reserviert, weil er danach eine Woche bei meinen Eltern verbringt.«

In dem Moment kam ihr Sohn ins Schlafzimmer, wohin sie sich zum Telefonieren zurückgezogen hatte.

»Spielen wir was?«, bat er.

»Gleich, ich telefoniere nur schnell fertig.«

An Michi richtete sie die Frage: »Was machst du zu Silvester? Meine beste Freundin schmeißt eine riesige Party im Büro ihres Mannes mit tollem Blick über die Stadt. Willst du uns begleiten?«

Als Jan hörte, dass sie Michael einlud, warf er ihr einen bösen Blick zu und verließ verärgert das Zimmer. Lea nahm es zur Kenntnis, hatte aber diesmal keine Lust, auf ihn Rücksicht zu nehmen. Auf der Feier waren jedes Jahr so viele Kinder, dass sie von Jan ohnehin nichts sehen würde. Wieso sollte sie also keine nette Begleitung für sich selbst mitnehmen? Nina war als Gastgeberin erfahrungsgemäß immer ziemlich eingespannt und hatte kaum Zeit zum Plaudern.

»Ich habe keine konkreten Pläne«, antwortete Michi. »Ich komme gerne mit.«

»Schön, dann sehe ich dich wenigstens dieses Jahr noch«, freute Lea sich. »Ich geb dir bald genauer Bescheid, aber jetzt muss ich mit Jan etwas spielen.«

»Okay. Hab noch ein paar schöne Urlaubstage!«

»Danke. Du auch!«

Sie legte auf und machte sich auf die Suche nach ihrem Sohn. Er lag schmollend in seinem Bett und hatte sich die Decke über den Kopf gezogen.

»Jan, was willst du spielen?«, fragte sie.

»Mit dir will ich gar nichts mehr spielen!«, rief er.

»Ach, komm schon, was ist los?«, versuchte sie, ihn zu beschwichtigen. »Gerade wolltest du noch. Ich habe mich extra mit dem Telefonieren beeilt.«

Doch er warf nur wütend seine Bettdecke auf den Boden und schrie sie an: »Du spielst ja nur mit mir, damit ich mich nicht ärgere, weil du Michi schon wieder mitnimmst! Aber ich ärgere mich! Ich bin stinkwütend! Er soll nicht zu Ninas Feier mitkommen! Da gehen immer nur wir beide hin!«

Streng genommen war Lea genau ein einziges Mal mit Jan dort gewesen, davor hatte er die Silvesternacht immer bei ihren Eltern verbracht. Erst im vergangenen Jahr hatte sie ihm erlaubt, so lange aufzubleiben.

»Und dann rennst du die ganze Zeit mit den anderen Kindern herum und lässt mich alleine sitzen?«, fragte sie.

Das stimmte nicht ganz, sie kannte ein paar der anderen Gäste. Trotzdem hatte sie lieber eine Begleitung dabei, sei es ihre Schwester oder eine Freundin. Michi wäre der erste Mann, den sie mit zur Party brachte, und es wäre eine gute Gelegenheit, um ihn endlich Nina richtig vorzustellen.

»Mir ist total egal, was du dort machst! Du sollst nur nicht Michi mitnehmen! Ich will nicht, dass wir immer etwas mit ihm machen!«

»Aber am Christkindlmarkt hat es dir schon gepasst, dass er dich zum GoKart Fahren und auf eine Zuckerwatte und weiß Gott was eingeladen hat«, erinnerte Lea ihren Sohn. »Wenn er dir etwas schenkt, ist das okay, aber er soll nichts mit uns zusammen unternehmen? So geht das nicht!«

»Dann soll er mir einfach nichts mehr schenken! Er kann die Minifigur zurückhaben!«

Er griff nach der *Lego*-Figur, die auf einem Regal über seinem Bett stand, und schleuderte sie quer durchs Zimmer.

»Junger Mann, du beruhigst dich jetzt erst einmal! Spinn dich von mir aus hier drinnen aus, aber ich diskutiere nicht weiter mit dir! Wenn du spielen willst – ich bin im Wohnzimmer.«

Verärgert verließ Lea das Zimmer ihres Sohnes und schloss die Tür hinter sich. Draußen atmete sie ein paar Mal tief durch. Sie wusste nicht, wie sie mit der Situation umgehen sollte. Vor fünf Minuten war sie glücklich darüber gewesen, dass ihr Verhältnis zu Michi langsam die Bezeichnung »Beziehung« und nicht nur »Affäre« verdiente, und jetzt legte Jan sich quer.

Wahrscheinlich hatte sie die beiden zu früh miteinander bekannt gemacht, sie hätte sich damit ein paar Monate Zeit lassen sollen. Aber jetzt konnte sie das nicht mehr ändern. Sie musste das Beste aus der Situation machen, ohne dabei selber auf der Strecke zu bleiben.

Bis zum Wochenende bereute Lea ihre Idee, einige Tage in den Ferien nur für sich und Jan freizuhalten, bitter. Die Laune ihres Sohnes besserte sich immer nur phasenweise. Sobald die Sprache auf Michael oder Silvester kam, schmollte er wieder. Angesichts seiner miesen Stimmung hatte Lea Schwierigkeiten, sich ihm gegenüber freundlich zu verhalten.

Das Wetter lud nicht zu Aktivitäten im Freien ein, daher saßen sie die meiste Zeit zu Hause fest und gingen sich gegenseitig auf die Nerven. Um ihnen beiden die Lage zu erleichtern, erlaubte Lea Jan lauter Dinge, bei denen sie nicht viel miteinander reden mussten. Sie sahen sich Filme an und er spielte stundenlang mit dem neuen Roboter oder am Tablet. Abends, wenn Jan im Bett war, telefonierte sie mit Michi. Das half wenigstens ein bisschen gegen die Sehnsucht nach ihm.

Ben spielt es anders

Während Lea am Samstag, dem vorletzten Tag des Jahres, nach dem Mittagessen die Küche aufräumte, setzte Jan sich ans Klavier. Er hatte die Kopfhörer auf, deshalb hörte sie nur das Hämmern der Tasten. Ein Haufen falscher Töne wäre ihr lieber gewesen als dieses tonlose »Umpf«.

»Kannst du mal kommen?«, rief er nach einiger Zeit.

Sie legte das Geschirrtuch zur Seite. »Was gibt es?«

»Kannst du mir das bitte vorspielen?«

»Sicher.« Sie setzte sich neben ihn und sah sich das Notenblatt kurz an, bevor sie zu spielen anfing.

»Nein, nicht so!«, protestierte Jan nach nur zwei Takten.

»Aber es steht hier so.«

»Ben spielt es anders.«

»Wie spielt es Ben?«

»Das weiß ich ja nicht mehr!«, rief er aufgebracht.

Seufzend las Lea den Text durch, der über den Noten abgedruckt war, aber er enthielt keinerlei Hinweise darauf, wie die Übung zu spielen war.

»Ben spielt es irgendwie so.«

Jans Spiel klang in Leas Ohren sehr unregelmäßig.

»Hier stehen lauter Viertelnoten, die sind alle gleich lang«, erklärte sie, brachte ihren Sohn damit aber nur noch mehr gegen sich auf.

»Er hat es aber nicht gleich lang gespielt«, beharrte er und vor Ärger schossen ihm Tränen in die Augen.

»Er sollte dir endlich beibringen, richtig Noten zu lesen«, murmelte Lea vor sich hin.

»Ich brauche keine Noten, ich kann das auch so!«

Wütend sprang Jan auf und schleuderte eines von Leas Notenbüchern auf den Boden.

»Weißt du was?«, sagte sie genervt. »Du beruhigst dich jetzt wieder und ich kläre das.« Sie holte ihr Handy und wählte Bens Nummer. Er hob zum Glück sofort ab.

»*Hey!*«, meldete er sich. »*What's up?*«

»*Hey!*«, grüßte Lea. »Bist du zu Hause? Oder zumindest in der Nähe eines Klaviers?«

»Nicht zu Hause, aber ein Klavier lässt sich auftreiben. Ich muss nur ins Nebenzimmer gehen. Moment.«

»Wo bist du?«, erkundigte sie sich währenddessen.

»Noch in Holland.«

Sie konnte hören, wie der Deckel eines Klaviers hochgeklappt wurde, dann sagte er: »Okay, bin bereit. Was brauchst du?«

»Du hast Jan eine Übung aufgegeben. Äh, ›Fingerübung mit fünf Tönen‹ … wegen der haben wir eine kleine Meinungsverschiedenheit, weil ich sie nicht so spiele wie du. Da stehen lauter Viertelnoten. Ich weiß nicht, was Jan von mir will.«

»Spielst du sie bitte kurz an?«, bat Ben. »Ich kann mich nicht an die Melodie erinnern.«

Lea legte ihr Handy neben das Klavier, schaltete es auf Lautsprecher und fing an zu spielen, kam aber wieder nur bis zum zweiten Takt.

»Danke, ich kenne mich schon aus«, unterbrach Ben sie. »Jan, hörst du mich?«

Jan erstarrte vor Ehrfurcht, als er Bens Stimme aus dem Telefon seiner Mutter hörte, und nickte nur.

»Er nickt«, übersetzte Lea.

»Okay, also deine Mum spielt es vermutlich so.«

Die Melodie, die aus dem Handy kam, klang sicherer als die von Lea, ansonsten aber identisch. Jan nickte wieder nur.

»Was ich dir vorgespielt habe, war so.«

Die Töne waren dieselben, nur spielte Ben jetzt jede erste und dritte Note punktiert, sodass es gleich ganz anders klang. Jans Gesicht hellte sich auf.

»War es das, was du gemeint hast?«, wollte Ben wissen.

Diesmal kam Jan sogar ein Ja über die Lippen, zu Leas Erstaunen gefolgt von einem Danke.

»Ich habe schon befürchtet, dass ihm die Übung ab der Hälfte der Ferien zu langweilig wird, aber ich wollte ihm nicht zu viel Verschiedenes mitgeben«, erklärte Ben. »Deshalb habe ich ihm gesagt, er soll den Rhythmus variieren, wenn er die Melodie gut kann. Oder langsam, schnell, leise, laut spielen, einfach um ein Gefühl dafür zu bekommen, wie sich der Ton verändert, wenn er unterschiedlich auf die Taste drückt.«

»Schon verstanden, alles klar, danke«, erwiderte Lea und schaltete den Lautsprecher wieder ab.

»Bei dir alles okay?«, erkundigte sie sich dann mit dem Telefon am Ohr.

»Ja, alles bestens. Bei euch bis auf die musikalischen Krisen auch?«

»Hier herrscht Lagerkoller, das war gerade nur ein Ablassventil. Nicht sehr weihnachtlich. Aber ich halte dich nicht länger auf. Danke für die Krisenintervention!«

»Kein Problem. Rutscht gut ins neue Jahr!«

»Du auch. Bis bald!«

Sie beendete den Anruf und legte das Telefon zur Seite. Erst da bemerkte sie, dass Jan sie entgeistert anstarrte.

»Wieso hast du die Telefonnummer von Ben?«, fragte er.

»Weil ich ihn schon sehr viel länger kenne als du«, antwortete Lea wahrheitsgemäß.

»Warum habe ich ihn dann nicht früher kennengelernt?«

»Weil wir in Stockholm waren.«

Lea war erleichtert, dass diese Antwort der Logik eines Sechsjährigen vollkommen genügte.

»Stimmt«, bemerkte Jan und setzte sich ans Klavier, als wäre nichts gewesen.

Er hatte wieder die Kopfhörer auf, aber am dumpfen Hämmern konnte Lea erkennen, dass er es jetzt mit den punktierten Noten versuchte. Sie ließ ihn in Ruhe üben und ging zurück in die Küche.

Als sie mit ihrer Arbeit fertig war, machte sie es sich mit dem Buch, das Michi ihr geschenkt hatte, auf der Couch gemütlich. Er hatte es extra für sie anfertigen lassen. Es enthielt eine Auswahl von Geschichten: ihre Favoriten von denen, die sie bereits kannte, durchmischt mit einigen neuen Erzählungen. Inzwischen hatte sie schon alle bis auf die letzte gelesen. Doch heute kam sie nicht weit, denn kurz nachdem sie sich hingesetzt hatte, ließ Jan sich neben sie sinken und kuschelte sich an sie. Er hatte wichtige Fragen.

»Wie lange kennst du Ben schon?«, wollte er wissen.

»Seit über zehn Jahren.«

»Und von wo?«

»Von einem Konzert. Eigentlich habe ich Axel zuerst kennengelernt.«

Sie streckte sich, um den CD-Ständer zu erreichen, und griff nach dem erstbesten Album der Band.

»Das ist er«, erklärte sie und zeigte auf den Schlagzeuger. »Wir haben uns auf einer Zugfahrt getroffen und er hat mir von seiner Band erzählt und mich gefragt, ob ich zum nächsten Konzert kommen will. Dort habe ich dann Ben und die anderen beiden kennengelernt.«

»Aber du hast nie von ihm erzählt. Nur die CDs ganz oft gehört.«

Jetzt seufzte Lea tief, bevor sie zu einer Erklärung ansetzte. »Weil ich sehr, sehr böse auf ihn war und ihn eigentlich nie mehr wiedersehen wollte. Das war so ähnlich wie letztens bei dir und Frederik, wo du heimgekommen bist und gesagt hast, dass du nie wieder mit ihm spielst, weil er so gemein war. Ben war zu mir gemein und ich wollte nicht mehr seine Freundin sein. Verstehst du?«

»Aber Freddy und ich haben uns am nächsten Tag wieder vertragen«, stellte Jan fest.

»Stimmt. Bei Kindern ist das leichter. Erwachsene sind da oft stur und wenn sie sagen, dass sie jemanden nie mehr sehen wollen, dann machen sie das manchmal auch wirklich.«

»Aber jetzt seid ihr doch wieder Freunde, oder?«

»Ja, schon. Aber erst seit Kurzem. Es hat sehr, sehr, sehr viel länger als bei dir und Frederik gedauert.«

»Erwachsene sind komisch«, bemerkte Jan.

»Da hast du recht«, stimmte Lea ihm zu und drückte ihn fest an sich.

Überraschung

Jan war noch nicht fertig mit den Dingen, die er mit Lea besprechen wollte.

»Ich habe Ben gern, er ist immer so nett«, sagte er bestimmt. »Er ist zu uns allen nett, aber zu mir irgendwie mehr. Er erinnert mich an Nils.«

Lea seufzte tief. »Vermisst du Nils?«, fragte sie.

Ihr Sohn nickte und hatte dabei einen traurigen Ausdruck in den Augen. »Ja«, erwiderte er. »Ich mag auch Tom, der ist auch nett zu mir. Aber er ist nicht wie Nils. Nils hat immer mich auch gemeint.«

Lea verstand, was er sagen wollte. Tom war stets freundlich, aber er machte einen Unterschied zwischen Max und Jan. Nils dagegen hatte Jan immer völlig selbstverständlich mit dazu genommen. Wenn er im Sommer mit den Kindern Eis essen gegangen war, hatte Jan nicht erst fragen müssen, ob er mitdurfte. Wenn er von Dienstreisen kleine Geschenke mitgebracht hatte, war auch für Jan eines dabei gewesen. Nils war für Jan das Nächste zu einem Papa, was er bis jetzt gehabt hatte.

Ihr stiegen Tränen in die Augen. Einerseits wegen Jans kindlicher Treffsicherheit bei der Wahl der richtigen Worte, andererseits weil sie Nils und seine Familie schmerzlich vermisste. Das Haus in Stockholm war jetzt bestimmt voller Leben.

»Glaubst du, Nils und die anderen denken an uns?«, fragte Jan.

»Ganz bestimmt«, versicherte Lea.

»Aber ich habe gar kein Weihnachtsgeschenk von ihnen bekommen.«

Das war Lea auch schon aufgefallen. Sie hatte eine Woche vor

Weihnachten Pakete für die ganze Familie zur Post gebracht und gewartet, ob welche für sie kommen würden. Bis jetzt allerdings Fehlanzeige. Natürlich bestand die Möglichkeit, dass die Post einfach nur überfordert war, trotzdem war auch sie ein wenig enttäuscht.

Um Jan aufzuheitern, schlug sie vor, *Kanelbullar* zu backen.

Es wirkte, er sprang sofort auf. »Ja, bitte!«

Eine Stunde später duftete die ganze Wohnung nach Zimt und Kardamom.

»Wie in Schweden«, stellte Jan mit einem tiefen Seufzer fest. Lea atmete den Duft tief ein, ließ ihn auf sich wirken und freute sich darüber, wie harmonisch das gemeinsame Backen verlaufen war. In dem Moment läutete es an der Tür.

»Kannst du aufmachen?«, bat Lea. »Ich muss das Blech aus dem Rohr nehmen.«

»Okay.« Er trottete zur Tür und gleich darauf vernahm Lea freudiges Quietschen und ein mehrstimmiges »*Överraskning!*«.

Sie traute ihren Ohren kaum, stellte schnell das Blech ab und lief hinaus ins Vorzimmer, wo sich die ganze Familie Larsson durch die Eingangstür drängte. Freudentränen schossen Lea in die Augen und sie umarmte nacheinander jedes einzelne Familienmitglied. »Was macht ihr hier?«, fragte sie, doch in dem wilden schwedisch-englischen Stimmengewirr konnte sie keine Antwort ausmachen.

Sie einigten sich schließlich auf Schwedisch und Jette antwortete: »Wir wollten euch überraschen. Wir haben den Kindern zu Weihnachten ein Wochenende in Wien geschenkt – inklusive Überraschungsbesuch bei euch. Du hast ja geschrieben, dass ihr nicht wegfahrt, also haben wir es riskiert.«

»Ich freue mich so, euch zu sehen!« Lea fiel Jette noch einmal um den Hals. »Kommt herein! Unsere Wohnung ist winzig, aber irgendwo werdet ihr schon einen Platz finden. Und wir haben gerade *Kanelbullar* gebacken.«

»Leas *Kanelbullar!*«, rief Erik aus. »Die Reise hat sich schon gelohnt.«

Und er ließ es sogar zu, dass Lea ihn im Vorbeigehen kurz an sich drückte und seine Frisur zerstrubbelte.

Lea kochte Kaffee und dann ließen sie sich gemeinsam die *Fika* – die schwedische Kaffeejause – schmecken. Sie mussten sich auf Couch, Esstisch und den Fußboden verteilen, damit alle einen Platz zum Sitzen hatten, aber Lea hatte ihre Wohnung noch nie so gemütlich gefunden wie an diesem Nachmittag. Ihre Überraschungsgäste machten sie überglücklich.

Irgendwann kuschelte Lotta sich zu ihr auf die Couch und fragte: »Können wir mit euch Silvester feiern? Das haben wir noch nie gemacht.«

Den Jahreswechsel hatten Lea und Jan immer in Österreich verbracht. Nur über die Weihnachtsfeiertage waren sie einmal in Schweden geblieben.

»Ihr habt doch bestimmt schon Pläne«, meinte Jette.

Doch Jan bettelte: »Bitte, bitte, bitte, nehmen wir sie mit!«

»Ich kann Nina fragen. Erinnert ihr euch an Nina?«

Alle bejahten, denn Nina hatte Lea auch nach ihrer eigenen Au-pair Zeit mehrmals in Stockholm besucht.

»Sie gibt jedes Jahr eine große Party. Ich rufe sie an.«

Sofort griff Lea zum Handy. Da sie ein paar kurzfristige Absagen erhalten hatte, hatte Nina nichts dagegen, dass Lea ein paar mehr Begleiter zum Fest mitbringen wollte. Lea ging nicht ins Detail, um wen es sich handelte, versprach aber Überraschungsbesuch für den nächsten Tag.

Nils hatte im Restaurant ihres Hotels für den Abend einen Tisch reserviert und lud Jan und Lea dorthin ein. So verbrachten sie nach einem gemütlichen Nachmittag in ihrer Wohnung ein entspanntes Abendessen mit ihrer schwedischen Familie.

Mutter und Sohn waren in bester Stimmung, bis Jan auf dem Heimweg aus heiterem Himmel feststellte: »Jetzt kann Michi nicht zu der Feier mitkommen.«

Lea warf ihm einen vorwurfsvollen Blick zu. »Was hat denn das eine mit dem anderen zu tun?«

»Wir haben die Larssons seit Juli nicht mehr gesehen!«, rief er aus. »Wie kannst du da Michi dabeihaben wollen? Den siehst du doch dauernd! Und er wird nur stören!«

Lea reagierte etwas ungehalten – vor allem deshalb, weil sie zugeben musste, dass er damit zumindest ein klein wenig recht hatte. Wenn sowohl Michi als auch die Larssons zur Party kamen, würde der Abend für Lea kompliziert werden, weil sie keinen von ihnen vernachlässigen wollte. Trotzdem gab sie nicht so schnell nach und ließ Jan erst eine Weile bitten, bevor sie versprach, Michael wieder auszuladen.

Michi war zwar enttäuscht, weil er Lea nun erst nach dem Jahreswechsel wiedersehen würde, aber da er auch auf die Party von Freunden eingeladen war, nahm er die Absage nicht so schwer. Jan dagegen hatte schlagartig gute Laune und war voller Vorfreude auf die Feier.

Obwohl Lea Michi gern um Mitternacht geküsst hätte, genoss sie die Silvesterparty ohne ihn in vollen Zügen. Gleich beim Kommen hatten sie sich die große Couch im Besprechungszimmer gesichert, die sie gegen jeden Übernahmeversuch durch andere Gäste verteidigten. Die Kinder waren die ganze Zeit irgendwo beschäftigt, sodass Lea sich lange und ausführlich mit Nils und Jette unterhalten konnte. Zeitweise leistete ihnen Nina Gesellschaft und sie schwelgten gemeinsam in Erinnerungen an die Zeit in Schweden. Die Kinder hielten durch bis Mitternacht und gemeinsam bestaunten sie alle durch die großen Glasfronten der Büroräume die Feuerwerke über der Stadt.

Am Neujahrstag trafen sie sich zu einem letzten gemeinsamen Mittagessen, bevor die Larssons den Rückflug nach Schweden antraten. Der Abschied fiel ihnen fast so schwer wie vor genau einem halben Jahr am Flughafen in Stockholm. Lea kämpfte vergeblich gegen die Tränen.

Trotz des Abschiedsschmerzes blieben von dem Überraschungsbesuch ausschließlich positive Erinnerungen und Gefühle zurück. Als Lea ihren Sohn am Abend zu ihren Eltern brachte, redeten beide wie ein Wasserfall, weil sie so viel davon zu berichten hatten.

Hätte Jan gewusst, dass seine Mutter, direkt nachdem sie ihn bei den Großeltern abgeliefert hatte, zu ihrem Freund fuhr, wäre seine Stimmung wahrscheinlich wieder abgesackt. Sie aber hatte solche Sehnsucht, dass sie nicht bis zum nächsten Tag warten wollte, wo sie Michael außerdem nur zwischen Tür und Angel in der Buchhandlung sehen würde. Obwohl sie ihn damit wieder einmal vom Schreiben abhielt, war er offenbar hocherfreut über ihren unangemeldeten Besuch.

»Von dir lasse ich mich liebend gern jederzeit von der Arbeit ablenken«, beteuerte er mit einem breiten Lächeln und zog Lea in seine Arme, um sie zu küssen. Sie hatte ihn so vermisst. Endlich wieder seine Nähe zu spüren, vertrieb den Ärger, den sie seinetwegen mit Jan hatte, völlig aus ihrem Kopf. Nur zu gerne ließ sie sich von Michael in Richtung seines Bettes ziehen. Ohne seine Lippen von ihren zu lösen, klappte er mit einer schnellen Handbewegung den Laptop zu, als sie den Schreibtisch passierten. Dann sanken sie gemeinsam auf die Matratze. Seine Hände waren überall, streichelten sie und hinterließen ein sanftes Prickeln auf ihrer Haut. Lea ließ sich ganz fallen, sperrte die Welt und alle Sorgen einfach aus.

»Das hat mir gefehlt«, bemerkte sie danach seufzend und schmiegte sich an ihn.

»Nur das?«, erwiderte Michi empört.

Sie lachte leise. »Ich meinte nicht nur den Sex. Du, das alles hier, das Abtauchen aus meinem Alltag. Wenn ich hier bei dir bin, interessiert mich die Welt da draußen nicht.«

Darauf gab er ihr keine Antwort, sondern küsste sie nur lächelnd.

»Bleibst du über Nacht?«, fragte er dann.

»Von mir aus auch die nächsten beiden noch.«

Er grinste. »Gut für mich, schlecht für mein Buch.«

»Tja, also, was ist dir wichtiger?«, fragte sie provokant.

»Du natürlich«, versicherte er und zog sie ganz eng an sich.

Somit war dies die erste von drei Nächten, die Lea mit Michael verbrachte. Jans Rückkehr am Freitagnachmittag beendete das romantische Intermezzo und ab Montag kehrte mit der Schule wieder der Alltag ein.

Schokomuffins mit Schokostückchen

Mittlerweile beschwerte Jan sich offen darüber, wenn er bei Max übernachten sollte. Je nachdem, wie schlecht seine Laune war, sagte er seiner Mutter mitunter direkt ins Gesicht, was er davon hielt, dass sie ihn abschob, um sich mit Michael zu treffen. Die Situation belastete Lea immer mehr, aber sie nahm sie in Kauf, weil sie nicht auf die Zeit mit ihrem Freund verzichten wollte.

Der Donnerstag bildete eine Ausnahme in Jans Stimmungsbild. Er ging mit Vorfreude auf die Klavierstunde in die Schule und seine Euphorie wirkte eine ganze Weile nach. Beim Schnupperunterricht am Dienstag stand inzwischen nicht mehr Klavier, sondern Schlagzeug auf dem Programm. Das gefiel ihm zwar auch, aber dem Vergleich mit Klavier hielt es nicht stand.

In der zweiten Woche nach den Ferien verbrachte Lea den Mittwochabend damit, Schokoladen-Muffins zu backen. Während sie im Ofen waren, bastelte sie dazu eine bunte Verpackung. Schon am Nachmittag hatte sie am Computer eine Karte mit der Aufschrift *Happy Birthday* gestaltet, ausgedruckt und zurechtgeschnitten.

Lea holte die Muffins aus dem Ofen und ließ sie ein wenig auskühlen, bevor sie ein paar davon dekorierte. Hoffentlich würde Ben ihre Idee ebenso witzig finden wie sie. In die weiche Schokoladenglasur drückte sie runde Aufleger mit *Star Wars*-Motiven. Einen mit dem jungen *Anakin Skywalker*, einen mit *Darth Vader* und zwei mit *Luke Skywalker*.

Vorsichtig packte sie die vier Muffins in den Karton. Dann kam der schwierigste Teil, denn sie wollte etwas Persönliches in die Karte schreiben. Ihr fiel aber kein unverfänglicher Text ein. Am Ende schrieb sie lediglich: »*You two boys have fun!*« Darunter kritzelte sie ein Herz und ihren Namen.

»Gibst du das bitte Ben?«, bat sie Jan am nächsten Morgen, als er seine Jausenbox in die Schultasche packte. Ihr Sohn betrachte die Schachtel skeptisch.

»Warum?«, fragte er.

»Weil er heute Geburtstag hat«, erklärte Lea.

»Ah, okay.«

Er zuckte mit den Schultern und stopfte das Geschenk in die Schultasche. Lea hoffte, die Box würde bis zur Klavierstunde wenigstens halbwegs überleben.

Um zwei kam Jan von der Schule nach Hause. Lea brannte darauf zu erfahren, wie Ben auf die Muffins reagiert hatte, und erkundigte sich sofort danach.

»Er hat sich gefreut«, antwortete Jan, und sie dachte zuerst, das wäre alles, was sie zu dem Thema von ihm hören würde. Doch nachdem er die Schultasche in sein Zimmer gebracht hatte, kam er noch einmal zurück. Nachdenklich sah er sie an.

»Kann ich dich was fragen?«

»Natürlich, mein Schatz.«

»Du hast gesagt, du kennst Ben von früher.«

Sie nickte.

»Wart ihr damals richtig gute Freunde?«

»Warum fragst du?«, wollte Lea vorsichtig wissen.

War das jetzt der Moment, wo sie ihm erzählen sollte, dass Ben sein Vater war?

»Du weißt seinen Geburtstag. Und dass er am liebsten Schokomuffins mit Schokostückchen isst. Und du hast die Karte auf Englisch geschrieben. In der Schule weiß keiner, dass er aus England kommt, da reden alle Deutsch mit ihm.«

»Hat er dir das erzählt?«

Jan nickte. »Und er hat gesagt, wenn ich will, kann ich mit ihm Englisch sprechen. Damit ich es nicht wieder vergesse. Jetzt reden wir ja nur noch Deutsch, nicht so wie in Schweden. Schwedisch vergesse ich auch schon.« Er sah besorgt aus.

»Dann ist es ja eine wirklich gute Idee, wenn du mit ihm Englisch sprichst. Und, Schatz, wenn du willst, können wir auch Schwedisch miteinander reden. Ich wollte nur nicht, dass du durcheinanderkommst und dich dann in der Schule schwertust. Nicht dass du drei Sprachen ein bisschen kannst, aber keine richtig.«

»Ja, zumindest manchmal.«

»Wenn du das möchtest, machen wir das. Und um deine Frage zu beantworten, ja, wir waren richtig gute Freunde, deshalb weiß ich das alles über ihn.«

»Und jetzt mögt ihr euch wieder?«

»Ja, schon«, bestätigte sie.

Er nickte ernst, sagte aber nichts weiter.

»Geh Hausaufgaben machen!«, forderte sie ihn deshalb auf. »Max hat schon nach dir gefragt, weil er vergessen hat, wann du nach Hause kommst.«

»Okay«, sagte er nur und trottete in sein Zimmer.

Als er kurz darauf die Wohnung verließ, um mit Max zu spielen, ging eine Nachricht auf Leas Handy ein. Es waren einige Fotos zusammen mit dem Text: »*You made my day!*« Dahinter standen drei Kuss-Emojis.

Lea öffnete die Fotos und wusste momentan nicht, ob sie lachen oder weinen sollte. Alle drei waren Selfies von Jan und Ben.

Auf dem ersten hatten sie die Tortenaufleger auf ihre Nasen geklebt, Ben den von *Darth Vader*, Jan einen der beiden *Luke Skywalker*.

Auf dem zweiten biss jeder in seinen Muffin und sie schnitten dazu Grimassen.

Beim dritten schossen Lea dann doch die Tränen in die Augen. Für das Bild hatten beide die Schokoladenspuren einigermaßen aus ihren Gesichtern beseitigt, nur in Jans Mundwinkel klebten noch ein paar Krümel. Sie lehnten aneinander, Ben schien seinen freien Arm um Jan gelegt zu haben, und beide strahlten in die

Kamera. Sie sahen so entspannt und glücklich miteinander aus, dass Lea hin- und hergerissen war zwischen der Erleichterung, wie gut sie sich verstanden, und ihrem schlechten Gewissen, weil sie die zwei so lange voneinander ferngehalten hatte.

Nachdem sie die Fotos eine Zeit lang betrachtet hatte, schickte sie Ben ein Emoji mit Herzen in den Augen zurück. Da kam eine weitere Nachricht: »Gehst du zur Feier des Tages mit mir essen?«

»Heute ist ein bisschen kurzfristig«, schrieb sie zurück.

»Morgen?«

»Da habe ich eigentlich schon ein Date ...«

Zurück kam ein enttäuschtes Emoji.

Das tat Lea so leid, dass sie entschied, Ben für diesen Abend den Vorzug zu geben. Geburtstag hatte man schließlich nur einmal im Jahr.

Nachdem sie Michi in der Arbeit erreicht und ihm die Situation erklärt hatte, tippte sie in ihr Handy: »Extra für dich mein Date abgesagt, *Birthday Boy*.«

»*Seriously*?«

»Ja. Die Einladung steht hoffentlich noch.«

»Aber sicher.«

So vertraut

Nervös machte Lea sich am nächsten Abend auf den Weg in das indische Lokal, wo sie Ben treffen sollte. In letzter Zeit hatte sich ihre Beziehung so positiv entwickelt, dass sie gespannt war, wie es sein würde, zum ersten Mal wieder einige Stunden mit ihm zu verbringen. Wenige Minuten, bevor sie das Restaurant erreichte, piepste ihr Handy. Kurz befürchtete sie, Ben würde die Verabredung absagen, aber die Nachricht lautete nur: »*Freezing*. Warte drinnen.«

Sie grinste und beschleunigte ihre Schritte.

Ben saß an einem Tisch für zwei in einer Nische. Als er sie kommen sah, erhob er sich und half ihr aus der Jacke. Lea war im ersten Moment völlig sprachlos und konnte nicht verhindern, dass sie ihn ein paar Sekunden lang anstarrte. Unter seinem Shirt zeichnete sich noch deutlicher als zuletzt sein durchtrainierter Oberkörper ab. Das erinnerte sie stark an seine Form ganz zu Beginn ihrer Beziehung, als er noch regelmäßig gefochten hatte. Die Haare trug er weiterhin kinnlang, was ihr an ihm schon immer am besten gefallen hatte, obwohl auch der strubbelige Kurzhaarschnitt bei ihrer ersten Begegnung süß gewesen war. Dasselbe galt für den Bart – den hatte er sich damals stehen lassen, weil sie ihn so sexy gefunden hatte. Jetzt, wo er ihn wieder sorgfältig pflegte, empfand sie genauso. An die Brille gewöhnte sie sich langsam, sie stand ihm wirklich gut.

Insgesamt war sie von seiner äußeren Erscheinung völlig überwältigt. Hauptgrund dafür waren aber seine Augen, die nun wieder bei jedem Lächeln strahlten und aus denen jegliche Erinnerung an den Zustand, in dem er sich im Herbst befunden hatte, gewichen war.

Nachdem er ihre Jacke auf einen Haken an der Wand gehängt hatte, umarmte sie ihn spontan.

»Alles Gute zum Geburtstag!«, flüsterte sie ihm ins Ohr und küsste ihn schnell auf die Wange.

»Danke«, sagte er und drückte sie ein paar Sekunden lang fest an sich. Leas Knie wurden weich und für einen kurzen Moment erlaubte sie sich, so wie früher seinen Geruch tief einzuatmen. Sofort sprangen all ihre Sinne auf die vertrauten Wahrnehmungen an und verursachten ein Durcheinander in ihrem Herzen, das doch inzwischen eigentlich Michael gehörte.

Gleich nachdem sie gegenüber voneinander Platz genommen hatten, war der Kellner zur Stelle, reichte ihnen die Speisekarten und nahm ihre Getränkebestellung auf. Wie sie es schon früher in indischen Lokalen immer gemacht hatten, bestellten sie gemeinsam eine Zusammenstellung aus verschiedenen Currys.

»Danke für die Muffins gestern«, begann Ben das Gespräch, als sie wieder alleine waren. »*You really made my day.*«

»Ich habe schon befürchtet, Jan traut sich nicht, sie dir zu geben«, erwiderte sie. »Er war so skeptisch in der Früh.«

»Er hat sie einfach aufs Klavier gestellt, während ich mit etwas anderem beschäftigt war«, berichtete Ben. »Und zuerst war er auch ziemlich unsicher, als ich ihn gefragt habe, was das ist. Er hat nur gesagt: ›Von meiner Mama!‹ Ich war natürlich neugierig und habe die Schachtel gleich aufgemacht, und dann wollte er wissen, ob ich wirklich Geburtstag habe. Erst ab da war es ihm nicht mehr unangenehm. Hat er dir erzählt, dass wir neuerdings Englisch miteinander sprechen?«

»Ja, hat er. Wie ist das gekommen?«

»Als ich die Muffins gesehen habe, musste ich lachen und habe gesagt: ›*Your mum is the best!*‹ Und er sagt, ohne aufzuschauen: ›*I know.*‹ Er hat es nicht einmal bemerkt.«

»Kommt mir irgendwie bekannt vor.«

»Ich habe ihn dann auf Englisch gefragt, ob er Kuchen essen oder Klavier spielen will. Er schaut mich an, denkt nach – da habe ich kurz gedacht, er versteht mich nicht – und sagt dann nur:

›*Both!*‹ Also habe ich entschieden, dass wir zuerst spielen und dann essen, damit wir das Klavier nicht schmutzig machen. Wieder auf Englisch und er sagt: ›*Okay, can we start with this one?*‹ Ich habe mich zu ihm gesetzt und angemerkt, dass sein Englisch ziemlich gut ist. Da schaut er mich völlig verständnislos an und ich dachte mir nur, okay, so sehe ich also aus, wenn mich jemand darauf hinweist, dass ich die falsche Sprache spreche.«

Lea musste lachen. Sie konnte sich Jans verdutztes Gesicht nur zu gut vorstellen.

»Auf jeden Fall hat er dann gefragt, ob wir weiter Englisch sprechen können, weil er es nicht verlernen will. Also machen wir das jetzt.«

»Finde ich gut. Jetzt, wo sein Deutsch sicher ist, habe ich mir auch schon Sorgen gemacht, dass er die anderen Sprachen wieder vergisst. Zu Silvester mit den Larssons hat man ihm angemerkt, dass er zwischendurch nach Wörtern suchen musste. Das hat ihn verunsichert, glaube ich.«

»Ich bin echt begeistert davon. Ich habe ja als Kind auch mit meinem Dad Englisch und mit meiner Mum Deutsch gesprochen.«

»Was heißt als Kind? Tust du das etwa neuerdings nicht mehr?«

Ben hielt kurz inne, überlegte und gab zu: »Stimmt, mit Dad alleine rede ich Englisch.«

»Und dann habt ihr Blödsinn mit den Muffins gemacht?«, hakte Lea nach.

»Zuerst haben wir ordentlich Klavier gespielt, dann haben wir Blödsinn mit den Muffins gemacht. Er hat mich ganz ehrfürchtig gefragt, ob ich auch *Star Wars*-Fan bin. Ist er mit sechs nicht noch zu klein dafür?«

»Natürlich ist er das, aber das interessiert die Medien und die Modeketten doch nicht. Er hat keinen der Filme gesehen, aber er findet es trotzdem cool.«

»Jedenfalls haben wir uns dann um den *Darth Vader* gestritten. Mein Argument, dass ich älter bin, hat er nicht gelten lassen. Also habe ich ihm zwar den Muffin überlassen, ihm dann aber den

Luke auf die Nase geklebt – und er mir den *Darth Vader*. Und weil das so lustig war, haben wir angefangen, Selfies zu machen. Ich habe dir nicht alle geschickt.«

Er holte sein Handy hervor. Als er die Tasten entsperrte, sah Lea, dass er das Bild mit den Tortenauflegern auf den Nasen als Bildschirmschoner verwendete.

»Wenn das jemand sieht, bist du geliefert«, bemerkte sie.

»Wieso? In der Schule? Es gibt doch kein Gesetz, das das Herumblödeln mit Schülern verbietet.«

»Aber die Direktorin ist vielleicht nicht so begeistert, wenn sie erfährt, dass du ihr verschwiegen hast, dass er nicht nur irgendein Schüler ist.«

»Die versteht das sicher«, wehrte er ab und schob Lea sein Telefon hin, auf dem er inzwischen das Fotoalbum geöffnet hatte. Lea wischte sich durch die anderen Fotos, blieb dann aber beim letzten Bild hängen.

»Jan hat sich das ins Zimmer gehängt. Ich habe ihm die Fotos gestern noch gezeigt und er hat mich gebeten, sie für ihn auszudrucken.«

»Es wird langsam Zeit, dass wir es ihm sagen, oder?«, meinte Ben und steckte sein Handy wieder ein.

»Ja«, antwortete Lea. »Ich habe aber keine Idee wie. Und damit das gleich klar ist: Ich wäre gern mit dabei. Nicht dass du das auch noch alleine machst!«

»Keine Angst, das habe ich schon verstanden.«

Zerrissen

Lea hatte sich die ganze Nacht schlaflos in ihrem Bett gewälzt. Der Abend mit Ben hatte sie völlig durcheinandergebracht, weil er nicht nur besser verlaufen war als gehofft, sondern auch lange verloren geglaubte Gefühle in ihr geweckt hatte. Sie wusste, dass Ninas Kinder extreme Frühaufsteher waren, also hatte sie keine Skrupel, ihre Freundin schon um acht Uhr anzurufen. Sie musste dringend mit jemandem reden.

»Ist etwas passiert?«, fragte Nina sofort.

»Nichts Lebensbedrohliches«, versicherte Lea schnell. »Kannst du herkommen? Ich brauche dringenden Rat in Liebesangelegenheiten.«

»Kann ich Sara mitnehmen?«

»Ja, sicher. Vielleicht hat sie ja den ultimativen Tipp für mich.«

»So wie sie riecht, lautet der: Scheiß drauf!«

Obwohl Lea gar nicht danach zumute war, musste sie lachen. »Also kommt ihr?«

»Ich kläre das kurz mit meinem Mann, aber an sich spricht nichts dagegen. Ob ich jetzt mit Sara spazieren gehe oder zu dir fahre, ist egal.« Lea hörte Nina im Hintergrund mit ihrem Mann sprechen. Gleich darauf wandte sich ihre Freundin wieder an sie: »Alles klar, wir machen uns hübsch und kommen.«

»Danke, du bist die Beste!«

Während Lea wartete, kochte sie Kaffee und richtete ein – für Nina vermutlich zweites – Frühstück her. Sie hatte selbst kaum Hunger und wusste nicht, ob Nina oder Sara etwas essen wollten, aber sie brauchte eine Beschäftigung, damit sie nicht verrückt wurde. Zum Glück wohnten sie nicht allzu weit voneinander entfernt, sodass es bereits nach 25 Minuten klingelte.

»Du siehst nicht gut aus und das ist noch freundlich ausgedrückt«, stellte Nina zur Begrüßung fest. »Ist das Date mit Michi gestern so mies verlaufen? Du wirkst nicht, als hättest du nicht geschlafen, weil die Nacht so heiß war.«

»Ich war nicht bei Michi«, erklärte Lea, während sie dabei half, Sara auszuziehen. »Ich war mit Ben essen.«

»Mit Ben?«

»Ja, er hatte vorgestern Geburtstag und hat mich eingeladen.«

»Und deshalb hast du Michi versetzt und jetzt ist er sauer«, vermutete Nina.

»Ich weiß nicht, ob er wirklich sauer ist. Gefreut hat er sich natürlich nicht unbedingt darüber, aber er hat zumindest behauptet, dass er es versteht, weil man Geburtstag schließlich nur einmal im Jahr hat.«

»Hast du ihm gesagt, mit wem du feierst?«, erkundigte sich Nina, als sie Lea ins Wohnzimmer folgte, wo sie ein gedeckter Couchtisch erwartete.

»Ich habe ihm was von einem Freund erzählt. Also weiß er, dass ich einen anderen Mann getroffen habe, aber nicht, wer der Mann ist.«

»Okay, also das Problem ist nicht, dass dein Freund vor Eifersucht ausgerastet ist. Was ist dann das Problem?«

Lea griff nach einem Polster und drückte ihn fest an sich.

»Das Problem ist Ben«, sagte sie und sofort schossen ihr Tränen in die Augen.

»Ben, weil er wieder so ist wie im Oktober, oder Ben, weil er … Ben ist?«

»Ben, weil er Ben ist«, schluchzte Lea. »Weißt du, von unserer Begegnung auf der Straße bis zu dem Tag, an dem Jan die erste Klavierstunde bei ihm hatte, war es schon eine wahnsinnige Veränderung. Aber es hat immer noch irgendwas Fremdes mitgeschwungen. Dazu kam, dass ich so überfordert war mit der neuen Situation. Gestern waren da zum ersten Mal nur wir beide, so wie früher – in einer völlig entspannten Atmosphäre und ganz ohne irgendwelche negativen Gefühle. Noch dazu mit dem Extra, dass Jan und Ben sich richtig, richtig gut verstehen. Es war einfach nur umwerfend. *Er* war umwerfend. Er war der Typ, in den ich mich vor über zehn Jahren innerhalb von drei Sekunden verliebt habe und von dem ich dachte, dass ich mit ihm alt werden würde.«

»Nur hast du jetzt eigentlich schon einen Freund.«

»Genau. Aber es wird noch schlimmer. Ben hat mir erzählt, dass Jan sich bei ihm ausgeweint hat, weil er diesen Freund nicht leiden kann.«

»Echt? Und das hat er nicht nur behauptet, weil er nicht mit deiner Beziehung einverstanden ist?«

»Das dachte ich zuerst, aber er hat Dinge erwähnt, die er nur von Jan wissen kann. Zum Beispiel unseren Streit, weil ich Michi zu eurer Party mitnehmen wollte. Es mag schon sein, dass er Hintergedanken beim Weitererzählen hatte, aber Tatsache ist: Mein Kind hasst meinen Freund und hat das unwissentlich seinem Vater erzählt, den es erst seit acht Wochen kennt, aber total vergöttert.«

»Und deshalb fragst du dich jetzt, ob du mit dem falschen Mann zusammen bist«, schloss Nina daraus.

»Ich habe Michi wirklich, wirklich gern und es ist so schön, Zeit mit ihm zu verbringen. Vor allem, wenn wir alleine sind. Dass es mit Jan kompliziert ist, ist mir ja selber schon aufgefallen, sonst würde ich das, was Ben gesagt hat, nicht so ernst nehmen. Wenn ich mit Michi zusammen bin, ist das wie ein Ausklinken aus einem Leben, in das ich hineingestoßen wurde, ohne mich je bewusst dafür oder dagegen entschieden zu haben. Wie eine Parallelwelt, in die ich abtauche und in der es zur Abwechslung einmal nur um mich geht.«

»Du könntest Ben das Sorgerecht für Jan übertragen und dich für die nächsten sieben Jahre aus dem Staub machen«, schlug Nina vor.

»Ha, ha, gute Idee«, murmelte Lea. »Vielleicht sollte ich das wirklich tun.«

»Wirst du aber nicht, weil es nicht nur um dich geht, sondern vor allem um die Frage, ob du nicht eigentlich noch viel mehr, als aus deinem jetzigen Leben abzuhauen, das Leben zurückwillst, das du dir ursprünglich mit Ben ausgemalt hast.«

Lea nickte resigniert.

»Weißt du, was Ben will?«, fragte ihre Freundin.

»Nein, und das macht es nicht leichter. Angenommen, ich trenne mich von Michi … Was, wenn Ben mich nur noch als Anhängsel zu seinem Sohn sieht? Er genießt das total, wie sich die Beziehung zwischen ihnen entwickelt. Und die zwei haben einen natürlichen Draht zueinander. Das musst du dir anschauen!« Sie griff nach ihrem Handy, öffnete das Fotoalbum und hielt es Nina unter die Nase.

»Oh, wie süß«, entfuhr es der. »Meine Güte, die zwei können sich wirklich nicht verleugnen.«

»Habe ich erwähnt, dass mir mein Sohn vor Weihnachten erklärt hat, dass er nicht mehr zum Friseur geht, bis seine Haare so lang wie die von Ben sind?«

Sie schüttelte den Kopf.

»Zwischen den beiden hat es echt gefunkt, oder?«

»Aber so was von«, bestätigte Lea. »Da sind noch zwei Fotos.« Sie wischte zum nächsten Bild.

»Das war am Donnerstag, an Bens Geburtstag«, erklärte sie. »Ich habe Jan in die Klavierstunde Muffins mitgegeben.«

»Mit *Darth Vader*- und *Luke Skywalker*-Dekoration?«, lachte Nina.

»Ja, der Gag hat offensichtlich funktioniert«, grinste Lea. »Aber was ist, wenn das jetzt meine Rolle ist? Ich bin im Hintergrund für die Versorgung oder die eine oder andere blöde Idee zuständig und ansonsten geht es nur um die zwei?« Sie zeigte auf das Foto. »Was, wenn sie mich gar nicht dabei haben wollen?«

»Jan wird dich immer dabei haben wollen«, war ihre Freundin überzeugt. »Der würde es bestimmt nicht gut finden, wenn du ihn zu seinem Vater abschiebst und dich aus dem Staub machst. Aber Ben kann ich nicht einschätzen.«

»Selbst wenn er bereit ist, es noch einmal zu versuchen, heißt das noch lange nicht, dass es diesmal klappt. Ich meine, er ist und bleibt der Typ, dem die Frauen auf Tour scharenweise nachlaufen.«

»Ja, aber nachdem es beim letzten Mal in einem ziemlichen Desaster für ihn geendet hat, denkt er das nächste Mal vielleicht doch zweimal nach, bevor er sich auf irgendetwas einlässt.«

»Ja, vielleicht.«

»Und diesmal weiß er, dass auch die Beziehung zu seinem Sohn auf dem Spiel steht.«

»Stimmt.«

»Lea, die eigentliche Frage ist, ob du ihm eine Chance geben willst«, stellte Nina fest. »Wir reden hier über dich und über deine Entscheidungen. In welchen der beiden Männer bist du verliebt?«

Lea vergrub ihr Gesicht im Polster. »Kann man gleichzeitig in zwei Männer verliebt sein?«, fragte sie.

»Ich fürchte ja. Du wirst entscheiden müssen, mit wem du dir eine gemeinsame Zukunft vorstellen kannst.«

»In Michis Fall hat mir da wohl mein Sohn die Entscheidung abgenommen.«

»Das muss nicht sein. Wenn er dir wirklich so wichtig ist, dass du dein Leben mit ihm verbringen willst, dann solltest du auf dein Herz hören, nicht auf dein Kind!«

»Wie Granny«, seufzte Lea.

»Bens Granny?«

»Ja. Die hat den Protest ihrer beiden jüngeren Söhne ignoriert und Pieter geheiratet. Und jetzt sind sie glücklich bis an ihr Lebensende in ihrem süßen kleinen Haus in Holland.«

Ben hatte ihr Fotos gezeigt, das Haus war entzückend. Und Granny und Pieter waren es zusammen ohnehin schon immer gewesen.

»Siehst du dich so mit Michi?«, wollte Nina wissen.

Lea schüttelte langsam den Kopf. Vor ihrem geistigen Auge wollte kein derartiges Bild entstehen.

»Dann hast du einen Teil der Entscheidung bereits getroffen.«

»Und was mache ich mit Ben?«, flüsterte Lea, der wieder Tränen in die Augen stiegen.

»Bist du wirklich wieder in ihn verliebt?«

Das war die Frage aller Fragen.

»Gestern war so vieles wie früher. Inklusive der weichen Knie, wenn er mich angesehen hat. Es gab nicht eine Sekunde lang eine peinliche Stille oder sonst irgendeinen unangenehmen Moment. Die Zeit ist verflogen, wir hatten richtig viel Spaß. Er hat mich dann nach Hause begleitet und beim Verabschieden hatte ich das Gefühl, er würde mich gerne küssen. Er hat es nicht gemacht, aber in dem Moment wollte ich es auch. Ich musste mich selber ermahnen, dass ich das Michi nicht antun kann.«

»Meine Liebe«, meinte Nina und legte ihr eine Hand aufs Knie. »Wie es aussieht, ist der Fall für dich klar.«

»Scheiße, oder?« Sofort hielt Lea sich den Mund zu, weil ihr Blick auf Sara fiel, die seelenruhig auf dem Fußboden saß und an einem Apfelstück kaute.

»Auf jeden Fall solltest du dafür sorgen, dass das Ganze nicht eskaliert. Je schneller du für klare Verhältnisse sorgst, desto besser für alle Beteiligten. Nicht zuletzt für Jan, aber ganz besonders für dich.«

»Du hast recht«, seufzte Lea. »Hast du auch noch einen schlauen Rat, wie ich das angehe? Voraussichtlich sehe ich Michi das nächste Mal am Montag in der Mittagspause. Das ist nicht gerade der geeignetste Zeitpunkt für so ein Gespräch.«

»Aber vielleicht, um ein Treffen zu vereinbaren, bei dem das Gespräch dann stattfinden kann.«

Wieder seufzte Lea tief. »Ja, vielleicht.«

Liebeskummer

Lea rechnete zwar damit, Michael am Montag im Laufe ihrer Mittagspause zu sehen, aber dass er gleich um Punkt zwölf in der Küche stehen würde, überraschte sie doch. Noch mehr irritierte sie sein Gesichtsausdruck. Sie wusste, dass er über das abgesagte Date nicht glücklich gewesen war, aber als sie es ihm am Freitag gesagt hatte, hatte er darüber nicht so böse gewirkt, wie er jetzt aussah. Sie begrüßte ihn trotzdem freundlich, überging absichtlich seine Miene und erkundigte sich nach seinem Wochenende. Das hier sollte nach ihren Regeln ablaufen, sie hatte sich immerhin stundenlang zurechtgelegt, was sie sagen wollte. Aber er ließ nicht zu, dass sie die Zügel in die Hand nahm.

»Du schuldest mir eine Erklärung«, verlangte er ohne Umschweife. »Am Freitag hat mir ein Kumpel dieses Foto geschickt.«

Lea wurde kurz heiß und kalt, doch gleich darauf erinnerte sie sich, dass zwischen Ben und ihr nichts passiert war, was zu kompromittierenden Fotos geführt haben könnte. Außer der Umarmung, als sie ihm zum Geburtstag gratuliert hatte, aber die ließ sich erklären.

Erst nach diesen Überlegungen wurde sie stutzig.

Was für ein Kumpel von Michi? Sie kannte seine Freunde gar nicht. Wie konnte da irgendeiner von ihnen Fotos von ihr und Ben gemacht haben?

Die Sache erklärte sich, als Michi ihr sein Handy reichte, wo unter dem Foto die Nachricht stand: »Mann, schau – ist das nicht Ben Talbot?« Der Kumpel hatte nicht sie erkannt, sondern Ben. Michi jedoch wusste, dass die Frau auf dem Bild seine Freundin war, obwohl sie nur von hinten zu sehen war.

»Ich habe dir doch gesagt, dass ich mit einem Freund essen gehe, weil er Geburtstag hat. Freund. Männlich. Wo ist das Problem?«

»Das Problem ist, dass du mich die ganze Zeit über angelogen hast.«

»Ich war mit einem Freund essen. Punkt.«

»Ist er wirklich nur ein Freund?«, fragte er provokant.

»Hast du Fotos, die etwas anderes beweisen? Wenn ja, würde ich die gern sehen.«

»Ich rede gar nicht von Freitag! Du hast mich die ganze Zeit über angelogen, was die Beziehung zu deinem Ex angeht!«

Lea schaute ihn verdutzt an.

»Als ich dich danach gefragt habe, hast du behauptet, ihr hättet keinen Kontakt«, fuhr er unbeirrt fort. »Aber ein paar Wochen später hast du am Christkindlmarkt mit ihm gesprochen. Ich habe ihn damals nicht erkannt, weil er wegen der Kälte vermummt war und ich nicht wusste, dass er privat eine Brille trägt. Ich habe mich nur gewundert, woher er mir so bekannt vorkommt. Und jetzt versetzt du mich seinetwegen? Kein Kontakt ist anders!«

Lea musste zugeben, dass er Recht hatte. Er hatte sie damals bei ihrem ersten Date nach Jans Vater gefragt, nachdem sie erwähnt hatte, dass er Pianist war. Sie war nicht näher darauf eingegangen, wer er war, denn sie war zu der Zeit froh gewesen über jeden Tag, der vergangen war, ohne dass Ben sich bei ihr gemeldet hatte. Stattdessen hatte sie nur gesagt, sie hätten derzeit keinen Kontakt. Damit, dass sich das innerhalb weniger Wochen nicht nur ändern, sondern sich ihr Verhältnis auch sehr positiv entwickeln würde, hatte sie zu dem Zeitpunkt nicht gerechnet.

Das erklärte sie Michael, doch er fragte nur: »Und warum hast du es mir nicht erzählt, als ihr dann wieder Kontakt hattet? Und hast ihn am Christkindlmarkt verleugnet?«

»Michi, das mit Ben ist kompliziert«, antwortete Lea. »Wir haben wieder Kontakt seit dem Tag, an dem er Jan kennengelernt hat. Als Schüler in seiner neuen Klaviergruppe, weil Ben nämlich in Jans Schule unterrichtet – was ich nicht wusste und weshalb ich ziemlich ausgerastet bin. Danach haben wir abgesehen von dem zufälligen Treffen am Christkindlmarkt zwei- oder dreimal telefoniert. Einmal weil er mir in seiner Funktion als Klavierlehrer nahelegen wollte, dass mein Sohn im Schnupperkurs unterfordert ist und unbedingt Klavierunterricht bekommen sollte. Und einmal habe ich ihn angerufen, als Jan zu Hause einen Wutanfall hatte, weil ich ihm ein Übungsstück nicht so vorgespielt habe wie Ben.«

Dass sie einander seit Dezember gelegentlich Nachrichten schickten und Ben Jans Weihnachten zum besten aller Zeiten gemacht hatte, verschwieg sie angesichts der ohnehin schon schlechten Stimmung. Gleichzeitig wurde ihr aber bewusst, dass sie Michi wieder anlog, und das bestärkte sie nur in ihrem Entschluss, sich von ihm zu trennen. Die Beziehung hatte keine Zukunft, wenn sie nicht ehrlich zu ihm sein konnte.

»Wie bist du überhaupt draufgekommen, dass er Jans Vater ist?«, fragte sie einerseits aus Neugier, andererseits um ihn etwas zu beruhigen.

»Mit wie vielen Pianisten bist du denn befreundet?«, entgegnete er. »Und die Ähnlichkeit ist ja offensichtlich.«

»Michi, Jan weiß es noch nicht. Für ihn ist Ben nur sein Klavierlehrer, den er urcool findet. Und das soll vorläufig auch so bleiben.«

»Wann sollte ich es ihm denn erzählen?«, erwiderte er schmollend.

»Können wir das Gespräch bitte hier beenden und morgen Abend weiterreden?«, bat Lea nun. Das war ihr ursprünglicher Plan gewesen. »Das hier ist nicht der richtige Ort.«

»Von mir aus«, murmelte er.

»Leistest du mir Gesellschaft?«, fragte sie versöhnlich.

»Ich muss die Lieferung einräumen, bevor wir wieder aufsperren. Deshalb bin ich eigentlich früher gekommen.«

Damit wandte er sich um und verließ die Küche.

Leas Stimmung sank mit jedem Schritt, den er sich entfernte. Sie hätte ebenso gut gleich mit ihm Schluss machen können, das hätte wahrscheinlich ungefähr denselben Effekt gehabt.

Am Dienstag brachte Lea Jan wieder zum Schlafen zu ihren Nachbarn. Seine Begeisterung darüber hielt sich in Grenzen, er gab ihr auch diesmal deutlich zu verstehen, was er davon hielt. Damit verschaffte er ihr aber unbewusst die Zuversicht, dass sie im Begriff war, das Richtige zu tun.

Das Gespräch mit Michael war trotzdem die Hölle. Er war nicht überrascht über das, was sie ihm sagte, aber es traf ihn dennoch hart. Ihre Erklärung, dass Jan der Hauptgrund für ihre Entscheidung war, ließ er so stehen. Er unterstellte ihr aber gleichzeitig, dass es nicht der einzige Grund war.

Lea brachte es nicht fertig, wirklich ehrlich zu sein. Das lag aber vor allem daran, dass sie sich über ihre Gefühle für Ben noch völlig unsicher war.

Am Ende brachten beide genug Höflichkeit auf, um sich gegenseitig zu versichern, dass sie auch weiterhin gut zusammenarbeiten würden. Lea wurde allerdings das Gefühl nicht los, dass er in seinem Buch heute einen neuen weiblichen Charakter einführen würde, dem ein grausames Schicksal bevorstand.

Auf dem Weg nach Hause schickte Lea eine Nachricht an Nina mit dem Inhalt: »Es ist vollbracht.« Sie überlegte, ob sie ein Emoticon anfügen sollte, fand aber keines, das ihrer Stimmung entsprach. Für die Mischung aus Erleichterung, Liebeskummer und Enttäuschung gab es kein passendes Bild.

Nina rief gleich darauf an, doch Lea hob nicht ab. Sie wollte nicht auf offener Straße ins Telefon weinen. Den restlichen Abend verbrachte sie damit, sich einen traurigen Liebesfilm im Fernsehen anzuschauen. Sie hätte Jan sogar nach Hause holen können – ihr Treffen mit Michi hatte vor seiner Schlafenszeit geendet –, aber sie wollte alleine sein, ungesehen Tränen vergießen und vor allem ihrem Sohn jetzt noch nicht sagen, dass er gewonnen hatte.

Auch am nächsten Tag kam ihr die Neuigkeit nicht über die Lippen. In der Früh war keine Zeit für ein ernstes Gespräch, aber als sie Jan vom Tagesheim abholte und sie gemeinsam Abendessen zubereiteten, hätte sie eigentlich Gelegenheit dazu gehabt. Doch sie war den Tränen so nahe, wenn sie an Michi dachte, dass sie nicht mit Jan über ihn reden wollte. Er sollte nicht das Gefühl haben, seine Mutter mit seinem Verhalten unglücklich gemacht zu haben.

Am Abend kuschelte Lea beim Schlafengehen lange mit ihrem Sohn. Sie brauchte das gerade, und zum Glück war er in der Stimmung es zuzulassen. Das sorgte dafür, dass sie sich etwas besser fühlte, aber dennoch weinte sie sich danach in den Schlaf.

Es verging ein Tag nach dem anderen, an dem sie lieber die schlechte Laune ihres Sohnes ertrug, anstatt ihm zu sagen, dass er dafür gar keinen Grund mehr hatte. Sie schaffte es einfach nicht, die Tatsache laut auszusprechen. Sogar mit Nina kommunizierte sie zu dem Thema nur schriftlich.

Mann im Haus

Seit Jan anschließend an seine reguläre Musikstunde donnerstags immer eine Klavierstunde mit Ben hatte, hatte Lea wahlweise etwas Zeit für eine Überstunde oder um zu kochen. Diesmal hatte sie sich für Letzteres entschieden, weil sie es vermeiden wollte, Michi über den Weg zu laufen, wenn sie ihr Büro später verließ. Auf dem Heimweg kaufte sie ein, dann bereitete sie das Mittagessen vor und wartete auf Jan. Kurz vor zwei sah sie nervös auf die Uhr. Seine Klavierstunde war schon seit 20 Minuten aus, aber er war noch nicht aufgetaucht. Das Essen war längst fertig und sie schaltete den Herd ab, damit es nicht verkochte.

Sie ging hinüber in Jans Zimmer, von dessen Fenster aus man die Straße vor dem Haus sehen konnte. Ein Blick genügte und sie war beruhigt. Er stand auf dem verschneiten Gehsteig und sprach mit Ben, der ihn wohl nach Hause begleitet hatte.

Lächelnd zog sie ihr Handy aus der Hosentasche, machte ein Foto und schickte es an Bens Nummer. Gleich darauf beobachtete sie, wie er sein Telefon herausholte, das Display betrachtete und es Jan zeigte. Beide wandten sich in Richtung Haus um und Jan zeigte auf sein Fenster.

Lea winkte, beide erwiderten ihren Gruß. Dann bedeutete sie ihnen, dass sie heraufkommen sollten. Ben tippte sich fragend auf die Brust und Lea nickte entschieden. Eine Minute später empfing sie die beiden an der Wohnungstür.

»Was hattet ihr da unten im Schnee für wichtige Dinge zu besprechen?«, erkundigte sie sich.

Die zwei warfen sich einen vielsagenden Blick zu, dann antwortete Ben: »Männersachen.«

Jan reagierte mit einem zufriedenen Grinsen.

»Verstehe«, erwiderte Lea, fragte sich aber, was für Geheimnisse sie vor ihr hatten.

»Willst du hereinkommen?«, fragte sie Ben, der im Gang stehen geblieben war. »Du könntest mit uns essen, es ist genug da.«

Wieder tauschten die beiden einen Blick aus. Erst als Jan leicht nickte, sagte Ben: »Okay, gerne.«

Lea wusste nicht genau, was sie dazu veranlasst hatte, ihn einzuladen. Sie vermutete, es war eine Mischung aus Einsamkeit und der Faszination darüber, wie Jan und Ben sich wortlos verständigten. Nachdem sie die eine Beziehung beendet hatte, wollte sie sehen, ob die andere eine Zukunft hatte. Insbesondere, ob ihr Sohn ihnen eine Chance geben würde – falls Ben das überhaupt wollte.

Jan hielt es offensichtlich für eine gute Idee, mit seinem Klavierlehrer zu essen, denn er deckte ungefragt einen zusätzlichen Teller und Besteck auf.

Das erste gemeinsame Mittagessen mit ihrem Sohn und dessen Vater war für Lea eine emotional schwierige Angelegenheit. Sie war hin- und hergerissen zwischen ihrer deprimierten Grundstimmung, ihrer Rührung darüber, wie die beiden miteinander umgingen, und ihren Fragen, wie es mit ihnen allen weitergehen sollte. Zwischendurch musste sie ein paar Mal herzlich lachen. Es war die reinste Achterbahnfahrt.

Jan zeigte sich heute von seiner besten Seite. Nach dem Essen verschwand er ohne Protest in seinem Zimmer, um Hausaufgaben zu machen.

»So ist er nicht immer«, versicherte Lea Ben, nachdem sich die Tür hinter ihrem Sohn geschlossen hatte. Sie räumten gemeinsam den Esstisch ab, dann bot sie ihm Kaffee an.

»Filterkaffee allerdings, schwedische Angewohnheit«, warnte sie.

»Er wird schon trinkbar sein«, erwiderte Ben und folgte ihr in die Küche, wo sie zuerst die Kaffeemaschine einschaltete und dann den Geschirrspüler einräumte. Seine Hilfe nahm sie nicht an, deshalb blieb ihm nichts anderes übrig, als tatenlos am Kühlschrank zu lehnen, wo er ihr am wenigsten im Weg war.

»Geht's dir gut?«, erkundigte er sich. »Ich wollte vor Jan nichts sagen, aber du wirkst so deprimiert.«

Mit einem tiefen Seufzer startete Lea den Geschirrspüler und schloss die Küchentür, bevor sie sich gegenüber von Ben an die Küchenschränke lehnte.

»Ich habe mit Michi Schluss gemacht,« sagte sie leise.

Auch nach über einer Woche fiel es ihr schwer, die Tatsache zum ersten Mal laut auszusprechen. Ben wirkte überrascht und wusste offenbar nicht, wie er reagieren sollte.

»Ich würde lügen, wenn ich behaupten würde, dass mir das leidtut«, meinte er dann. »Aber der junge Mann nebenan wird richtig erfreut sein.«

»Habt ihr darüber vorhin gesprochen?«

»Verrat mich nicht, aber ja. Er hat sich fürchterlich darüber beschwert, dass Erwachsene ihren Kindern vorschreiben, mit wem sie sich treffen dürfen, aber er kann es dir nicht verbieten, dass du dauernd etwas mit Michi machst. Hast du ihm in letzter Zeit den Kontakt zu irgendwem verboten?«

Lea lachte bitter auf. »Pah, er übertreibt. Ich wollte nur nicht wegen der Geburtstagsfeier eines Kindes, dessen Namen ich noch nie aus seinem Mund gehört hatte, unsere Pläne fürs Wochenende umschmeißen. Außerdem finde ich es total übertrieben, dass man mit der ganzen Schulklasse feiert.«

»Nino, oder?«

»Hattest du den schon?«

»Jetzt gerade. Er ist … schwierig. Aber nicht so schwierig wie seine Mutter.« Er verdrehte die Augen.

»Ja, genau, Nino. Jan hatte ihn vorher noch nie erwähnt, aber kaum hatte er die Einladung in der Hand, hat er mir versichert, dass er einer seiner besten Freunde ist. Und dann war er beleidigt, weil ich gesagt habe, er kann nicht hingehen. Wie auch immer … Er würde mir also gern den Kontakt zu Michi verbieten?«

»Ja. Er hat mich dann auch gefragt, was er machen könnte, damit Michi nicht mehr zu euch kommt.«

»Echt?« Leas Augen weiteten sich vor Schreck. »Er ist schon

so weit, dass er meine Beziehung sabotieren würde? Was hast du ihm gesagt?«

»Dass er sich das sparen kann, weil in der Welt der Erwachsenen die meisten Beziehungen kaputtgehen, ohne dass sich jemand von außen einmischt. Dass die Erwachsenen schon selber dafür sorgen. Da wollte er wissen, ob das bei mir auch schon so war.«

»Was hast du gesagt?«

»In dem Moment hat plötzlich mein Handy geläutet. *Saved by the bell.* Wann hast du mit Michi Schluss gemacht?«

»Letzte Woche.«

»Und das hast du Jan noch nicht gesagt?« Ben wirkte ehrlich schockiert. »Bitte mach das bald, bevor er auf blöde Ideen kommt! Ich weiß nicht, wie ernst er meine Ratschläge nimmt.«

»Wenn sich seine blöden Ideen so äußern, dass er sich von seiner Schokoladenseite zeigt, wenn jemand anderes als Michi zu Besuch ist, könnte ich damit leben«, grinste Lea.

»Willst du etwa behaupten, er ist nicht immer so ein Musterkind?« Ben konnte sich ebenfalls ein Grinsen nicht verkneifen.

»Warte nur, bis du ihn richtig kennst, dann wirst du schon sehen!«

»Kann ich mir gar nicht vorstellen«, behauptete er, aber es war ihm anzusehen, dass ihm sehr wohl bewusst war, dass Kinder auch noch ganz andere Seiten hatten.

Der Kaffee war fertig und Lea füllte zwei Tassen. Doch anstatt sich gemütlich im Wohnzimmer auf die Couch zu setzen, blieben sie, wo sie waren.

»Wie geht es dir mit der Trennung?«, wollte Ben wissen.

Lea seufzte. »Ich weiß nicht. Ich bin traurig und irgendwie frustriert wegen der Umstände. In einem anderen Leben hätte ich in die Beziehung mehr investiert, auch wenn es nicht für immer gewesen wäre.«

»In einem Leben ohne Jan?«

Sie nickte.

»Michi war der erste Mann, den es nicht abgeschreckt hat, dass ich ein Kind habe. Und dann verscheucht ihn gerade dieses Kind wieder. Das hatte ich mir anders vorgestellt.« Sie hielt kurz inne und trank einen Schluck Kaffee. »Aber ich konnte das Jan auch nicht antun. Ich meine, ich hätte mich heimlicher mit Michi treffen können, nicht unter der Woche, wenn extra jemand auf Jan aufpassen muss, sondern eben nur am Freitag, wenn er ohnehin nicht da ist. Nur … was für eine Beziehung hätte das werden sollen? Wir sehen uns montags in der Arbeit und freitags danach und gehen eigentlich nicht davon aus, dass das mit uns hält?«

»Na ja, manchmal will man einfach ein bisschen Spaß haben«, warf Ben ein.

»Ich weiß nicht, ob das für alleinerziehende Mütter gilt«, entgegnete sie. »Okay, wollen schon, aber sich selber zugestehen weniger. Warum bespreche ich das eigentlich ausgerechnet mit dir?«

»Vermutlich weil ich gerade da bin und dich danach gefragt habe.«

Wieder seufzte sie tief. In dem Moment wurde die Küchentür geöffnet und Jan fragte: »Was macht ihr hier?«

»Reden«, antwortete Lea.

»Worüber?«

»Über dich.«

Erschrocken sah Jan zu Ben auf. »Hast du …«, begann er, doch seine Mutter unterbrach ihn sofort.

»Ja, wir haben darüber gesprochen, dass du Michi nicht magst«, gestand sie. »Aber wir haben das deshalb gemacht, weil Michi und ich uns getrennt haben.«

Ihr Sohn sah sie skeptisch an. »Heißt das, er kommt nicht mehr zu uns? Und geht auch nicht mehr überallhin mit?«

»Bei so vielen Sachen, wie du tust, war er gar nicht mit dabei. Aber ja, das heißt es.«

Er nickte ernst und schien über etwas nachzudenken. »Weißt du, ich mag Michi eigentlich schon«, sagte er dann. »Aber er passt nicht in unsere Familie.«

Aus dem Augenwinkel sah Lea, wie Ben bei dieser Aussage überrascht die Augenbrauen hob.

»Bestimmst du jetzt, mit welchen Männern ich mich treffen darf?«, erkundigte sie sich bei Jan.

»Ich muss doch auf dich aufpassen, jetzt bin ja ich der Mann im Haus«, antwortete er.

»Ach, Jan.« Lea drückte ihn fest an sich. »Wie kommst du nur auf so was?«

»Das hat Nils im Sommer am Flughafen zu mir gesagt.«

»Oh, verstehe.« Das ergab Sinn und sah Nils ganz ähnlich.

Sie ging in die Hocke und schaute ihrem Sohn in die Augen.

»Ich glaube, Nils wollte dir damit sagen, dass du ein bisschen darauf achten sollst, dass es mir gut geht. Aber er hat nicht gemeint, dass du die Aufgaben eines Erwachsenen übernehmen sollst.«

»Meinst du?«

»Ja. Und ich werde dich zwar in Zukunft nach deiner Meinung über die Männer fragen, die ich treffen möchte, aber ich würde sie mir bitte gerne selber aussuchen, okay?«

»Okay.«

Wieder drückte Lea Jan fest an sich.

»Ich hab dich lieb«, flüsterte sie ihm ins Ohr.

»Ich dich auch«, flüsterte er zurück, bevor er stöhnend hinzufügte: »Obwohl du mich gerade zerquetschst!«

Schmunzelnd lockerte Lea ihre Umarmung.

»Bekomme ich was Süßes?«, fragte Jan.

»Ja, hol dir etwas«, erlaubte sie.

Er lief sogleich hinüber ins Wohnzimmer zur Naschlade.

»Bringst du mir etwas mit?«, rief Ben hinterher.

»Okay«, kam es zurück. »Was Bestimmtes?«

»Schokolade!«

»Okay!«

»Danke!«

Ben grinste, doch er setzte ein ernstes Gesicht auf, als er sich wieder Lea zuwandte. »*Die* Männer, hm?«, fragte er nur.

»Hast nicht du etwas von Spaß gesagt?«, entgegnete sie.

»Aber so war das doch nicht gemeint …«

»Ach, dann machst du jetzt also einen auf Herr im Haus und bestimmst, mit wem ich ein Date haben darf?«, entrüstete sie sich schmunzelnd.

»Würdest du auf mich hören?«

Lea legte ihre Stirn in übertrieben nachdenkliche Falten und wiegte den Kopf hin und her. »Ich weiß nicht. Kommt wahrscheinlich auf die Situation an.«

»Das war immerhin kein striktes Nein«, stellte er mit einem Schmunzeln um die Lippen fest und nahm von Jan, der gerade um die Ecke bog, den mitgebrachten Schokoriegel an.

»Wie lange bleibst du noch da?«, erkundigte Jan sich, während er seine eigene Schokolade auspackte.

»Gute Frage, keine Ahnung«, erwiderte Ben. »So lange ich darf.«

Lea wurde von ihrem Sohn mit einem Hundeblick bedacht. »Darf er bleiben?«

Sie zuckte mit den Schultern. »Von mir aus.«

»Spielst du mit mir Klavier?«, wandte er sich euphorisch an Ben.

»Ja, sicher«, stimmte der sofort zu.

»Moment mal!«, bremste Lea ihren Enthusiasmus. »Zuerst will ich deine Hausaufgaben sehen!«

Jan brummte widerwillig: »Okay«, schlurfte aber gehorsam davon, um seine Hefte zu holen.

Ben verließ die Küche und schaltete sein Piano ein, das an einer Wand im Vorzimmer stand. Einen anderen Platz, wo sie es nicht dauernd wegräumen musste, hatte Lea dafür nicht gefunden. Aber sie fand die Stelle gar nicht so schlecht, weil sie dadurch regelmäßig darüber stolperten und ans Üben erinnert wurden.

Sie hörte, dass Ben ein paar Tasten drückte, aber es kam nur ein dumpfes »Umpf« heraus.

»Da stecken sicher die Kopfhörer«, meinte sie.

»Wo?«

»Das weißt du nicht?« Sie kam um die Ecke und hatte den Stecker in Sekundenschnelle abgezogen.

»Ich spiele nie mit Kopfhörern«, bemerkte er und setzte sich auf den Hocker. Die Höhe passte ihm offensichtlich nicht, aber er fand sich damit ab. Dann erklangen auch schon die ersten Takte von *Colours of the Rain.* Er sah sie auffordernd an, doch Lea murmelte nur: »Vergiss es!«, und zog sich ins Wohnzimmer zurück.

Sie machte es sich auf der Couch gemütlich und wollte eigentlich lesen, konnte sich aber nicht konzentrieren. Es war viel zu spannend, den beiden bei ihrer außerordentlichen Klavierstunde zuzuhören. Besonders als Ben, der nun wieder Englisch mit Jan sprach, ihn fragte, wie gut seine Mutter Klavier spielte. Als Jan sich darüber wunderte, dass Ben das nicht wusste, erklärte der, dass sie sich weigerte, ihm etwas vorzuspielen. An dem Punkt rief Lea ins Vorzimmer: »Ich kann euch hören und ich verstehe eure Sprache!«

»Wie uncool, dass du uns belauschst«, beschwerte Ben sich.

»Das ist immer noch meine Wohnung!«

»*Next time we will play at my place*«, versprach er Jan daraufhin und sie konzentrierten sich wieder auf die Musik.

Als Jan genug vom Klavierspielen hatte, beschloss Ben, nach Hause zu gehen. Lea hielt ihn nicht auf, aber ihr Sohn war ein wenig enttäuscht. Doch noch immer zeigte er sich von seiner Schokoladenseite und murrte nicht lange, sondern verabschiedete sich ordentlich.

»Warum willst du Ben nichts vorspielen?«, erkundigte er sich, kaum dass sie wieder allein waren.

»Weil ich es nicht so gut kann wie er«, erklärte sie.

»Aber ich lerne es doch auch erst von ihm.«

»Das ist etwas anderes.«

»Wieso? Er könnte dir doch etwas beibringen.«

»Ja, schon. Aber ich will das nicht. Das ist mir unangenehm.«

»Mama?« Er sah ihr direkt in die Augen. »Manchmal bist du schon komisch«, sagte er, dann drehte er sich um und verschwand in seinem Zimmer.

Lea seufzte. Vermutlich hatte er Recht.

Fragen und Antworten

Am Freitagnachmittag saß Lea alleine mit ihrem Liebeskummer am Klavier und versuchte, irgendetwas Fröhliches zu spielen. Doch nach ein paar Takten klang alles wie ein Trauermarsch. Frustriert nahm sie die Kopfhörer ab und stand auf, um sich eine andere Beschäftigung zu suchen. Ein Blick auf ihr Handy verriet ihr, dass sie einen Anruf von Ben verpasst hatte.

»Hey, du hast angerufen«, begrüßte sie ihn.

»Danke fürs Zurückrufen«, sagte er. »Ich wollte eigentlich nur wissen, wie es dir geht.«

»Nicht besonders«, gab sie seufzend zu.

»Falls du reden willst, ich hätte Zeit«, bot er an. »Ich leihe dir gerne mein Ohr.«

Lea dachte über den Vorschlag nach und verglich ihn mit den anderen Optionen für den Nachmittag und Abend. Wohnung putzen, Lebensmitteleinkauf für das Wochenende erledigen, alleine ins Kino gehen oder zu Hause fernsehen. Nichts davon erschien ihr sonderlich verlockend.

»Blöde Idee?«, fragte er, weil sie so lange schwieg.

»Nein, gar nicht. Ich habe nur nachgedacht, was ich eigentlich tun wollte oder sollte und welche Möglichkeit besser klingt. Oder dringender ist. Das Putzen und Einkaufen sollte ich vielleicht nicht aufschieben.«

»Du könntest das in Ruhe erledigen und dann am Abend zu mir kommen«, schlug er vor. »Ich koche uns was und dann reden wir.«

»Das klingt gut. Soll ich Nachspeise mitbringen?«

»Natürlich. Immer.«

»Okay. Wann soll ich bei dir sein?«

»Passt dir sechs?«

»Ja, in Ordnung.«

Beim Auflegen fragte sie sich, ob ihr Ex-Freund soeben ihren Liebeskummer dazu benutzt hatte, um ein Date mit ihr zu vereinbaren. Obwohl sie der Gedanke verwirrte, beschloss sie, sich auf den Abend mit ihm einzulassen. Wenn sie herausfinden wollte, was sie wirklich für ihn empfand und ob es für sie eine gemeinsame Zukunft gab, war es vermutlich wenig hilfreich, ihm aus dem Weg zu gehen.

Sie erledigte das Unangenehmste auf ihrer To-do-Liste sofort und putzte schnell Bad und WC. In diesen Momenten war sie immer froh über die winzigen Ausmaße der beiden Räume. Nachdem sie bei Jan und im Wohnzimmer aufgeräumt hatte, schrieb sie eine Einkaufsliste für das Wochenende und setzte auch noch die Zutaten für einen *Kladdkaka* darauf.

Während Lea Ben am Abend dabei zusah, wie er dem Essen den letzten Schliff verpasste, bestand ihre Unterhaltung hauptsächlich aus Small Talk. Am Tisch erkundigte er sich zwar nach Michael, aber dann kippte das Gespräch und ihr wurde mehr und mehr klar, dass das, worüber sie wirklich reden wollte, nicht ihr aktueller Ex-Freund war. Ständig spukten alte Geschichten in ihrem Kopf herum, ungeklärte Fragen zu den letzten sieben Jahren, Dinge, die sie gerne einmal mit Ben besprechen wollte.

Sie waren nach Suppe und Hauptgang so satt, dass sie vorerst auf den Kuchen verzichteten und nur Kaffee tranken. Eine Weile saßen sie sich wortlos gegenüber und rührten gedankenverloren in ihren Tassen herum, bis Ben sich offenbar ein Herz fasste und fragte: »Geht es nur mir so oder hast du auch das Bedürfnis, mir gefühlte vier Millionen Fragen zu stellen, die nichts mit deinem Liebeskummer zu tun haben?«

Erleichtert seufzte Lea auf. »Es geht nicht nur dir so. Mir schießen schon den ganzen Abend Dinge durch den Kopf, über die ich gerne mit dir reden würde.«

Um das Ganze fair zu gestalten, einigten sie sich auf eine Art Spiel. Jeder durfte abwechselnd eine Frage stellen, und der andere verpflichtete sich, absolut ehrlich zu antworten. Nachdem sie es sich auf der Couch gemütlich gemacht hatten, ließen sie das Los entscheiden, wer anfangen durfte.

Lea gewann.

»Seit wann hast du dieses Tattoo?« Sie deutete auf seine Brust. »Wie lange ist ›schon lange‹?«

Seine Augen verengten sich ein wenig, als er nachrechnete. »Knappe fünf Jahre«, antwortete er.

»Da waren wir schon über zweieinhalb Jahre nicht mehr zusammen«, stellte sie fest.

Er nickte.

»Wieso erst so spät?«

»Das war eine zweite Frage«, bemerkte er. »Ich bin dran.«

»Okay«, murmelte Lea widerwillig.

»So sind die Regeln«, erinnerte er sie.

»Ja, schon gut. Frag!«

»War es je eine Option, das Kind nicht zu bekommen?«, wollte er wissen.

Ihre Antwort kam wie aus der Pistole geschossen.

»Was? Nein. Nie!«

Sofort kehrte Lea zu ihrer eigenen Frage zurück.

»Warum hast du dir erst so lange nach dem Ende unserer Beziehung genau diesen Text tätowieren lassen? Warum nicht *Colours of the Rain*? Das musst du doch etwa zu der Zeit geschrieben haben.«

»Stimmt, das haben wir damals aufgenommen«, gab er ihr recht. »Aber *Colours of the Rain* handelt vom Loslassen von etwas, das dir einmal alles bedeutet hat. Der Text hier, das ist eine Erinnerung, die ich unbedingt behalten wollte.«

»Du hast damit aber nicht nur die guten Erinnerungen verewigt.«

»Das war schon wieder eine zweite Frage.«

»Das war keine Frage, sondern eine Feststellung«, widersprach Lea. »Aber wenn du das Bedürfnis hast, sie zu kommentieren …«

»Ausgefuchstes Biest«, schimpfte Ben und warf einen der kleinen Polster, die auf seiner Hälfte der Couch lagen, nach ihr. Sie fing ihn schmunzelnd auf und kuschelte sich hinein.

»Ja, ich habe auch die schlechten Erinnerungen verewigt«, gab er zu. »Ich wollte mir das einfach immer vor Augen halten.«

Lea runzelte die Stirn. Es war eine Sache, dass er das selber nie vergessen wollte, um den Fehler kein zweites Mal zu machen. Aber falls sie noch einmal zusammenkommen sollten, würde das Tattoo sie jeden Tag aufs Neue an diesen schrecklichen Morgen erinnern. Daran änderte auch der Text nichts.

»*A penny for your thoughts*«, sagte Ben, doch sie schüttelte den Kopf. Er hatte keine richtige Frage gestellt, deshalb fühlte sie sich nicht verpflichtet zu antworten. Er erkannte seinen Fehler und formulierte seine Bemerkung um. »Was denkst du über das Tattoo?«

Sie atmete tief durch und vergrub ihr Gesicht in dem Polster. Mit geschlossenen Augen versuchte sie, es sich ins Gedächtnis zu rufen, doch das Bild in ihrem Kopf war verzerrt von der Tatsache, wie mager Ben damals gewesen war, als sie es entdeckt hatte.

»Kann ich es noch einmal sehen?«, fragte sie vorsichtig.

Er nickte und zog sich ohne Zögern Shirt und Pullover über den Kopf.

Lea richtete sich auf, um die Tätowierung aus der Nähe betrachten zu können. Auch jetzt war ihre erste Assoziation der Morgen, an dem ihre Beziehung zerbrochen war. Sie spürte allerdings, dass sich im letzten halben Jahr ihre Gefühle diesbezüglich verändert hatten und zur Ruhe gekommen waren.

Sie las den Text, der sich schon vor vielen Jahren fest in ihr Gehirn – oder doch in ihr Herz? – eingebrannt hatte. In wenigen Zeilen hatte Ben alles ausgedrückt, was ihre Beziehung zu diesem Zeitpunkt ausgemacht hatte. Ironischerweise beschrieb er das Aufwachen nebeneinander, also genau die Situation, die für Lea eines Tages in ihr ultimatives Horrorszenario umgeschlagen war. Es kostete sie große Mühe, diese Erinnerung auszublenden und wieder zurückzufinden zu einem Morgen, wo ihre Welt noch in Ordnung gewesen war.

Konnte es ihr gelingen, irgendwann hauptsächlich die positiven Dinge in dem Tattoo zu sehen und alles andere nur als Mahnung im Hinterkopf zu behalten? Sie wusste es nicht.

»Zu dem Tattoo gehört schon eine gehörige Portion Masochismus«, stellte sie fest.

»Mit Masochismus kenne ich mich aus«, murmelte Ben, während er sich wieder anzog.

Lea war sich nicht sicher, ob ihm ihre knappe Antwort genügte, aber ihr brannte plötzlich eine sehr dringende Frage auf den Nägeln. »Ich hab dich im Herbst gefragt, ob du glaubst, du könntest mit diesem Tattoo mitten auf der Brust noch jemals eine andere Frau finden. Hast du je gedacht, du könntest mich damit zurückgewinnen?«

Sie hatte ihn damals durch ihr Gehen zu einem Liebesbeweis veranlassen wollen, der ihr helfen sollte, ihm wieder zu vertrauen. Zählte eine tätowierte Liebeserklärung?

Ben schwieg eine Weile.

»Ich weiß nicht«, antwortete er dann. »Ich schätze, zu dem Zeitpunkt habe ich nicht geglaubt, dass das noch im Bereich des Möglichen sein könnte. Also nein, dich damit zurückzugewinnen, war keine Intention dahinter. Dich für immer nahe an meinem Herzen zu tragen, das schon.«

Damit traf er Lea zwar mitten ins Herz, doch die Frage, ob er unbewusst die Aufgabe, die sie ihm gestellt hatte, erfüllt hatte, beantwortete es nicht.

Pläne

»Was war dein Plan?«, fragte Ben in die entstandene Stille hinein. Er musste nicht konkreter werden, Lea verstand, was er meinte. Niemand wusste besser als er, wie sie tickte. Selbstverständlich hatte sie einen Plan gehabt, als sie an dem Morgen ihre Sachen gepackt hatte.

»Der große, über allem stehende Plan war, zu dir zurückzukommen, sobald du einen Beweis geliefert hättest, dass das ein kleiner, völlig unbedeutender Ausrutscher war, der uns und unserer Liebe nichts anhaben konnte. Ich wollte mich nicht mit einer Entschuldigung zufrieden geben, einem Geschenk oder einer wie auch immer gearteten kleinen Geste. Es sollte für dich ein Aufwand sein, um gleichzeitig sicherzustellen, dass so etwas in Zukunft nicht dauernd vorkommen würde. Wenn ich es dir zu leicht gemacht hätte, hätte es sein können, dass du dir auf zukünftigen Touren gar nicht erst groß Gedanken um mich gemacht hättest. Ich wollte eine bleibende Erinnerung schaffen.«

»Der Teil des Plans ist aufgegangen«, stellte er fest.

»Aber alles andere nicht«, meinte sie resigniert.

»Nein, alles andere habe ich voll verbockt, indem ich mich gegen dich und für die Band entschieden habe.«

»Ich hätte nie von dir verlangt, für mich die Band aufzugeben«, stellte Lea klar.

»Ich weiß. Die Band hat das aber anders gesehen.«

»Sie wollten, dass du mich aufgibst?«

»Sie wollten, dass ich aufhöre, mich durch meinen Liebeskummer von der Arbeit ablenken zu lassen. Über den Sommer haben sie es akzeptiert, die Auftritte waren ja nicht das Problem.

Sobald ich auf der Bühne stehe, bin ich voll konzentriert, egal was passiert. Aber im Herbst mussten dann Songs geschrieben und arrangiert werden, das verlangt mehr als nur Konzentration auf den Moment. Mit mir war allerdings nicht viel anzufangen. Daran, ein Album mit traurigen Liebesliedern aufzunehmen, waren sie nicht interessiert. Deshalb hat Jonas mir irgendwann ein Ultimatum gestellt. Sie haben mir eine Woche Zeit gegeben, um mich voll auf die Suche nach dir zu konzentrieren. Danach wollten sie eine Entscheidung – weiter mit ihnen an dem Album arbeiten oder aus der Band aussteigen.«

Lea entfuhr ein schockierter Laut. »Wann war das?«, wollte sie wissen.

»Der 31. Oktober war der Stichtag.«

Ihr wurde gleichzeitig heiß und kalt. Kurz davor hatte sie von der Schwangerschaft erfahren, ihren Eltern jedoch erst eine Woche später davon erzählt. Hätte sie das früher gemacht, hätte ihre Mutter Ben bei seinem letzten Besuch wohl Leas Aufenthaltsort verraten. Und alles wäre anders gekommen.

»Wir sind an schlechtem Timing gescheitert.«

»Sind wir das? Was hätte besseres Timing geändert?«

»Alles«, behauptete Lea aufgebracht. »Ein paar Tage mehr und meine Eltern hätten sich eingemischt. Die ganze Aktion mit Stockholm, mich vor dir zu verstecken, auf etwas Großes von dir zu warten, das fanden sie anfangs okay. Ich glaube, ganz zu Beginn waren sie sogar recht stolz darauf, dass ich mich nicht zu billig verkaufen wollte. Und meine Idee, für eine Weile wegzugehen, haben sie unterstützt, weil sie der Ansicht waren, es würde zwischen dir und mir eine Art Gleichgewicht schaffen, wenn ich auch Erfahrungen in einem anderen Land sammle und nicht nur du dauernd in der Welt unterwegs bist. Deshalb haben sie bei meinem Plan mitgespielt. Dabei hat meine Mutter mir allerdings verschwiegen, dass sie eigentlich auf deiner Seite ist.«

»Im Nachhinein ist mir klar geworden, dass deine Mutter mir wochenlang Hinweise zugesteckt hat, wo du bist. Ich habe sie nur nicht verstanden, weil ich so fixiert darauf war, dass du bestimmt irgendwo in der Stadt bist oder zumindest noch im Land. Aber wer rechnet denn bitte damit, dass die Zimtschnecken, die sie mir vorgesetzt hat, und ihre Ausführungen über die Hochzeit von *Victoria von Schweden* etwas mit deinem Aufenthaltsort zu tun haben könnten?«

Lea musste lachen. Das sah ihrer Mama ganz ähnlich.

»Wie auch immer, die Schwangerschaft hat alles verändert«, fuhr sie fort. »Sie haben die Feiertage Anfang November für einen Besuch in Stockholm genutzt. Als ich ihnen von der Neuigkeit erzählt habe, wollten sie mich eigentlich ins nächste Flugzeug zerren. Aber für mich kam das nicht infrage. Zu dir zurückzukommen, nur weil ich schwanger war, das wäre die totale Kapitulation gewesen. Ich wollte mir ja beweisen, dass ich mein Leben auch ohne dich auf die Reihe bekomme, dass ich nicht von dir abhängig bin. Das haben sie zähneknirschend akzeptiert und sich damit abgefunden, dass ich in Schweden bleiben wollte. Wenn ich nachgegeben hätte, wäre alles anders gekommen, obwohl dein Ultimatum schon vorbei war.«

»Wir hätten uns nur eine neue Wohnung suchen müssen. Die hatte ich nämlich schon gekündigt.«

»Bin ich dran mit der nächsten Frage? Warum so schnell?«

»Weil sich gleichzeitig das mit London ergeben hatte«, erklärte er. »Es gab schon länger Pläne, von England aus an unserer Karriere zu arbeiten. Anfangs habe ich gezögert, weil ich nicht wusste, wie ich dir das verkaufen soll und ob du bereit wärst, mit mir nach London zu kommen. Nicht nur für einen Urlaub bei meiner Familie, sondern für längere Zeit. Im Oktober wurde das Ganze dann konkret und wir mussten eine Entscheidung treffen. Daher das Ultimatum der anderen drei.«

»Dann kann ich meinen Eltern ja sagen, dass sie sich jahrelang unnötig beschwert haben, weil ich in Stockholm geblieben bin. Ihr Enkel wäre auch in einem anderen Land aufgewachsen, wenn ich dich nicht verlassen hätte.«

»Also wärst du mitgegangen?«

»Natürlich«, versicherte sie.

»Hätte ich dich bloß gefragt«, seufzte er. »Obwohl es vielleicht am weiteren Verlauf der Dinge gar nichts geändert hätte. Mit dem Wissen, dass du gerade dabei bist, für deinen treulosen Freund dein ganzes Leben umzukrempeln, hättest du wahrscheinlich erst recht einen riesengroßen Liebesbeweis von mir verlangt.«

»Ja, da hätte ich sicher zuerst einmal einen Rückzieher gemacht«, stimmte sie ihm zu, bevor sie sich erkundigte: »Wolltest du mich nicht dabeihaben oder warum hast du mich nie gefragt?«

»Selbstverständlich wollte ich dich dabeihaben. Aber du warst nach zwei Jahren beruflich endlich an einem Punkt angelangt, wo ich nicht mehr das Gefühl hatte, dich zu etwas überredet zu haben, was nicht so funktionierte, wie du es dir vorgestellt hast. Von dir zu verlangen, dass du alles hinwirfst und in London schon wieder ganz von vorne anfängst, erschien mir zu viel. Dabei hast du dann selber von einem Tag auf den anderen alles hingeschmissen.«

»War das eine Frage?«

»Ich formuliere es zu einer: Warum um alles in der Welt hast du deine eigene Firma aufgelöst, bevor ich wieder nüchtern war?«

»In dem Moment, in dem mir klar geworden ist, dass du mit der Frau am anderen Ende der Leitung geschlafen hattest, wusste ich, dass es die falsche Entscheidung gewesen war, mich finanziell von dir abhängig zu machen. Wenn ich nicht bei dir gewohnt hätte, du mich nicht durchgefüttert und mir ein Büro zur Verfügung gestellt hättest, hätte ich das Experiment mit der Selbstständigkeit spätestens nach drei Monaten wegen Erfolglosigkeit abgebrochen und mir einen festen Job gesucht. Obwohl es nach eineinhalb Jahren endlich ganz gut gelaufen ist, hatte ich an dem Morgen das Gefühl, vor dem Nichts zu stehen.«

»Du hast wirklich die Telefonnummer angerufen? Wie hast du das fertiggebracht? Was hast du gesagt?«

»Mal abgesehen davon, dass ich dran bin, waren das jetzt drei Fragen auf einmal«, wich Lea aus.

»Okay, dann du zuerst!«, forderte er sie auf.

»Was hast du gemacht, als du aufgewacht bist und ich nicht mehr da war?«, fragte sie.

»Ich weiß nicht mehr so genau. Eine Zeit lang habe ich mich überhaupt nicht ausgekannt. Also zuerst dachte ich wahrscheinlich, du wärst nur einkaufen gegangen oder so. Dann habe ich langsam gemerkt, dass Dinge fehlen, und irgendwann habe ich gezielt nach deinen Sachen gesucht und gesehen, dass bis auf die Möbel so ziemlich alles weg war. Und das war dann das eigentliche böse Erwachen. In dem Moment wäre ich am liebsten gestorben. Die Rasierklinge hatte ich schon in der Hand.«

»Wirklich?«, hakte Lea erschrocken nach.

»Ja, aber dann ist Jonas aufgetaucht und meinte, ich solle hier bitte nicht auf ›*Romeo und Julia*‹ machen, sondern erst einmal richtig ausnüchtern. Mit dem restlichen Alkohol ist dann auch die Todessehnsucht verschwunden. Aber wieder zurück zu dir. Du hast die Nummer angerufen.«

»Ich weiß nicht, wie ich das fertiggebracht habe«, meinte Lea achselzuckend. »Ich war wie ferngesteuert, habe mich als deine Assistentin ausgegeben und behauptet, du hättest mich beauftragt anzurufen. Daraus hat sie geschlossen, dass du etwas vergessen hast. Dann hat sie angefangen zu quasseln wie ein Wasserfall und hat genug ausgeplaudert, dass ich mir den Rest zusammenreimen konnte. Hast du wirklich gar nichts davon mitbekommen, dass ich gepackt habe? Ich meine, mir sind deine Koffer direkt neben dem Bett auf den Boden gekracht, als ich sie vom Kasten heruntergehievt habe. Und ich bin panisch in der ganzen Wohnung auf und ab gelaufen und habe mein Zeug zusammengesucht.«

»Glaub mir, wenn ich dich gehört hätte, hätte ich dich auf Knien angefleht zu bleiben.«

»Wie hast du es in dem Zustand geschafft, sie zu vögeln?«

»Da war ich ja noch nicht so betrunken. Also schon, aber nicht so sehr. Ich war danach auf dem Heimweg in einer Bar und habe den Barkeeper überredet, mir eine Flasche Wodka zu verkaufen. Erst danach war ich ›in dem Zustand‹. Ich versuche seit Jahren, zu verstehen, warum du ohne ein Wort gegangen bist. Ich meine, du hast nicht einmal ›Arschloch‹ neben die Telefonnummer gekritzelt. Es hat sich oft, sehr oft, angefühlt, als wärst du plötzlich bei einem Autounfall ums Leben gekommen oder so. Wenn es mir ganz besonders dreckig ging, habe ich mich sogar gefragt, ob da eine riesengroße Verschwörung im Gange ist und mich alle anlügen, weil sie mir nicht sagen wollen, dass du tot bist.«

»War das eine Frage?«, erkundigte sich Lea, nachdem sie eine Weile auf ihrer Unterlippe herumgekaut hatte.

»Nein, eigentlich nicht. Außer du hast eine Erklärung dafür.«

Sie schüttelte den Kopf. »Nein, ich habe keine. Außer der, dass ich wahrscheinlich nicht einmal dazu fähig gewesen wäre, das Wort ›Arschloch‹ richtig zu buchstabieren, weil ich derart neben mir gestanden bin. An dem Morgen war mein ganzes Leben ein einziger Scherbenhaufen.«

Er nickte ernst und ließ die Antwort auf sich wirken. Doch auf einmal erkundigte er sich grinsend: »Apropos Scherbenhaufen – ich bin dran, oder? –, hat es dir große Genugtuung bereitet, mein nagelneues Handy zu zertrümmern?«

»Hätte es, wenn es Absicht gewesen wäre. Aber ich habe es in meinem Schock fallengelassen und es war sofort kaputt. Ich war höchstens einen kurzen Moment schadenfroh. Hast du sehr gelitten, als du es gefunden hast?«

»Nur, weil es nutzlos für meine Suche nach dir war. Wie hast du es geschafft, dass du bei jeder einzelnen Station, wo ich dich gesucht habe, gerade weg warst, als ich dort aufgetaucht bin?«

Lea zuckte mit den Schultern. »Intuition«, vermutete sie.

Zurückgelassen

»Weißt du übrigens – und das ist eigentlich keine Frage –, dass du mit deinem plötzlichen Verschwinden auch andere vor den Kopf gestoßen hast?«, meinte Ben nun. »Axel hat nie so recht verstanden, warum du den Kontakt zu ihm so radikal abgebrochen hast. Aber das ist noch gar nichts gegen Rebekka.«

»Was ist mit Rebekka?«, fragte Lea vorsichtig.

Mit Luisas älterer Schwester war sie richtig gut befreundet gewesen. Aber da Rebekka gleichzeitig Bens beste Freundin war, war Lea gar nichts anderes übrig geblieben, als sie zurückzulassen.

»*She was so mad I even think she still hates you. If you ever meet her on the street run as fast as you can!* Sie hat dir bis heute nicht verziehen. Also weder, dass du mich verlassen hast, noch, dass du auch sie aus deinem Leben verbannt hast.«

»Wie hat sie erfahren, dass ich weg bin?«

»Jonas hat sie sofort angerufen und zu uns in die Wohnung beordert. Also aus meiner Sicht war sie einfach da, als ich wieder einigermaßen nüchtern war. Sie hat eine Million Mal bei dir angerufen. Ich konnte ja nicht, weil mein Handy kaputt war. Und sie hat es persönlich genommen, dass du nicht abgehoben hast.«

»Ich habe mir eine neue SIM-Karte mit anderer Telefonnummer besorgt«, verriet Lea. »So hatte ich zwar noch alle Nummern, aber nur mehr ausgewählte Leute meine.«

»Sehr schlau von dir, aber schlecht für uns. Rebekka hat dann eine Liste von Orten erstellt, wo du sein könntest. Bei etlichen warst du auch tatsächlich, nur eben nicht mehr, als ich hingekommen bin. Nach einer Woche mussten wir wieder für zwei Wochen auf Tour, währenddessen hat sie für mich weitergesucht. Aber als wir heimgekommen sind, hatte sie keine Idee mehr, wo du sein könntest. Ab da habe ich versucht, deine Mutter auszuquetschen.«

»Da war ich schon in Stockholm.«

»So schnell?«

»Worauf hätte ich warten sollen?«

Darauf hatte er offenbar keine Antwort und zuckte nur mit den Schultern.

»Weiß Rebekka, dass wir uns wieder getroffen haben?«, wollte Lea wissen.

»Nein«, erwiderte er kopfschüttelnd. »Wir telefonieren zwar regelmäßig und sie besucht mich manchmal, doch das Thema war mir bis jetzt zu heikel. Aber wahrscheinlich sollte ich sie demnächst mal vorwarnen, damit sie sich langsam an den Gedanken gewöhnen kann und dir bei eurer ersten Begegnung nicht die Augen auskratzt oder so. Als sie mir beim Auszug aus der Wohnung geholfen hat, hätte sie am liebsten dein restliches Zeug zu einem Scheiterhaufen aufgeschichtet und angezündet.«

»Hast du das zugelassen? Oder was hast du mit den Sachen gemacht, die ich in der Wohnung gelassen habe? Mit meinen Möbeln?«

Er grinste verschmitzt, »Such sie doch!«

»Wie, du hast sie hier?« Lea war sofort auf den Beinen.

Von Bens Loft hatte sie bisher höchstens ein Viertel gesehen: den Eingangsbereich, das straßenseitig gelegene Wohnzimmer und die Küche, deren Fenster zum Innenhof der Fabrik hin ausgerichtet waren. Zum mittleren Bereich, wo der Flügel stand, hielt sie Respektabstand, auch das Büro hatte sie bisher noch nicht betreten. Der hinterste Teil des Lofts war durch eine nackte Betonwand vom Rest abgetrennt, deren Mittelteil um einen Meter nach hinten versetzt war, wodurch sich links und rechts jeweils ein Zugang ergab. Was sich dahinter verbarg, konnte sie nur vermuten.

Lea konzentrierte sich zuerst auf die ihr bekannten Bereiche und fing auf der Seite der Küche zu suchen an. Um den Flügel machte sie einen großen Bogen. Die Regale dahinter kannte sie zwar, aber sie gehörten Ben. Im Arbeitsbereich stand jedoch tatsächlich Leas Schreibtisch. Es war ein schwerer, alter Holztisch mit vielen Laden, den sie bei einem Altwarenhändler gekauft hatte.

An den Betonwänden lehnten Bilder, die Ben dort anscheinend aufhängen wollte. Eines davon, ein Kunstdruck von Keith Haring, gehörte ebenfalls ihr.

Ihr Blick fiel durch die rechte Öffnung in der Betonwand auf den dahinter liegenden, der Straßenseite zugewandten Bereich und direkt auf einen großen gemütlichen Sessel, den sie damals aus ihrem WG-Zimmer mitgebracht hatte. Sie betrat den Raum, den sie für ein Gästezimmer hielt, erkannte aber keine weiteren Möbelstücke wieder. Daher wandte sie sich der Hofseite zu, wo sie Bens Schlafbereich vermutete. Dort fand sie nicht nur ihr ehemals gemeinsames Bett, sondern auch die Schränke aus ihrem Schlafzimmer. Ben hatte offenbar nicht groß in neue Möbel investiert, als er hier eingezogen war.

Ein Möbelstück fehlte, das Lea nur schweren Herzens zurückgelassen hatte. Eine Kommode, die einmal ihrer Großmutter gehört hatte. Früher war sie im Schlafzimmer gestanden, aber hier war sie nicht zu sehen.

Ben trat neben sie. »Alles gefunden?«

Sie schüttelte den Kopf.

Mit einem Nicken wies er sie auf eine Schiebetür hin, die in den Bereich hinter der versetzten Wand führte. Sie schob die Tür auf, trat ins Badezimmer und erblickte sogleich die gesuchte Kommode. Offensichtlich war sie restauriert worden, denn der Spiegel war nicht mehr blind und die abgeschlagene Ecke links unten war wieder in Ordnung. Bens Spiegelbild tauchte neben ihrem auf.

»Du hast sie hergerichtet«, bemerkte sie.

»Nein, das war mein Dad«, stellte er richtig. »Leider dachte er, der Spiegel wäre erst durch die Lagerung in seinem Keller so kaputtgegangen, deshalb hat er ihn ausgetauscht. Mein Plan war eigentlich, die Kommode anstelle eines normalen Spiegels hierherzustellen, damit ich nicht gleich in aller Frühe sehe, wie beschissen ich ausschaue. Willst du sie zurück?«

»Ja, aber dann muss ich den Spiegel wieder herausnehmen. Der einzige Platz, wo ich sie hinstellen kann, ist vor meiner Schlafzimmertür. Und dann brauche ich die Öffnung im Rahmen, damit ich durchklettern kann, wenn ich hinein und hinaus will.«

Ben lachte. »Na gut, dann sehe ich sie als Leihgabe an, bis du einen Platz dafür gefunden hast.«

»Streng genommen hast du sie inzwischen schon ersessen.«

»*Honey*, ich kann dich doch nicht um deine Erbstücke bringen«, erwiderte er und küsste sie schnell auf die Haare.

Lea sah seinem Spiegelbild dabei zu und fühlte sich zehn Jahre in die Vergangenheit versetzt. Das hatte er früher gerne und oft getan. Jetzt war es – abgesehen von der Umarmung zu seinem Geburtstag – das erste Mal, dass sie sich so nahe kamen. Nachdenklich sah sie dem Ben im Spiegel in die Augen. Hatte ihn nur die Situation dazu verleitet oder wünschte er sich, dahin zurückzukommen, wo solche Gesten zwischen ihnen selbstverständlich waren?

»Was ist mit den restlichen Sachen?«, erkundigte er sich nach einer Weile.

»Die *Yellow Dancers* hätte ich gern zurück, für die findet sich eine freie Wand. Für den Rest habe ich keinen Platz.«

»Gib einfach Bescheid, wenn sich das ändert, okay?«

»Okay.«

Sie standen etwas verlegen vor der Spiegelkommode, bis Ben fragte: »Wer ist dran?«

»Ich glaube du.«

Falsche Entscheidungen

Zurück im Wohnbereich ließ Lea sich wieder auf ihre Hälfte der Couch plumpsen.

Ben zögerte. »Wenn ich schon stehe, willst du etwas trinken? Kaffee?«

»Wenn ich jetzt noch Kaffee trinke, bin ich die ganze Nacht wach«, lehnte Lea ab.

»Ich weiß, aber vielleicht brauchen wir die ganze Nacht.«

»Nein, danke.«

Sie hätte gern nach einem Bier gefragt, traute sich aber nicht, weil sie nicht wusste, wie schlimm Bens Alkoholproblem gewesen war. Doch er schien ihre Gedanken zu erraten, denn er verschwand in der Küche und kam gleich darauf mit zwei Bierflaschen zurück, von denen er ihr eine in die Hand drückte, bevor er sich wieder auf die Couch sinken ließ.

»Hat man mir das jetzt so angesehen?«, wollte sie wissen.

»Den Blick kenne ich«, erwiderte er. »Warum hast du nicht nach einem gefragt?«

»Zählt das schon wieder?«

»Ja. Eine ehrliche Antwort bitte.«

»Weil du angedeutet hast, dass du ein Alkoholproblem hattest, und ich nicht weiß, wie dramatisch das war.«

»Das ist vermutlich deine nächste Frage?«

Sie nickte.

»Ich habe über längere Zeit – während der Tour zum dritten Album – immer wieder ziemlich viel getrunken. Aber nicht unbedingt regelmäßig, sondern eher an einzelnen Tagen exzessiv. Das versuche ich inzwischen, ebenso wie harte Getränke, möglichst zu vermeiden. Ein Bier ab und zu muss aber sein. Also alles im grünen Bereich, glaube ich.«

»Und die Essstörungen?«, hakte sie nach.

»Das war kritischer, in die wäre ich wirklich fast wieder hineingeschlittert. Aber es geht jetzt. Ich habe mich eine Zeit lang an meine alten Essenspläne gehalten, bis ich selber wieder ein Gespür für meinen Körper hatte, gleichzeitig aber mit Sport begonnen, um den Muskelabbau zu stoppen. Inzwischen bin ich wieder gut in Form.«

»Ja, bist du«, grinste Lea und tippte gegen seinen Bizeps. Doch sogleich wurde sie wieder ernst und ergänzte: »Aber im Herbst war ich echt schockiert davon, wie mager du warst.«

»Dann ist es ja gut, dass du mich in meiner schlechtesten Zeit nicht gesehen hast«, stellte er fest.

»Wie schlimm war es da?«, fragte sie vorsichtig.

»Sehr.«

»Lebensbedrohlich?«

»Ja.«

Die Antwort musste Lea erst einmal verdauen.

»Und das war meine Schuld?«

»Du hast schon wieder eine Reihe von Fragen gestellt«, wich er aus.

»Also ja.«

»Nein. Ja. Auch. Aber nur bis zu einem gewissen Grad. Andere Leute verlieren wirklich geliebte Menschen durch tragische Unfälle und hungern sich deshalb trotzdem nicht zu Tode. Natürlich habe ich dir damals die Schuld gegeben, aber ich habe in der Therapie gelernt, dass ich selber dafür verantwortlich bin, was ich aus meinem Leben mache. Ich hätte mich zum Beispiel gegen die Band und für dich entscheiden können. Wenn ich deine Eltern gebeten hätte, dir auszurichten, dass ich deinetwegen ausgestiegen bin, wärst du dann zurückgekommen?«

»Ich hätte mich mit hundertprozentiger Sicherheit in den nächsten Flieger gesetzt, um dich zu fragen, ob du von allen guten Geistern verlassen bist.«

»Siehst du! Meine falsche Entscheidung.«

Lea schwieg bedrückt, denn gerade war die Erkenntnis eingesickert, dass Ben sich an diesem Punkt bewusst gegen ihre Beziehung entschieden hatte. Selbst nach so vielen Jahren tat diese Gewissheit weh.

Er schien zu merken, was sie dachte. »Damals in den Flieger nach London zu steigen, war das Schwerste, was ich je tun musste«, erklärte er. »Dich aufzugeben, war nicht eine Sekunde lang leicht und ich habe die Entscheidung seither jeden einzelnen Tag bereut. Ich hatte zwar endlich die erfolgreiche Karriere, für die wir so hart gearbeitet hatten, aber ohne dich war das alles wertlos. Du hast mir an den Kopf geworfen, dass ich unsere Beziehung zerstört habe, nur um mich dann selber zu ruinieren. Unsere Beziehung wollte ich nie kaputtmachen, mir hat noch nie etwas mehr bedeutet. Aber nachdem es passiert war, war mein Verhältnis zu mir selber, zu meinem Körper, massiv gestört. Ich hätte zu jedem Zeitpunkt alles hingeworfen, wenn es irgendeinen Hinweis darauf gegeben hätte, wo du bist.«

»Ich war so bescheuert«, rief sie aus und Tränen liefen ihr über die Wangen. »So stur, so naiv, so dämlich einfach! Ich habe mit aller Macht an meinem Plan festgehalten. Dabei habe ich mich aber nicht ein einziges Mal gefragt, was das dir abverlangt. Euer Tourplan war in dem Sommer komplett voll, du hattest kaum Zeit, nach mir zu suchen. Und dass der Druck von der Plattenfirma enorm war, wusste ich auch. Aber ich war so überzeugt davon, dass das neue Album alles in Ordnung bringen würde. Ohne die Schwangerschaft hätte ich mir ein paar Monate Auszeit in Stockholm genommen, neue Erfahrungen gesammelt, die Sprache gelernt. Mir selber bewiesen, dass ich das alles kann, alleine, ohne von dir abhängig zu sein. Ich wollte etwas von der Welt sehen, Abstand gewinnen und nebenbei durch die Entfernung dafür sorgen, dass du mich so sehr vermisst, dass du nie wieder eine andere Frau anfassen willst. So weit, so naiv.«

»Eigentlich war dein Plan gar nicht so schlecht«, meinte Ben. »Du hättest mich nur einweihen sollen. Hättest du mich wissen lassen, dass du Zeit und Abstand brauchst, dass du dir beweisen willst, dass du ohne mich zurechtkommst – ich hätte es wahrscheinlich verstanden und akzeptiert und hätte vor lauter Sehnsucht das Album aufgenommen, das du dir erwartet hast.«

»Aber es war total dumm von mir zu glauben, das Universum würde sich schon nach meinen Plänen richten! Ich habe mich für so schlau, so erwachsen gehalten. Dabei habe ich mich verhalten wie ein trotziges, kleines Mädchen.«

Inzwischen weinte Lea hauptsächlich aus Wut auf sich selbst. Sie verstand nicht mehr, warum sie damals so stur an ihrem Plan festgehalten hatte. Nur der Gedanke, wie wertvoll die Jahre in Stockholm für sie gewesen waren, stimmte sie etwas versöhnlicher.

»Einigen wir uns darauf, dass wir beide Fehler gemacht haben«, schlug Ben vor. »Wir waren jung, vielleicht einfach zu jung. Wir haben uns ohne Rücksicht auf Verluste in diese Beziehung gestürzt. Kein Wunder, dass deine Eltern froh darüber waren, dass du doch noch etwas anderes ausprobieren und erleben wolltest.«

»Ist das Alter wirklich eine Entschuldigung?«

»Wenn wir es gelten lassen.«

Lea nickte nur. Sie war völlig aufgewühlt von der Erkenntnis, dass sie selbst schlimme Fehler begangen hatte, von dem Wissen, wie schwer Bens Erkrankung gewesen war, von all den falschen Entscheidungen. Frustriert trank sie einen großen Schluck Bier und wünschte sich dabei, es wäre etwas sehr viel Stärkeres. Sie hatte Lust, sich besinnungslos zu trinken, um all das zu vergessen.

Flügel

»Themenwechsel«, entschied Ben, um die Stimmung wieder zu heben. »Willst du einmal auf meinem Flügel spielen?«

Lea hatte zwar den Überblick verloren, wer an der Reihe war, eine Frage zu stellen, aber sie antwortete wie vereinbart ehrlich: »Ja.«

Doch als er sie aufforderte: »Dann spiel!«, winkte sie ab.

»Nicht jetzt – irgendwann einmal, wenn du nicht da bist.«

»Ich habe versteckte Überwachungskameras, die alles aufzeichnen«, behauptete er.

»Dann lasse ich es besser. Bei einem Videobeweis gibt es Strafverschärfung.«

»Strafe wofür? Für unperfektes Klavierspiel? Das ist doch kein Weltuntergang.«

»Du hast leicht reden, *Maestro*.«

»Es geht doch beim Klavierspielen nicht um Perfektion, sondern um die Freude an der Musik, um das Gefühl dahinter. Ein Computer spielt ein Stück fehlerfrei, macht aber trotzdem keine Musik. *Beethoven* hat gesagt: ›Eine falsche Note zu spielen ist unwichtig, aber ohne Leidenschaft zu spielen, ist unverzeihlich!‹ Was machen ein paar schräge Töne, wenn du mit deinem Herzen dabei bist? Musik ist viel mehr als nur eine Aneinanderreihung von Noten, die genau auf den Punkt gespielt werden. Die Fehler dauern nur einen Moment, sie schmälern doch nicht die Leidenschaft, die Begeisterung, die dahinter steht!«

Er war richtig in Fahrt gekommen, man konnte seine Liebe zur Musik aus jedem Satz deutlich heraushören.

»Bei dir gibt es aber keine falschen Töne«, hielt Lea fest.

»Die Kunst besteht darin, sich über den Fehler so hinweg zu schummeln, dass er nicht auffällt«, meinte er. »Wie im richtigen Leben, der eine oder andere Fehler passiert jedem einmal. Manchmal überspielt man ihn, manchmal bessert man ihn aus. Entscheidend ist, dass man in den wesentlichen Dingen die Linie beibehält, egal ob sie einem das Notenblatt vorgibt oder die Lebenseinstellung. Ein Problem hast du nur bei einem echten Patzer. Beim Klavierspielen wie im Leben. Im schlimmsten Fall kommst du gar nicht mehr hinein und hast keine andere Wahl, als von vorne anzufangen.«

»Wann bist du denn zu diesen Lebensweisheiten gelangt?«, erkundigte Lea sich schmunzelnd.

»Die Theorie hatte ich immer schon. Ich habe sie nur in den letzten Jahren intensiven Praxistests unterzogen.«

»Und bist du wieder richtig hineingekommen?«

»In letzter Zeit schon. Aber davor habe ich einige Male vergeblich versucht, neu anzufangen. Irgendwie haben mir in den vergangenen Jahren ein paar Tasten gefehlt.«

Sie sahen sich wortlos an. Der Vergleich gefiel Lea, aber es verunsicherte sie, eine der oder vielleicht sogar die entscheidende Taste zu sein, die Ben auf seiner Klaviatur abhandengekommen war. Es schmeichelte ihr, setzte sie aber gleichzeitig unter Druck, weil sie sich fragte, ob er in Zukunft nur imstande sein würde, die richtige Richtung beizubehalten, wenn die Taste genau an ihren alten Platz zurückkehrte. Denn ob sie das wollte und konnte, wusste sie nicht.

Oder würde er nun, da die Tastatur wieder vollständig war, den Sprung in eine andere Lage schaffen, wo ohne sie ein erfolgreicher Neustart möglich war? Vielleicht gab es ja inzwischen eine, wo Jan die entscheidenden Tasten belegte, Lea aber nur mehr eine Nebenrolle spielte.

Bevor sie sich in diesen Gedankenspielen verlieren konnte, schob Lea sie zur Seite und fragte stattdessen: »Wo ist das Piano?«

»Bei meinen Eltern. Wieso willst du mir nichts vorspielen?«

Sie seufzte über seine Hartnäckigkeit.

»Weißt du noch, wie du mir unterstellt hast, ich hätte dir nie vertraut, weil ich dich nicht gefragt habe, ob du mir Klavierspielen beibringst?«

Er nickte.

»Damit lagst du falsch, ich habe dir vertraut, ich hatte nur zu große Ehrfurcht vor deiner Genialität. Aber inzwischen hat mein Vertrauen in dich doch etwas gelitten ...«

Sie war immer leiser geworden, weil sie Ben nicht zu nahe treten wollte, wenngleich es die Wahrheit war. Er nahm es stumm zur Kenntnis.

»Es tut mir leid«, fügte sie hinzu, als sein Schweigen anhielt.

»Es muss dir nicht leidtun«, wehrte er ab. »Ich weiß, was ich getan habe. Kann ich noch eine Frage stellen?«

Sie nickte.

»Ist das Vertrauen ganz weg?«

»Nein. In Bezug auf Jan genießt du zum Beispiel mein vollstes Vertrauen. Du gehst richtig auf in deiner neuen Rolle und ich bin absolut sicher, dass du nur das Beste für ihn willst. Was uns beide betrifft – da ist es schwieriger. Du machst dich derzeit gut als Freund. Aber ich weiß nicht, ob ich dir in einer Liebesbeziehung noch einmal vertrauen könnte.«

Auch diese Antwort quittierte er mit einem längeren Schweigen.

»Hättest du lieber etwas anderes gehört?«, erkundigte Lea sich nach einer Weile.

Er schüttelte den Kopf. »Nein, ich schätze, das war ohnehin schon an der oberen Grenze meiner Erwartungen.«

»Ich habe aber nicht gefragt, ob du etwas anderes erwartet hast, sondern ob du lieber etwas anderes gehört hättest.«

Er seufzte tief. »Darf ich einen Joker einsetzen?«, wollte er wissen.

»Nein. Keine Joker.«

»Na gut, aber dann stell dich schon einmal darauf ein, dass die Frage gleich retour kommt«, sagte er entschlossen. »Ja, selbstverständlich hätte ich lieber gehört, dass du mir inzwischen verziehen hast und die Sache vergessen ist und dass einer neuerlichen Beziehung nichts mehr im Wege steht.«

»Selbstverständlich?«, wiederholte Lea. »Unsere Beziehung liegt über sieben Jahre zurück, selbstverständlich ist nach so einem Zeitraum gar nichts mehr.«

Darauf ging er nicht ein, sondern formulierte die angekündigte Retourkutsche: »Liegt es im Bereich des Möglichen, dass wir noch einmal zusammenkommen, oder schließt du das völlig aus?«

»Ich schließe es nicht völlig aus.« Die Antwort kam Lea leichter über die Lippen, als sie erwartet hatte. »Aber momentan weiß ich nicht, wie es mit uns beiden noch einmal funktionieren sollte«, schränkte sie ein. »Du bist derzeit der beste Kandidat, wenn es darum geht, welchen Mann mein Sohn in mein Leben lassen würde. Ob ich das jedoch kann, weiß ich nicht. Mein Plan von damals war naiv und bescheuert, aber unterm Strich ist der große Liebesbeweis ausgeblieben. Und das Versprechen, dich mit keinem Groupie einzulassen, hattest du mir ja damals schon gegeben und es dann doch gebrochen. Also, was könnte ich heute auf so ein Versprechen geben? Und ganz ehrlich … das Wissen, dass du dich damals bewusst gegen mich entschieden hast, dass das nicht nur irgendwie passiert ist, das tut höllisch weh.«

»Tut mir leid«, murmelte Ben betreten, doch Lea sprach unbeirrt weiter.

»Die Frage wäre wahrscheinlich, ob ich es schaffe, das alles hinter mir zu lassen und neu anzufangen. Und wie weit ich dabei bereit bin, meine eigene Toleranzgrenze anzupassen. Kann ich mich damit zufriedengeben, dass ich die einzige Frau bin, die dir etwas bedeutet, obwohl ich nie mit hundertprozentiger Sicherheit die einzige in deinem Leben sein werde?«

Ben sah aus, als hätte sie ihm einen Baseballschläger über den Kopf gezogen. Als er die Bierflasche zur Seite stellte, bemerkte Lea, dass seine Hände zitterten.

»Du wolltest eine ehrliche Antwort«, erinnerte sie ihn.

Weil er nicht reagierte, stellte sie ihre nächste Frage. »Was denkst du gerade?«

»Nicht viel, ehrlich gesagt. *Mind erased by the most cruel things a woman ever said to me.*«

»Ich bin grausam? Ich habe das aber nicht verursacht.«

»Yes, but in one sentence you tell me that there is a chance that you can love me again but I will never ever in this life gain your whole trust. I wonder if that is ridiculous or cruel. Or simply impossible because you can never truly love a person without trusting him or her. Isn't that what true love is about? That it can overcome these things?«

Jetzt verfiel Lea in Schweigen, denn ihr wurde bewusst, dass er nicht nur Recht hatte, sondern dass das auch die Antwort auf ihre eigene Frage war, ob sie sich noch einmal auf eine Beziehung mit Ben einlassen sollte. Wenn ihre Gefühle stark genug waren, dann würde sich das Vertrauen wieder einstellen, dann würde sie ihm endgültig verzeihen und daran glauben, dass ihm derselbe Fehler kein zweites Mal unterlief. Schlimmer noch, sie würde vielleicht sogar wieder enttäuscht werden und ihm trotzdem noch einmal verzeihen. Weil es das war, was wahre Liebe ausmachte.

»Ich würde«, bat sie nach einer Weile vorsichtig, »meine nächste Frage gerne eintauschen und stattdessen etwas ausprobieren.«

»Ich bin aber dran.«

»Dann frag zuerst!«

»Was willst du ausprobieren?«, erkundigte er sich mit einem leichten Grinsen.

Anstelle einer Antwort streckte sie ihm die Zunge heraus. Es war ihr nur recht, dass er seine Frage so verschenkte. Sie erhob sich auf die Knie und rückte näher an ihn heran.

»Komm bitte her«, forderte sie ihn auf. Ben richtete sich auf und machte es ihr, ohne zu zögern, nach. Lea streckte sich und griff gleichzeitig mit einer Hand nach dem Halsausschnitt seines Pullovers, um Ben ein Stück näher an sich heranzuziehen, bis sein Gesicht genau vor ihrem war.

Sie sah in seine blauen Augen, die sie erwartungsvoll anblickten. Die Spannung zwischen ihnen war fast greifbar. Leas Herz pochte wie wild und sie spürte mit ihrer Hand an seinem Ausschnitt, dass auch seines raste.

Falls Ben erwartete, dass noch mehr kam, wurde er enttäuscht, denn sie tat nichts anderes, als ihm in die Augen zu sehen und dabei in sich hineinzuhorchen. Sie stellte sich selber die Frage, ob sie sich auch jetzt so fühlte wie damals, als sie sich kopfüber in die Beziehung mit ihm gestürzt hatte, weil sie überzeugt gewesen war, dass er der Mann ihres Lebens war.

War das nur ein Auswuchs ihrer Naivität gewesen? Oder verspürte sie auch heute noch die Sicherheit, dass niemand sonst sie so gut verstand wie Ben? Würde sie sich jemals irgendwo auf der Welt so zu Hause fühlen wie in seinen Armen? War er der Mensch, neben dem sie morgens aufwachen wollte?

»War er immer schon und wird er immer sein«, meldete sich eine leise Stimme in ihrem Inneren.

Lea gab seinen Kragen frei, schloss die Augen und sank zurück in die Polster. Unter ihren Augenlidern sammelten sich Tränen, doch sie kämpfte dagegen an. Sie hatte bereits genug um ihre Beziehung geweint.

Während sie sich bemühte, die Tränen zurückzudrängen, stellte Ben seine nächste Frage. »Irgendwelche Erkenntnisse?«

Sie blickte auf.

»Ja«, sagte sie nur und machte mit ihrem Tonfall klar, dass sie deren Inhalt nicht mit ihm teilen würde.

Er musterte sie mit ernstem Blick, aber sie gab sich große Mühe, durch ihre Miene ihre Gefühle nicht zu verraten. Denn wie es um die stand, das musste sie selbst erst einmal verdauen.

Brüder

»Hast du noch Fragen?«, erkundigte Ben sich nach einer Weile. Lea war froh, das Thema wieder wechseln zu können.

»Jonas. Die ganze Wahrheit.«

»Wieso wusste ich nur, dass das kommen würde?«, seufzte er und nahm wieder eine bequemere Sitzposition ein. »Ich weiß nicht einmal, wo ich anfangen soll.«

»Redet ihr wieder miteinander?«

»Geredet haben wir noch nicht, aber er hat mir zum Geburtstag eine Nachricht geschickt und ich habe mich ganz artig dafür bedankt.«

»Haben er und Lou schon geheiratet?«

»Nein, erst im Juni. Den Termin haben sie gleich nach der Verlobung festgelegt, damit genug Zeit bleibt, das Ereignis zu planen. So ein riesiges Event braucht Vorbereitung.«

»Wer wird sein Trauzeuge?«

Sie erinnerte sich an eine Unterhaltung der beiden, bei der sie vor vielen Jahren darüber geredet hatten, sich gegenseitig als Trauzeugen auszuwählen. Damals waren allerdings Junggesellenpartys das Thema gewesen, nicht die Hochzeit selbst.

»Er hat mich gefragt, als er mir von der Verlobung erzählt hat, und ich habe im ersten Moment auch Ja gesagt. Aber danach ist das Gespräch gekippt und ich weiß nicht, ob er meine Zusage immer noch ernst nimmt.«

»Was ist zwischen euch vorgefallen?«

»Eine Menge. Viele Kleinigkeiten. Meinungsverschiedenheiten, die sich aufgeschaukelt haben. Angefangen hat es mit seiner ganzen Bevormundung, während ich wegen der Essstörung in Therapie war.«

»Ist dir nie der Gedanke gekommen, dass er das nicht aus Bosheit getan hat, sondern um dir das Leben zu retten?«, unterbrach Lea ihn. »Ich meine, er hat dich mehr oder weniger dazu gezwungen, mich aufzugeben. Und das hätte beinahe in der ultimativen Katastrophe geendet, wenn Granny nicht eingeschritten wäre. Vielleicht wollte er denselben Fehler kein zweites Mal machen und hat deshalb die ganze Arbeit übernommen, damit du in Ruhe gesund werden kannst, ohne dass du danach vor den Trümmern deiner Karriere stehst? Damit inzwischen nicht alles den Bach runter geht, wofür du gearbeitet hast, und am Ende noch etwas da ist, für das es sich zu leben lohnt. Wäre es nicht möglich, dass das, was du als Bevormundung bezeichnest, in Wahrheit seinen Schuldgefühlen entsprungen ist und ein Versuch der Wiedergutmachung war?«

Ben schwieg, doch es war ihm förmlich anzusehen, wie sein Gehirn arbeitete. Er runzelte die Stirn und starrte mit zusammengekniffenen Augen ins Leere.

»Ich weiß nicht, wie oft ich in den vergangenen Jahren den Satz gehört habe: ›Jonas meint es doch nur gut‹. Und jedes Mal dachte ich mir, das Gegenteil von ›gut‹ ist aber ›gut gemeint‹. Niemand hat je seine Motive hinterfragt.«

»Damit wollte ich die Schuld nicht auf ihn schieben«, stellte Lea klar.

»Musst du auch gar nicht«, sagte Ben und plötzlich veränderte sich seine gesamte Miene, als habe er gerade eine unerwartete Erkenntnis gehabt. »Er weiß selber, dass er sie trägt.«

»Wie meinst du das?«

»Hattest du schon einmal das Gefühl, du wüsstest, der Schlüssel zu irgendwas ist in deinem Kopf, aber du findest die entsprechende Erinnerung nicht wieder, egal wie sehr du dir dein Hirn zermarterst? Und plötzlich kommt es aus heiterem Himmel zurück?«

»Was versuchst du mir zu sagen?«

»Ich glaube, so einen Moment erlebe ich gerade. Ich erinnere mich … Der Kern der ganzen Sache mit Jonas, der Grund, warum das losgegangen ist, das liegt nicht bei mir. *Er* hat einen Fehler gemacht. *Er* ist für das alles verantwortlich.«

»Wieso kommst du nicht zum Punkt?«

»Weil ich jetzt ein bisschen Angst habe, dass du ihm etwas antun wirst, wenn ich es dir sage.«

»Was hat er gemacht?«

»Okay. Keine Details. Aber ohne sein Zutun hätte ich dich damals nicht betrogen.«

Lea fuhr hoch.

»Was hat er gemacht?«, wiederholte sie.

»Was unter Brüdern geschieht, bleibt unter Brüdern«, erwiderte er. »Dir muss die Information genügen, dass er sich zu Recht die Schuld für die Katastrophe gibt, die sich am nächsten Tag in meinem Leben zugetragen hat. Unglaublich, dass ich mich daran die ganze Zeit nicht erinnern konnte. Und er hat selber nie ein Wort darüber verloren.«

Lea ließ sich wieder in die Polster sinken. »Aber er hat versucht, es wiedergutzumachen. Wogegen du dich gewehrt hast.«

»Jetzt verstehe ich, was sich in mir die ganze Zeit so dagegen gesträubt hat. Irgendwo war die Information, dass alles seine Schuld war, ja in meinem Gehirn vergraben.«

»Was hat er gemacht?«, fragte sie noch eindringlicher.

»Er hat mich dazu gebracht, mit einer anderen Frau als meiner Freundin zu schlafen, das ist alles, was du wissen musst. Scheiße, das gibt es doch nicht, wie konnte ich das vergessen? Diese Teile der Nacht waren völlig aus meinem Gedächtnis gelöscht. Bis gerade eben konnte ich mich nicht einmal daran erinnern, dass ich es war, der ihm die Nase gebrochen hat.«

Lea riss die Augen auf. »Du hast was?«

»Jonas hatte am Tag nach dem Festival eine gebrochene Nase und hat jedem erzählt, er wäre auf dem Heimweg im Rausch unglücklich gestürzt. Ich habe ihm das wie alle anderen geglaubt, weil die Erinnerung völlig weg war. Aber jetzt weiß ich wieder, dass er in Wirklichkeit in meine Faust gelaufen ist. Ich bin zuerst direkt nach Hause gegangen und er hat mich vor unserem Haus abgepasst. Wir sind fürchterlich aneinandergeraten. Am Ende hatte er eine gebrochene Nase und ich bin noch einmal losgezogen, um mich ins Koma zu saufen.«

»Warum hat Jonas das getan?«, wollte Lea wissen.

»Das kann ich dir nicht sagen.« Sie sah ihn so eindringlich an, dass er erklärend hinzufügte: »Ich weiß nur einen Teil der Antwort sicher, über den Rest müsste ich erst mit ihm reden.«

»Dann rede mit ihm!«, verlangte sie.

»So einfach ist das nicht. Da steckt mehr dahinter, als mir bisher bewusst war. Ich muss erst selber Ordnung in die Sache bringen.«

»Ben, wovon sprichst du?«

»Ich setze den Das-beantworte-ich-zu-einem-späteren-Zeitpunkt-Joker ein.«

»Den gibt es nicht!«, protestierte Lea.

»Ich kann dir die Frage aber jetzt nicht beantworten«, beharrte er. »Seine Motive waren mir damals völlig unverständlich. Inzwischen habe ich einen Verdacht, mehr nicht.«

Schmollend nahm sie das zur Kenntnis. »Mein Versuch, Jonas in ein besseres Licht zu rücken, ist voll nach hinten losgegangen, oder?«, bemerkte sie.

»Nein, ist er nicht«, widersprach Ben. »Jetzt verstehe ich wenigstens, was los war. Du hast Recht, Jonas hat die ganze Zeit über aus Schuldgefühlen gehandelt. Aber nicht, weil sein Versuch, mich nach unserer Trennung wieder aufzubauen, ein Schuss in den Ofen war, sondern weil er uns auseinandergebracht hat. Er hat versehentlich eine Abwärtsspirale ausgelöst und immer wieder versucht, mich da herauszuholen. Aber, was er auch probiert hat, nach einiger Zeit bin ich ihm jedes Mal entglitten.«

»Und irgendwann ist ihm die Kraft dazu ausgegangen und er hat entschieden, sich stattdessen auf sein eigenes Leben mit Luisa zu konzentrieren.«

»Dafür, dass du gar nicht dabei warst, sind deine Analysen erstaunlich treffsicher.«

»Du hast erzählt, er hätte den Plattenvertrag nicht unterschrieben, weil er ein Haus renovieren muss«, erinnerte sie ihn.

»Ja, sie haben letztes Jahr ein altes Haus gekauft, das sie seitdem herrichten. Das hat Lou sich gewünscht. Und sie planen schon seit einem Jahr die Hochzeit. Du hast vermutlich Recht – er hat sich in dem Moment dafür entschieden, sich auf sein eigenes Leben zu konzentrieren. Er hat es aufgegeben, seine alte Schuld begleichen zu wollen, weil ohnehin jeder Versuch schiefgegangen ist.«

»Mich wundert trotzdem, dass er dich dem Alkohol überlassen hat«, bemerkte Lea nach einer kurzen Stille. »Das hätte ich ihm nicht zugetraut.«

»Das Thema war zu dem Zeitpunkt schon erledigt. Das war die Tour davor. Bei der letzten hatte ich ein anderes Laster entwickelt, das ihm ebenfalls ganz und gar nicht gepasst hat. Wo er doch inzwischen eine feste Beziehung hatte.«

»Was denn?«, fragte Lea, verstand jedoch im nächsten Moment die Andeutung und fügte hinzu: »Oder will ich das gar nicht so genau wissen?«

»Du bist auf jeden Fall der letzte Mensch auf der Welt, mit dem ich das besprechen möchte«, erwiderte er mit verkniffenem Gesichtsausdruck.

»Okay, halten wir fest … eine Menge Groupies«, unterstellte sie.

Er presste die Lippen zusammen.

»Es heißt immer, Sex wäre gesund – wie hast du es geschafft, dich damit so zu ruinieren?«, fragte sie mit gehässigem Unterton.

»Die Dosis macht das Gift. Aber zwischen der letzten Tour und unserer Begegnung im Herbst lag ein halbes Jahr. Ende Mai bin ich nach Wien gekommen und habe mich zuerst im Hotel und dann hier vergraben.«

»Wie hast du das Loft gefunden?«

»Das war meine Mum. Sie meinte, das Hotel könne kein Dauerzustand sein, und hat sich nach einer passenden Bleibe für mich umgesehen.«

»Und deinen Geschmack perfekt getroffen.«

»Den und meine Ansprüche an die Raumgröße und die Möglichkeit, zu jeder Tages- und Nachtzeit Klavier spielen zu können«, stimmte er zu. »Wenn es nicht so ideal gewesen wäre, wäre ich im Hotel geblieben, aber hier hat alles gepasst. Ich bin am 1. Juli eingezogen.«

»An dem Tag sind wir aus Stockholm gekommen«, berichtete Lea. »Dort sind schon früher Ferien als bei uns, damit war mein Dienstverhältnis eigentlich bereits zu Ende. Aber wir wollten unbedingt noch einmal *Midsommar* mit unserer Familie feiern. In den Tagen danach haben wir gepackt und am 1. Juli sind wir geflogen. Also sind wir am gleichen Tag in unsere neuen Wohnungen gezogen. Zwei Straßen voneinander entfernt. Seltsamer Zufall.«

»Stimmt«, gab er ihr Recht.

»Wie bist du wieder in die Essstörung hineingerutscht?«, fragte sie.

»Wegen meinem fehlenden Lebensrhythmus. Ich habe mich fast völlig von der Außenwelt abgekapselt, habe alles gemacht, wann mir danach zumute war, und nicht, wann es die Tageszeit vorgegeben hat. Und wenn du um Mitternacht merkst, dass du Hunger hast, aber wieder einmal nichts zu essen im Haus ist, hast du Pech gehabt. So hat das angefangen. Mum hat versucht, dem entgegenzuwirken, indem sie mich regelmäßig mit Lebensmitteln versorgt hat. Sie hat mich überhaupt sehr bemuttert.«

Er hielt inne und runzelte die Stirn. Es sah aus, als wären in seinem Kopf wieder zwei Puzzleteile ineinandergeglitten.

»Jetzt verstehe ich das«, murmelte er.

»Was verstehst du?«

»Mums Verhalten, seit ich wieder in Wien bin. Dazu gibt es eine Vorgeschichte. Als Granny mich damals in London aus meiner Wohnung und zur Ärztin geschleift hat, hatten Mum und Dad gerade eine dreimonatige Weltreise mit einem Kreuzfahrtschiff angetreten.«

»Oh, das hat sich deine Mum immer gewünscht«, erinnerte Lea sich.

»Genau. Aus diesem Grund haben Granny, Pieter und Jonas entschieden, ihnen nur von meiner Krankheit zu erzählen, wenn mein Zustand sich trotz ärztlicher Dauerüberwachung verschlechtern und akut lebensbedrohlich werden sollte. Ich weiß von Pieter, dass er schweres Bauchweh bei der Entscheidung hatte, aber am Ende ist es ja noch einmal gut ausgegangen und sie mussten meine Eltern nicht von irgendwo auf der Welt einfliegen lassen. Nach drei Monaten war ich wieder so weit, dass wir das Ganze meinen Eltern gegenüber herunterspielen konnten. Irgendwann letztes Jahr Ende Mai oder Anfang Juni hat Mum Jonas zur Rede gestellt, warum er den Plattenvertrag nicht unterschrieben hat. Laut Dad hat das Gespräch damit geendet, dass sie ihn aus dem Haus geworfen hat. Das weiß ich aber erst seit Weihnachten. Da hat es mich stutzig gemacht, dass die zwei meine Idee, zu Granny und Pieter zu fliegen, so toll fanden, dass sie gleich mitgekommen sind. Mein Plan war eigentlich, in Holland zu feiern, damit ich hier keiner Feier mit dem anderen Sohn und der zukünftigen Schwiegertochter im Weg stehe. In Holland hat Dad mir dann erzählt, dass Mum seit einem halben Jahr nicht mehr mit Jonas spricht. Keiner der beiden hat ihm aber je verraten, was genau der Grund dafür ist. Ich hatte mir zusammengereimt, dass er ihr wohl den Teil meiner Krankheit gebeichtet haben muss, den wir ihr damals verschwiegen haben. Denn ab dem Zeitpunkt war Mum so überfürsorglich.«

»Aber jetzt bist du anderer Meinung?«

»Jetzt bin ich mir ziemlich sicher, dass Jonas ihr gestanden hat, dass er an unserer Trennung schuld ist.«

»Wow, mochte mich deine Mum so gern, dass sie deshalb ihren eigenen Sohn aus dem Haus wirft?«

»Meine Eltern hatten dich beide gern, bis du dich aus dem Staub gemacht hast. Danach waren sie immer hin- und hergerissen zwischen Verständnis und der Ansicht, dass du völlig überreagiert hast. Aber wenn Mum inzwischen weiß, welche Rolle Jonas dabei gespielt hat, dann sind wir in ihren Augen jetzt beide Opfer.«

»Ich weiß nicht, ich persönlich bin ja der Ansicht, dass, was auch immer Jonas getan hat, die Frau am Ende dann doch du selber gevögelt hast«, stellte Lea fest.

»Ja, ich weiß. Und wahrscheinlich ist das auch der Grund, warum ich auf Jonas gar nicht sauer bin, obwohl ich mich wieder erinnere. Ich verstehe jetzt einfach, wie das alles gekommen ist und wieso es sich so entwickelt hat.«

»Zeit für ein klärendes Gespräch mit dem kleinen Bruder?«

»Noch nicht, aber bald«, versicherte Ben.

Unterrichten

»Du bist dran!«, forderte Lea Ben auf, nachdem sie das Thema »Jonas« abgeschlossen hatten.

»Teilst du das Sorgerecht für Jan mit mir?«, fragte er aus heiterem Himmel.

»Ja«, sagte sie, ohne darüber nachzudenken. »Aber nur unter der Bedingung, dass er das auch will, wofür er wiederum erst einmal erfahren muss, dass sein Klavierlehrer eigentlich sein Vater ist.«

»Okay. Wir müssen das nicht überstürzen. Ich wollte nur wissen, ob du überhaupt dazu bereit bist.«

Er schwieg kurz, dann stellte er eine ganz andere Frage. »Worüber ich schon die ganze Zeit grüble: Warum warst du damals eigentlich nicht mit bei dem Festival? Wo es doch quasi ums Eck war?«

»Weil ich den ganzen Morgen gekotzt hatte.«

Er riss die Augen auf. »Stimmt, wir dachten, du wärst krank.«

»Dabei war ich nur schwanger.«

»Also ist er wohl doch von mir«, stellte Ben fest.

»Zum Glück haben wir dafür endlich einen Beweis, bis jetzt hat das ja niemand geglaubt«, erwiderte Lea und streckte ihm die Zunge heraus.

Er grinste nur. »Noch weitere Fragen?«, wollte er dann wissen.

Anscheinend war er am Ende seiner Liste angekommen.

Lea überlegte. Sie hatten den ganzen Zeitraum zwischen der Trennung und dem Wiedersehen abgedeckt. Doch danach gab es noch eine Sache, die sie beschäftigte.

»Wie kam es, dass du in Jans Schule zu unterrichten begonnen hast?«, fragte sie.

»Das weißt du gar nicht?«, wunderte Ben sich. »Im Grunde bist du schuld daran, denn unser Gespräch hat mich auf die Idee gebracht, dass es mir guttun könnte, wieder zu unterrichten. Das war am Sonntag. Ab dem nächsten Tag wollte ich mein Leben radikal ändern, war gleich in der Früh beim Friseur, habe mir neue Laufschuhe gekauft und bin dann zum Konservatorium gefahren – in der Hoffnung, Alexander dort zu treffen. Er hatte Zeit für mich und ich habe ihn gefragt, ob er mir nicht vielleicht den einen oder anderen Klavierschüler vermitteln könnte. Da hat er die Hände zusammengeschlagen, sich bedankt, dass seine Gebete erhört wurden, und mir erzählt, dass der Student, der in Jans Schule Klavier unterrichten sollte, am Wochenende einen schweren Autounfall hatte. Alex hatte kurz vor unserem Gespräch Jans Direktorin Bescheid gegeben und die beiden waren auf der Suche nach einer Lösung.«

»Und da stand sie auf einmal vor ihm.«

»Genau«, grinste Ben. »Alex hat das mit der Direktorin besprochen und sie meinte, dass sie mich erst kennenlernen will, bevor sie zusagt.«

»Also warst du wann zum ersten Mal in Jans Schule?«

»Gleich am Mittwoch nachdem wir uns über den Weg gelaufen sind.«

»Wow, du hast echt keine Zeit verloren.«

»*Sie* hatten keine Zeit zu verlieren. Ich habe die Direktorin am Dienstag angerufen und sie hat mich für Mittwochnachmittag zu sich bestellt. Das war vielleicht … *creepy*. Als ich vor ihrer Tür stand, habe ich mich gefühlt, als wäre ich wieder Schüler, hätte irgendwas ausgefressen und wäre zum Direktor zitiert worden. Ich hatte Herzrasen und musste mir immer wieder vorsagen, dass es nur um einen Job als Klavierlehrer geht, dass ich das doch schon tausend Mal gemacht habe. Aber gleichzeitig hatte ich zum ersten Mal seit längerer Zeit wieder das Gefühl, richtig am Leben zu sein und im Begriff zu stehen, etwas Sinnvolles zu tun. Ich frage mich bis heute, was für einen ersten Eindruck Johanna wohl von mir hatte.«

»Hat sie sich zu deinem Aussehen geäußert?«

Er schüttelte den Kopf. »Frisur und Bart waren ja inzwischen wieder gepflegt. Ausgeschlafen war ich auch. Und nachdem sie mich vorher nicht gekannt hat, wusste sie nicht, dass ich normalerweise nicht so dünn bin. Einen fürchterlichen Muskelkater hatte ich an dem Tag auch, aber das war ganz hilfreich. Ich konnte mich kaum hinsetzen, deshalb habe ich ihr von dem Muskelkater erzählt und dass ich ihn habe, weil ich am Vortag zum ersten Mal nach längerer Krankheit wieder laufen war.«

»Längere Krankheit also.«

»Ja, diese Formulierung bewirkt, dass die meisten Menschen nicht mehr genauer nachfragen. Sie hat es zur Kenntnis genommen. Falls sie etwas an meiner Erscheinung irritiert hat, hat sie es sich damit erklärt. Unser Gespräch verlief dann total entspannt und freundlich. Eine Stunde später war ich nicht nur Herr des Klavierzimmers, sondern hatte auch bereits Jans Klassenvorstand kennengelernt.«

»Echt?«, unterbrach Lea ihn.

»Ja, weil ich ja fürs Erste hauptsächlich diese Klasse unterrichten sollte. Was ich dir übrigens schon die ganze Zeit sagen wollte: Ich bin von deiner Schulwahl sehr begeistert. Wie hast du es von Stockholm aus geschafft, diese Schule zu finden und Jan dort auch noch unterzubringen? Ich meine, da gibt es Eltern, die ihre Kinder quasi schon bei der Geburt vormerken lassen.«

»Beziehungen.«

»Das hast du schon einmal gesagt.«

»Mein Vater, der – wie du weißt – ebenfalls Schuldirektor war …«

»War?«

»Er ist seit zwei Jahren in Pension.«

»Ach so.«

»Er kennt die Direktorin recht gut. Also hat er es übernommen, ihr unsere spezielle Lage zu schildern. Wir hatten dann zu einem eigenen Termin ein Gespräch mit ihr – noch bevor die Einschreibung für das Schuljahr überhaupt begonnen hatte. Sie hat sich extra dafür Zeit genommen, als wir in den Weihnachtsferien hier waren. Anscheinend haben wir einen positiven Eindruck hinterlassen. Sie hat mir nur nahegelegt, dass ich als Alleinerzieherin zwar soziale Unterstützung beantragen könnte, seine Chancen aber besser wären, wenn ich darauf verzichte.«

»Du zahlst also das volle Schulgeld?«

»Meine Eltern sponsern einen Teil.«

»Das sagst du mir erst jetzt?«, empörte er sich.

»Bezahlen die dir eigentlich etwas?«, entgegnete sie. »Oder arbeitest du gratis und willst jetzt auch noch das Schulgeld übernehmen?«

»Alles, was zum Projekt gehört, ist tatsächlich unentgeltlich. Das sind ja eigentlich Praxisstunden von Studenten. Für die zusätzlichen Klavierstunden werde ich aber bezahlt.«

»Wie, von allen außer von mir?«

»Bei den Kindern aus dem Musikzweig ist das vom Schulgeld abgedeckt. Normalerweise erst ab der 2. Klasse, denn in der 1. Klasse ist ja ausschließlich Schnupperunterricht vorgesehen. Nur Zusatzstunden oder Unterricht für Schüler aus anderen Zweigen werden privat bezahlt. Ich darf die Stunden aber trotzdem in der Schule halten.«

»Wie viele Kinder unterrichtest du?«

»Mit Jan sind es zehn. Zwei aus der 4., je drei aus der 2. und 3. Klasse und ein Mädchen aus dem Englischzweig. Und zusätzlich die zwei Stunden Kurs mit Jans Klasse.«

»Da bist du ja ganz schön gut gebucht.«

»Neuerdings werde ich von der Chorleiterin für die Proben angefordert und sie haben auch schon angefragt, ob ich bei der Musicalaufführung der 4. Klasse mitspiele.«

»Aus dir wird ja noch ein richtiger Vollzeit-Lehrer«, grinste Lea.

»Das ist Plan B.«

»Und Plan A ist, doch irgendwann diesen Plattenvertrag zu unterschreiben?«

»Nein, nicht unbedingt. Aber die Band wieder zusammenzubringen. Ich bin nur nicht sicher, ob ich überhaupt weiter mit unserer Plattenfirma arbeiten will. Vielleicht produzieren wir uns einfach selber. Ich weiß nicht.«

»Na ja, falls es damit nicht klappt, hast du ja jetzt ein zweites Standbein als Musiklehrer.«

»Lass diesen spöttischen Ton!«, beschwerte er sich. »Mir macht die Arbeit mit den Kindern Spaß! Das ist ja keine Notlösung! Wenn es mit der Band nicht geklappt hätte, wäre ich sowieso Musiklehrer geworden. Oder was glaubst du, wofür ich Musikpädagogik an das Klavierstudium angehängt habe?«

»War nicht böse gemeint«, beschwichtigte Lea ihn. »Ich sehe, wie gut es dir tut. Und du scheinst bei den Schülern beliebt zu sein. Dass Jan von dir begeistert ist, ist eine Sache, aber Max schwärmt auch immer noch von dir. Obwohl sie jetzt Schlagzeug haben und er von einer Karriere als Drummer träumt. Tom und Lili planen schon den schalldichten Übungsraum.«

»Ich habe ihn schon gehört, er macht sich gar nicht schlecht auf den Drums. Auf jeden Fall besser als am Klavier. Meint Jan.« Er grinste.

»Der muss es ja wissen«, erwiderte Lea schmunzelnd.

Endlich Kuchen

»Fällt dir noch was ein?«, erkundigte Ben sich. »Sonst hätte ich eine letzte Frage.«

»Welche?«

»Essen wir jetzt endlich diesen sündhaft gut aussehenden Kuchen, den du mitgebracht hast?«

»Gute Idee«, fand Lea und folgte ihm an die Bar. Sie machten sich nicht die Mühe, Stücke herunterzuschneiden, sondern nahmen sich jeder eine Gabel und aßen den *Kladdkaka* direkt von der Kuchenplatte.

»Wie geht's dir jetzt mit uns, nachdem all deine Fragen beantwortet sind?«, wollte Ben nach einigen Bissen wissen.

»Ich weiß es nicht«, seufzte Lea. »Auf einmal sind Dinge, die schon in weiter Ferne lagen, wieder da, ganz nah. Ich dachte eigentlich, ich hätte nach unserer Begegnung im Herbst mit alldem emotional abgeschlossen. Da hatte ich einen Punkt erreicht, wo ich ganz zufrieden damit war, wie sich die Dinge entwickelt hatten. Mit dem, was von dir übrig war, wollte ich nicht mehr zusammen sein.«

»Bei mir ist es durch die Begegnung schlimmer geworden«, erwiderte er. »Du hast mir ja nicht den Gefallen getan, so beschissen auszusehen wie ich.«

»Hätte ich geahnt, dass ich dir begegne, hätte ich nicht geduscht und wäre unausgeschlafen und in irgendwelchen abgerissenen Sachen einkaufen gegangen.«

»Ha, ha«, machte er. »Aber wahrscheinlich hätte ich dich dann trotzdem noch hinreißend gefunden. Wie immer. Seit wann trägst du die Haare lang?«

Sie wickelte eine Haarsträhne um einen Finger und betrachtete sie.

»Das ist der Mama-hat-keine-Zeit-für-den-Friseur-Look. Im ersten Jahr in Stockholm hatte ich echt andere Sorgen als meine Haare. Und dann war ich auf einmal über diese fürchterliche Länge drüber, bei der ich es bisher immer aufgegeben hatte, sie wachsen zu lassen.«

»Die Farbe ist anders.«

»Natur pur. Keine Zeit mehr zum Färben. Ich bin froh, wenn ich alle paar Monate zum Nachschneiden komme.«

»Sie sind schön«, versicherte er lächelnd. »Und stehen dir wirklich gut.«

»Ja, finde ich auch«, erwiderte sie schmunzelnd und konzentrierte sich darauf, Ben vom weichen Mittelteil des Kuchens möglichst viel abzuluchsen.

»Wenn es Jan nicht gäbe, was hättest du gemacht, nachdem du in mich hineingelaufen bist?«, wollte Ben nach einer Weile wissen.

»Waren wir nicht fertig mit den Fragen?«, entgegnete Lea, überlegte sich aber trotzdem eine Antwort. »Vermutlich wäre es dazu gar nicht gekommen, weil ich in Stockholm einen tollen Schweden kennengelernt hätte, inzwischen verheiratet wäre und mit dem neuen Traummann einen Haufen Kinder hätte. Aber falls wir uns trotzdem begegnet wären, wäre ich wahrscheinlich so schnell wie möglich weitergegangen. Und hätte dem imaginären Ehemann schockiert erzählt, dass ich meinen Ex getroffen habe, der wie ein Junkie aussieht, und dass ich wirklich glücklich darüber bin, nicht mehr mit ihm zusammen zu sein, sondern ein wunderbares Leben mit meiner Familie in Schweden zu führen.« Die Schokolade beflügelte Leas Fantasie.

»Dann hatte ich ja Glück, dass es Jan gibt«, stellte Ben fest. »Übrigens habe ich zu Weihnachten meinem Dad von ihm erzählt.«

»Nur deinem Dad?«

»Ja. Mit der höchst wahrscheinlich sehr emotionalen Reaktion meiner Mum komme ich noch nicht klar. Aber mit Dad hat es gepasst. Er hat sich, glaube ich, ziemlich geschmeichelt gefühlt, dass ich zuerst ihn eingeweiht habe.«

»Was hat er gesagt?«

»Nicht viel natürlich, wir reden immerhin von meinem Dad – britische Zurückhaltung und Höflichkeit in Reinkultur.«

»Irgendwie muss sogar er reagiert haben.«

»Ja, hat er auch. Er freut sich und er ist neugierig auf Jan. Er hätte gerne ein Foto gesehen, aber zu dem Zeitpunkt hatte ich noch keines auf dem Handy. Inzwischen habe ich ihm die von meinem Geburtstag gezeigt. Da hat er nur schmunzelnd den Kopf geschüttelt.«

Lea sah Henry deutlich vor ihrem geistigen Auge. Diese Reaktion war typisch für ihn.

»Ich hoffe, ich kann die zwei bald mal miteinander bekannt machen«, bemerkte Ben. »Aber das sollte ich erst tun, wenn Jan Bescheid weiß.«

»Ja, wäre wohl besser«, stimmte Lea ihm zu. »Nur wann und wie gehen wir das an?«

»Ich glaube, wir müssen ihn die Sache mit deinem Michael erst einmal verdauen lassen.«

»Die Sache, pah, wie das klingt«, empörte sie sich.

»Was? Für ihn war es das. Er hat gerade erst einen Störenfried erfolgreich vertrieben – wir können ihm nicht gleich den nächsten vor die Nase setzen. Denn der ist gekommen, um zu bleiben.«

»Ja, aber um bei ihm zu bleiben. Nicht bei seiner Mama.«

»In der Sache ist das letzte Wort noch nicht gesprochen.«

Lea legte die Gabel zur Seite. Sie war zu müde, um darüber zu diskutieren, wie es mit ihnen weitergehen sollte.

»Ich werde nach Hause gehen«, verkündete sie. »Oder eher rollen.«

Sie hatte eindeutig zu viel Kuchen gegessen.

Ben warf einen Blick auf die Uhr.

»Du könntest hierbleiben«, schlug er vor. »Wie du gesehen hast, habe ich sogar ein Gästezimmer.«

»Danke, aber ich habe ja nur ein paar Minuten bis nach Hause«, lehnte sie ab. »Und es schneit, das könnte also sogar ein schöner Spaziergang werden.«

»Soll ich dich begleiten?«

»Ich bin schon groß«, versicherte sie.

»Okay, wie du meinst«, gab er nach. »Darf ich den restlichen Kuchen behalten?«

»Ja, denn was du isst, macht mich nicht dick«, meinte sie zwinkernd und stand auf. Sie bereute beides sogleich, denn Ben musterte sie unverhohlen von oben bis unten.

»Was?«, fragte sie.

»Ja, stimmt, du brauchst dringend eine Diät«, neckte er sie und hob sofort schützend die Arme über den Kopf. Zu Recht, denn Lea griff nach einer Zeitschrift, die auf der Bar lag, und zog sie ihm über.

»Ich gehe«, wiederholte sie dann und stapfte gespielt empört zur Garderobe. Ben folgte ihr immer noch breit grinsend, lehnte sich im Eingangsbereich an eine Wand und beobachtete sie beim Anziehen. Als sie sich von der Bank erhob, streckte er eine Hand nach ihr aus.

»War schön mit dir«, sagte er.

»Fand ich auch«, stimmte sie ihm zu und trat näher an ihn heran. »Kommst du mit den neuen Erkenntnissen zurecht?«, wollte sie wissen.

»Ja, ich denke schon. Mein Kopf hat sich lange nicht mehr so klar angefühlt. Und jetzt, wo ich verstehe, wie alles gekommen ist … der Rest löst sich bestimmt von selbst.«

»Es hilft aber sicher, wenn du mal mit deinem Bruder sprichst.«

»Ja, werde ich irgendwann. Aber nicht sofort.«

»Lass ihn nicht zu lange zappeln!«

»Ich warte auf einen günstigen Zeitpunkt.«

»Wie du meinst.« Sie war nicht überzeugt von seiner Taktik, mischte sich aber nicht weiter ein.

»Gute Nacht«, verabschiedete sie sich und stellte sich auf die Zehenspitzen, um ihn auf die Wangen zu küssen. Es gefiel ihr, wie sich sein Bart unter ihren Lippen anfühlte. Doch bevor sie auf dumme Gedanken kommen konnte, wandte sie sich zum Gehen.

»Gute Nacht!«, wünschte er ihr. »Pass auf dich auf!«

Sie winkte ihm noch kurz zu und trat wenig später hinaus in den frisch verschneiten Innenhof.

Hier spricht die Polizei

Lea genoss ihren Heimweg durch die menschenleeren Straßen. Auf dem ersten Stück war der Schnee noch vollkommen unberührt. Hüpfend und stapfend hinterließ sie Fußabdrücke, bis sie in ihre eigene Straße einbog. Dort war es nicht mehr so friedlich: Zu ihrem Haus führten mehrere Spuren und direkt beim Eingang stand eine Gestalt, die verschiedene Knöpfe der Gegensprechanlage drückte. Als Lea sich vorsichtig näherte, erkannte sie, dass es Michael war. Und er war offensichtlich betrunken.

Sie überlegte kurz kehrtzumachen, bevor er sie bemerkte. Doch dann fasste sie sich ein Herz und trat an ihn heran. Sie wollte nicht, dass er ihretwegen in Schwierigkeiten geriet. Er versuchte, ihre Klingel zu erwischen, traf aber dauernd eine andere. Da meldete sich auf einmal eine Stimme: »Hier spricht die Polizei.«

Michi zuckte zusammen, aber Lea war erleichtert.

»Tom, bist du das? Kannst du herunterkommen und mir helfen?«

»Lea? Was ist los?«

»Michi ist los.«

»Ich bin gleich da.«

Es dauerte nur eine Minute, bis ihr Nachbar aus der Haustür trat. Gemeinsam begutachteten sie das Häufchen Elend, das kaum fähig war, aufrecht zu stehen, und die ganze Zeit jammerte, dass Lea nicht da gewesen war und dass er ihr doch etwas Wichtiges sagen musste.

»Klingelt er schon lange?«, wollte Lea wissen.

»Ich bin erst vor zehn Minuten aus dem Dienst gekommen, also kann er noch nicht lange da sein«, erwiderte Tom. »Was machen wir mit ihm? Soll ich ein Taxi rufen?«

»Was, wenn er nicht nach Hause findet? Es schneit, er erfriert doch, wenn er irgendwo stolpert und dann liegen bleibt.« Allein während dieser wenigen Sätze musste Tom Michi schon dreimal daran hindern, in den Schnee zu fallen.

»Was dann?«

»Hilfst du mir, ihn hinaufzubringen? Er kann in meinem Bett schlafen. Ich lege mich in das von Jan.«

»Wenn du meinst.«

Überzeugt klang er nicht, aber er legte sich sofort Michis Arm über die Schultern und verfrachtete ihn ins Haus und in den Lift.

»Warum wart ihr nicht zusammen unterwegs?«, wollte er wissen, als sich die Türen schlossen.

»Ich habe letzte Woche mit ihm Schluss gemacht«, erklärte Lea.

Tom fuhr herum. »Und trotzdem lässt du ihn in deine Wohnung? Was, wenn er aggressiv wird?«

»Dann schreie ich so laut, dass du mich hörst.«

»Sperr bitte wenigstens Jans Zimmer ab, wenn du schlafen gehst!«, bat er.

Gemeinsam hievten sie Michi in Leas Bett und zogen ihm Schuhe und Jacke aus. Inzwischen war er dazu übergegangen, ihr immer und immer wieder zu versichern, wie wunderbar sie war und dass er es ohne sie nie geschafft hätte. Aber bevor er erklären konnte, was er eigentlich meinte, war er eingeschlafen.

»Ich glaube nicht, dass er sich bis morgen früh noch einmal rührt«, vermutete Lea und legte eine Decke über ihn.

Tom war nicht überzeugt davon. »Hoffentlich hast du Recht. Sperr ab und halt dein Handy bereit! Und ruf mich sofort an, wenn er irgendwie komisch wird! Hast du verstanden?«

»Ja, habe ich, Herr Inspektor. Danke für deine Hilfe!«

Sie begleitete ihn zur Tür, doch kaum war die ins Schloss gefallen, sank sie dahinter erschöpft zusammen. Vor zehn Minuten hätte sie sich nicht träumen lassen, dass der Tag mit Michi in ihrem Bett enden würde.

Freunde bleiben

»Wo gibt es hier eine Erdspalte, in der ich versinken kann?«

Lea blickte von der Zeitschrift auf, in der sie blätterte, während sie ihren Frühstückskaffee trank. Michi stand in der Schlafzimmertür und sah grauenvoll aus. Und offenbar fühlte er sich auch so.

»Mach zwei Schritte nach rechts, dort tut sich jede halbe Stunde eine auf«, erwiderte sie gelassen. »Aber du kannst dich gerne zu mir setzen und einen Kaffee trinken, während du wartest.«

»Es tut mir so leid«, entschuldigte er sich, nachdem er auf den Küchenstuhl gegenüber von ihr gesunken war. »Ich habe mich aufgeführt wie ein Idiot.«

Er stützte die Ellbogen auf und vergrub sein Gesicht in den Händen. Lea schenkte ihm eine Tasse Kaffee ein, die sie vorsorglich bereitgestellt hatte, und erkundigte sich freundlich: »Was wolltest du mir so spät in der Nacht denn so Dringendes sagen?«

Sie hatte nicht vor, die Situation für ihn unnötig zu verschlimmern.

»Eigentlich war ich schon zum dritten Mal da. Beim ersten Mal war ich noch nüchtern. Beim zweiten Mal etwas angetrunken. Beim dritten Mal … nun ja, du warst ja dabei …«

»Okay, also was wolltest du mir beim ersten Mal sagen?«

Weil sie ihm keine Vorwürfe machte, entspannte Michi sich sichtlich und versteckte sein verkatertes Gesicht nicht weiter.

»Ich wollte mit dir feiern. Ich habe Leseproben von meinem Buch bei fünf Verlagen eingereicht.«

»Wolltest du es nicht zuerst fertig schreiben?«

»Ja, aber dann dachte ich mir, was soll's? Wenn es alle scheiße finden, kann ich mir die Arbeit sparen und mir gleich einen anderen Job suchen.« Wo er Lea nicht mehr begegnen würde. Daher wehte der Wind. »Aber offenbar schreibe ich gar keinen Mist«, berichtete er und Lea freute sich ehrlich darüber, dass er zum ersten Mal überzeugt von seiner Arbeit wirkte.

»Von drei Verlagen habe ich noch nichts gehört«, erzählte er weiter. »Aber anscheinend ist es normal, dass man einige Monate auf eine Rückmeldung warten muss.«

»Und die anderen beiden?«

»Die anderen beiden haben das ganze Manuskript angefordert. Die einen praktisch sofort, wobei das ein ganz junger Verlag ist, von dem ich vorher schon gehört hatte, dass die nicht so viele Einreichungen haben und daher ziemlich schnell antworten. Gestern hat dann aber auch noch der Verlag geantwortet, auf den ich am meisten gehofft hatte.«

»Das ist wirklich toll«, freute Lea sich.

»Ja, dass ich von denen so schnell eine positive Reaktion bekommen habe, macht mich schon ein bisschen stolz.«

Grinsend klopfte er sich selber auf eine Schulter.

»Ich bin sogar sehr stolz auf dich«, erwiderte Lea und legte ihre Hand anerkennend auf die andere.

»Danke, dass du an mich geglaubt hast«, sagte er und sah ihr in die Augen. »Ohne dich wäre ich nie so weit gekommen.«

»Du hast es verdient, dass das Buch verlegt wird, es ist wirklich gut. Und ich interessiere mich noch immer nicht für die Türkenkriege, aber sehr wohl für deine Geschichte. Hast du mich schon ermordet?«

»Wie kommst du darauf?«, fragte er entrüstet, hielt aber ihrem bohrenden Blick nicht stand.

»Okay, ich gebe zu, ich habe eine neue Figur eingebaut. Aber umgebracht habe ich sie nicht.«

»Gefoltert? Muss sie hungern? Ist das ganze türkische Heer über sie hergefallen?«

Er wiegte den Kopf hin und her. »Ich bin noch nicht sicher, was für ein Schicksal sie erwartet. Möglicherweise lasse ich sie doch überleben. Irgendwie wäre es schade um sie.«

Lea grinste. »Freut mich, das zu hören. Willst du etwas frühstücken?«

»Ich weiß nicht. Ich sollte besser gehen und duschen und überhaupt. Wann musst du los, um Jan zu holen?«

»Da ist noch Zeit.«

»Lea, wo warst du gestern Abend?«, fragte er unvermittelt.

»Bei Ben«, antwortete sie ehrlich. »Er hat mich zum Essen eingeladen, um mich von meinem Liebeskummer abzulenken. Und am Ende haben wir stundenlang unsere eigene Beziehung aufgearbeitet. War ziemlich heftig.«

»Kommt ihr wieder zusammen?«

»Ich weiß es nicht.«

In dem Moment läutete Leas Handy. Es war Ben.

»Wenn man vom Teufel spricht«, murmelte Michi.

»Es ist halb, da drüben öffnet sich gleich die Erdspalte«, erwiderte Lea und nahm den Anruf an.

»Hey!«, meldete sich Bens Stimme. »Ich wollte nur wissen, ob du gut heimgekommen bist?«

»Ja, bin ich«, versicherte sie. »Allerdings hat mich vor der Tür mein anderer Ex-Freund erwartet.«

Michi fuchtelte wild mit den Armen herum und gab ihr zu verstehen, sie solle nicht weitersprechen.

»Wirklich? Und was ist jetzt?«

»Jetzt sitzt er mir gegenüber und deshalb kann ich nicht länger mit dir reden. Ich melde mich später, okay?«

»Okay«, antwortete er wenig erfreut und beendete den Anruf.

»Was ist mit dir?«, fragte sie Michi.

»Bitte erzähl ihm das nicht, okay?«, bat er.

»Warum nicht?«

»Weil ich ein riesiger Fan von seiner Band bin. Sollte ich ihm irgendwann unter – wie soll ich sagen? – angenehmeren Umständen begegnen, dann wäre es schön, wenn er noch ein bisschen Respekt vor mir hätte.«

»Du hast gar nicht erwähnt, dass du seine Musik hörst.«

»Weil ich eifersüchtig war. Aber jetzt habe ich ja nichts mehr zu verlieren. Ich würde mir gerne das Fünkchen Würde bewahren, das mir geblieben ist.«

»Es ist wirklich nicht sicher, was aus Ben und mir wird, aber ich bin froh, dass du es nicht total negativ siehst.«

»Seien wir ehrlich, Jan wird schon dafür sorgen, dass du mit dem richtigen Mann zusammenkommst.«

»Ja, das kann sein. Aber ich muss nicht immer tun, was mein Sohn will.«

»Ihr seid aber eine Familie«, gab er zu bedenken. »Und nachdem ihr euch jetzt wieder versteht, werdet ihr sicher auch bald eine richtige sein.«

»Mal schauen. Und du suchst dir meinetwegen keinen neuen Job?«

Er schüttelte den Kopf. »Nein. Außer natürlich, ich werde ein weltberühmter Autor.«

»Das würde ich gelten lassen«, schmunzelte Lea.

Michi leerte seine Tasse und stellte sie auf dem Tisch ab. »Danke für den Kaffee. Und das Bett. Und überhaupt. Ich gehe jetzt.«

Er stand auf und Lea begleitete ihn ins Vorzimmer.

»Übrigens hat Jan gemeint, dass er dich schon mag«, erzählte sie dabei.

»Da kam dann bestimmt noch ein ›aber‹.«

»Ja. Dass du nicht in unsere Familie passt.«

Michi stöhnte auf. »Siehst du. Was ich gesagt habe. Es geht um die Familie. Du wirst mit Ben zusammenkommen müssen. Oder du nimmst in Kauf, dass Männer frühestens wieder eine Chance bei dir haben, wenn Jan ausgezogen ist.«

»Aber was, wenn ich nicht mehr mit Ben zusammenkommen will? Das mit uns ist eine Ewigkeit her und schon einmal richtig schiefgegangen. Wer sagt überhaupt, dass ich noch Gefühle für ihn habe?«

»Deine Augen, wenn du von ihm redest oder mit ihm redest, die sagen das«, behauptete Michi.

»Dann wissen meine Augen aber mehr als der Rest von mir.«

Michi hatte seine Schuhe fertig gebunden und erhob sich.

»Vielleicht solltest du einmal in den Spiegel schauen«, meinte er. »Mach's gut! Wir sehen uns in der Arbeit. Und ich verspreche, ich werde dich inzwischen nicht umbringen.«

Bevor er sich umdrehen konnte, bat Lea: »Komm her!«, und zog ihn in eine Umarmung. »Ich bin wirklich, wirklich stolz auf dich«, versicherte sie noch einmal und drückte ihn fest an sich. »Du stinkst allerdings. Vielleicht solltest du zu Fuß nach Hause gehen und nicht die Leute in der Straßenbahn mit deinem Körpergeruch belästigen.«

»Deine charmanten Komplimente werden mir fehlen«, seufzte er und küsste sie schnell auf eine Wange.

»Wenn es nur das ist, die mache ich dir gerne weiterhin«, versicherte sie und schob ihn zur Tür. Draußen wandte Michi sich noch einmal um.

»Kannst du Tom sagen, dass er das für sich behalten soll? Und danke?«

»Mache ich«, versprach sie.

Obwohl sie einfach hätte anklopfen können, schrieb sie ihrem Nachbarn eine Nachricht auf sein Handy: »Alk-Leiche erfolgreich losgeworden. Bitte Stillschweigen über die Sache bewahren.«

Wie sie vermutet hatte, kam die Antwort erst zwei Stunden später, Tom hatte sich bestimmt ausgeschlafen. Er schickte ein Emoji, dessen Mund mit einem Zipp verschlossen war.

Ben hätte Lea beinahe vergessen. Sie rief ihn erst an, als sie sich auf den Weg zu ihren Eltern machte.

»Bist du schon vor Eifersucht explodiert oder zahlt sich eine Erklärung noch aus?«, erkundigte sie sich.

»Wieso sollte ich eifersüchtig sein, wenn du die Nacht mit deinem Ex verbringst?«, erwiderte er, aber sein Ton strafte ihn Lügen.

»Wir haben die Nacht nicht miteinander verbracht, wir haben in getrennten Betten geschlafen«, korrigierte Lea. »Ich wollte ihn nur nicht angetrunken nach Hause fahren lassen.«

»Du lässt deinen betrunkenen Ex-Freund bei dir übernachten?« Jetzt klang er ungefähr so wie Tom mitten in der Nacht.

»Es ist nichts passiert«, versicherte Lea. »In keinerlei Hinsicht. Er wollte eigentlich mit mir feiern, weil er positive Rückmeldungen zu seinem Roman von zwei Verlagen bekommen hat, und hat deshalb vor der Tür auf mich gewartet.«

»Er schreibt an einem Roman?«

»Er schreibt alles Mögliche und es ist wirklich großartig, aber er hat sich bisher nicht getraut, irgendwas davon zu veröffentlichen. Den Roman wollte er inzwischen schon einstampfen, aber ich konnte ihn davon überzeugen, dass er ihn fertig schreiben soll. Wie auch immer, es war gestern schon zu spät, um noch darüber zu reden oder zu feiern. Deshalb habe ich ihm mein Bett überlassen und selber in dem von Jan geschlafen.«

»Und jetzt ist er wieder weg?«

»Ich bin schon am Weg zu meinen Eltern. Wir haben nur Kaffee getrunken und geredet, dann ist er gegangen. Irgendwie muss der Mond gerade günstig stehen, um vergangene Beziehungen aufzuarbeiten.«

»Ist diese Beziehung wirklich Vergangenheit?«

»Ich tue jetzt einfach mal so, als wäre dir das nur aus Liebe zu deinem Sohn ein Anliegen«, neckte Lea.

»Ich glaube, ich habe letzte Nacht genügend Andeutungen gemacht, dass du dir das sparen kannst«, erwiderte er schlicht.

»Nicht dass das irgendeinen Einfluss auf dich und mich hätte, aber die Beziehung mit Michi ist definitiv vorbei«, erklärte Lea. »Ich bin allerdings froh darüber, dass es derzeit danach aussieht, als könnten wir Freunde bleiben. Immerhin müssen wir weiterhin miteinander arbeiten.«

Ben gab ihr keine Antwort, deshalb informierte sie ihn: »Ich bin jetzt bei der U-Bahn. Kann sein, dass mein Empfang gleich weg ist.«

»Okay, dann bis demnächst!«, verabschiedete er sich knapp und legte auf.

Mit einem tiefen Seufzer packte sie ihr Handy ein. Dabei merkte sie, dass sie vor Aufregung ein wenig zitterte. Jetzt fing Ben also an, sie wieder so nervös zu machen wie zu Beginn ihrer Beziehung.

Valentinstag

Das Wochenende hätte ein ruhiger, beschaulicher Start in Jans Semesterferien werden sollen. Das war es allerdings nur so lange, bis er einen Handschuh im Vorzimmer entdeckte, der Michi gehörte. Lea überlegte zuerst, ob sie behaupten sollte, der läge bestimmt schon seit Wochen dort. Doch sie wollte nicht lügen. Die Wahrheit einem fast Siebenjährigen so beizubringen, dass er daraus nicht schloss, seine Mutter hätte ihm etwas vorgemacht und wäre sehr wohl noch mit dem Mann zusammen, den er nicht in seiner Familie haben wollte, stellte eine große Herausforderung dar. Jan bewies seinen Sturkopf, indem er sich ab einem gewissen Punkt weigerte, ihr zuzuhören. Irgendwann hatte sie genug und schickte ihn zum Spielen zu Max.

»Okay, dann gehe ich«, trotzte er. »Die sind wenigstens eine richtige Familie.«

Schon wieder überschattete das Thema »Michi« Jans Schulferien. Doch diesmal hatte Lea ein Ass im Ärmel, mit dem sie hoffte, ihn auf andere Gedanken zu bringen. Da er in den Ferien keine reguläre Klavierstunde hatte, bat sie Ben, am Montag zu ihnen zu kommen, um mit ihm zu üben. Ihr Sohn war darüber ganz aus dem Häuschen.

Einen Haken hatte der Plan jedoch. Seit dem Morgen wurde die Wohnung oberhalb von Lili und Tom renoviert. Anscheinend rissen die Arbeiter dort alles heraus, jedenfalls verursachten sie einen Höllenlärm. Lea überlegte schon, das Klavier in ihr Schlafzimmer zu stellen – dem Raum, der am weitesten von der Quelle des Krachs entfernt war. Doch Ben stand kurz nach Mittag vor der Tür, als die Arbeiter gerade Pause machten, sodass sie zumindest eine Zeit lang ungestört spielen konnten.

Lea ließ die beiden alleine und erledigte inzwischen den Einkauf für die nächsten Tage. Bei ihrer Rückkehr war Jan wie ausgewechselt und Michis Handschuh kein Thema mehr, obwohl er noch immer im Vorzimmer lag. Irgendwie hatte Ben es geschafft, Jan davon zu überzeugen, dass seine Mutter ihn nicht angelogen hatte.

Da er sich gleich bei ihrem Eintreffen verabschiedete, bedankte sie sich in einer SMS dafür, dass er den Karren aus dem Dreck gezogen hatte. Als sie auf »Senden« drückte, wurde ihr wieder einmal bewusst, dass Kindererziehung zu zweit sehr viel leichter war als ganz alleine. Wenn Ben sich in Zukunft mit um Jan kümmerte, könnte sie zum Beispiel ihren Urlaub anders einteilen und müsste Jan in seinen Ferien nicht immer ein paar Tage zu den Großeltern schicken. In dieser Woche beneidete Lea ihren Sohn allerdings um seinen Urlaub bei Oma und Opa. Der Baustellenlärm kostete sie den letzten Nerv, sodass sie am Donnerstagnachmittag überlegte, wieder in die Arbeit zu fahren. Die Ruhe in ihrem Büro erschien ihr im Vergleich dazu richtig verlockend. Zum Glück war der Spuk mit dem Ende der Ferien vorbei.

Dass es überhaupt so etwas wie einen Valentinstag gab, war in den letzten Jahren fast unbemerkt an Lea vorübergegangen. Deshalb überraschte es sie umso mehr, als Michi am Mittwoch plötzlich in ihrem Büro stand und ihr mit den Worten »Happy Valentinstag!« einen USB-Stick in die Hand drückte.

Lea warf einen kurzen Blick auf die Datumsanzeige auf ihrem Computer. Er hatte Recht, dort stand der 14. Februar.

»Was ist das?«, erkundigte sie sich.

»Mein Buch.«

»Bist du fertig?«

»Ja«, verkündete er stolz. »Morgen schicke ich diese Version an die beiden Verlage, die Interesse haben, und dann wird es ernst.«

»Meine Daumen sind gedrückt«, versicherte Lea. »Aber heißt das, ich darf es als Allererste lesen?«

»Ja, das heißt es. Denn ohne dich wäre es nicht fertig geworden.«

»Ich fühle mich geehrt. Wirklich. Wie lang ist es?«

»In Normseiten sind es ungefähr 800.«

»Okay, du erwartest hoffentlich nicht bis morgen eine Rückmeldung von mir, oder? Ich würde schon gerne zwischendurch schlafen.«

»Ich erwarte nur, dass du dir die Zeit nimmst, es zu lesen. Es muss nicht sofort sein. Außerdem …«, er warf einen kurzen Blick über seine Schulter und fuhr im Flüsterton fort, »… sieht es unser Chef möglicherweise nicht gern, wenn du während der Arbeit Bücher liest, die er hier nicht verkauft.«

»Hey, aber vielleicht tut er das bald«, flüsterte Lea zurück.

»Ja, das wäre cool«, stellte er fest. »Ich gehe besser, bevor er mich sieht, sonst spannt er mich an meinem freien Tag zum Arbeiten ein.«

Und so schnell, wie er gekommen war, war er wieder verschwunden.

Obwohl er Bert wahrscheinlich richtig einschätzte, konnte Lea der Versuchung nicht widerstehen, den USB-Stick sofort in ihren Computer zu stecken. Eigentlich wollte sie die Datei nur in ihre Cloud laden, um sie später auf ihrem Tablet aufrufen zu können. Aber nachdem der Upload abgeschlossen war, öffnete sie das Buch dann doch. Auf der ersten Seite stand eine Widmung: »Für Lea.«

Lächelnd scrollte sie weiter, um den Beginn zu lesen. Davon hatte Michi an die zehn Versionen verfasst und Lea war neugierig, für welchen Einstieg er sich am Ende entschieden hatte. Nach sieben Seiten zwang sie sich dazu, die Datei wieder zu schließen. Sie saß schließlich tatsächlich in der Arbeit.

Zu Hause wartete die nächste Überraschung auf Lea. Vor ihrer Wohnungstür lag ein kleines Päckchen mit der Aufschrift »*Happy Valentine!*«.

»Was ist das?«, fragte Jan.

Doch sie versteckte es vor ihm und sagte nur: »Meines!«

Erst als er im Bett war, öffnete sie das Geschenk. Es enthielt eine CD von Ben. Von Ben extra für sie. Sie las die Titelliste durch und Tränen der Rührung schossen ihr in die Augen. Er hatte entweder die alten Aufnahmen »ihrer« Songs ausgegraben oder sie neu eingespielt. Seufzend schob sie die CD in den Player, rief Michis Buch am Tablet auf und machte es sich in ihrem Bett gemütlich. Schon nach wenigen Minuten wünschte sie sich, sie könnte die beiden Männer immer so harmonisch in ihrem Leben vereinen.

Dad

Lea hatte bis tief in die Nacht hinein gelesen und fragte sich am nächsten Tag, ob sie übermüdet war und deshalb eine Stundenplanänderung von Jan verschwitzt hatte. Zehn Minuten nach zwei fehlte von ihrem Sohn noch immer jede Spur.

Nervös stand sie an Jans Fenster und blickte auf die Straße. Vielleicht brachte Ben ihn wieder nach Hause und die beiden trödelten? Doch selbst dann müssten sie langsam auftauchen.

Anstelle der Gegensprechanlage klingelte auf einmal ihr Telefon. Sie erwartete, Bens Namen auf dem Display zu lesen, und ihr Puls beschleunigte sich, als sie sah, dass der Anruf von der Schule war. Hektisch hob sie ab.

Die Direktorin meldete sich und teilte ihr mit, dass es einen Vorfall in der Schule gegeben hatte und sie bitte kommen solle, um Jan abzuholen.

So schnell wie noch nie zog Lea sich an und stürmte aus dem Haus. Sie rannte die ganze Strecke bis zum Schulgebäude. Erst beim Eingang bremste sie sich ein und atmete tief durch, bevor sie eintrat und den Weg zur Direktion suchte. Ihr Herz raste wie wild, als sie an die Tür klopfte.

»Herein!«, rief die Direktorin sofort und Lea betrat den Raum. Zu ihrer Überraschung saß der Schulleiterin nicht Jan gegenüber, sondern Ben.

»Wo ist Jan?«, fragte sie daher besorgt, nachdem sie der Direktorin die Hand gereicht hatte. Ben hatte sie nur mit einem kurzen Lächeln begrüßt, das er ebenso erwidert hatte. Er war tief in seinem Sessel versunken und sah etwas durch den Wind aus.

»Seine Klassenlehrerin beschäftigt sich nebenan im Lehrerzimmer mit ihm«, erklärte die Direktorin. Das beruhigte Lea ein bisschen, denn sie wusste, dass er bei seiner Lehrerin in guten Händen war. Außerdem bedeutete es, dass der Zwischenfall – was auch immer es gewesen war – ihren Sohn nicht in gesundheitliche Gefahr gebracht hatte.

»Bitte setzen Sie sich«, bat die Direktorin, doch Lea blieb stehen.

»Was ist passiert?«, wollte sie wissen.

Ben und seine Vorgesetzte wechselten fragende Blicke, dann nickte sie ihm zu. Er richtete sich etwas auf, sah Lea an und erkundigte sich: »Hast du Jan erzählt, dass ich sein Vater bin?«

»Was? Nein!« Jetzt ließ Lea sich doch auf den freien Sessel fallen.

»Wusstest du, dass er es weiß?«, hakte Ben nach.

»Nein!«, sagte sie wieder.

Was sollte das bedeuten, Jan wusste es? Wie konnte das sein? Und wieso musste sie hier mit der Direktorin sitzen und durfte nicht zu ihm?

»Dann muss er es sich selber zusammengereimt haben.« Ben schien diese Schlussfolgerung eher an seine Chefin zu richten als an sie.

Die Schulleiterin ergriff das Wort und wandte sich an Lea: »Aber es ist richtig, Ben ist Jans Vater?«

Ihr freundlicher Ton nahm Lea ein wenig die Nervosität. Der Vorfall hatte Ben hoffentlich nicht in Schwierigkeiten gebracht.

»Ben ist sein Vater«, bestätigte sie.

»Ich brauche keine Details, ich würde nur gerne ihre Version der Vorgeschichte hören. Sie beide haben sich noch vor seiner Geburt getrennt?«

»Ja. Wir haben in den letzten Jahren in verschiedenen Ländern gelebt, hatten keinerlei Kontakt, Ben wusste nichts von seinem Sohn. Im Herbst haben wir uns zufällig auf der Straße getroffen, damit kam das Ganze in Gang. Jan sollte die Möglichkeit haben, Ben ganz ungezwungen kennenzulernen. Und in der Phase befinden wir uns gerade. Dachten wir.«

»Ich verstehe, dass Ihre Situation sehr speziell und nicht ganz einfach ist«, bemerkte die Direktorin, bevor sie sich direkt an Ben wandte: »Aber du hättest mir das sagen müssen!«

»Ja, ich weiß«, erwiderte er. »Ich wollte den Job nur so unbedingt und deshalb nichts Hinderliches zur Sprache bringen.«

»Ich habe so dringend einen Klavierlehrer gebraucht, ich hätte dich auch mit der ganzen Geschichte genommen«, versicherte sie.

Obwohl Lea sich unwohl fühlte und sich Sorgen um Jan machte, war sie doch angetan von der Direktorin und verstand gut, warum Ben hier so gerne arbeitete.

»Aber was für einen Vorfall hat es denn nun gegeben?«, fragte sie trotzdem ungeduldig.

»Ja, genau, das wissen Sie ja noch gar nicht. Ich muss vorausschicken, dass ich noch nicht nachvollziehen kann, wie es dazu gekommen ist, da ich bis jetzt keine Gelegenheit hatte, mit der beteiligten Lehrerin zu sprechen. Es war mir wichtiger, zuerst mit Ihnen zu reden.«

Lea verstand überhaupt nichts und sah Ben hilflos an. Seine Chefin gab ihm ein Zeichen, dass er erklären sollte, was vorgefallen war.

»Jan und ich hatten nach der Klavierstunde keine große Eile mit dem Zusammenpacken, wir haben ein bisschen herumgeblödelt. Das Ganze ist ausgeartet, weil ich ihn gekitzelt habe. Er hat irre laut gequietscht. Im nächsten Moment ist eine Kollegin ins Zimmer gestürmt, als würde ich ihm gerade weiß Gott was antun. Sie hat mich angefahren, dass ich das Kind nicht anfassen soll, und hat Jan förmlich aus dem Raum gezerrt. Ich bin hinterher und habe auf sie eingeredet, dass sie die Situation völlig falsch verstanden hat und ihn loslassen soll. Jan hat geweint, aber sie ist unbeirrt mit ihm in Richtung Direktion marschiert. Er hat panisch gekreischt und versucht, sich loszureißen.« Hier brach Ben ab.

»Ich hatte den Lärm gehört und kam aus meinem Büro, als Jan gerade verzweifelt nach seinem Dad geschrien hat«, berichtete die Direktorin weiter. »Wir waren alle so verblüfft, dass er sich losreißen und zu Ben laufen konnte. Er hat ihn dann beruhigt.«

Alle drei schwiegen, bis Lea endlich die Sprache wiederfand. »Er hat seit den Weihnachtsferien oft nach dir gefragt«, erzählte sie. »Seit ich dich wegen der Klavierübung angerufen habe. Es hat ihn beschäftigt, dass wir uns schon so lange kennen. Aber ich hätte nicht gedacht, dass er von alleine die richtigen Schlüsse zieht.«

»Könnte es ihm jemand verraten haben?«, fragte Ben.

»Meine Eltern natürlich. Aber die hätten mir das hoffentlich gesagt. Tom und Lili wissen es auch, haben mir aber versprochen, es für sich zu behalten.«

Michi kam ebenfalls infrage, doch den erwähnte Lea nicht. Sie wusste ohnehin nicht, wann er dazu Gelegenheit gehabt hätte.

»Es wäre aber möglich, dass Max seine Eltern darüber reden gehört hat und es dann Jan erzählt hat?«, mutmaßte Ben.

»Ja, das könnte sein«, stimmte Lea ihm zu.

In dem Moment klopfte es an der Verbindungstür zum Lehrerzimmer und Jans Klassenlehrerin betrat den Raum. Sie begrüßte Lea und teilte ihr mit, dass Jan jetzt nebenan Hausaufgaben machte. Nachdem die Direktorin sie informiert hatte, über was sie gerade sprachen, gestand sie: »Ich glaube, es ist zum Teil meine Schuld.«

»Wie kommst du darauf?«, erkundigte sich die Direktorin und bot ihr ebenfalls einen Sitzplatz an.

»Wir haben nach den Weihnachtsferien in der Klasse das Thema ›Familie‹ durchgenommen«, berichtete sie. »Wir haben über familiäre Gemeinsamkeiten gesprochen, dass man Vater oder Mutter ähnlich sehen oder eine Mischung aus beiden sein kann. Und dass man gleiche Interessen und Vorlieben haben kann. Jan hat eine Menge Fragen dazu gestellt. Zum Beispiel, ob ein Kind mit blonden Haaren und blauen Augen, das eine Mutter mit braunen Augen und braunen Haaren hat, dann einen Vater mit blonden Haaren und blauen Augen hat. Ich habe ihn gelobt, wie gut er mitgedacht hat, ohne zu begreifen, dass er von sich selber redet. Er hat mich sogar konkret nach dem Klavierspielen gefragt, ob das Talent dafür vererbt sein kann. Natürlich habe ich auch das bejaht. Das Thema hat ihn ziemlich aufgewühlt.«

Lea seufzte. »In den Weihnachtsferien hat er mir gestanden, wie sehr er Nils vermisst. Das ist der Vater von der Familie, bei der wir in Schweden gelebt haben. Seither ist das Thema immer wieder aufgekommen. Ich hatte den Eindruck, dass er Max um seine intakte Familie beneidet. Sie sind unsere direkten Nachbarn, Jan geht bei ihnen ein und aus. Außerdem hat er die Trennung von meinem Ex-Freund mit den Worten kommentiert, dass der ja nie in unsere Familie gepasst hätte. Er hat mich immer wieder nach meiner früheren Beziehung zu Ben gefragt, wie gut wir uns damals kannten und wieso ich so viel über ihn weiß. Und nach dem Grund, warum wir uns dazwischen nicht mehr verstanden haben.«

»Darüber hat er mich auch ausgefragt«, ergänzte Ben.

»Was hast du ihm gesagt?«, wollte Lea wissen.

»Dass wir uns sehr gern mochten, ich dir aber wehgetan habe und du mich deshalb nicht mehr sehen wolltest.«

»So ähnlich habe ich ihm das auch erklärt.«

»Aber es stimmt, du bist sein Vater?«, versicherte sich Jans Lehrerin jetzt. »Ich könnte mir das nicht verzeihen, wenn ich ihn in etwas bestärkt hätte, was nur seiner Einbildung entsprungen ist.«

»Mach dir deshalb keine Gedanken, Isa«, winkte Ben ab. »Ich bin wirklich sein Vater, also alles gut.«

»Kann ich jetzt zu ihm?«, fragte Lea. Sie wollte Jan endlich sehen und ihn fest an sich drücken.

»Einen Moment noch«, bat die Direktorin. »Der Vollständigkeit halber: Erziehungsberechtigt sind nur Sie?«

Lea nickte. »Aber bei den Notfallkontakten und den Personen, die Jan abholen dürfen, können Sie Ben gerne mit aufnehmen«, entschied sie.

»Darauf wollte ich hinaus. Ben, bleibst du kurz da und wir tragen deine Daten gleich ein? Und Ihnen danke für Ihr Kommen und es tut mir sehr leid, dass das Ganze so unglücklich verlaufen ist.«

Sie reichten sich die Hand, dann endlich hielt Jans Klassenlehrerin die Tür zum Konferenzzimmer auf und Lea durfte zu ihrem Sohn.

Jan bemerkte zuerst nur seine Lehrerin. »Ich bin schon fertig«, teilte er ihr mit, dann sah er seine Mutter. »Mama!«

Zu Leas Erleichterung sprang er auf, lief auf sie zu und umarmte sie stürmisch. Sie ging in die Knie und drückte ihn fest an sich.

Lea hatte große Angst davor gehabt, er könne wieder böse auf sie sein und schmollen. Aber diese Angst war unbegründet gewesen.

Nach einiger Zeit löste er sich von ihr und schaute sie mit Tränen in den Augen an. »Ich habe doch recht, oder?«, fragte er. »Ben ist mein Dad?«

»Ja, du hast recht«, bestätigte Lea. »Ich weiß zwar nicht, wie du da von alleine draufgekommen bist, aber es stimmt.«

»Und wir dürfen zusammen Blödsinn machen, oder? Das durfte ich doch mit Nils auch. Wenn Nils mich gekitzelt hat, hat keiner geschimpft.«

»Ihr dürft miteinander so viel Blödsinn machen, wie ihr wollt, solange ihr dabei nichts kaputtmacht oder so. Und kitzeln darf dich jeder, dem *du* es erlaubst. Das ist allein deine Entscheidung.«

Jan beugte sich ganz nah an Leas Ohr und flüsterte: »Ich habe Ben lieb, weißt du – so wie Nils.«

Lea fiel darauf keine Antwort ein und sie zog ihn einfach nur in eine feste Umarmung.

»Können wir jetzt auch etwas zusammen mit Ben machen?«, wollte Jan wissen.

»Ach, jetzt soll ich etwas mit euch beiden machen, aber mit Michi und mir wolltest du nicht«, erwiderte Lea.

»Aber Ben haben wir doch beide gern, oder?«

»Ja, das schon. Du kannst ihn ja mal fragen!« Sie deutete in Richtung Verbindungstür, wo Ben inzwischen stand und sie beobachtete. Jan ließ sie sofort los und flog ihm in die Arme. Ben hatte Tränen in den Augen, als er seinen Sohn zum ersten Mal – ganz offiziell – an sich drücken konnte.

Zehn Minuten später verließen sie als Familie das Schulgebäude.

»Kommt ihr mit zu mir?«, fragte Ben. »Dort gibt es guten Kaffee und Jan sieht einmal, wo ich wohne.«

»Ich bräuchte eher einen Schnaps«, murmelte Lea.

»Damit kann ich leider nicht dienen.«

»Ist ohnehin noch zu früh dafür und Kaffee klingt gut«, entschied sie und wies Jan, der ein Stück vor ihnen zielstrebig auf ihre Wohnung zusteuerte, in die richtige Richtung.

Schlauer Kerl

Im Gegensatz zu seiner Mutter hatte Jan keinerlei Berührungsängste mit Bens Klavier. Er war von dem Flügel zwar ebenfalls schwer beeindruckt, das hinderte ihn jedoch nicht daran, ihn auszuprobieren. Das gab Ben und Lea die Möglichkeit, in Ruhe – abgesehen von seinem Geklimper – an der Bar zu sitzen und über die Vorfälle in der Schule zu sprechen. Ben war völlig fertig mit den Nerven.

»Sie ist dazwischengefahren, als würde ich mich an ihm vergehen«, berichtete er. »Dabei ist sein Pulli gerade einmal fünf Zentimeter hochgerutscht und ich habe ihn in die Seite getippt. Ich habe ja nicht damit gerechnet, dass er gleich so zu quietschen anfängt, dass man ihn in der halben Schule hört.«

Trotz der ernsten Situation musste Lea lachen. Sie kannte das von Jan sehr wohl. Seit sie in einer Wohnung wohnten, vermied sie es deshalb, ihren Sohn zu kitzeln.

»Sie war so schnell da, als hätte sie nur darauf gewartet, die Tür im richtigen Moment aufzureißen«, erzählte er weiter. »Die ganze Situation war total unwirklich – wie ein schlechter Film. Vor allem, als er dann ›Dad‹ gerufen hat, da dachte ich mir echt, ich muss das träumen. Im Übrigen hattest du recht mit deiner Ansicht, das Foto auf meinem Handy könnte mich in Schwierigkeiten bringen. Bevor du gekommen bist, hat Johanna mir eine ordentliche Standpauke darüber gehalten, dass man zu seinen Schülern einen gewissen Abstand zu wahren hat. Deshalb wollte sie mit dir zuerst die Frage klären, ob ich wirklich Jans Vater bin.«

»Bei anderen Schülern verhältst du dich hoffentlich entsprechend.«

»Selbstverständlich«, versicherte Ben. »Aber die Kollegin scheint irgendwie mitbekommen zu haben, dass mein Verhältnis zu Jan anders ist als zu den übrigen Schülern. Vielleicht hat sie das Foto gesehen. Sie sitzt im Lehrerzimmer gleich neben Jans Lehrerin und mit der bespreche ich dort öfters Sachen. Kann sein, dass mein Handy da irgendwann auf dem Tisch gelegen ist.«

»Glaubst du etwa, sie wollte dir etwas anhängen?«

»Auf jeden Fall hat es ihr große Genugtuung bereitet, mir eines reinzuwürgen. Sie hat irgendwie ein Problem mit mir.«

»Vielleicht hattest du mal was mit ihr und kannst dich nicht mehr daran erinnern.«

»Ha, ha«, brummte Ben.

»Du brauchst gar nicht so zu tun, als würden da draußen nicht eine Menge Frauen herumlaufen, auf die das zutrifft!«, warf Lea ihm vor.

»Das bestreite ich ja gar nicht, aber in dem Fall ist es genau umgekehrt. Sie hat sich anfangs an mich rangeschmissen, bis ich ihr deutlich gesagt habe, dass ich nicht interessiert bin. Seither ist sie nicht mehr gut auf mich zu sprechen. O mein Gott, stell dir vor, sie geht mit der Geschichte an die Presse! Das wäre das Ende meiner Karriere.«

»Malst du jetzt nicht ein bisschen schwarz? Die Sache würde eher deine Karriere als Lehrer beenden als die mit der Band. Als Musiker könntest du eine gute Geschichte über deinen verlorenen Sohn daraus machen. Die Klatschpresse würde das lieben.«

Ben schnaufte verächtlich. »Genau und dann könnten wir alle zusammen umziehen, damit ich euch aus der Schusslinie bekomme. Das Beste daran, wieder hier zu leben, ist, dass ich von der Presse in Ruhe gelassen werde. In England sind die Reporter wie Geier, die stellen alles Mögliche für eine gute Story an. Außerdem sind wir dort viel bekannter als hier, das kommt ja noch dazu.«

»Ich habe nie darüber nachgedacht, was es für Jan heißt, offiziell dein Sohn zu sein«, stellte Lea gedankenverloren fest.

»Ich habe nicht vor, ihn in irgendeiner Form ins Rampenlicht zu ziehen«, versprach Ben. »Zumindest nicht, bis er alt genug ist, sich bewusst dafür zu entscheiden. Wenn er selber Musiker wird, ist das etwas anderes.«

Er hatte plötzlich einen verträumten Ausdruck im Gesicht, als male er sich Vater-Sohn-Auftritte und gemeinsame Aufnahmen aus.

»Ich glaube, wir konzentrieren uns besser auf die nahe Zukunft«, holte Lea ihn in die Gegenwart zurück. »Wie geht es jetzt mit uns weiter? Bevor wir das mit dem Sorgerecht angehen, wäre es vielleicht eine gute Idee, wenn du mal einen Teil unseres Alltags mitmachen würdest.«

»Wie meinst du das?«

»Du könntest Jan mit zu dir nehmen, wenn ich lange arbeite, damit er nicht der Letzte ist, der aus dem Tagesheim abgeholt wird«, schlug sie vor.

»Dort ist er montags und mittwochs, oder?«

»Ja.«

»Ich unterrichte an beiden Tagen bis drei, danach könnte er mit mir nach Hause kommen.«

»Das wäre doch schon mal gut.«

Sie überlegten weiter, wie Jan am meisten von einem gemeinsamen Alltag profitieren konnte. Am besten gefiel Lea daran, dass sich die Wochentage, an denen sie sich im Krankheitsfall Pflegeurlaub oder gar normalen Urlaub nehmen müsste, auf einmal von fünf auf zwei reduzierten. Sie war bisher mit ihrem Urlaub sehr sparsam umgegangen, um für die Ferien und den Fall der Fälle genügend Reserven zu haben. Doch jetzt konnte sie ganz anders kalkulieren, weil sie nicht mehr alleine für alles verantwortlich war. Ein Stück der Last abzugeben, war eine große Erleichterung.

Doch es gab da noch eine Sache, die sie beschäftigte und die sie nicht alleine klären konnten. Sie mussten Jan danach fragen, als er zu ihnen kam, weil er Durst hatte.

»Wie bist du draufgekommen, dass ich dein Dad bin?«, wollte Ben wissen.

Jan kletterte auf den Barhocker neben Lea und trank zuerst

einen großen Schluck aus seinem Glas, bevor er schulterzuckend antwortete: »Du passt auf alles.«

»Auf was alles?«

»Na, auf alles.«

Bis hierher war Jans Ausführung nicht sehr hilfreich, doch nun hielt er fest: »Ich weiß, woher die Babys kommen.«

Ben zog überrascht eine Augenbraue hoch, sodass Lea sich bemüßigt fühlte zu erklären: »Jette hat als Hebamme immer großen Wert darauf gelegt, dass den Kindern – auf verständliche Art – die Wahrheit vermittelt wird und nicht irgendeine Geschichte vom Klapperstorch.«

»Verstehe«, erwiderte Ben.

»Jette hat mir auch gesagt, dass ich schon in Mamas Bauch war, als sie nach Schweden gekommen ist«, berichtete Jan.

Dass er dieses Detail kannte, war selbst für Lea eine Neuigkeit.

»Deshalb hast du gewusst, dass dein Vater jemand sein muss, mit dem deine Mum befreundet war, bevor sie nach Stockholm gegangen ist«, vermutete Ben.

»Genau. Und in den Weihnachtsferien hat Mama mir erzählt, dass sie *dich* schon lange kennt.«

»Okay, also das passt schon einmal. Was noch?«

»Wir haben in der Schule etwas über die Familie gelernt.«

»Das hat deine Lehrerin uns erzählt. Du hast ihr ganz viele Fragen über das Aussehen und das Klavierspielen gestellt.«

Jan nickte zur Bestätigung. »Und das hat auch alles gepasst.«

»Du weißt aber schon, dass mein Bruder und ich fast gleich ausschauen?«, gab Ben zu bedenken. »Du siehst ihm deshalb auch ähnlich.«

»Ja, darüber habe ich nachgedacht«, gab Jan zu. »Aber Mama hat nie von deinem Bruder geredet. Höchstens noch von eurem Schlagzeuger.«

»Stimmt, ich habe dir einmal erzählt, dass ich Axel zuerst kennengelernt habe«, erinnerte Lea sich.

»Genau. Aber dem schaue ich nicht ähnlich.«

Das war richtig. Axel war wie Michael ein ganz anderer Typ als

Ben, mit dunklen Haaren, braunen Augen. Da wäre ein blondes, blauäugiges Kind eher unwahrscheinlich.

»Außerdem warst du immer so nett zu mir wie Nils«, ergänzte Jan.

»Ich bin zu allen Kindern nett«, stellte Ben fest.

»Ja, schon, aber nicht so«, beharrte Jan.

Ben setzte eine nachdenkliche Miene auf. »Mag sein, dass ich dich unbewusst bevorzugt habe. Obwohl ich das eher darauf geschoben hätte, dass du viel motivierter warst als Freddy und Max.«

»Aber denen hast du nichts zu Weihnachten geschenkt.«

»Doch, Schokosterne«, widersprach Ben.

»Ich meine nicht die Schokosterne! Ich meine das *Lego*! Und Mamas Tablet!«

Beide Eltern sahen ihn ungläubig an.

»Woher weißt du, dass das von Ben war?«, fragte Lea.

»Ich habe den Anhänger aufgehoben.«

Das war Lea aufgefallen.

»Auf dem steht mein Name.«

Die Erwachsenen nickten.

»Und Ben schreibt immer meinen Namen auf die Notenblätter, die er mir gibt. Das schaut genau gleich aus.« An Ben gewandt, fügte er hinzu: »Du schreibst das J so komisch.«

Lea lachte. Sie hätte Bens J nicht als komisch bezeichnet, aber es war sehr markant. Er machte oben keinen Strich, dafür unten eine Schlaufe.

»Aber ich hätte euch doch einfach so etwas schenken können«, sagte Ben.

»Uns schenkt aber nie irgendwer einfach nur so etwas«, entgegnete Jan bedeutungsvoll. »Auch kein Klavier.«

Jetzt war Lea perplex, aber das klärte Ben auf: »Dass das mein Klavier ist, ist mir während der Klavierstunde in den Semesterferien rausgerutscht.«

»Ach so. Ich dachte schon, das hat *Sherlock* auch alleine herausgefunden.«

Diesmal sah Jan sie irritiert an.

»*Sherlock Holmes*, der berühmteste Detektiv der Welt«, erklärte sie ihm. »Du hast richtige Detektivarbeit geleistet.«

»Musste ich doch. Ihr wolltet es mir ja nicht sagen!«

Ben und Lea warfen sich einen betretenen Blick zu.

»Wir wussten nicht wie und wann und wo und überhaupt«, rechtfertigte sie sich. »Zuerst wollte Ben eine Möglichkeit finden, dich kennenzulernen, ohne dass du schon von vornherein böse bist. Und dann haben wir die ganze Zeit auf eine gute Gelegenheit gewartet. Wer konnte denn ahnen, dass du inzwischen schon alle Puzzleteile zusammengesetzt hast?«

»Aber Mama, du sagst doch selber immer, dass ich ein schlauer Kerl bin«, stellte Jan fest.

Lachend streichelte Lea ihm über die Haare. »Aber dass du so schlau bist, wusste nicht einmal ich.«

Familie

Auf Jans ausdrücklichen Wunsch hin unternahmen sie am Samstag einen Ausflug zu dritt. Nach dem Mittagessen bei den Großeltern holten sie Ben ab, um mit ihm in den Zoo zu gehen. Die Sonne startete ein erstes Comeback nach dem Winter, trotzdem war der Tiergarten um diese Jahreszeit nicht so überlaufen wie in den warmen Monaten. Jan genoss den Besuch, lief aufgeregt von einem Gehege zum nächsten und ließ sich von Ben die Beschreibungstafeln vorlesen. Auf Englisch, denn Deutsch konnte er ja mittlerweile selber einigermaßen lesen.

Nach der ersten großen Runde wärmten sie sich in einem Lokal bei Kaffee und heißer Schokolade auf. Die Männer ließen es sich nicht nehmen, den größten Schokoladenkuchen zu bestellen, den sie in der Vitrine fanden. Lea entschied sich für einen Apfelstrudel, ihrem kulinarischen Inbegriff von Heimat. Kein anderes Essen hatte sie in Schweden so sehr vermisst.

Auf dem Heimweg bettelte Jan, dass sein Dad zum Abendessen mit zu ihnen kommen durfte. Lea war einverstanden und Ben nahm die Einladung mit Freuden an. Beim Aufdecken bemerkte sie, wie schnell sie wieder in alte Gewohnheiten verfielen, die Arbeitsteilung geschah völlig automatisch. Es fehlte nur, dass Ben sie zwischendurch schnell küsste, als er sie einmal zur Seite schob, weil sie ihm im Weg war. Früher wäre das seine Entschuldigung dafür gewesen.

Jan duschte an diesem Abend beinahe freiwillig, er stellte nur die Bedingung, dass Ben da blieb und ihn nachher ins Bett brachte. Lea genoss es, einmal eine Auszeit vom Vorlesen zu haben, auf das Jan abends noch immer bestand. So blieb ihr Zeit für

Michis Buch, von dem sie erst etwa zwei Drittel gelesen hatte, obwohl sie seit Mittwoch jede freie Minute die Nase hineinsteckte.

Durch ein Klopfen am Rahmen ihrer Schlafzimmertür machte Ben auf sich aufmerksam und sie blickte vom Tablet auf.

»Er ist noch wach, hat aber gemeint, ich könne jetzt gehen«, teilte Ben ihr mit.

»Okay, er schläft sicher schnell ein«, erwiderte sie.

»Was liest du?«

»Michis Buch.«

»Michis Buch?« Sie meinte, in seinen Augen einen Anflug von Eifersucht zu sehen.

»Er hat mir zum Valentinstag die Version geschenkt, die er an die beiden interessierten Verlage geschickt hat.«

Sein Ausdruck verfinsterte sich weiter. Da schoss Lea eine Erkenntnis durch den Kopf. »Ich habe mich bei dir gar nicht für dein Geschenk bedankt«, bemerkte sie bestürzt. »Tut mir so leid! Ich wollte dir nicht nur eine SMS schreiben, aber nach der Sache in der Schule habe ich es völlig vergessen. Danke für die CD, ich liebe sie. Wirklich! Auch wenn du nicht ausschaust, als würdest du mir das glauben.« Bens Miene blieb düster, deshalb betonte sie noch einmal: »Es tut mir ganz, ganz schrecklich leid, dass ich bisher nichts gesagt habe.«

»Kein Wunder, wenn du so mit dem anderen Geschenk beschäftigt warst«, brummte er.

»Das Buch ist total mitreißend – und ich sage das nicht nur, weil ich mit dem Autor geschlafen habe«, behauptete Lea.

Sie provozierte ihn absichtlich, denn sie genoss seine Eifersucht. Immerhin hatte er sie damals aufgegeben. Hatte er ernsthaft erwartet, sie würde nie wieder etwas mit einem anderen Mann anfangen?

Trotzig wandte Ben sich von ihr ab und betrachtete die Fotos auf der Kommode neben ihm, insbesondere das von Erik, Malin, Emil und Lotta.

»Sind das die Schwedenkinder?«, fragte er, offenbar um das Thema zu wechseln.

»Ja, sind sie«, erklärte sie bereitwillig. »Und das auf dem Bild daneben sind Jette und Nils.«

Ben bemerkte die Minidrehorgel und drehte an der Kurbel. Sie spuckte drei unzusammenhängende Töne aus.

»Die ist kaputt«, seufzte Lea.

»Was sollte sie spielen?«

»Ich habe keine Ahnung. Erik und ich haben sieben Jahre lang versucht, dieses Rätsel zu lösen. Er wollte sie vor unserer Abreise reparieren, hat das Gehäuse aber nicht aufgebracht, weil er nicht das richtige Werkzeug hatte. Sie hat schon nicht mehr funktioniert, als ich sie gefunden habe. Ich habe sie nur mitgenommen, weil sie mich an dich erinnert hat und so kaputt war wie unsere Beziehung.«

Beim letzten Satz verzog sie ihren Mund zu einem schiefen Grinsen. Diesen Teil hatte sie bisher niemandem erzählt.

Ben zog eine Augenbraue hoch. »Wo hast du sie gefunden?«

»Auf dem Gehsteig, als ich bepackt mit meinem ganzen Hab und Gut auf dem Weg zum Taxistand war.«

»Du wunderst dich über mein Tattoo und hebst selber jahrelang ein kaputtes Spielzeug auf, das dich an mich erinnert?«

»Das kann ich aber jederzeit wegwerfen, wenn ich es nicht mehr sehen will.«

»Stimmt auch wieder. Soll ich es mir anschauen? Ich weiß, wie man die Dinger aufmacht. Liegt nicht so sehr am richtigen Werkzeug, sondern an einem Trick, den man kennen muss. Vielleicht kann ich ja – jetzt, wo unsere Beziehung nicht mehr ganz so kaputt ist – dein Symbol dafür reparieren.«

Lea dachte an Erik und sagte sofort: »Das wäre wunderbar.«

»Ich nehme sie mit, okay?«

»Ja, gerne.«

»Dann lasse ich dich jetzt mit deinem Buch alleine«, murmelte er und verließ ihr Zimmer.

»Die Eifersucht steht dir nicht!«, rief Lea ihm nach. Doch er brummte nur irgendetwas Unverständliches und gleich darauf hörte sie, wie die Wohnungstür hinter ihm ins Schloss fiel.

Später am Abend erhielt sie eine Nachricht von Ben. »Offen ist sie schon mal, aber da sind Teile abgebrochen. Ich schaue, ob ich Ersatzteile bekomme.«

Sie schickte ihm ein Kuss-Emoji und die Frage: »Weißt du schon, was sie spielt?«

»Ja. Verrate ich aber nicht. Das musst du dir dann selber anhören!«

Das kommentierte sie mit einem beleidigten Emoji, obwohl sie es auf gewisse Weise sogar spannender fand. Außerdem hatte sie so lange versucht, die Melodie herauszufinden, da kam es jetzt auf ein paar Tage mehr nicht mehr an. Sie freute sich schon darauf, Erik die Neuigkeit mitzuteilen.

Jan blühte in den folgenden Wochen richtig auf. Vergessen waren die Stimmungstiefs aus der Zeit, als Lea mit Michael zusammen gewesen war. Endlich die Möglichkeit zu haben, eine Beziehung zu seinem Vater aufzubauen, gab seinem Selbstbewusstsein einen enormen Schub. Erst dadurch wurde Lea bewusst, wie sehr ihm in all den Jahren eine männliche Bezugsperson gefehlt hatte, die ganz ihm gehörte. Sein bisher einziger Großvater hatte sich zwar immer um ihn bemüht, war aber die meiste Zeit des Jahres in weiter Ferne gewesen. Seinen eigenen Dad zu haben, bedeutete Jan alles, der zweite Grandpa war die Draufgabe.

Er lernte Henry an einem der Nachmittage kennen, die er nun anstatt im Tagesheim bei Ben verbrachte, bis Lea aus der Arbeit kam. Für Ben war das der Testlauf, bevor er seiner Mutter die Neuigkeit berichten wollte. Ihm war bewusst, dass die Reaktionen seiner Eltern ungefähr so vergleichbar waren wie Tag und Nacht. Aber da Henry verhältnismäßig emotional auf seinen Enkelsohn reagiert hatte, hegte Ben die irrationale Hoffnung, die Reaktion seiner Mutter könnte dafür weniger gefühlsbetont ausfallen.

Sein Plan sah jedenfalls vor, die Sache genau wie bei seinem Dad anzugehen und ihr zuerst von Jan zu erzählen, bevor er ein erstes Treffen arrangierte. Letzteres würde dann idealerweise recht entspannt über die Bühne gehen. Hoffte er.

Oma Martha

»Stehst du vor der Schule???«

Die drei Fragezeichen in Bens Nachricht irritierten Lea. Er benutzte Satzzeichen sonst nicht so exzessiv.

»Ja. Ich war früher fertig und wollte Jan überraschen.«

»Schlechter Tag für Überraschungen. Meine Mum wird gleich auftauchen.«

Lea schickte ein erschrockenes Emoji zurück. In dem Moment hörte sie die Schulglocke läuten und gleich darauf klingelte ihr Handy.

»Siehst du sie schon?«, fragte Ben. »Sie kommt aus der Richtung meiner Wohnung. Ich nehme den Seitenausgang, vielleicht kann ich sie abfangen.«

»Okay«, wollte sie eigentlich sagen, aber es wurde ein: »Zu spät«, denn Martha war um die Ecke gebogen und steuerte zielstrebig auf die Hauptstiege zu, an deren Fuß sie stehen blieb und wartete.

»Was macht sie hier?« Lea ging hinter einem Kastanienbaum in Deckung.

»Die 3. Klasse ist auf Exkursion, deshalb fallen heute meine Klavierstunden aus. Ich habe sie gestern gefragt, ob sie mit mir essen geht. Wir wollten uns eigentlich bei mir treffen, aber sie hat sich nicht an den Plan gehalten. Ich beeile mich, damit wir weg sind, wenn Jan rauskommt.«

»Okay. Und wieso wusstest du, dass ich hier bin?«

»Weil ich von meinem Fenster aus auf den Platz vor der Schule sehe. Sie hat mir eine Nachricht geschrieben, dass sie mich abholen kommt, deshalb habe ich nachgeschaut, ob sie schon da ist.«

Ehe Lea Ben fragen konnte, wo er inzwischen war, wurde

der Anruf unterbrochen. Die ersten Kinder verließen das Schulgebäude und Lea hielt abwechselnd Ausschau nach Jan und Ben, ohne dabei dessen Mutter aus den Augen zu lassen.

Dass ihr Sohn nicht auftauchte, wunderte sie nicht, er und Max trödelten immer. Bens »Beeilen« hatte sie sich jedoch anders vorgestellt. Wieder läutete ihr Telefon.

»Ich wollte Mum zum Seiteneingang lotsen, aber sie hebt nicht ab«, erklärte er ohne Umschweife. »Und jetzt bin ich der Direktorin in die Arme gelaufen und wurde aufgehalten. Dauert noch, ich bin erst auf dem Weg nach unten. Ist Jan schon draußen?«

»Nein, aber lange kann es nicht mehr dauern. Weißt du was? Bleib außer Sicht, bis wir weg sind! Sie kennt ihn ja nicht, er wird einfach an ihr vorbeigehen. Ich fange ihn dann ein Stück weiter vorne ab.«

»Gut, ich warte an der Ecke. Pass bitte auf, dass sie dich nicht sieht! Dass sie so von Jan erfährt, war nicht geplant.«

»Keine Angst, ich bleibe in Deckung. Da kommen die zwei endlich. Eilig haben sie es ja nicht.«

»Ich bin jetzt auch draußen.«

»Okay … Moment, was passiert da?« Lea traute ihren Augen nicht.

»Wieso versteckst du dich nicht mehr hinter deinem Baum?«, wollte Ben wissen, der soeben an der Ecke des Schulgebäudes aufgetaucht war. »Was ist los?«

»Jan geht direkt auf deine Mutter zu. Und sie auf ihn.«

»Was?«

So schnell wie möglich, ohne dabei Jans Aufmerksamkeit zu erregen, trabte Lea auf die breite Steintreppe zu. Ihr Sohn war mittlerweile nur mehr wenige Stufen von seiner Großmutter entfernt. Sie schaffte es gerade nahe genug an die beiden heran, um zu hören, was Jan zu Bens Mutter sagte. Entgeistert starrte sie ihn an.

Ben war außer Hörweite, aber er sah ihr Gesicht.

»Was ist?«, fragte er übers Telefon.

»Er hat etwas zu ihr gesagt«, brachte Lea mühsam hervor.

»Was denn???« Diesmal konnte sie die drei Fragezeichen hören.

»Hallo, Oma Martha, was machst du denn hier?«, wiederholte sie und ließ ihr Telefon sinken.

Ein paar Meter weiter starrte Ben sein Handy an, als bezweifele er, dass es das Funksignal in den richtigen Satz umgewandelt hatte. Es dauerte nur Sekunden, bis die Irritation in Wut umschlug.

Äußerlich wirkte er gelassen, als er an seine Mutter herantrat, doch Lea verspürte das dringende Bedürfnis, ihren Sohn zu schnappen und sich aus dem Staub zu machen. Sie hatte Ben nur ein einziges Mal richtig ausrasten sehen und am Ende war das Objekt seiner Wut sehr klein mit Hut gewesen. Sein: »Ihr kennt euch schon?«, klang gefährlich ruhig.

Jan bekam von alledem nichts mit. »Ja, das ist Oma Martha«, plauderte er fröhlich darauf los. »Wir treffen uns manchmal im Kaffeehaus.«

Lea schnappte einen Meter entfernt so laut nach Luft, dass er sie bemerkte. »Hallo, Mama, wieso holst du mich ab?«, fragte er unbedarft.

Sie war versucht zu antworten: »Um dich in Sicherheit zu bringen«, verkniff es sich aber.

»Ich hatte noch Zeit«, sagte sie stattdessen schnell. »Wo ist Max? Gehen wir zusammen?«

Jan sah sich nach seinem Freund um, entdeckte ihn am Fuß der Stiege und winkte ihm zu. Lea tauschte inzwischen einen fragenden Blick mit Ben aus. Auf sein Nicken hin schnappte sie sich die beiden Kinder und machte sich rasch mit ihnen auf den Heimweg.

Ben besaß seit Kurzem einen Schlüssel für ihre Wohnung und ließ sich selber hinein, als Lea und Jan sich gerade zum Mittagessen hingesetzt hatten.

»Alles okay?«, fragte sie ihn. »Willst du etwas essen?«

Er schüttelte den Kopf. »Mir ist jeglicher Hunger vergangen.«

In seinem Fall empfand Lea diese Aussage als besonders alarmierend.

»Jan, seit wann kennst du Oma Martha schon?«, erkundigte

Ben sich und schaffte es dabei, insgesamt freundlich zu klingen, den Namen jedoch verächtlich zu betonen.

Jan zuckte mit den Schultern. »Immer schon«, meinte er.

»Immer schon?«, wiederholte Ben.

»Oma nimmt mich manchmal mit in die Konditorei und dort ist Oma Martha dann auch oft. Sie ist immer sehr nett zu mir. Und sie hat gesagt, ich kann sie Oma Martha nennen, weil sie selber keine Enkelkinder hat.« Plötzlich veränderte sich sein Gesichtsausdruck. »Aber sie hat auch gesagt, dass das unser Geheimnis ist und dass ich Mama nicht von ihr erzählen soll«, bemerkte er unsicher. »Habe ich etwas Falsches gemacht?«

Ben strich ihm beruhigend über die Haare. »Nein, du hast nichts Falsches gemacht. Nur die Erwachsenen.«

»Bist du böse auf Oma Martha?«, wollte Jan wissen.

Seufzend ließ Ben sich neben ihn sinken.

»Jan, deine Oma Martha«, erklärte er mit aller Beherrschung, die er aufbringen konnte, »ist meine Mutter, also deine richtige Oma.«

Jan blieb vor Staunen der Mund offen stehen. »Wieso hat sie mir das nie gesagt?«, fragte er.

»Die Frage lautet eher, wieso sie es *mir* nie gesagt hat«, brummte Ben.

Lea hatte die Unterhaltung bisher schweigend verfolgt. Jetzt schob sie den halb vollen Teller von sich weg. Ihr war inzwischen ebenfalls der Appetit vergangen. Dass Bens Mum ihn hintergangen hatte, war nur eine Seite der Medaille. Aber ihre eigene Mutter steckte in der Sache ebenfalls mit drin.

Jan war der Einzige, der noch Hunger hatte. Er schaufelte sich das Essen gierig in den Mund, was ihm normalerweise eine Rüge von Lea eingebracht hätte. Doch die schwieg, bis sein Teller leer war.

»Was hältst du davon, wenn wir fragen, ob du mit Max zusammen Hausaufgaben machen darfst?«, schlug sie vor.

Sie wollte nicht, dass Jan in der Nähe war, wenn Ben endgültig die Beherrschung verlor. Ihr Sohn war begeistert und sie klingelte sofort bei ihren Nachbarn. Lili wunderte sich, stimmte aber zu und Jan stürmte in die Wohnung.

Kaum war er außer Hörweite, erklärte Lea knapp: »Ultimative Krise in Bens Familie, Details folgen.« Im Moment war sie zu aufgewühlt für weitere Erklärungen. »Kann Jan bei euch bleiben, bis sich die Lage beruhigt hat?«

»Okay, aber ab dem dritten Tag verrechnen wir Kost und Logis«, erwiderte Lili.

»Hoffen wir mal, dass es nicht so lange dauern wird«, meinte Lea nur und kehrte in ihre eigene Wohnung zurück.

Ben saß auf der Couch, hatte den Kopf in den Nacken gelegt und starrte an die Decke.

»Hast du mit ihr geredet?«, fragte sie ihn.

»Reden kann man das nicht nennen. Es hat mich meine ganze Beherrschung gekostet, sie nicht vor den Schülern anzubrüllen.« Er hob seinen Kopf und sah sie an. »Sie hat gesagt, sie weiß von Jan seit kurz vor der Weltreise. Lea, das ist über fünfeinhalb Jahre her!«

»Zu der Zeit hättest du dich beinahe zu Tode gehungert«, erinnerte sie sich bestürzt.

Er nickte. »Wenn das nicht zeitlich zusammengefallen wäre, wäre ich ihr gleich an die Gurgel gesprungen. So hat sie die Tatsache gerettet, dass ich heilfroh bin, dass du mich damals nicht erlebt hast. Ich hätte sofort den Kontakt zu dir gesucht, was zu dem Zeitpunkt eine ziemlich schlechte Idee gewesen wäre. Aber es ist ja nicht so, als hätte es danach nicht eine Million Gelegenheiten gegeben, es mir zu sagen.« Lea sah förmlich, wie er innerlich wieder hochging. »Und nicht nur, dass sie es mir verschweigt, sie baut hinter meinem Rücken eine Beziehung zu meinem Sohn auf! Was hat sie sich dabei gedacht? Sich selbst vergönnt sie den Enkel, den sie sich schon so lange wünscht, mir aber nicht meinen Sohn?!«

Lea wusste keine Antwort darauf. Sie war bemüht, Ruhe auszustrahlen, was ihr aber nicht leicht fiel, weil ihr die Frage auf den Nägeln brannte, welche Rolle ihre eigene Mutter bei dieser Sache gespielt hatte. Offensichtlich hatte Martha durch sie von

Jan erfahren und sie hatte die heimlichen Treffen ermöglicht. Was hatten die beiden noch alles hinter ihrem Rücken geplant?

»Wieso kommt es mir plötzlich nicht mehr wie ein Zufall vor, dass wir beide gleichzeitig zurückgekommen und in dieselbe Gegend gezogen sind?«, überlegte sie laut.

Ben zuckte erschrocken zusammen. »Also, ich weiß nicht, wie es bei dir war, aber meine Mutter hatte massiven Einfluss darauf, dass ich letzten Sommer in Wien geblieben und in genau diese Wohnung gezogen bin.« Er kniff die Augen etwas zusammen. »Aber wenn ich es mir recht überlege, hat sie damit erst angefangen, nachdem sie Jonas aus dem Haus gejagt hatte. Hatte sie da plötzlich solches Mitleid mit uns, dass sie uns wieder zusammenbringen wollte? Obwohl sie all die Jahre davor den Schlüssel in der Hand hielt, um den Kontakt zwischen uns wiederherzustellen?«

»Möglicherweise war sie ja davor der Meinung, du taugst mit deinem Lebenswandel nicht als Vater«, vermutete Lea.

»Herzlichen Dank – die eigene Mutter«, knurrte Ben.

Sie hob abwehrend die Hände. »Ich kann mich ja irren. Vielleicht bin nur ich der Meinung, dass ein sexsüchtiger Säufer kein optimaler Vater ist.«

Ihre Übertreibung entlockte Ben zumindest ein Schmunzeln. »Ich bin froh, dass wir das besprochen haben.«

In dem Moment läutete es an der Wohnungstür. Ein kurzer Blick durch den Spion verriet Lea, wer davor stand.

»Hallo, Martha«, grüßte Lea angespannt und trat einen Schritt zur Seite. Erst jetzt hatte sie Gelegenheit, Bens Mutter ins Gesicht zu sehen, und sie stellte bestürzt fest, wie viel älter als in ihrer Erinnerung sie heute aussah. Das Gesamtbild hatte sich kaum verändert. Sie trug ihre Haare noch immer als klassischen blonden Bob und hatte offensichtlich ihre Vorliebe für bunte Accessoires, mit denen sie ihren ansonsten eher schlichten Kleidungsstil aufpeppte, beibehalten. Doch an die Falten – waren es Sorgenfalten? – erinnerte Lea sich nicht.

»Ist er hier?«, fragte Martha grußlos, was eher verzweifelt als unhöflich klang. »Ich war bei ihm zu Hause, aber da ist er nicht.«

»Woher weißt du, wo wir wohnen?«, erkundigte Lea sich anstelle einer Antwort. Es überraschte sie nicht zu hören, dass ihre Mutter die Adresse weitergegeben hatte. Sie führte Martha ins Wohnzimmer.

Ben hatte mitbekommen, wer an der Tür war. Sofort sprang er auf und machte endlich seinem Ärger Luft. »Was willst du hier?«

»In Ruhe mit dir reden«, erwiderte Martha verzagt.

»Jetzt willst du auf einmal reden?«, herrschte er seine Mutter an. »Nach fünfeinhalb Jahren? Wenn du mir in der Zeit nichts zu sagen hattest, kann ich jetzt auch darauf verzichten!«

»Ben, bitte hör mir zu!«, bat sie »Ich wollte doch immer nur dein Bestes.«

Lea zuckte zusammen. Sie wusste, dass Ben diesen Satz hasste. Zu oft hatte er zu hören bekommen, dass sein Bruder doch nur das Beste für ihn wollte, während tief verborgen in seinem Gehirn die Information geschlummert hatte, dass Jonas das ganze Schlamassel überhaupt erst verursacht hatte. Wie befürchtet genügte diese Aussage, um den brodelnden Vulkan endgültig zum Ausbruch zu bringen. Lea drehte sich um und ließ die beiden alleine.

Mütter

»Bekomme ich auch Asyl?«, bat Lea Lili. »Und kann ich hier in Ruhe telefonieren?«

»Fühl dich wie zu Hause«, antwortete ihre Freundin mit einer großzügigen Geste. »Aber was um alles in der Welt ist bei euch los?«

»Ben hat herausgefunden, dass seine Mum schon seit über fünf Jahren von Jan wusste.«

Lilis Augen weiteten sich vor Staunen. »Und das hat er nicht besonders gut aufgenommen?«, vermutete sie.

»Das ist die Untertreibung des Jahres«, murmelte Lea.

»Woher wusste sie es?«

»Anscheinend von meiner Mutter. Deshalb muss ich jetzt auch telefonieren.«

»Okay, ich lass dich alleine.«

Sie verließ den Raum und Lea nahm auf der Couch Platz. Mit zitternden Händen holte sie ihr Handy heraus, suchte die Telefonnummer ihrer Mutter in der Anrufliste und tippte darauf. Es läutete nur zweimal, dann sagte die Stimme am anderen Ende: »Ich habe schon auf deinen Anruf gewartet.«

»Dann weißt du ja, was ich wissen will«, erwiderte Lea.

»Ich kann es mir zumindest denken«, meinte ihre Mutter. »Wieso habe ich es ermöglicht, dass Jan und Martha sich kennenlernen?«

»Genau.«

»Das erste Treffen war ein Zufall«, berichtete sie. »Wir sind uns bei einem Spaziergang mit Jan über den Weg gelaufen. Ausweichen war unmöglich, daher blieb mir nichts anderes übrig, als ihr die Wahrheit zu sagen. Sie hat die Ähnlichkeit natürlich sofort bemerkt. Und das Alter passte ja auch.«

»Wieso hast du mir das damals nicht erzählt?«, fragte Lea.

»Ich wusste nicht wie. Was hätte ich sagen sollen? Ach übrigens, ich habe Bens Mutter getroffen, kann sein, dass er bald vor deiner Tür steht?«

»Aber was hättest du gemacht, wenn er wirklich plötzlich vor meiner Tür gestanden wäre?«

Lea hörte ein tiefes Seufzen. »Ich habe mir so sehr gewünscht, dass es dazu kommt, dass ihr wieder zusammenfindet. Du weißt, ich habe nie verstanden, warum du ihm partout nicht von Jan erzählen wolltest. Eine Auszeit zu nehmen, war ja eine gute Idee, aber dass du trotz der Schwangerschaft in Schweden geblieben bist, war mir unverständlich.«

Jetzt seufzte Lea. »Ach, Mama ...«

»Ich habe dir schon gesagt, ich hätte Ben erzählt, dass du schwanger bist, wenn er mich noch einmal besucht hätte. Als ich Martha begegnet bin, dachte ich mir, das ist jetzt die Chance, euch wieder zusammenzubringen. Aber dann hat sie entschieden, deinen Wunsch zu respektieren.«

»Trotzdem seid ihr in Kontakt geblieben?«

»Sie hat mir leidgetan«, rechtfertigte ihre Mutter sich. »Ich habe Jan in den ersten Jahren viel seltener gesehen, als mir lieb war. Aber sie hatte gar keinen Kontakt, nur das Wissen, dass sie einen Enkel hat. Deshalb habe ich ihr von Zeit zu Zeit Fotos geschickt. Und irgendwann hatte sie die Idee, wir könnten uns doch ›zufällig‹ treffen.«

»Verstehe.« Lea atmete tief durch. Sie war nicht sonderlich überrascht von der Enthüllung. Ihre Mutter hatte nie ein Geheimnis daraus gemacht, dass sie die Trennung bedauerte. Sie hatte Leas Entscheidung, nach Stockholm zu gehen, nur so lange unterstützt, bis sie von der Schwangerschaft erfahren hatte. Danach hatte sie immer versucht, sie zur Rückkehr zu bewegen. Deshalb war ihr Verhältnis lange angespannt gewesen und hatte sich erst mit Leas Umzug im letzten Sommer vollständig erholt.

»Es tut mir leid, mein Schatz, ich hätte dir das nicht verheimlichen dürfen«, entschuldigte ihre Mutter sich.

»Ich weiß nicht, was ich sagen soll«, erwiderte Lea. »Einerseits will ich nicht angelogen werden, aber andererseits weiß ich nicht, was ich mit der Information angefangen hätte. Ich meine, wahrscheinlich hätte ich seit fünfeinhalb Jahren keine Nacht mehr ruhig geschlafen und jeden Tag darauf gewartet, dass er endlich vor der Tür steht.«

»Er hat es nicht besonders gut aufgenommen, oder?«

»Hat Martha dich angerufen?«

»Ja, vorhin, weil sie ihn nicht in seiner Wohnung angetroffen hat. Ist er bei dir?«

»Ich habe die zwei in meiner Wohnung allein gelassen. Teilweise hört man Ben aber bis herüber zu den Nachbarn. ›Nicht besonders gut aufgenommen‹ ist also stark untertrieben. Ich habe ihn selten so wütend gesehen.«

»Lea, seid ihr wieder zusammen oder habt ihr euch nur wegen Jan arrangiert?«, wollte ihre Mutter wissen.

»Ich schätze, wir sind Freunde. Wir telefonieren fast täglich, sehen uns wegen Jan regelmäßig. Aber in den letzten Wochen waren wir hauptsächlich bemüht, für ihn die Familie zu sein, die er bis jetzt nicht hatte. Da war kein Platz für die Frage, ob wir wieder ein Paar sein wollen.«

Nicht dass Lea sich die Frage nicht eine Milliarde Mal gestellt hätte – besonders oft in einer Woche, in der Jan krank gewesen war. Dank Ben hatte Lea sich keinen Pflegeurlaub nehmen müssen. Er hatte es ganz selbstverständlich übernommen, seinen Sohn vormittags zu beaufsichtigen. Vor allem am ersten Morgen war Lea unendlich dankbar dafür gewesen, dass er nur wenige Minuten entfernt wohnte und nicht eine Sekunde gezögert hatte, zu ihnen in die Wohnung zu kommen. Doch ab dem zweiten Tag hatte sich der Gedanke festgesetzt, dass es noch einfacher wäre, wenn sie zusammenleben würden. So richtig, als Familie. Mit allem, was dazugehörte.

Seither hatte sie an manchen Abenden das Gefühl, die Sehnsucht danach, in seinen Armen einzuschlafen und am Morgen neben ihm aufzuwachen, würde sie innerlich auffressen. Doch trotz der Andeutungen, die Ben immer wieder machte, hielt er eine gewisse Distanz zu Lea. Sie selber brachte nicht den Mut auf, ihn zu bitten, über Nacht zu bleiben. Deshalb verharrten sie seit Wochen in dieser abwartenden Haltung.

»Aber du schließt es nicht aus?«, hakte Leas Mutter nach.

»Wir schließen es beide nicht aus«, erwiderte sie.

»Ich bin froh, das zu hören.«

Darauf fiel ihr keine Antwort ein, deshalb sagte sie stattdessen: »Ich gehe besser wieder hinüber und schaue, wie es bei den beiden läuft.«

»Wo ist Jan?«

»Hier bei Max. Ich habe ihn gleich nach dem Essen herüber geschickt. Bevor Martha gekommen ist.«

»Das ist gut. Halt mich auf dem Laufenden, Schatz, in Ordnung?«

»Mache ich«, versprach Lea und legte auf.

»Neue Erkenntnisse?«, fragte Lili, als Lea in die Küche trat, um sich von ihr zu verabschieden.

»Nur die, dass es auf das genaue Gegenteil hinauslaufen kann, wenn zwei Mütter für ihre Kinder dasselbe tun. Mir hat meine Mama das Leben mit ihrem Schweigen erleichtert. Ben ist wohl eher der Meinung, dass Martha seines zerstört hat.«

»Immer sind wir Mütter schuld.«

»Wie wahr.«

Lea kam in ihre Wohnung, als Ben seiner Mutter gerade den Schlüssel für sein Loft abnahm und ihr erklärte, dass er sie ab sofort weder hören noch sehen wollte. Gleich darauf stürmte er hinaus, drückte Lea aber im Vorbeigehen den eben erhaltenen Schlüssel in die Hand.

»Bitte werd sie für mich los!«, murmelte er, ehe die Tür mit einem lauten Knall hinter ihm ins Schloss fiel.

Jetzt blieb die Drecksarbeit an ihr hängen.

Wenigstens galt es nicht, eine Leiche zu entsorgen, sondern nur eine am Boden zerstörte Frau wieder aufzurichten. Doch als sie Martha auf ihrer Couch sitzen sah, fragte Lea sich, ob das mit der Leiche nicht einfacher gewesen wäre.

»Er hasst mich«, schluchzte Martha.

Lea hätte ihr gerne widersprochen, hatte aber dasselbe Gefühl.

»Warum hast du es ihm nie gesagt?«, wollte sie wissen. »Ich meine, ja, ich hatte mir geschworen, es ihm nie zu verraten, und habe dasselbe von meiner Familie erwartet. Aber du warst mir doch nicht zur Einhaltung meines Geheimnisses verpflichtet. Er ist immerhin dein Sohn.«

»Ich hatte meine Gründe«, wich Martha aus. »Ich habe versucht, es ihm zu erklären. Er wollte nur nicht zuhören. Er gibt mir die Schuld an allem.«

Lea vermutete, im Streit war Bens Wortwahl etwas unüberlegt gewesen.

»Er ist verletzt«, verteidigte sie ihn. »Er hat so vieles in Jans Leben versäumt. Jetzt erfährt er, dass er viel weniger hätte verpassen müssen. Ganz abgesehen davon, dass sich sein eigenes Leben generell anders entwickelt hätte. Stolz ist er auf die letzten fünf Jahre ja nicht gerade.«

»Ich wollte das doch alles nicht«, beteuerte Martha. »Vor der Weltreise habe ich Ben nicht mehr gesehen und am Telefon konnte ich ihm das doch nicht sagen. Nach unserer Rückkehr haben wir von seiner Krankheit erfahren. Damals hatte ich Angst, es würde ihn wieder zurückwerfen, wenn sich die Dinge zwischen euch nicht so entwickeln, wie er es sich erhofft.«

Dafür hatte Lea Verständnis. Sie hatte keine Vorstellung davon, wie zu dem Zeitpunkt ein Wiedersehen mit Ben verlaufen wäre. Es gab so viele Möglichkeiten, wie sich ihre Geschichte dadurch hätte entwickeln können. Unterm Strich wusste niemand, ob sie damals überhaupt eine positive Wendung genommen hätte.

»Und danach …«, begann Bens Mutter, doch Lea unterbrach sie.

»Ich glaube, es ist besser, du gehst jetzt.«

Sie konnte Martha das klärende Gespräch mit ihrem Sohn nicht abnehmen und wollte nicht weiter in die Sache hineingezogen werden als unbedingt nötig.

»Legst du ein gutes Wort für mich bei ihm ein?«, bat Martha geknickt.

Lea nickte nur.

Nachdem sie Jan mit allem Notwendigen für eine Übernachtung und den nächsten Schultag versorgt hatte, machte Lea sich auf den Weg zu Ben. Es war bezeichnend für die neue Situation, dass ihr Sohn sich diesmal mit keinem Wort darüber beschwerte, dass er bei Max schlafen sollte.

Wenigstens einer, um den Lea sich nicht sorgen musste.

Wieder ganz

Bens Stimmung war schon im Stiegenaufgang spürbar, das wilde, aggressive Klavierstück rollte wie eine Welle über Lea hinweg. Sie ließ sich selbst in die Wohnung, indem sie die Tür mit ihrem neuen Schlüssel öffnete. Sie hätte ihn lieber unter anderen Umständen bekommen.

Er spielte so konzentriert, dass er Lea erst bemerkte, als sie neben ihm am Flügel stand und die bekannten Anfangstöne der Schicksalssymphonie in die Tasten klopfte.

»Ha, ha«, brummte er und hörte zu spielen auf. »Wo ist sie?«

»Ich habe sie nach Hause geschickt. Lebend. Nur falls du etwas anderes gemeint hast mit ›loswerden‹.«

Er klappte die Abdeckung zu und legte seinen Kopf darauf ab.

»*I don't understand why she never told me.*«

»Vielleicht hättest du ihr zuhören sollen?«

»Ich habe zugehört«, behauptete er. »Ihre Gründe sind nur fadenscheinig und lahm. Ich habe es so satt, dauernd gesagt zu bekommen, dass die Leute doch nur das Beste für mich wollen. Das ist der fürchterlichste Grund, den man für etwas haben kann! Wer sind die, dass sie für mich entscheiden, was das Beste für mich ist? Gerade sie als meine Mutter! Zuerst bemüht sie sich, mich zu einem selbstständig denkenden Wesen zu erziehen, das imstande ist, vernünftige Entscheidungen zu treffen, und dann traut sie mir nicht zu, dass ich weiß, was gut für mich ist.«

»Wieso nimmst du es ihr so übel, dass sie es dir fünf Jahre lang nicht erzählt hat, obwohl ich es dir noch viel länger verschwiegen habe?«, wollte Lea wissen.

»Das ist etwas anderes, du hattest einen Grund, dich an mir zu rächen. Ich habe zuerst einen Fehler gemacht. Aber sie ist meine Mutter. *She is supposed to be on my side!*«

Lea setzte sich zu ihm auf den Klavierhocker.

»Ben, wir sind Mütter, keine Superhelden. Wir machen Fehler.«

»Hat sie dich auf ihre Seite gezogen?«, murmelte er verärgert.

»Ich will nur, dass das aufhört. Deine Familie ist ein Trümmerhaufen, dein Dad ist der Einzige, der noch mit allen spricht. So geht das doch nicht weiter!«

»Das hätte sie sich vorher überlegen sollen!«

»Ich bin sicher, sie hat sehr viel darüber nachgedacht. Schau mich an! Ich habe Jan fast sieben Jahre lang seinen Dad vorenthalten. Nach deiner Logik darfst du mir das nicht verübeln, er aber schon – weil ich seine Mutter bin und auf seiner Seite stehen müsste. Ich hatte aber sein ganzes Leben lang nie das Gefühl, *nicht* auf seiner Seite zu sein. Ich wollte auch immer nur sein Bestes.«

Ben seufzte tief.

»Bitte, rede in Ruhe mit ihr«, bat Lea. »Aus Liebe zu deinem Dad. Aus Liebe zu mir.«

»Wie unfair den Aus-Liebe-zu-mir-Joker zu spielen«, beschwerte er sich.

»Ich wusste nicht einmal, dass ich so etwas habe«, schmunzelte sie.

»Ich würde fast alles für dich tun, wenn du mich nur darum bittest.«

»Würdest du?«

Plötzlich war sich Lea jeder einzelnen Stelle bewusst, an der ihr Körper Bens berührte. Durch den Stoff ihrer Jeans hindurch schien ihr Oberschenkel Feuer zu fangen. Die Spannung zwischen ihnen war mit Händen greifbar.

»Würde ich«, versicherte er.

»Auch mit deiner Mum reden?«

»Ich will jetzt auf jeden Fall nicht mehr *über* meine Mum reden.«

»Was willst du dann?«

Er zögerte nur einen kurzen Augenblick, dann küsste er sie und alles andere wurde unwichtig.

»*Okay, sweetheart, love of my life, you've got three seconds to leave*«, sagte er, als sie sich nach einem langen Kuss wieder voneinander lösten. »*If you stay I'll drag you into my bedroom and make love to you the whole night long.*«

»Es ist erst mitten am Nachmittag«, erinnerte Lea ihn.

»*Even better. – One. Two. Three. – Don't say I didn't give you a chance to get away in time!*«

Mit diesen Worten stand er auf und zog Lea hinter sich her, geradewegs in sein Bett.

Sie wehrte sich nicht. Nicht eine Sekunde hatte sie daran gedacht, seine Wohnung zu verlassen. Nicht einen Augenblick hatte sie das Gefühl, dass sie im Begriff war, einen Fehler zu begehen. Im Gegenteil. Während sie voll Sehnsucht den Körper des anderen wiederentdeckten, glitten all die Bruchstücke ihrer Beziehung ineinander und wurden ganz. Vergangenheit und Gegenwart verschmolzen zu einem Fluss. Jede Stelle, die Ben mit zärtlichen Küssen bedeckte, erkannte seine Lippen wieder. Jeder Punkt, den seine Fingerspitzen berührten, erinnerte sich an das Feuer, das er seit jeher auf Leas Haut entfacht hatte. Ihre Hände erkundeten seinen Körper, streichelten über bekanntes Terrain, fanden die vertrauten Erhebungen seiner Muskeln. Haut an Haut nahmen beide ganz bewusst die Nähe des anderen wahr.

Sie ließen sich Zeit, um all das zu genießen, jeden einzelnen Moment und jede Berührung auszukosten. Erst als beide lichterloh brannten, gaben sie ihrem Verlangen restlos nach. Der Höhepunkt, der schließlich über sie hereinbrach, war so stark, dass er sie ganz und gar erfüllte, bevor sie vollkommen erschöpft nebeneinander auf die Matratze sanken.

Lea erwachte in der Abenddämmerung. Ben schlief neben ihr, sein Arm lag quer über ihrer Brust. Vorsichtig hob sie ihn an und kletterte aus dem Bett, um sich ins Bad zu schleichen. Nachdem sie sich die Hände gewaschen hatte, blieb sie vor der Kommode ihrer Großmutter stehen.

Ihr Spiegelbild lächelte ihr glücklich entgegen, ihre Wangen waren gerötet, aus dem geflochtenen Zopf hatten sich Strähnen gelöst, ihre Augen glänzten. Sie erinnerte sich nicht, wann sie zuletzt so zufrieden und eins mit sich und der Welt gewesen war – wann sie sich selber so schön gefunden hatte.

Ben hatte Recht behalten mit dem, was er vor einigen Wochen gesagt hatte. Liebe, wahre Liebe, bringt uns dazu zu vergeben und wieder darauf zu vertrauen, dass es gut werden kann. Diesmal würden sie nicht scheitern. Egal, was die Zukunft für sie bereithielt, sie würden den Weg gemeinsam gehen.

Lea betrachtete im Spiegel ihr Gesicht, ihren Oberkörper, ihre Hände – und traf eine Entscheidung. Lautlos schlich sie ins Schlafzimmer zurück und suchte im Halbdunkel nach etwas zum Anziehen. Sie fand ihren Slip, aber kein Shirt, daher griff sie zu einem von Ben, das auf einem Sessel in einer Ecke lag. Es reichte ihr bis zur Mitte der Oberschenkel und der V-Ausschnitt rutschte ihr über die Schulter, aber immerhin fror sie jetzt nicht mehr. Ihr Herz schlug dennoch bis zum Hals.

»Was hast du vor?«, hörte sie Bens verschlafene Stimme.

Sie wandte sich zu ihm um und küsste ihn schnell. »Du bleibst genau hier!«, befahl sie und verließ den Raum.

Der Flügel flößte Lea immer noch Respekt ein. Es wäre ihr lieber gewesen, das Piano aus ihrer alten Wohnung wäre hier, denn das war ihr weit weniger fremd. Sie hatte früher heimlich damit experimentiert und erinnerte sich noch ungefähr, wie fest sie die Pedale treten und die Tasten anschlagen musste. Beim Flügel hatte sie keine Ahnung, wie er reagierte. Aber sie nahm ihren ganzen Mut zusammen und setzte sich auf den Klavierhocker. Mit einem tiefen Atemzug klappte sie die Abdeckung hoch und berührte vorsichtig die Tastatur. Ehrfürchtig strich sie über die schwarzen und weißen Tasten, bevor sie ihre Finger in der richtigen Lage in Position brachte. Die ersten Töne klangen zaghaft, doch nach nur wenigen Takten hatte sie sich mit dem wunderbaren Instrument angefreundet und traute sich, ihm lautere Klänge zu entlocken.

Ben ignorierte ihre Anweisung. Schon am Ende des ersten Refrains stand er, ebenfalls nur mit Boxershorts und einem T-Shirt bekleidet, neben ihr. Verunsichert brach sie ab, doch er forderte sie auf weiterzuspielen und setzte sich links neben sie auf den Hocker.

Er wartete ein paar Takte, bis sie wieder in das Lied gefunden hatte, dann legte er seine Hände auf die Tasten und spielte mit. Lea erkannte das Motiv des Basses. Er streckte sich hinter ihr in Richtung der hohen Töne und baute die Gitarrenstimme mit ein. In ihren Ohren klang es unglaublich. Das Unglaublichste daran war, dass sie Teil des Ganzen war.

Als die letzten Töne verklungen waren, saß sie sprachlos da. Ihr Inneres befand sich in einem ähnlichen Aufruhr wie in den Stunden zuvor, während sie miteinander geschlafen hatten.

Ben legte seinen rechten Arm um sie, küsste sie auf die Schläfe und flüsterte mit Belustigung in der Stimme: »Darf ich es sagen?«

»Was?«

»*I told you so.*«

Seine Genugtuung darüber, dass er mit allem, was er in den letzten Monaten über das Klavierspielen gepredigt hatte, recht behalten hatte, war offensichtlich, deshalb warf sie ihm einen gespielt verärgerten Blick zu. Er lachte und zog sie fester an sich.

»*That was really good*«, lobte er. »Du konzentrierst dich nur zu sehr darauf, dass du jede einzelne Stelle genau richtig hinbekommst.«

»Ich weiß, das hat mein Lehrer in Schweden auch immer gesagt«, gab sie zu. »Ich wusste bis jetzt nicht, dass so etwas herauskommen kann, wenn ich mitspiele, das war …« Ihr fehlten die Worte, um den Satz zu beenden.

»*Again, my love: I told you so.*«

»Ist ja schon gut«, murrte sie und küsste ihn schnell, damit er nicht weiter darauf herumreiten konnte. Doch er löste sich seufzend von ihr und legte seine Stirn an ihre.

»Ich liebe dich«, sagte er leise.

»Und ich dich«, erwiderte sie lächelnd.

»Sollten wir nicht endlich zusammenziehen?«, schlug er dann vor. Der romantische Moment war schnell der Sachlichkeit gewichen.

»Ja, aber nicht hier«, erwiderte Lea. »Das ist keine Wohnung für ein Kind.«

»Wo ist Jan?«

»Bei Max.«

»Glaubst du, die mögen uns noch, wenn wir nicht mehr gegenüber, sondern über ihnen wohnen?«

Lea starrte ihn entgeistert an. »Hast *du* etwa die Wohnung über ihnen gekauft? Die Rede war von einem älteren Herren.« Noch während sie den Satz beendete, verstand sie. »Oh. Dein Dad.«

Ben nickte. »Er war ein paar Mal da, um nach den Bauarbeiten zu sehen, wenn ich keine Zeit hatte.«

»Die Arbeiten haben mich vielleicht Nerven gekostet.«

»Dabei habe ich mich bemüht, es so einzuteilen, dass sie den ärgsten Lärm in der Zeit machen, wo die meisten Hausbewohner auf Urlaub sind«, beteuerte er.

»Waren sie ja auch. Nur ich nicht. Stehen da oben eigentlich noch irgendwelche Wände?«

»So schlimm ist es auch wieder nicht. Aber die Küche, das Bad und die Fußböden waren eine einzige Katastrophe.«

»Und jetzt?«

»Jetzt musst du noch Fliesen und einen Parkettboden aussuchen und deine Traumküche planen. Die groben Arbeiten sind fertig.«

Lea ging ein Licht auf. »Deshalb hatten wir letztens diese seltsame Diskussion über mein Bad, oder?«

Er hatte sie darauf angesprochen, ob sie die Fliesen selber ausgesucht hatte oder ob sie schon da gewesen waren und ob sie ihr wirklich gefielen.

»Ja«, gestand er. »Die, die mir gefallen, sind ganz anders als deine, deshalb wollte ich wissen, ob wir eine Chance haben, auf einen grünen Zweig zu kommen.«

»Wir finden schon etwas.«

Lea hatte sich damals in ihrer gemeinsamen Wohnung sehr wohlgefühlt. Es würde ihnen bestimmt gelingen, sich jetzt ein Zuhause zu schaffen, das beiden gefiel.

»Heiratest du mich auch?«, fragte Ben aus heiterem Himmel.

Sie zögerte nicht lange mit ihrer Antwort: »Ja.«

»Das war leicht«, bemerkte er und küsste sie. »Aber bitte, bitte, bitte ohne eineinhalb Jahre Vorbereitungszeit und den ganzen Zirkus, mit dem Rebekka mich seit Wochen quält.«

Luisas Schwester war gleichzeitig ihre Trauzeugin. Da sie die Hoffnung noch nicht aufgegeben hatte, sich diesen Job mit Ben zu teilen, hatte sie in der letzten Zeit ganze Abende damit verbracht, ihn über die Vorbereitungen auf dem Laufenden zu halten.

»Von mir aus gehen wir einfach aufs Standesamt und erledigen das«, erwiderte Lea. »Ich lege keinen Wert auf eine Feier, ich will nur mit dir verheiratet sein.«

»Habe ich erwähnt, dass du meine Traumfrau bist?«, grinste Ben, doch er wurde gleich wieder ernst. »Also nur du, ich, Jan, Jonas.«

»Jonas?«, unterbrach Lea ihn. »Rufst du ihn endlich an?«

»Ich werde dafür sorgen, dass er da ist«, versprach Ben so vage, dass sie sich sofort fragte, was er im Schilde führte.

»Wer ist deine Trauzeugin?«, wollte er wissen.

»Nina«, antwortete sie ohne zu zögern, schränkte dann aber ein: »Ich muss sie erst fragen.«

»Keine Eltern.«

Lea war sich nicht sicher, ob das eine Frage oder eine Feststellung war. Sie dachte darüber nach, ob sie ihre Eltern damit kränkte, wenn sie sie nicht zu ihrer Hochzeit einlud. Vermutlich würden Freude und Erleichterung überwiegen, wenn sie erfuhren, dass sie und Ben endlich Nägel mit Köpfen gemacht hatten. Außerdem sprach nichts dagegen, im Nachhinein mit allen zu feiern. Lea stellte sich eine entspannte Gartenparty vor.

Bei Bens Eltern war die Lage zweigeteilt. Henry fand die Dimension der Hochzeit von Luisa und Jonas übertrieben. Von ihm war nicht zu erwarten, dass er auf eine klassische Hochzeitsfeier bestand. Aber wie Martha nach dem heutigen Tag auf eine heimliche Hochzeit reagieren würde, war nicht vorherzusehen.

»Willst du ihr das wirklich antun?«, fragte Lea Ben deshalb.

»Sie hat es verdient.«

»Wie du meinst, deine Entscheidung. Aber ich bin dagegen, dass du ihr jetzt bis in alle Ewigkeit aus dem Weg gehst. Ihr seid eine Familie! Verhaltet euch wie eine!«

»Wahrscheinlich verhalten sich in Wahrheit mehr Familien wie meine als wie deine«, mutmaßte er, aber Lea verlangte: »Egal – bring das in Ordnung!«

»Mache ich«, versprach er. »Aber nicht sofort. Das muss sich bei mir erst setzen.«

Damit war sie nur teilweise zufrieden.

Dunkle Seite

Leas Blick fiel über Bens Schulter hinweg auf die Minidrehorgel, die hinter ihnen in einem Regal stand, das von oben bis unten mit Ordnern voller Noten gefüllt war.

»Ist das deine oder meine?«, erkundigte sie sich.

»Deine. Die wollte ich dir vorhin schon zeigen.«

Er streckte den Arm danach aus und reichte sie ihr. Sie war unglaublich gespannt, als sie anfing, die Kurbel zu drehen. Nach ein paar Umdrehungen erkannte sie die Melodie.

Verwundert sah sie Ben an. »*Stairway to Heaven*? Wie deine? Was ist das schon wieder für ein komischer Zufall?«

»Kein Zufall – meine Drehorgel«, bemerkte er knapp.

»Deine?«, wunderte sie sich. »Wusstest du das, als du sie bei mir gesehen hast?«

»Ich hab es vermutet, aber sicher war ich erst, nachdem ich sie aufgemacht hatte. Sie ist im Inneren markiert.«

»Wieso habe ich das Gefühl, dass da eine Geschichte dahintersteckt, die ich kennen sollte?«, fragte sie.

Er seufzte. »Weil es so ist. Das Ding ist für einiges verantwortlich, was zwischen Jonas und mir schiefgelaufen ist.«

Sie sah ihn skeptisch an. »Eine Minidrehorgel?«

»Wir haben sie vor vielen Jahren gemeinsam im Urlaub gekauft. Ich war zwölf oder so … keine Ahnung. Alt genug, um *Led Zeppelin* cool zu finden. Mein Geld hat nicht gereicht, deshalb haben wir zusammengelegt. Nur hat sich herausgestellt, dass man sich so ein Ding schwer teilen kann. Wir haben uns dauernd darum gestritten. Ich habe dann recht schnell erkannt, dass ich damit meinen kleinen Bruder erpressen kann. Ich habe ihn alles Mögliche für mich erledigen lassen und dafür durfte er sie in sein Zimmer stellen. Er hat aber gemerkt, dass er den Spieß auch umdrehen kann. So wurde daraus eine Art Dauereinrichtung bei uns. Anfangs war es im wahrsten Sinne des Wortes Kinderkram. Aber wir wurden älter, leichtsinniger und in gewisser Weise grausamer.«

»Ihr habt euch aus Spaß gegenseitig gedemütigt?«, hakte Lea nach. »Ein Wunder, dass ihr euch überhaupt so gut vertragen habt.«

»Wir haben uns nichts geschenkt«, bestätigte Ben. »Aber eben beide nicht und genau dadurch hat es irgendwie die natürliche Rivalität zwischen uns in geordnete Bahnen gelenkt.«

»Was waren das für Sachen?«

Er zögerte. »Wie soll ich sagen …? Nicht alles, was Jonas im Laufe unserer Jugend Lou angetan hat, ist auf seinem Mist gewachsen.«

»Was?« Lea boxte ihm gegen den Oberarm. Sie kannte genug Geschichten, um entsetzt zu sein.

»Ich habe irgendwann – lange vor jedem anderen – gecheckt, dass die zwei ineinander verknallt sind«, gestand er. »Als Jugendliche schon.«

»Und deshalb hast du spaßeshalber Lou gegen Jonas aufgebracht?« Lea war ehrlich schockiert.

Er nickte. »Ja, so ungefähr. Aber Jonas hat umgekehrt genauso seine Spielchen mit mir getrieben. Meinen miesen Ruf als Frauenheld, den ich während unserer Schulzeit hatte, verdanke ich hauptsächlich ihm. Und am Ende war er der Grausamere von uns beiden.«

Langsam dämmerte es Lea, wohin die Geschichte führte, doch sie ließ ihn weitererzählen.

»Du erinnerst dich an Lous Abschiedsparty, bevor sie nach Italien gegangen ist? Wo wir aufgetreten sind?«

Sie nickte.

»Auch an die Aktion von Jonas?«

»Er hat sie am Ende des Auftritts auf die Bühne geholt und geküsst.«

»*He kissed her, she slapped him and he was absolutely mad at me.*«

»Weil du was genau von ihm verlangt hast?«

Er hob abwehrend die Hände. »Nicht das, was ich von ihm verlangt habe, war das Schlimme, er hat die Aufgabe nur voll verbockt. Er sollte sie dazu bringen, ihn zu küssen. Was wahrscheinlich auch geschehen wäre, wenn er ihr seine Gefühle gestanden hätte. Aber so, wie er sie überfallen hat, war es kein Wunder, dass das Ganze nach hinten losgegangen ist. Ich weigere mich nach wie vor, die Verantwortung dafür zu übernehmen.«

»Okay, ja, das hätte anders laufen können«, gab Lea zu. »Aber er hat dir die Schuld daran gegeben?«

»Hat er. Und dann kam lange nichts, keinerlei Herausforderung. Die ganze Zeit über hat er sich seltsam verhalten, war mir gegenüber aufbrausend und ungehalten. Die Sache hat ihn extrem gewurmt. Ich habe eigentlich jeden Tag mit einem fiesen Gegenschlag gerechnet, aber monatelang passierte rein gar nichts. Doch dann kam die große Rache.«

»Ich will es gar nicht so genau wissen. Aber ich nehme mal an, was auch immer er von dir verlangt hat, hat dazu geführt, dass du mit einer anderen Frau ins Bett gegangen bist.«

»Genau«, gab Ben zähneknirschend zu. »Ich hätte zu dem Zeitpunkt die Notbremse ziehen und es für immer beenden müssen, aber wie wir wissen, habe ich das nicht getan. Da war viel Alkohol und noch mehr Testosteron im Spiel. Und Dummheit. Ich habe die Situation komplett falsch eingeschätzt.«

»Egal, den Teil haben wir abgeschlossen«, winkte sie ab. »Was ist danach passiert? Du hast ihm deshalb die Nase gebrochen?«

Er nickte. »Die Drehorgel war der Grund, warum er vor dem Haus auf mich gewartet hat. Laut unseren Regeln muss der Herausforderer sie unmittelbar nach Erledigung der Aufgabe herausrücken. Dabei hat er mich komplett auf dem falschen Fuß erwischt. Ich war so wütend auf ihn und auf mich selber noch viel mehr, dass ich zuerst das Ding mit aller Kraft die Straße hinunter geschleudert und ihm dann einen rechten Haken mitten auf die Nase verpasst habe. Dann haben wir uns angeschrien, bis ich abgehauen bin und mir die Wodkaflasche besorgt habe. Der anschließende Filmriss wird sich wohl nie mehr schließen.«

Lea atmete tief durch. Das soeben Gehörte hatte sie aufgewühlt, denn diese Seite von Ben war ihr völlig neu. Über die Dinge, die Jonas Luisa im Laufe der Jahre angetan hatte, gab es genug Geschichten. Von Ben hätte sie so etwas nie gedacht und sie hatte auch nichts von dem Spiel der Brüder geahnt.

»Und jetzt?«, fragte sie nach einer Weile.

»Jetzt wird Jonas keine andere Wahl haben, als mein Trauzeuge zu werden«, grinste er.

»Wieso bittest du ihn nicht einfach ganz normal darum?«, fuhr sie ihn genervt an. »Trittst du das alles jetzt wieder los? Wo soll das hinführen? Reicht es nicht, dass uns dieses kindische Machtspiel auseinandergebracht hat?«

Bevor sie sich weiter hineinsteigern konnte, verschloss Ben ihr den Mund mit einem langen Kuss.

»Hast du nicht gerade selber gesagt, dass wir das abgeschlossen haben?«, erinnerte er sie.

»Ja, aber denk mal darüber nach, was alles anders gekommen wäre!«, rief sie aufgebracht.

»Habe ich schon oft. Am Ende bin ich immer zu der Erkenntnis gelangt, dass anders noch lange nicht besser heißt. Und jetzt in diesem Moment ist es gut. Sehr gut sogar.«

Er hatte Recht. Erst vor ein paar Stunden war sie im Gespräch mit seiner Mutter zu demselben Schluss gekommen.

»Also gut«, gab sie seufzend nach. »Von mir aus benutz das Ding um sicherzustellen, dass Jonas dein Trauzeuge wird. Aber danach hört ihr mit dem Blödsinn auf, okay?«

»Vielleicht fallen uns ja weniger blödsinnige Herausforderungen ein«, überlegte er grinsend.

»Ben! Ich meine es ernst! Hört damit auf, ihr seid erwachsen! So, und jetzt gebe ich endlich Erik Bescheid, welche Melodie die Drehorgel spielt.«

Entschlossen stand sie auf, um nach ihrem Handy zu suchen.

Zuerst tippte sie den Titel ein, doch dann löschte sie die Nachricht und entschied sich dafür, ein Video zu drehen.

»Hilf mir mal!«, forderte sie Ben auf und drückte ihm ihr Telefon mit vorbereiteter Videokamera in die Hand. Sie kurbelte, er filmte. Eine Minute später schickte sie das kurze Video an Erik.

»Wie hast du das geschafft???«, schrieb er sofort zurück.

»Ein Freund hat sie repariert. Kennst du das Lied?«

»*Stairway to Heaven*, sagt Papa, und er sucht gerade die Platte für mich heraus.«

Lea schickte ihm drei *Thumbs-up*.

»Wie alt ist er?«, fragte Ben.

»Demnächst 14.«

»Dann gehört die *Led Zeppelin*-Bildungslücke aber schnellstens geschlossen.«

»Nils kümmert sich ja schon darum.«

Sie legte ihr Handy zur Seite. Ben stupste sie leicht mit dem Arm an.

»Vertragen wir uns?«, fragte er.

Sie nickte.

»Willst du mich immer noch heiraten? Jetzt, wo du über meine dunkle Seite Bescheid weißt?«

»Natürlich.«

»Gut.« Er küsste sie.

»Ich verspreche«, setzte er an, doch Lea unterbrach ihn sofort.

»Keine Versprechen! Ich hasse leere Versprechen ungefähr so sehr, wie du den Satz, dass jemand nur das Beste für dich will.«

»Okay«, erwiderte er zögernd. »Aber darf ich wenigstens sagen, dass ich mir aus tiefstem Herzen wünsche, dass wir es diesmal schaffen und miteinander alt werden?«

Sie nickte. »Ja, das darfst du.«

»Und darf ich von dir ein Versprechen einfordern?«, fragte er.

»Welches?«

»Was auch immer passiert oder wonach es aussieht oder was du glaubst oder liest, das ich getan haben könnte, geh nie wieder fort, ohne mir die Chance zu geben, mich zu rechtfertigen, zu entschuldigen oder das Missverständnis aufzuklären! Wenn ich Mist gebaut haben sollte, kannst du danach deine Konsequenzen ziehen. Aber lass mich bitte zuerst zu Wort kommen! Okay?«

»Ja, okay.«

»Danke.« Er legte seinen Arm um sie, zog sie fest an sich und küsste sie auf den Haaransatz. »Was auch immer kommt, entzieh mir bitte nie mehr die Verantwortung für euch! Ich funktioniere nicht richtig, wenn ich nur für mich selbst da bin. Und ich will diese selbstzerstörerischen Programme gar nicht erst wieder hochfahren. Es ist genug.«

»Das trifft sich gut, denn ich habe festgestellt, dass mein Leben sehr viel leichter ist, wenn sich nicht die ganze Verantwortung bei mir konzentriert. Ich gebe dir gerne ein Stück davon ab.«

»Kannst du dich auch endlich damit anfreunden, von mir Geld oder Geschenke anzunehmen, ohne dass ich deshalb mit dir diskutieren muss?«

»Wegen der Wohnung habe ich doch gar nicht diskutiert.«

»Stimmt. Aber das war das erste Mal. Wenn wir verheiratet sind, will ich darüber nichts mehr hören!«

»Okay, aber ich gebe meinen Job nicht auf«, beharrte sie. »Ein bisschen Unabhängigkeit von dir muss sein.«

»Das verlangt auch niemand«, versicherte er. »Was du brauchst, um dich mit mir auf Augenhöhe zu fühlen, das tu! Ich werde dich bei allem unterstützen und dir nicht wieder etwas einreden, nur weil es mir gerade passt.«

»Danke«, sagte Lea. Und dann: »Wir klingen so erwachsen.«

»Deine ›Zimtschneckenjahre‹ – so nennst du sie, oder? – waren am Ende also doch für etwas gut«, meinte er schmunzelnd und strich ihr zärtlich eine verirrte Haarsträhne aus dem Gesicht. »Auf jeden Fall mag ich es, wie gut sie für dein Selbstbewusstsein waren. Früher hast du dich in manchen Dingen viel zu leicht von mir beeinflussen lassen. Dabei liebe ich deinen Sturkopf so.«

»Außer wenn ich deine Geschenke nicht annehmen will.«

Er lachte. »Ja, genau, außer dann.«

Vierhändig

»Weißt du, ich habe nie begriffen, dass du mit den kleinen Dingen wirklich zufrieden bist«, fügte Ben nach einer Weile nachdenklich hinzu. »Ich habe schon gemerkt, dass dir Geschenke nicht wichtig sind. Ich habe nur nicht verstanden, wie es sein kann, dass es dir genügt, einfach mit mir zusammen zu sein. Nur im gleichen Raum zu sein, wenn ich Klavier spiele. Aber du tickst wirklich so, oder? Aus irgendwelchen, mir völlig unverständlichen Gründen macht es dich schon glücklich, mich im Alltag an deiner Seite zu haben.« Beim letzten Satz hatte er sie sanft mit dem Ellbogen angestupst.

Lea suchte nach einem Bild, um Ben ihr Inneres zu beschreiben, und erinnerte sich daran, wie er das Leben mit dem Klavierspielen verglichen hatte.

»Es ist wie bei einem vierhändigen Klavierstück«, versuchte sie zu erklären. »Einen Teil davon kann ich alleine spielen und auch ganz okay hinbekommen. Aber für ein Konzert reicht das nicht, schon allein deshalb, weil man sich irgendwie blöd vorkommt, wenn eine Hälfte fehlt. Sobald ein Zweiter mit am Klavier sitzt, ist das kein Problem mehr, dann sind vier Hände da und man kommt sich nicht mehr komisch vor. Und wenn man gemeinsam spielt, klingt es sehr viel schöner, man bleibt leichter im Takt und der eine oder andere Fehler fällt nicht so stark auf. Genauso ist das mit dir. Zu wissen, dass du ein Teil meines Lebens bist, bringt eine Leichtigkeit hinein, die sonst nicht da ist. Wenn wir zusammen sind, ist alles gleich viel schöner.«

»Wow, das ist …«, begann er, sprach aber nicht weiter.

»Was?«, wollte sie wissen.

»Die schönste Liebeserklärung, die du mir je gemacht hast.«

Lächelnd tippte sie mit dem Zeigefinger auf die Stelle auf seiner Brust, wo sich unter dem T-Shirt sein Tattoo verbarg. »Meine ist die.«

Auch er lächelte. »Das wusste ich. Das ist der Grund, warum es hier steht. Für alle Zeiten.«

»Bringst du mir bei, es zu spielen?«, fragte Lea, obwohl sie vor Bens Komposition den größten Respekt hatte. Seine Reaktion überraschte sie. Mit einem tiefen Seufzer schloss er die Augen, schmunzelte, sagte aber kein Wort.

»Was ist?«, erkundigte sie sich leise und streichelte ihm über den Rücken. Er gab ihr keine Antwort, doch während sie ihn beobachtete, stiegen Erinnerungen an Gesprächsfetzen aus den letzten Monaten in ihr hoch. Ben hatte ihr Vertrauen in ihn infrage gestellt, weil sie ihn nie darum gebeten hatte, ihr das Klavierspielen beizubringen. Damals hatte sie ihm widersprochen, später jedoch angezweifelt, dass sie ihm je wieder vollständig vertrauen könnte. Sie verstand plötzlich, dass sie aus seiner Sicht soeben einen Schritt getan hatte, der ihm mehr bedeutete als jede Liebeserklärung.

»Hey«, flüsterte sie und schlang ihre Arme um ihn.

»*This means everything to me*«, erwiderte er und schmiegte sich an sie. Sie küsste ihn, konnte sich dann aber die Bemerkung nicht verkneifen: »Mal sehen, ob du das in einer halben Stunde auch noch sagst oder ob du dann froh bist, dass ich mir einen anderen Lehrer gesucht habe.«

Energisch schob er sie ein Stück von sich weg und sah ihr in die Augen. »Du hörst sofort damit auf, dein Licht so unter den Scheffel zu stellen!«, rügte er. »Du spielst gut, du musst dir nur mehr zutrauen!«

»Du komponierst aber ganz schön komplizierte Stücke«, warf sie vorsichtig ein.

»Na und?«, erwiderte er schulterzuckend. »Du hast ja den Rest deines Lebens Zeit, es zu üben.«

»Stimmt eigentlich.«

Vor ihrem geistigen Auge tauchte plötzlich das Bild auf, wie sie in 40 Jahren an diesem Flügel saß und unter seiner Anleitung versuchte, eine besonders schwierige Stelle endlich richtig hinzubekommen. Bei der Vorstellung musste sie lachen.

»Hauptsache, du bist dann immer noch da«, sagte sie und legte entschlossen ihre Hände auf die Tasten.

Epilog

»Wann spielen sie endlich?«

Jan saß erschöpft auf Leas Schoß und kuschelte sich an sie. Es war ein extrem langer und anstrengender Tag für ihn gewesen, aber er brannte darauf, seinen Dad und seinen Onkel endlich live auf der Bühne zu sehen.

Doch Lea musste ihn enttäuschen. »Das dauert noch. Zuerst wird die Hochzeitstorte angeschnitten. Und ich fürchte, davor kommen noch ein paar Reden.«

Ben hatte sich bis zur letzten Minute geweigert, als Trauzeuge eine Rede zu halten. Er hatte alles versucht, um Rebekka davon zu überzeugen, dass sie das besser konnte als er.

Jetzt standen die beiden im hinteren Teil der Bühne, wo Ben eigentlich zusammen mit Jakob die Instrumente einem letzten Check unterziehen sollte, und Rebekka redete energisch auf ihn ein. Sie hielt ihm dabei ein A4-Blatt unter die Nase. Ben schob seine Brille zurecht, nahm es ihr aus der Hand und schüttelte den Kopf. Aber Rebekka blieb hartnäckig und deutete auf den Tisch direkt vor der Bühne, wo das Brautpaar mit ihren Eltern, Granny und Pieter saß. Als Ben in diese Richtung blickte, sah Lea, wie Jonas in seine Tasche griff und mit einem bösen Grinsen im Gesicht etwas vor sich auf den Tisch stellte.

Lea stöhnte auf. Das durfte nicht wahr sein!

»Was ist, Mama?«, fragte Jan.

»Dein Dad und dein Onkel sind zwei große Kinder, die nie erwachsen werden«, antwortete sie verärgert.

»Was ist denn da so schlimm daran?«

Sie seufzte nur.

»Was wird das?«, wollte sie von Ben wissen, als der sich kurz darauf neben sie sinken ließ. »Du hast gesagt, ihr hört mit dem Blödsinn auf.«

»Er ist der Ansicht, er hat eine Aufgabe gut, weil ich angefangen habe«, erklärte er. »Und deshalb besteht er nicht nur auf eine Rede, sondern auch auf die öffentliche Beantwortung einer Reihe von Fragen, die er und Lou aufgeschrieben haben. Auf dass ich mich vor der gesamten Familie ordentlich zum Affen mache. Willst du es sehen? Betrifft dich auch.«

Sie schüttelte den Kopf. »Ich lasse das lieber auf mich zukommen.«

Seufzend erhob er sich wieder und küsste Lea schnell.

»Die gute Nachricht: In einer halben Stunde ist das Mammutprogramm überstanden, und der Spaß fängt an.« Mit einem Zwinkern in Jans Richtung fügte er hinzu: »Und es gibt Torte.«

Pünktlich, wie im Zeitplan vorgesehen, begrüßten Rebekka und Ben wenige Minuten später von der Bühne aus die Gäste. Dabei kündigte Rebekka an, dass Ben ein paar Worte sagen würde, bevor die Hochzeitstorte angeschnitten wurde. Da die eine Hälfte der Gäste englischsprachig war und die andere behauptete, es gut genug zu verstehen, war Englisch – außer bei der eigentlichen Trauung – die Hauptsprache an diesem Tag. Das benutzte Rebekka als Ausrede, warum Ben als *Native Speaker* die Rede hielt.

Sie wollte ihm das Mikrofon in die Hand drücken, doch er lehnte ab und schaltete stattdessen das Headset ein, das er bereits für den anschließenden Auftritt trug. Lea wusste, dass er sich wohler fühlte, wenn er seine Hände frei hatte. Außerdem brauchte er jetzt eine für den Zettel, den er zusammengefaltet in der Linken hielt.

»Braut und Bräutigam haben mich nicht nur gezwungen, eine Rede für sie zu halten, sie haben mir dafür auch einen Fragenkatalog zusammengestellt, den ich beantworten soll«, begann er seine Ansprache auf Englisch. »Eigentlich war ja mein Plan, einen technischen Defekt vorzutäuschen und die nächste halbe Stunde auf allen vieren da hinten zwischen den Kabelsträngen zu verbringen, damit Rebekka die Rede halten muss. Oder – wenn ich schon reden muss – es wenigstens kurz und bündig zu machen. Wenn euch das jetzt zu lange dauert, weil ihr – wie ich – schon sehnsüchtig auf die Torte wartet, beschwert euch bitte direkt beim Brautpaar! Ich übernehme außerdem keine Verantwortung für etwaige Verstimmungen, die sich durch die Beantwortung dieser Fragen ergeben. Sollte die Partystimmung dahin sein, wenn ich fertig bin – das Brautpaar sitzt genau da.« Er zeigte auf Luisa und Jonas, die beide breit grinsten. Sie hielten offensichtlich mehr von ihrer Idee als Ben.

»Anscheinend mussten Lou und Jonas diese Fragen heute schon etliche Male beantworten, daher darf ich vor der versammelten Familie und allen Freunden einige Dinge klarstellen.«

Er atmete tief durch.

»Also, es geht los. Frage eins. ›Wieso ist Ben Trauzeuge? Ich dachte, die beiden reden nicht mehr miteinander?‹ Korrekt. Bis vor etwa …«

Er blickte fragend zwischen Jonas und Lea hin und her. Beide hielten alle zehn Finger hoch.

»Zehn Wochen, behaupten die Souffleure. Es stimmt, wir hatten Differenzen, aber die sind inzwischen beigelegt. Also besteht kein Grund für peinliche Pausen in Gesprächen, weil der Name des jeweils anderen erwähnt wurde.«

Die Situation hatten Ben und Lea heute mehrmals erlebt. Dem Brautpaar war es offensichtlich ebenso ergangen.

»Nummer zwei. Diese Frage liebe ich. ›Findet ihr auch, dass Bens neue Freundin wie seine Ex aussieht?‹ Für alle, die es noch nicht mitbekommen haben: Das ist meine Ex-Freundin, nur dem Himmel sei Dank wieder ohne ›Ex‹ davor. Und insbesondere für unsere englische Verwandtschaft der Hinweis: Sie hat jeden Einzelnen von euch wiedererkannt, also bitte keine Schüchternheit – ihr kennt euch.«

Lea hatte das Gefühl, alle Blicke im Saal ruhten auf ihr. Nur mit Mühe widerstand sie dem Drang, sich hinter Jan zu verstecken.

Gleichzeitig war sie erleichtert, dass das nun geklärt war. Es war ihr heute schon zweimal passiert, dass sie jemanden mit Namen angesprochen und dafür einen entgeisterten Blick geerntet hatte.

»Nummer drei ist streng genommen keine Frage, sondern ein Zusatz zu Nummer zwei. ›... und sie hat ein Kind!‹ Gut beobachtet. Einen Sohn. Jan. Er sitzt dort drüben. Und er ist nicht nur Leas Sohn, sondern auch meiner.«

Ein Raunen ging durch den Saal und wieder standen sie im Mittelpunkt des Interesses – mit dem Unterschied, dass Jan sich sehr wohl bei Lea verkroch.

»Warum redet Dad über mich?«, fragte er dabei.

»Weil alle neugierig auf dich sind«, erklärte Lea und streichelte ihm beruhigend über den Rücken. »Du gehörst jetzt zu seiner Familie.«

»Im Übrigen spricht er fließend Deutsch *und* Englisch«, ergänzte Ben. »Das nur als Hinweis an meine lieben Cousins, die vorhin am Nachbartisch eindeutig nicht jugendfreie Witze erzählt haben, in der Annahme, der Zwerg würde sie ohnehin nicht verstehen.«

Er warf Sam und Zac, den Söhnen von Henrys jüngerem Bruder einen vorwurfsvollen Blick zu. Sam lief rot an, Zac riss die Augen weit auf und murmelte: »Ups!« Und an Lea gewandt, fügte er hinzu: »Wieso hast du das nicht vorher gesagt?«

»Ich wollte den Witz zu Ende hören«, erwiderte sie zwinkernd.

Zac war unter zweihundert Leuten der Einzige gewesen, der sich getraut hatte, Lea direkt zu fragen, ob sie wirklich Lea war, daher hatte er heute bei ihr einen Stein im Brett.

Unterdessen setzte Ben seine Rede fort. »An dieser Stelle ein Einschub meinerseits. Auf meine Erklärung hin, dass Jan auch mein Sohn ist, kam ein paar Mal die Frage: ›Bist du sicher?‹ Nachdem die Ähnlichkeit nicht zu übersehen ist – ja, eigentlich schon. Es sei denn, der Bräutigam hat mir etwas zu sagen.«

Er sah seinen Bruder herausfordernd an, doch der hob sofort abwehrend die Hände und schüttelte vehement den Kopf.

»Okay, hätten wir das auch geklärt.«

Ben warf einen Blick auf den Zettel.

»Ach ja, Lou und Jonas haben übrigens bei den einzelnen Fragen Striche gemacht, wie oft sie sie heute beantworten mussten. Jetzt kommt eine, bei der kein Strich, sondern stattdessen ein Name steht: Lucy. Wo bist du, Süße?«

Bens jüngste Cousine winkte vom Tisch an der gegenüberliegenden Wand aus.

»Nicht vergessen, du schuldest mir nachher einen Tanz«, erinnerte er die 17-Jährige. Als Lea sie zuletzt gesehen hatte, war sie ein süßes Mädchen gewesen, jetzt war sie eine hübsche junge Frau.

»Lucy hat eine Beobachtung gemacht, die sie mit dem Brautpaar geteilt hat. ›Mir ist aufgefallen, dass die zwei dieselben Ringe tragen. Sind das Eheringe?‹ Bevor ich das näher erkläre, möchte ich noch einmal betonen, dass diese ganze Liste nicht auf meinem Mist gewachsen ist. Ich komme hier einem ausdrücklichen Wunsch des Brautpaares nach. Allerdings bin ich wirklich gespannt, ob ihr Plan mit der letzten Frage aufgeht. Aber wir werden es gleich sehen.«

Er ließ den Zettel sinken und hob stattdessen seine rechte Hand.

»Die Ringe, um die es geht, sind der hier …« Auf sein Zeichen hin machte Lea es ihm nach und streckte ihre rechte Hand in die Höhe. »Und der.«

Sie hatten Ringe ausgewählt, deren Muster es aussehen ließ, als wären sie aus zwei unterschiedlichen Ringen zu einem zusammengesetzt worden.

»Die meisten können es jetzt nicht sehen, aber Lucys Beobachtung ist korrekt – die Ringe sind identisch. Und ja, es sind Eheringe.«

An dieser Stelle duckte Ben sich ein bisschen, als wolle er vor der Reaktion seiner Familie in Deckung gehen. Die meisten quittierten die Neuigkeit mit einem Raunen, doch vom Tisch direkt vor der Bühne war deutlich Marthas Ausruf zu hören: »Wie konntest du nur?«

Ben sprach zwar seit einigen Wochen wieder mit seiner Mutter, hatte ihr jedoch vorsätzlich die Heirat verschwiegen und bisher in Anwesenheit seiner Familie nie den Ehering getragen. Trotz des Vorwurfs musste er jetzt lachen.

»Das glaubt mir keiner«, murmelte er und bat Rebekka um das Mikrofon. Damit beugte er sich zu Pieter hinunter, der der Bühne am nächsten saß. »Pieter, würdest du bitte die letzte Frage vorlesen, die Jonas und Lou auf die Liste geschrieben haben?«

Pieter las laut den Satz: »Wie konntest du nur?«

Martha reagierte eingeschnappt, aber die meisten anderen, inklusive Brautpaar, fanden es sehr lustig. Jonas legte versöhnlich den Arm um seine Mum.

»Wie konnte ich nur? Ich werde die Antwort dazu nutzen, um das zu sagen, was ich mir eigentlich im Vorfeld für diese Rede überlegt hatte. Also, es tut mir leid, ihr müsst euch noch ein bisschen gedulden, jetzt geht es erst richtig los.«

Er schien kurz zu überlegen, wo er anfangen sollte.

»Ich habe vorhin erwähnt, dass Jonas und ich uns seit etwa zehn Wochen wieder vertragen. Zum ersten Mal wiedergesehen haben wir uns am Tag meiner Hochzeit, zu der ich ihn völlig ahnungslos als Trauzeugen bestellt hatte. Lea und ich haben uns dafür entschieden, zum erstbesten freien Termin zu heiraten, weil wir der Ansicht sind, ohnehin schon zu viel gemeinsame Zeit verloren zu haben. Bei der Trauung waren daher nur wenige Leute anwesend. Lea und ich natürlich, Jan, Jonas, Leas beste Freundin samt ihrer kleinen Tochter, die Standesbeamtin und ein Praktikant, den Lea zehn Minuten vorher als Fotograf angeheuert hatte. Ich erspare euch die Details, sonst wird es zu lang.«

Jonas schnappte sich das Mikro, das Pieter auf den Tisch gelegt hatte, und warf ein: »Du könntest uns einen Film von deiner Hochzeit zeigen und er würde nicht länger als sieben Minuten dauern.«

Ben grinste. »Stimmt. Der einzige Grund, warum es überhaupt so lange gedauert hat, war der, dass Jonas selten ohne Gitarre aus dem Haus geht. Nachdem er sich von dem ersten Schock erholt hatte, hat er die musikalische Untermalung übernommen.«

Er hatte spontan eines von Leas Lieblingsliedern gespielt und sie damit zu Tränen gerührt.

»Was ich eigentlich sagen wollte: Nach der Trauung – also nach ungefähr sieben Minuten – hat Jonas darüber gestaunt, dass es möglich ist, einfach schnell zwischendurch zu heiraten. Lea und ich hatten das Thema auch beim Vorgespräch mit der Standesbeamtin, die uns mehrmals gefragt hat, ob wir wirklich gar nichts rundherum haben wollen, nur Begrüßung, Frage, Antwort, Unterschrift. Wir haben ihr versichert, dass das völlig reicht, weil es uns nicht um das Heiraten geht, sondern darum, verheiratet zu sein.«

Er machte eine kurze Pause, bevor er weitersprach.

»Wir feiern heute ein rauschendes Fest mit zweihundert Gästen, ausgezeichnetem Essen, demnächst auch hervorragender Musik von uns und den Musikerkollegen, die sich unter den Gästen befinden, und einer riesigen Torte. Aber am Ende des Tages zählt nur das Ergebnis: dass Luisa und Jonas verheiratet sind. Mein Bruder und ich hatten schon immer bei allem unterschiedliche Wege, um am Ende doch an dasselbe Ziel zu kommen. Ich bin mir sicher, es wird auch diesmal nicht anders sein. Jedes Paar hat seine eigene Art, den gemeinsamen Lebensweg zu bestreiten. Aber am Ende haben wir doch dasselbe Ziel: bis an unser Lebensende miteinander glücklich zu sein. In diesem Sinne: *May the saddest day of your future be no worse than the happiest day of your past! Cheers!*«

Rebekka war wieder neben ihn getreten und hatte ihm ein Sektglas gereicht. Gemeinsam prosteten sie dem Brautpaar zu und forderten es auf, vor die Bühne zu kommen. Ein Kellner schob gerade einen Servierwagen mit der mehrstöckigen Torte herein.

Während Rebekka das Anschneiden anmoderierte, kletterte Ben von der Bühne. Er ließ sich von seiner Schwägerin auf beide Wangen küssen und umarmte kurz seinen Bruder. Lea entging nicht, dass Jonas bei der Gelegenheit etwas in die Tasche von Bens Jackett gleiten ließ. Erbost schnappte sie nach Luft. Das sah nicht danach aus, als hätten die beiden ihr Spiel beendet.

Ben kam nicht sofort zu ihrem Tisch zurück, sondern setzte sich auf den frei gewordenen Platz neben seiner Mutter. Lea beobachtete, wie sie miteinander sprachen und sich schließlich umarmten. Sie seufzte erleichtert.

»Darf ich mir ein Stück Torte holen?«, fragte Jan, in den angesichts des süßen Kunstwerks wieder Leben gekommen war.

»Setz dich rüber zu Oma Martha, dann kommst du schneller dran!«, riet Lea ihm, und er kletterte sofort von ihrem Schoß.

Martha freute sich sichtlich über sein Kommen und Ben überließ ihm den Platz, um sich wieder auf seinen eigenen an Leas Seite zu setzen. Er wirkte zwar gelöst, gleichzeitig aber auch ein bisschen durch den Wind. Schnell bestellte er beim vorbeieilenden Kellner ein Bier.

»Gib her!«, verlangte Lea ohne Umschweife und hielt ihre rechte Hand auf.

»Was meinst du?«, tat er unschuldig.

»Gib sie mir!«, wiederholte sie. »Sie war sieben Jahre lang in meinem Besitz, ich habe sie ersessen, sie gehört mir.«

»Spielverderberin«, maulte Ben, griff aber in seine Tasche und stellte die Minidrehorgel auf Leas Handfläche. Ohne zu zögern, schloss sie die Hand fest darum und beugte sich hinunter zu ihrer Tasche, um sie darin verschwinden zu lassen. Dabei nahm sie sich vor, sie bei nächster Gelegenheit Erik zu schenken, damit Ben und Jonas sie nicht mehr in die Finger bekommen konnten.

»Wie uncool von euch«, tadelte Axel, als sie sich gerade wieder aufrichtete.

»Was ist uncool?«, wollte Ben irritiert wissen. Auch Lea fragte sich kurz, ob er von der Sache mit der Drehorgel wusste.

Doch er meinte etwas ganz anderes. »Einfach zu heiraten, ohne ein Wort zu sagen!«, beschwerte er sich. »Ihr schuldet uns eine Party!«

»Die Party bekommt ihr, keine Angst«, versicherte Ben. »Nur nicht in dem Ausmaß wie hier, denn ich bin heilfroh, dass jetzt alles Offizielle vorbei ist und ich mich endlich entspannen kann. Auch wenn es durchaus was hat, einmal die ganze Familie auf einem Haufen zu haben und sämtliche Freunde noch dazu.«

»Stimmt, wir haben uns alle zusammen viel zu lange nicht gesehen«, bekräftigte Rebekka, die das Austeilen der Torte dem Brautpaar und den Kellnern überlassen hatte und nun ebenfalls von ihren Pflichten entbunden war. Mit einem tiefen Seufzer sank sie neben Lea und boxte ihr dabei mit der Faust in die Rippen.

Kichernd rempelte Lea zurück. »Du könntest langsam aufhören, mir deshalb Vorwürfe zu machen«, bemerkte sie.

»Ich werde dir das noch mindestens sieben Jahre lang vorhalten«, stellte Rebekka klar. »Du hast mich einfach zurückgelassen und deine Trauzeugin durfte ich auch nicht sein!«

»Du könntest unsere Party organisieren«, schlug Lea vor, um sie zu versöhnen.

»Das ist die beste Idee!«, stimmte Ben begeistert zu.

»Jetzt brauche ich erst einmal Erholung von dem heutigen Fest«, behauptete Rebekka. »Aber dann können wir darüber reden.«

»Morgen, sobald du ausgeschlafen bist«, neckte Jakob sie, der auf ihrer anderen Seite saß.

»Ha, ha«, machte Rebekka, wusste aber wohl ebenso gut wie jeder andere am Tisch, dass er Recht hatte. Höchstwahrscheinlich würde sie gleich morgen anfangen, sich Gedanken über die Party zu machen. Dinge zu organisieren, lag ihr einfach im Blut.

Seufzend murmelte Lea: »Ach, ich habe euch alle vermisst.«

Die vorwurfsvollen Blicken, die sie von allen – außer von Axels Freundin Flora, die sie erst am Vortag kennengelernt hatte – erntete, brachten sie zum Lachen.

»Nachtragend seid ihr ja gar nicht«, stellte sie fest.

»Wieso sollten wir es dir nachtragen, dass du uns alle mit diesem Häufchen Elend sitzengelassen hast und wir uns sieben Jahre lang mit seinem Liebeskummer herumschlagen mussten?«, erwiderte Axel. »Wenn ich das geahnt hätte, hätte ich dich damals gar nicht erst zu den Konzerten eingeladen.«

Die Vorstellung schmerzte. Ohne die zufällige Begegnung mit Axel wäre Leas Leben völlig anders verlaufen. Spontan sprang sie auf, lief zu ihm hinüber und schloss ihn fest in die Arme.

»Endlich würdigt mal jemand meine unentbehrliche Rolle in eurem Liebesdrama«, kommentierte er das zufrieden. »Wenn ich ihm nicht so großzügig den Vortritt gelassen hätte, obwohl er nicht einmal gefragt hat, ob es mir etwas ausmacht, dass er mit dem Mädchen flirtet, das ich eingeladen habe …«

»Hast du dich wenigstens dafür entschuldigt?«, erkundigte Flora sich bei Ben.

»Wahrscheinlich hat er ihn auf ein Bier eingeladen«, mutmaßte Lea.

»Das mit dem Bier stimmt«, gab Axel ihr Recht. »Davor hat er sich aber entschuldigt. Und er schwebte ja so auf Wolke sieben, dass man ihm ohnehin nicht böse sein konnte.«

»Was hat er gesagt?«, wollte Flora wissen.

»*Sorry, Bro, couldn't resist*«, begann Axel zu zitieren.

Beim zweiten Teil setzte Ben mit einem verschmitzten Lächeln um die Lippen mit ein: »*Her smile just blew me away.*«

Während Lea sich völlig gerührt wieder zu ihrem Mann setzte, überlegte Jakob laut: »Warum haben wir daraus noch keinen Song gemacht?«

»Das wusste ich gar nicht«, sagte Lea leise zu Ben.

»Habe ich dir wirklich nie erzählt, dass ich mich zuerst in dein Lächeln verliebt habe?«, wunderte er sich.

Sie schüttelte den Kopf.

»Dann weißt du es jetzt«, meinte er nur und küsste sie.

»Wer will Torte?«, fragte in dem Moment Jonas, der mit zwei Tellern in der Hand zu ihrem Tisch gekommen war. Noch während Ben Lea küsste, hob er schon die Hand.

»Gebt ihm endlich Schokolade«, lachte Rebekka. »Sonst kollabiert er euch gleich auf der Bühne! Er jammert schon seit Stunden.«

An Jonas' Seite erschien Luisa mit zwei weiteren Tortenstücken.

»Wir haben dir extra das größte aufgehoben«, behauptete sie und stellte es vor Ben. Doch bevor er dazu kam, sich auf die Schokoladentorte zu stürzen, hob Jakob sein Glas. Er prostete zuerst Jonas und Luisa, dann Lea und Ben und zuletzt Axel zu.

»Auf das Brautpaar und auf euch beide und darauf, dass wir

gleich endlich wieder gemeinsam auf der Bühne stehen werden! *Cheers*!«

»*Cheers!*«, stimmten alle mit ein und stießen miteinander an.

»Darf ich euch kurz stören?« Granny war zwischen Ben und Lea getreten. Beide sahen sie erwartungsvoll an.

»Ich hatte so eine Ahnung und deshalb habe ich etwas mitgebracht. Lea, das gehört dir!«

Sie reichte ihr eine kleine Schmuckschatulle. Neugierig klappte Lea sie auf und warf einen Blick hinein. Sie enthielt einen silbernen Ring mit einem blauen Stein.

»Das war mein Verlobungsring und ich habe ihn meinem ältesten Enkel versprochen«, erklärte Granny. »Ben hat mich schon vor acht Jahren um den Ring gebeten, ihn mir dann aber wieder zurückgegeben.«

Lea fuhr herum und sah Ben mit einer Mischung aus freudiger Überraschung und Entsetzen an.

»Du hast *was*?«, fragte sie.

»Ich wollte dir schon damals einen Heiratsantrag machen«, bestätigte er. »Nur ist es dazu nicht mehr gekommen ...«

Er brach ab, doch Lea konnte sich den Rest denken.

»Verstehst du jetzt, warum ich diesmal kein Risiko eingehen wollte?«, fügte er leiser hinzu.

Sie nickte. Deshalb hatte er die Versöhnung mit Jonas so lange hinausgezögert und ihn völlig unvorbereitet zum Standesamt bestellt. Die Vorsichtsmaßnahme war unnötig gewesen, das wussten sie inzwischen. Jonas' Erleichterung darüber, dass sie wieder zusammen waren, kannte keine Grenzen. Doch damals hatte er Bedenken wegen Bens Plänen gehabt und dafür gesorgt, dass es gar nicht erst zu dem Antrag gekommen war.

Lea hielt Ben die Schmuckschachtel hin. Er nahm den Ring heraus und steckte ihn ihr an den Finger. Gerührt über das Geschenk küsste Lea zuerst Ben, dann stand sie auf, um seine Großmutter zu umarmen und ihr zu danken.

»Willkommen in der Familie!«, erwiderte die freundlich, bevor sie einen strengen Ton anschlug: »Und eines möchte ich klarstellen: Der erste ist euch gut gelungen, aber ich erwarte weitere Urenkel!«

An Jonas und Luisa gewandt, ergänzte sie: »Das gilt auch für euch, meine Lieben!«

Der Blick, den die Brüder sich zuwarfen, ließ bei Lea die Alarmglocken schrillen. Auch Luisa war sichtlich irritiert und sprach den Gedanken aus, der ihnen beiden durch den Kopf ging. »Das ist kein Wettbewerb!«

»Als ob wir daraus einen machen würden«, tat Jonas unschuldig.

»Ihr könnt doch gar nicht mehr gewinnen, wir haben schon ein Kind Vorsprung«, meinte Ben.

»Mit Zwillingen würden wir gleichziehen«, entgegnete sein Bruder.

»Die musst du erst einmal zustande bringen!«

Luisa und Lea seufzten gleichzeitig.

»Die werden sich nie ändern, oder?«, fragte Lea.

Lou schüttelte den Kopf. »In diesem Leben nicht mehr«, murmelte sie. Dann sah sie Ben direkt an. »Iss deine Torte und dann ab mit euch auf die Bühne!«, befahl sie. »Wenn ihr Musik macht, könnt ihr keinen Unfug treiben.«

Dafür brauchte Ben keine zweite Aufforderung. In Rekordzeit verputzte er das Tortenstück, danach sprang er auf und klatschte voll Tatendrang in die Hände. Jonas, Jakob und Axel scharrten schon ungeduldig mit den Hufen. Die Euphorie über ihren ersten gemeinsamen Auftritt nach über einem Jahr stand ihnen deutlich ins Gesicht geschrieben.

Wie immer, bevor sie eine Bühne betraten, streckte Ben die rechte Hand aus und seine Bandkollegen legten nacheinander ihre darauf. So verharrten sie für ein paar Sekunden, bevor sie begeistert losstürmten. Auch das artete in einen kleinen Wettbewerb darum aus, wer zuerst mit seinem Instrument startklar war. Axel hatte den kürzesten Weg.

Während Jonas zur Einleitung ein paar Worte an die Gäste richtete, kletterte Jan auf Leas Schoß.

»Siehst du deinen Dad?«, erkundigte sie sich.

»Ja«, sagte er und nickte ernst.

Lea spürte, dass sein Herz vor Aufregung wie wild klopfte. Ben sah zu ihnen herüber und tauschte einen bedeutungsvollen Blick mit seinem Sohn. Jan strahlte.

Als Ben sich Lea zuwandte, fühlte sie sich in den Moment zurückversetzt, als sich ihre Blicke zum allerersten Mal begegnet waren. Auch jetzt lächelte sie unwillkürlich. Schmunzelnd drückte Ben ein paar Tasten. Die kurze Melodie war für alle im Saal hörbar, aber nur Lea erkannte die Stelle und verstand, dass er mit seinem Klavier »Ich liebe dich« zu ihr gesagt hatte.

ENDE